Os Pergaminhos Vermelhos da Magia

Obras da autora publicadas pela Editora Record:

***Série* Os Instrumentos Mortais:**

Cidade dos ossos
Cidade das cinzas
Cidade de vidro
Cidade dos anjos caídos
Cidade das almas perdidas
Cidade do fogo celestial

***Série* As Peças Infernais**

Anjo mecânico
Príncipe mecânico
Princesa mecânica

***Série* Os Artifícios das Trevas**

Dama da meia-noite
Senhor das sombras
Rainha do ar e da escuridão

O códex dos Caçadores de Sombras
As crônicas de Bane
Uma história de notáveis Caçadores de Sombras e seres do Submundo:
Contada na linguagem das flores
Contos da Academia dos Caçadores de Sombras
Fantasmas do Mercado das Sombras

CASSANDRA CLARE
e WESLEY CHU

AS MALDIÇÕES ANCESTRAIS

Os Pergaminhos Vermelhos da Magia

Tradução
Ana Resende

4ª edição

RIO DE JANEIRO
2022

CIP-BRASIL. CATALOGAÇÃO NA PUBLICAÇÃO
SINDICATO NACIONAL DOS EDITORES DE LIVROS, RJ

Clare, Cassandra

C541p
4ª ed

Os pergaminhos vermelhos da magia / Cassandra Clare, Wesley Chu; tradução Ana Resende. 4ª ed. – Rio de Janeiro: Galera Record, 2022.
(As maldições ancestrais ; 1)

Tradução de: The red scrolls of magic
ISBN 978-65-5981-218-9

1. Romance americano. 2. Homossexualidade – Ficção. I. Chu, Wesley. II. Resende, Ana. III. Título. IV. Série.

19-59994

CDD: 813
CDU: 82-31(73)

Leandra Felix da Cruz – Bibliotecária – CRB-7/6135

Título original em inglês:
The Red Scrolls of Magic

Texto revisado segundo o novo Acordo Ortográfico da Língua Portuguesa.

Direitos exclusivos de publicação em língua portuguesa somente para o Brasil adquiridos pela
EDITORA RECORD LTDA.
Rua Argentina, 171 – Rio de Janeiro, RJ – 20921-380 – Tel.: (21)2585-2000,
que se reserva a propriedade literária desta tradução.

Impresso no Brasil

ISBN 978-65-59-81218-9

Seja um leitor preferencial Record.
Cadastre-se no site www.record.com.br
e receba informações sobre nossos
lançamentos e nossas promoções.

Atendimento e venda direta ao leitor:
sac@record.com.br.

Porque todos merecem uma grandiosa história de amor.

C. C.

Ao amor, a maior das aventuras.

W. C.

Desejar a imortalidade é desejar a perpetuação eterna de um grande erro.

Arthur Schopenhauer

Agora eu vejo o mistério da sua solidão.

William Shakespeare

Parte Um
Cidade do Amor

Você não pode fugir do passado em Paris.
— Allen Ginsberg

1

Colisão em Paris

Do deque de observação da Torre Eiffel, a cidade se estendia sob os pés de Magnus Bane e Alec Lightwood como um presente. As estrelas piscavam como se soubessem que tinham concorrentes, as ruas de paralelepípedos eram estreitas e douradas, e o rio Sena era como uma fita prateada serpenteando em volta de uma caixa de bombons filigranada. Paris, cidade da boemia e dos bulevares, dos amantes e do Louvre.

Paris também havia sido o cenário de muitos dos contratempos mais constrangedores e dos planos mais imprudentes de Magnus, além de algumas catástrofes românticas, mas o passado agora não tinha importância.

Desta vez, Magnus pretendia se entender com Paris. Em seus 400 anos de perambulação pelo mundo, tinha aprendido que aonde quer que você fosse, era a companhia que importava. Olhou para a outra ponta da mesinha, para Alec Lightwood, que ignorava o brilho e o fascínio da cidade, escrevendo cartões-postais para a família em casa, e sorriu.

No fim de cada cartão-postal pronto, Alec sempre escrevia: *Queria que você estivesse aqui.* E todas as vezes Magnus pegava o cartão e anotava, com um floreio: *Só que não.*

Os ombros largos de Alec estavam curvados enquanto ele escrevia. Símbolos enfeitavam seus braços fortes e musculosos, e uma das Marcas no pescoço, pouco abaixo da linha do queixo, já começava a desbotar. Um cacho dos cabelos pretos eternamente bagunçados caía sobre os olhos. Magnus sentiu um impulso passageiro de esticar a mão para ajeitar aquela mecha, mas conteve o desejo. Às vezes, Alec ficava constrangido com demonstrações públicas de afeto. Mesmo que não houvesse Caçadores de Sombras por aqui, mas nem todos os mundanos aceitavam esse tipo de gesto. Magnus bem que queria que eles aceitassem mais.

— Perdido nos pensamentos? — perguntou Alec.

Magnus respondeu em tom de zombaria:

— Tentando não ficar.

Aproveitar a vida era algo essencial, mas às vezes também exigia certo esforço. Planejar a viagem perfeita para a Europa não tinha sido fácil. Magnus fora obrigado a inventar um esquema brilhante sem a ajuda de ninguém. Ele ficava imaginando como seria tentar descrever suas exigências um tanto quanto peculiares a uma agente de viagens.

— O senhor vai para algum lugar? — perguntaria ela quando ele telefonasse.

— São as primeiras férias com meu novo namorado — responderia Magnus, já que poder dizer ao mundo que ele namorava Alec era meio que novidade e ele estava doidinho para se gabar disso. — É bem recente. Tão recente que ainda dá pra sentir aquele cheirinho de carro novo.

Tão recente que um ainda estava aprendendo os ritmos do outro, e cada olhar ou toque levava a um território ao mesmo tempo maravilhoso e desconhecido. Às vezes, ele se flagrava olhando para Alec, ou via Alec encarando-o com um brilho nos olhos. Era como se cada um tivesse descoberto algo inesperado, mas infinitamente desejável. Eles ainda não estavam muito seguros sobre o outro, mas queriam estar.

Ou, pelo menos, era isso que Magnus queria.

— É uma clássica história de amor. Eu o vi numa festa, ele me convidou para sair, então nós lutamos lado a lado numa batalha de magia épica entre o bem e o mal, e agora precisamos de férias. O problema é que ele é um Caçador de Sombras — emendaria ele.

— Oi, como é que é? — perguntaria a agente de viagens imaginária.

— Ah, você sabe como são essas coisas. Há muito tempo, o mundo foi invadido por demônios. Pense na Black Friday, só que com mais rios de sangue e um pouco menos gritos de desespero. E tal como acontece em épocas de martírio para os nobres e leais, ou seja, nunca para mim, um anjo apareceu. O Anjo ofereceu aos guerreiros escolhidos e a todos os seus descendentes o poder angelical para defender a humanidade. E também deu a eles um país secreto. O Anjo Raziel era um sujeito muito generoso. Os Caçadores de Sombras continuam sua luta até hoje, como protetores invisíveis, reluzentes e virtuosos, a verdadeira definição, sem ironia alguma, de “melhores do que você". É incrivelmente irritante. Eles literalmente são melhores do que você! Com certeza, melhores do que eu, que sou filho de um demônio.

Nem mesmo Magnus conseguia pensar no que a agente de viagens diria ao ouvir uma coisa daquelas. Provavelmente ela simplesmente resmungaria qualquer coisa, confusa.

— Será que eu já falei? — prosseguiu Magnus. — Existem outros seres, muito diferentes dos Caçadores de Sombras: tem os habitantes do Submundo também. Alec é um dos filhos do Anjo, de uma das famílias mais antigas de Idris, o lar dos Nephilim. Tenho certeza de que os pais dele não teriam gostado nadinha de vê-lo andando com uma fada, um vampiro ou um lobisomem em Nova York. Mas também sei que eles teriam preferido isso a um feiticeiro. Aqueles que, como eu, são considerados os mais perigosos e suspeitos no Submundo. Somos filhos de demônios, e eu sou a criança imortal de um certo Demônio Maior bem famoso, embora talvez eu tenha me esquecido de mencionar esse fato ao meu namorado. Caçadores de Sombras respeitáveis não devem levar gente da minha laia para conhecer o papai e a mamãe. Eu tenho um passado. Eu tenho um monte de passados. Além disso, bons meninos Caçadores de Sombras não devem levar seus namorados pra casa.

Só que Alec tinha feito isso. Ele ficara parado no salão de seus ancestrais e beijara Magnus na boca diante dos olhos de todos os Nephilim reunidos ali. Fora a surpresa mais profunda e adorável da longa vida de Magnus.

— Não faz muito tempo, a gente lutou numa grande guerra, que evitou um desastre para toda a humanidade; não que a humanidade seja grata por nosso feito, até porque ela nem sequer sabe que aconteceu. Não recebemos nem os louros da glória e nem uma recompensa financeira adequada, e tivemos perdas que não consigo descrever. Alec perdeu o irmão e eu perdi meu amigo. Então uma folguinha cairia muito bem para nós dois. Acho que o mais perto de fazer algo especial por si que Alec já fez foi comprar uma faca nova e reluzente. — Eu quero fazer alguma coisa agradável para ele, e com ele. Quero me afastar da bagunça que é a nossa vida e ver se descobrimos um jeito de realmente ficarmos juntos. Você recomenda algum roteiro em especial?

Mesmo em sua mente, a agente de viagens desligava o telefone.

Não, Magnus tinha sido obrigado a planejar sozinho uma escapada elaboradamente romântica para a Europa. Mas ele era Magnus Bane, fascinante e enigmático. Era capaz de fazer uma viagem sem perder o estilo. Um guerreiro escolhido pelos anjos e o filho bem-vestido de um demônio apaixonados e a fim de uma aventura pela Europa. O que poderia dar errado?

Já que tudo era uma questão de estilo, Magnus ajeitou a boina escarlate num ângulo charmoso.

— Afinal, você quer usar uma boina? — perguntou Magnus. — Seu pedido é uma ordem. Por um acaso eu tenho um monte de boinas escondidas na minha pessoa. Em cores variadas. Eu sou uma cornucópia de boinas.

— Vou dispensar a boina — falou Alec. — De novo. Mas obrigado. — Ele sorriu; um sorriso vacilante, mas sincero.

Magnus apoiou o queixo na mão. Queria saborear aquele instante de Alec, a luz das estrelas, a possibilidade em Paris, e guardar aquela imagem para os anos futuros. Torcia para que a lembrança não o magoasse mais tarde.

— No que você está pensando? — perguntou Alec. — Sem brincadeira.

— Sem brincadeira — retrucou Magnus. — Em você.

Alec pareceu surpreso diante da ideia de que Magnus pudesse estar pensando nele. Ele era, ao mesmo tempo, uma pessoa muito fácil e muito difícil de surpreender — a visão e os reflexos dos Caçadores de Sombras eram coisa séria. Não importava se numa esquina ou na cama que dividiam — apenas para dormir, por enquanto, até quando ou se Alec resolvesse querer algo mais —, Alec sempre o antecipava. Ainda assim, era possível surpreendê-lo com coisas tão simples quanto saber que ele estava nos pensamentos de Magnus.

Neste instante, Magnus estava pensando que já fazia tempo desde que Alec havia tido uma surpresa de verdade. E ele acabara de ter uma.

Paris era a primeira parada na viagem. Talvez fosse um clichê começar as férias românticas na Europa justamente pela Cidade do Amor; no entanto, Magnus acreditava que os clássicos eram clássicos por um motivo. Eles estavam aqui há quase uma semana, e Magnus sentia que era hora de tirar proveito da situação.

Alec terminou o último cartão-postal, e Magnus esticou a mão para pegá-lo, mas logo desistiu. Leu o que Alec tinha escrito e sorriu, encantado e surpreso.

No cartão-postal para a irmã, Alec tinha acrescentado: *Queria que você estivesse aqui. Só que não.* E deu a Magnus um sorrisinho maroto.

— Pronto para a próxima aventura? — perguntou Magnus.

Alec pareceu intrigado, mas falou:

— Você fala do cabaré? Os ingressos são para as nove da noite. É bom vermos quanto tempo vamos levar para chegar lá.

Era evidente que Alec nunca havia tirado férias de verdade até então. Ele continuava tentando planejar os passeios como se eles estivessem indo para uma batalha.

Magnus fez um gesto preguiçoso, como se abanasse uma mosca.

— Sempre dá para pegar o último show no Moulin Rouge. Vire-se.

Ele apontou por cima do ombro do Caçador de Sombras. Alec se virou.

Flutuando em direção à Torre Eiffel, oscilando contra o vento lateral, Alec viu um balão de ar quente com listras roxas e azuis reluzentes. No lugar do cesto, havia uma mesa e duas cadeiras apoiadas numa plataforma de madeira, que pendiam da parte de baixo do balão graças a quatro cabos. A mesa tinha sido posta para dois e, no centro, via-se um vaso esguio com uma rosa. Um candelabro com três velas completava o cenário, embora os ventos que sopravam em torno da Torre Eiffel ficassem apagando as chamas. Irritado, Magnus estalou os dedos e todas as três velas acenderam novamente.

— Hum — falou Alec. — Você sabe conduzir um balão de ar quente?

— Claro! -- declarou Magnus. — Eu já te contei da vez em que roubei um balão de ar quente para resgatar a rainha da França?

Alec sorriu como se Magnus estivesse fazendo uma piada. Magnus retribuiu o sorriso. Na verdade, Maria Antonieta foi uma pessoa bem difícil de se lidar.

— É só que — falou Alec, pensativo — eu nunca vi você dirigir nem carro.

Ele parou para admirar o balão, que recebeu um encantamento para ficar invisível. No que dizia respeito aos mundanos ao redor, Alec estava apenas admirando solenemente o céu.

— Eu sei dirigir. Também sei voar, pilotar e conduzir qualquer veículo que você queira. Dificilmente vou bater o balão em alguma chaminé — protestou Magnus.

— Hum-hum — falou Alec ao mesmo tempo em que franzia a testa.

— Você parece perdido nos pensamentos — observou Magnus. — Está pensando como seu namorado é romântico e chique?

— Estou pensando em como te proteger, caso a gente bata numa chaminé — retrucou Alec.

Ao se aproximar, Alec parou e afastou uma mecha de cabelo rebelde da sobrancelha de Magnus. Seu toque foi leve, suave, mas casual, como se ele nem sequer se desse conta do que estava fazendo. Magnus nem tinha percebido que seu cabelo cobria os olhos.

Magnus baixou a cabeça e sorriu. Era estranho ter alguém cuidando dele, mas daí pensou que não ia ser difícil se acostumar a isso.

Magnus fez um encantamento para afastar a atenção dos olhares mundanos dele, e então usou a própria cadeira como um degrau e subiu na plataforma que balançava. No momento em que tocou os dois pés no chão, foi como se estivesse apoiado em terra firme. Ele estendeu a mão.

— Confie em mim.

Alec hesitou e, em seguida, aceitou a mão de Magnus. O aperto era forte, e seu sorriso, doce.

— Eu confio.

Ele acompanhou Magnus, curvando-se ligeiramente sobre a balaustrada na plataforma. Eles se sentaram à mesa, e o balão, subindo aos trancos feito um barco a remo num oceano agitado, foi se afastando, invisível, da Torre Eiffel. Segundos depois, eles flutuavam bem alto no horizonte conforme Paris se estendia em todas as direções ao redor.

Magnus ficou observando Alec assimilar a cidade mil pés acima, no ar. Magnus já se apaixonara em outras ocasiões, e sempre dava tudo errado. Ele tinha se magoado e aprendido a se recuperar da dor. Muitas vezes.

Outros amantes tinham dito a ele que era impossível levá-lo a sério, que ele era assustador, que era excessivo, que não era suficiente. Talvez Magnus acabasse decepcionando Alec. Provavelmente ia decepcionar mesmo.

Se os sentimentos de Alec não durassem, Magnus queria ao menos que aquela viagem fosse uma boa lembrança. Ele tinha esperança de que estivesse sedimentando algo mais, mas se fosse para ser o único acontecimento notável no relacionamento deles, então Magnus faria com que fosse marcante.

O brilho cristalino da Torre Eiffel foi se apagando gradualmente. As pessoas não esperavam que ela durasse. Ainda assim lá estava, o brasão da cidade.

De repente, o vento soprou forte; a plataforma se inclinou e o balão mergulhou uns quinze metros. Eles giraram várias vezes em sentido contrário ao vento antes de Magnus gesticular enfaticamente e o balão se endireitar.

Alec ergueu o olhar, com um pequeno vinco na testa, e apertou os braços da cadeira.

— Então, como é que você controla esta coisa?

— Não faço ideia! — gritou Magnus em resposta animadamente. — Eu só ia usar magia!

O balão passou apenas alguns centímetros acima do Arco do Triunfo e deu meia-volta abruptamente, dirigindo-se ao Louvre e mergulhando acima dos topos dos edifícios.

Magnus não estava tão despreocupado quanto gostaria de parecer. Ventava terrivelmente naquele dia. Manter o balão reto, equilibrado, na direção correta e invisível era um esforço maior do que ele queria admitir. E ele ainda tinha que servir o jantar. Além de precisar ficar reacendendo as velas.

Romance dava um bocado de trabalho.

Abaixo deles, folhas escuras pendiam pesadamente das paredes de tijolos vermelhos ao longo da margem do rio, e os postes de luz brilhavam em rosa, laranja e azul em meio a construções pintadas de branco e ruas estreitas de paralelepípedos. Do outro lado do balão, via-se o Jardim das Tulherias, com seu lago arredondado fitando-os como um olho, e a pirâmide de vidro do Louvre, com um feixe de luz vermelha rasgando seu centro. Magnus pensou, de repente, na Comuna de Paris incendiando as Tulherias, e se lembrou da cinza subindo e do sangue na guilhotina. Esta era uma cidade que trazia as marcas de uma longa história e de antigas tristezas; pelos olhos límpidos de Alec, Magnus tinha esperança de que tudo fosse lavado e ficasse bem.

Ele estalou os dedos e uma garrafa gelada em um balde de gelo se materializou ao lado da mesa.

— Champanhe?

Alec se levantou abruptamente.

— Magnus, você está vendo aquela fumaça ali embaixo? É um incêndio?

— Isso é um não para o champanhe?

O Caçador de Sombras apontou para uma avenida paralela ao Sena.

— Tem alguma coisa estranha naquela fumaça. Ela está se deslocando *contra* o vento.

Magnus acenou com a taça de champanhe.

— Não é nada que os *pompiers* não consigam resolver.

— Agora a fumaça está pulando sobre os telhados. Acabou de se virar para a direita. E está escondida atrás de uma chaminé.

Magnus fez uma pausa.

— Como?

— Está bem, a fumaça acaba de pular por cima da Rue des Pyramides. — Alec forçou a vista.

— Você consegue reconhecer a Rue des Pyramides daqui de cima?

Alec encarou Magnus com surpresa.

— Eu estudei com muita atenção os mapas da cidade antes de sairmos — explicou Alec. — Para me preparar.

Magnus lembrou mais uma vez que Alec vinha se preparando para as férias como se estivesse indo para uma missão com os Caçadores de Sombras, afinal esta era a primeira vez que ele tirava férias. Ele fitou a densa fumaça negra se deslocando pelo céu noturno, torcendo para que Alec estivesse errado e que eles pudessem voltar para a noite de romance planejada. Mas infelizmente Alec não estava errado: a nuvem era negra demais e compacta demais; suas plumas se estendiam como tentáculos sólidos pairando no ar, ignorando descaradamente o vento que as deveria ter dispersado. Sob os rastros de fumaça, ele viu um brilho repentino.

Alec estava na beirada da plataforma, inclinado de forma alarmante, bem afastado da lateral.

— Duas pessoas estão perseguindo a... criatura de fumaça. Acho que são lâminas serafim. São Caçadores de Sombras.

— Viva, Caçadores de Sombras — falou Magnus. — Claro que meu atual acompanhante está isento do meu viva sarcástico.

Ele se pôs de pé e, com um gesto decisivo, diminuiu rapidamente a altitude do balão, reconhecendo, um pouco decepcionado, a necessidade de verificar aquele incidente. Sua visão não era tão boa quanto a de Alec, aguçada pela Marca, mas, sob a fumaça, ele conseguia distinguir dois vultos escuros correndo ao longo dos telhados de Paris em uma intensa perseguição.

Magnus distinguiu um rosto feminino, voltado para o céu e que brilhava pálido como uma pérola. Uma longa trança se arrastava atrás dela durante a corrida, como uma cobra de prata e ouro. Os dois Caçadores estavam correndo desesperadamente rápido.

A fumaça redemoinhava por um quarteirão de prédios comerciais e por uma via estreita, espalhando-se na direção de um edifício, desviando de claraboias, tubulações e chaminés de ventilação. Durante toda a perseguição, os Caçadores de Sombras cortavam os tentáculos negros que açoitavam muito perto. No interior do turbilhão escuro de fumaça, uma aglomeração de luzes amarelas semelhantes a vagalumes pululava aos pares.

— Demônios Iblis — resmungou Alec ao mesmo tempo em que pegava o arco e encaixava uma flecha.

Magnus resmungou ao perceber que Alec tinha levado o arco para o jantar.

— Em que circunstância você precisaria atirar em alguma coisa com arco e flecha na Torre Eiffel? — perguntara ele, e Alec se limitara a sorrir com doçura e, com um sutil movimento dos ombros, ajeitara a arma no lugar.

Magnus sabia muito bem que não deveria sugerir que eles deixassem os Caçadores de Sombras de Paris cuidando do tal desastre demoníaco que estava se desenrolando. Alec era naturalmente incapaz de desprezar uma boa causa. Era uma de suas qualidades mais atraentes.

Agora eles estavam bem próximos dos telhados. A plataforma balançava perigosamente enquanto Magnus guiava entre chaminés, cabos e escadas de emergência.

O vento estava perigosamente forte. Era como se Magnus estivesse lutando contra todo o céu. O balão sacudia, de um lado para o outro, e o balde de gelo tombou. Magnus conseguiu desviar de uma chaminé alta ao mesmo tempo que observava a garrafa de champanhe rolar até a beirada. Ela explodiu num jato de vidro e espuma quando bateu no telhado abaixo.

Ele abriu a boca para fazer uma observação sobre a tristeza que era desperdiçar champanhe.

— Sinto muito pelo champanhe — falou Alec. — Espero que não seja uma das suas garrafas superpremiadas ou algo assim.

Magnus deu uma risada. Mais uma vez, Alec se antecipara a ele.

— Eu só trago garrafas com poucos prêmios para beber em uma plataforma instável a centenas de metros do chão.

Ele tentou compensar o vento, mas exagerou, e a plataforma tombou de forma perigosa na outra direção, feito um pêndulo, e quase fez um buraco num outdoor gigantesco. Ele endireitou o balão rapidamente e deu uma olhada na situação embaixo.

O enxame de demônios Iblis tinha se dividido em dois, cercando os Caçadores de Sombras no telhado abaixo. A dupla estava acuada, embora continuasse a lutar valorosamente. A mulher de cabelos louros se movimentou como um raio encurralado. O primeiro demônio Iblis que pulou em cima deles foi cortado por uma talhada da lâmina serafim, assim como o segundo e o terceiro. Mas havia demônios demais. Enquanto Magnus observava, um quarto demônio se lançou na direção da Caçadora de Sombras, os olhos brilhantes da criatura rasgando a escuridão.

Magnus olhou para Alec, e Alec assentiu. O feiticeiro usou um bocado de sua magia para deixar o balão de ar quente perfeitamente parado por apenas um instante. Alec mandou a primeira flecha.

O demônio Iblis não chegou a atingir a mulher. O brilho de seus olhos foi diminuindo conforme o corpo de fumaça se dissipava, deixando para trás apenas a flecha presa no chão. Outros três demônios tiveram o mesmo destino.

As mãos de Alec eram um borrão, fazendo chover flechas no enxame abaixo. Sempre que um par de olhos brilhantes mirava nos Caçadores de Sombras, uma flecha veloz o encontrava antes que o demônio conseguisse atacar.

Era uma pena que Magnus tivesse que dedicar sua atenção a controlar os elementos em vez de admirar o namorado.

A retaguarda dos demônios Iblis se voltou para aquela nova ameaça no céu. Três deles interromperam o ataque contra os Caçadores de Sombras e se lançaram para o balão. Dois foram derrubados por flechas antes mesmo que pudessem tocar na plataforma, mas era tarde demais para atacar o terceiro. O demônio partiu para cima de Alec, a boca aberta, expondo uma fileira de dentes pretos e pontudos.

Mas Alec já largara o arco e sacara uma lâmina serafim.

— *Puriel* — falou, e a lâmina se iluminou com o poder angelical. As Marcas em seu corpo reluziram quando ele passou a arma no demônio Iblis e o rasgou, decapitando-o. O demônio se desintegrou em cinzas pretas.

Outro grupo de demônios se aproximou da plataforma e rapidamente encontrou o mesmo destino. Era isso que os Caçadores de Sombras faziam, o que Alec nascera para fazer. Seu corpo era uma arma, graciosa e veloz, um instrumento aperfeiçoado para destruir demônios e proteger a quem ele amava. Alec era muito bom nas duas coisas.

As habilidades de Magnus tinham mais a ver com magia e senso de moda. Ele prendeu um dos demônios numa teia de eletricidade e manteve outro à distância com uma barreira invisível feita de vento. Alec atingiu o demônio que Magnus havia prendido; em seguida, acertou o último demônio que pairava abaixo deles. A essa altura, a Caçadora de Sombras de cabelos louros e seu companheiro não tinham mais nada para fazer. Eles se encontravam num redemoinho de fumaça, cinzas e destruição. Pareciam perdidos, de certa forma.

— De nada! — gritou Magnus e acenou. — Não custou nada!

Foi o tom de alarme genuíno na voz de Alec que fez Magnus se dar conta de que o vento escapara de seu controle, mesmo antes de sentir o movimento da plataforma do balão sob seus pés. Magnus fez um último gesto frenético e inútil, e Alec correu para ele, protegendo o feiticeiro com o próprio corpo.

— Segure firme... — gritou Alec ao ouvido de Magnus quando o balão inclinou rumo ao chão, mais especificamente na marquise de um teatro onde se lia CARMEN escrito com lâmpadas amarelas brilhantes.

Magnus Bane sempre fizera o possível para tudo em sua vida ser espetacular. E aquela queda com certeza foi.

2

As Estrelas Soletram Seu Nome

No momento em que a plataforma ia bater na letra *R*, Alec apertou a manga da roupa de Magnus, puxando-o para um abraço sem jeito, e eles se jogaram pela lateral da plataforma. O céu e a cidade reluzentes trocavam de lugar conforme o mundo girava. Magnus já não sabia o que ficava em cima e o que ficava embaixo, até que o chão atraiu toda a sua atenção com uma forte pancada. Seguiu-se um instante de escuridão, depois ele se viu deitado na grama, aninhado nos braços de Alec.

O feiticeiro piscou para afastar as estrelas dos próprios olhos a tempo de ver o balão colidir com a marquise, causando uma explosão impressionante de lascas e fagulhas. A chama do gás que mantivera o balão suspenso enfraqueceu, e o balão rapidamente se esvaziou enquanto pegava fogo junto com a marquise.

Os passantes já se amontoavam do outro lado da rua para observar, assombrados. A sirene característica da polícia parisiense podia ser ouvida, e rapidamente ficou mais alta. Algumas coisas não podiam ser disfarçadas por feitiços.

Mãos fortes puxaram Magnus, botando-o de pé.

— Você está bem?

Surpreendentemente, ele estava bem. Cair em segurança de uma altura absurda aparentemente era uma das muitas habilidades dos Caçadores de Sombras. Magnus estava mais abalado pela expressão preocupada de Alec do que pela colisão. E então se flagrou querendo olhar para trás e ver a quem a expressão era dirigida de fato, sem acreditar que fosse para ele.

Há séculos Magnus vinha evitando a morte. Ele não estava acostumado a ter alguém tão preocupado assim quando ela quase levava vantagem.

— Não posso reclamar — falou ele, ajeitando os punhos da manga. — Se eu reclamasse, só estaria fazendo isso para ter a atenção de algum cavalheiro bonitão.

Felizmente, não havia apresentação de *Carmen* nesta noite, então aparentemente ninguém se machucou. Os dois ficaram de pé e observaram os destroços. Por sorte, eram invisíveis à multidão reunida, que dali a alguns instantes se admiraria devido à aparente ausência de passageiros no balão. O ar se aquietou e então a marquise afundou e chiou enquanto o fogo terminava de se alimentar dos suportes que restavam, fazendo toda a estrutura desabar, lançando mais fumaça e faíscas no ar. Algumas pessoas na multidão recuaram, cautelosas, mas continuaram a tirar fotos.

— Admito — falou Magnus, puxando um pedaço rasgado da camisa que balançava com o vento —, esta noite não está saindo exatamente como o planejado.

Alec pareceu decepcionado.

— Desculpe por estragar a noite.

— Nada está estragado. A noite é uma criança e as reservas estão disponíveis — retrucou Magnus. — O teatro vai receber uma generosa doação de um benfeitor desconhecido para os reparos necessários despois deste estranho acidente. Nós estamos prestes a desfrutar de um passeio noturno pela cidade mais romântica do planeta. Parece uma noite excelente para mim. E o mal foi derrotado, o que é bom também.

Alec franziu a testa.

— Não é comum ver tantos demônios Iblis reunidos assim.

— Temos que deixar um pouco de mal para o Instituto de Paris se manter ocupado. Seria deselegante monopolizar a luta contra o mal. Além do mais, estamos de férias. *Carpe diem*. Aproveite o dia, não os demônios.

Alec cedeu, dando de ombros e esboçando um sorriso.

— Além disso, você estava incrível com aquele arco, e isso é muito, muito atraente — emendou Magnus. Ele achava que Alec precisava receber mais elogios. Alec, por sua vez, mostrou-se surpreso, mas não incomodado. — Muito bem. Agora, roupas novas. Se uma das fadas em Paris me vir com essa aparência, minha reputação estará arruinada por um século.

— Não sei não — retrucou Alec timidamente. — Eu gosto da sua aparência.

Magnus abriu um sorriso, mas continuou determinado. Não tinha imaginado suas roupas sendo rasgadas na viagem por causa de uma queda com um balão de ar quente. Então, já para a Rue Saint-Honoré, para uma troca rápida de guarda-roupa.

Eles passaram rapidamente por algumas lojas que ficavam abertas até tarde ou que poderiam ser persuadidas a abrir por um cliente importante, de longa data. Magnus escolheu um blazer de veludo brocado vermelho para usar por cima de uma camisa de babados com um tom ferrugem, mas Alec não foi convencido a usar nada mais elaborado do que um moletom de capuz escuro listrado por baixo de uma jaqueta de couro larga com zíperes demais.

Feito isso, Magnus deu alguns telefonemas e ficou satisfeito em dizer a Alec que eles jantariam na mesa do chef, no A Midsummer Night's Dining, o restaurante fada mais famoso da cidade.

A julgar pela fachada, parecia um restaurante comum, num estilo antiquado de tijolos e gesso. No interior, parecia uma gruta das fadas. Um musgo verde-esmeralda, exuberante, cobria o chão, e as paredes e o teto eram feitos de rochas irregulares semelhantes aos de uma caverna. Vinhas emergiam das árvores, feito serpentes, deslizando entre as mesas, e vários clientes perseguiam a própria comida, pois as refeições tinham levitado do prato, fugindo em busca de liberdade.

— É sempre estranho pedir comida num restaurante de fadas — refletiu Alec depois de escolherem as saladas. — Quero dizer, faço isso o tempo todo em Nova York, mas normalmente conheço os locais. O *Códex dos Caçadores de Sombras* diz para nunca comer a comida das fadas, em nenhuma circunstância.

— Este lugar é perfeitamente seguro — falou Magnus, mastigando uma das folhas enquanto ela tentava rastejar para fora de sua boca. — Na maior parte do tempo. Desde que a refeição seja paga, não é considerada uma oferenda, mas uma compra. A transação financeira faz toda diferença. É uma linha tênue, mas não é sempre esse o caso quando se trata do Povo Fada? Não deixe sua salada fugir!

Alec deu uma risada e apunhalou a caprese fada. Mais uma vez, os reflexos dos Caçadores de Sombras, observou Magnus.

O feiticeiro sempre fora cuidadoso com amantes mundanos, minimizando a interação com o Submundo. Tudo em prol da segurança e paz de espírito deles. Ele sempre imaginou que Caçadores de Sombras também iriam querer minimizar sua interação com o Submundo. Eles se mantinham afastados, e se declaravam não mundanos, mas também não pertenciam ao Submundo — eram uma terceira coisa, à parte, e talvez um pouco melhor. Mas Alec parecia feliz por estar aqui, nem um pouco chocado com Paris ou com o mundo de Magnus. Talvez, e isso era possível, Alec estivesse tão feliz quanto Magnus, apenas pelo fato de estarem juntos.

Ao saírem do restaurante, Magnus deu o braço a Alec, sentindo a musculatura rígida do Caçador de Sombras. Dali a um instante, Alec estaria pronto para lutar novamente, mas neste momento ele simplesmente relaxava. Magnus se recostou no namorado.

Eles dobraram o Quai de Valmy e se depararam com um forte vento contrário. Alec vestiu o capuz, fechou a jaqueta com o zíper e puxou Magnus para si. Magnus o conduziu ao caminharem pela região do Canal Saint-Martin, seguindo o curso de água ao longo da esquina. Casais passeavam pela praia e pequenos grupos conversavam sentados em toalhas de piquenique na beirada da água. Um tritão de chapéu fedora tinha se juntado a um grupo que fazia piquenique. Magnus e Alec passaram por baixo de uma passarela de ferro azul. Do outro lado do canal, a música de um violino, acompanhada por uma percussão, enchia o ar. Os mundanos de Paris eram capazes de ouvir o percussionista mortal, mas apenas pessoas como Magnus e Alec podiam ver e ouvir a violinista fada girando ao redor dele, com flores nos cabelos que brilhavam como pedras preciosas.

Magnus conduzia Alec para longe do canal agitado, em direção a uma rua mais tranquila. A lua pintava uma fileira de casas cinzentas geminadas com um brilho pálido que se dividia em um caleidoscópio de prata entre as árvores que se balançavam. Eles viravam em cruzamentos aleatórios e deixavam que o acaso fosse seu guia. Magnus sentia o sangue correndo nas veias. Ele se sentia vivo, desperto. E torcia para que Alec estivesse tão eletrificado quanto ele.

O vento frio atingiu a nuca de Magnus, arrepiando a pele. Por um momento, ele sentiu uma coisa estranha. Uma comichão, uma sensação irritante, uma presença. Ele parou de andar e olhou para trás, na direção de onde tinham vindo.

Magnus observou as multidões em movimento. Ainda sentia aquilo: olhos observando, ouvidos atentos ou possivelmente pensamentos concentrados nele pairando no ar.

— Algum problema? — perguntou Alec.

Magnus percebeu que se afastara de Alec, disposto a encarar a ameaça sozinho. Ele dispersou a inquietação.

— Que tipo de problema poderia haver? — perguntou. — Eu estou com você.

Ele pegou a mão de Alec, entrelaçando os dedos aos dele, sentindo a palma calejada. Alec ficava mais à vontade à noite do que durante o dia. Provavelmente se sentia mais confortável escondido da vista daqueles dotados de Visão. Talvez todos os Caçadores de Sombras ficassem mais à vontade nas sombras.

Eles pararam na entrada do Parc des Buttes-Chaumont. O brilho das luzes da cidade dava ao horizonte uma leve tonalidade amarronzada conforme se fundia à escuridão do céu noturno, pontuado somente pela lua. Magnus apontou uma constelação discreta, brilhando à sua direita.

— Ali está o Boieiro, o guardião do urso, e a Corona e o Hércules ao lado dele.

— Por que acham que é romântico apontar para as estrelas? — perguntou Alec, mas com um sorriso. — Olha, aquela é... Dave... o Caçador... e aquela outra é o... Sapo, e tem... o Helicóptero. Desculpe, eu não conheço as constelações.

— É romântico porque é uma forma de compartilhar o conhecimento sobre o mundo — falou Magnus. — Quem entende de estrelas ensina a quem não entende. Isso é romântico.

Alec observou:

— Não creio que tenha algo que eu possa ensinar a você. — Ele ainda sorria, mas Magnus sentiu uma pontada.

— Claro que tem — retrucou. — O que é isso nas costas da sua mão?

Alec ergueu a mão e a examinou como se fosse algo novo para ele.

— É uma Marca. Você já viu Marcas antes.

— Eu conheço a ideia básica delas. Você desenha símbolos na pele e adquire poderes — falou Magnus. — Mas não conheço os detalhes. Conte pra mim. A Marca na mão é a primeira que vocês recebem, certo?

— Sim — respondeu Alec lentamente. — Visão. É o símbolo que eles costumam fazer primeiro nas crianças Caçadoras de Sombras, a Marca para verificar se elas suportam os símbolos. E ela permite que você enxergue além dos encantamentos. O que é sempre útil.

Magnus olhou para a curva sombria em formato de olho contra a pele clara de Alec. Encantamentos protegiam os habitantes do Submundo. Os Caçadores de Sombras precisavam enxergar através dos encantamentos porque os habitantes do Submundo eram ameaças em potencial.

Será que Alec não pensava a mesma coisa ao olhar para a Marca em sua mão? Ou será que ele simplesmente era gentil a ponto de não falar sobre isso? Para proteger Magnus, como ele tinha feito ao caírem do balão. *Estranho*, pensou Magnus. *Mas fofo.*

— E quanto a esta? — perguntou ele, e se flagrou contornando com o dedo indicador a curva dos bíceps de Alec, observando o rapaz estremecer com a intimidade inesperada do gesto.

Alec olhou nos olhos de Magnus.

— Precisão — falou.

— Então é a ela que eu tenho que agradecer por suas habilidades com o arco? — Ele apertou a mão de Alec e o puxou, e ambos ficaram parados no meio da via, sob a luz delicada da lua. Magnus se inclinou e deu um beijo no braço do rapaz.

— Obrigado — murmurou ele. — E esta?

Agora ele roçava os dedos pela lateral do pescoço de Alec, cuja respiração entrecortada rompeu o silêncio suave da noite. Ele passou o braço em torno da cintura de Magnus, pressionando seus corpos com mais força, e Magnus sentiu o coração de Alec palpitando sob a camisa.

— Equilíbrio — falou Alec, sem fôlego. — Essa me garante firmeza.

Magnus inclinou a cabeça e pousou os lábios suavemente sobre a Marca, a qual já desbotava, quase invisível na pele sedosa do pescoço. Alec respirou fundo.

Magnus roçou a boca ao longo da pele quente até chegar ao ouvido de Alec, e então ronronou:

— Acho que não está funcionando.

— Não quero que funcione — murmurou Alec.

Ele virou o rosto na direção de Magnus e encontrou a boca do feiticeiro. Alec beijava com a mesma dedicação e sinceridade que fazia todas as outras coisas, o que arrebatou Magnus. O feiticeiro então puxou o couro macio da jaqueta de Alec e, com olhos semicerrados, viu mais pele sendo exposta para a luz do luar. Outro símbolo, filigranado como uma nota musical, estava inscrito abaixo da clavícula de Alec.

Magnus perguntou em voz baixa:

— E esta?

Alec respondeu:

— Potência.

Magnus observou.

— Você está falando sério?

Alec começou a rir.

— Estou.

— Mas falando sério — emendou Magnus. — Quero entender esse ponto. Você não está dizendo isso só para parecer sexy?

— Não — respondeu com voz rouca, e engoliu em seco —, mas fico feliz que pareça.

Magnus encostou os anéis no local abaixo da clavícula de Alec e viu o rapaz estremecer com o toque frio do metal. Ele acariciou a nuca de Alec e botou a mão na parte de trás de sua cabeça para puxá-lo novamente.

Ao mesmo tempo murmurou:

— Meu Deus, eu adoro Caçadores de Sombras.

Alec falou mais uma vez:

— Fico contente com isso.

Sua boca era macia e quente, uma contradição com suas mãos fortes, mas que logo ficaram suaves, quando o beijo se tornou um misto de conforto e de desejo ardente. Pouco depois Magnus se afastou, buscando o fôlego, porque a outra opção era deitar Alec na grama e irem rumo à escuridão.

Ele não podia fazer isso. Alec nunca tinha feito nada assim. Na primeira noite em Paris, Magnus acordara nas primeiras horas do dia e se deparara com Alec já desperto, andando pelo quarto. Sabia que, às vezes, Alec devia ficar se perguntando onde havia se metido. A decisão de levar ou não as coisas além tinha de ser totalmente de Alec.

Foi então que Alec perguntou, com voz tensa:

— Você acha que podemos pular o cabaré?

— Que cabaré? — repetiu Magnus.

Eles partiram, saindo do parque em direção ao apartamento de Magnus. Pararam duas vezes porque erraram o caminho em meio às ruas estreitas da cidade e outras duas vezes para se beijar nos becos mal iluminados. Eles teriam se perdido ainda mais se Alec não tivesse um senso de direção aguçado. Caçadores de Sombras eram tão úteis numa viagem. Magnus pretendia nunca mais sair de casa sem um.

Ele tinha sido um revolucionário e um péssimo pintor neste apartamento, e aqui mesmo tinham roubado todas as economias de sua vida, no século XVIII. A primeira vez em que ficara rico e perdera tudo. Magnus tinha perdido tudo algumas vezes, desde então.

Atualmente ele morava no Brooklyn, e o apartamento de Paris ficava vazio, a não ser pelas lembranças. Ele o mantinha por razões sentimentais e porque tentar achar um hotel durante a Semana da Moda de Paris era um nível especial de bônus do inferno.

Sem se importar com as chaves, Magnus estalou um dedo diante da porta da frente e usou o pouco de magia que lhe restava para abri-la.

Ele e Alec entraram no edifício aos beijos, tateando as paredes e subindo os quatro lances de escada aos tropeços. A porta do apartamento se abriu com uma pancada forte e eles praticamente se atiraram lá dentro.

O blazer de veludo nem chegou a entrar no apartamento, quando Alec o arrancou e deixou cair ali no hall, pouco depois da porta da frente. Ao cruzarem a entrada, ele abria a camisa de Magnus impulsivamente. Abotoaduras e botões tilintavam ao longe no soalho. Magnus abria furiosamente o zíper da jaqueta de couro enquanto empurrava Alec contra o braço do sofá, deitando-o sobre as almofadas. Alec caiu de costas graciosamente e puxou Magnus para cima dele.

Magnus beijou o símbolo do Equilíbrio; em seguida, a Marca da Potência. O corpo de Alec se arqueou debaixo dele, e ele apertou os ombros do namorado.

A voz de Alec era insistente quando ele falou *alguma coisa alguma coisa* "Magnus" *alguma coisa alguma coisa.*

— Alexander — murmurou Magnus em resposta, e sentiu o corpo de Alec se erguer em reação e suas mãos apertarem seus ombros ainda mais. Magnus o examinou com súbita preocupação.

De olhos arregalados, Alec fitava algo ao seu lado.

— Magnus. Ali.

Magnus seguiu o olhar de Alec e se deu conta de que tinham companhia. Um vulto sentado no sofá roxo de dois lugares. Sob o brilho das luzes da cidade, Magnus viu uma mulher de cabelos castanhos, olhos cinza assustados e o esboço de um sorriso irônico e um tanto familiar.

Magnus chamou:

— *Tessa?*

3

A Mão Escarlate

Os três ficaram sentados na sala de estar sob um silêncio incômodo. Alec estava na outra ponta do sofá, bem longe de Magnus. Nada estava saindo como planejado hoje.

— Tessa! — exclamou Magnus novamente, admirado. — Eu não te esperava aqui. Nem te convidei.

Tessa permaneceu sentada, bebericando seu chá e parecendo perfeitamente composta. Como ela era uma das mais antigas e queridas amigas de Magnus, ele achava que seria simpático se ela soasse ao menos um pouco arrependida pela interrupção. Mas ela não parecia nem um pouco.

— Uma vez você me disse que não me perdoaria se não nos víssemos sempre que eu estivesse na mesma cidade que você.

— Eu teria perdoado — retrucou Magnus com convicção. — Eu teria te agradecido.

Tessa olhou para Alec. Ele estava corado. Ela sorriu, mas foi gentil e disfarçou por trás da xícara de chá.

— Estamos quites — disse Tessa. — Afinal, uma vez você me flagrou numa situação embaraçosa com um cavalheiro na fortaleza de uma montanha.

O sorriso mal disfarçado desapareceu. Ela olhou novamente para Alec, que herdara as nuances de Caçadores de Sombras que se foram há muito tempo. Caçadores que Tessa tinha amado.

— Você devia ter deixado isso para lá — advertiu Magnus.

Assim como Magnus, Tessa era uma feiticeira e, como Magnus, ela havia se acostumado a superar as lembranças do que tinha sido amado e perdido. Há muito eles tinham o hábito de consolar um ao outro. Ela tomou mais um gole de chá, o sorriso de volta como se nunca tivesse se apagado.

— Eu certamente deixei para lá — retrucou ela. — Agora.

Alec, que observava o bate e volta como se estivesse numa quadra de tênis, ergueu uma das mãos.

— Desculpa, vocês já foram namorados?

A conversa morreu ali mesmo. Tessa e Magnus se viraram para ele com expressões idênticas de choque.

— Você parece mais horrorizada do que eu — falou Magnus para Tessa — e, por alguma razão, estou magoadíssimo.

Tessa esboçou um sorriso para Magnus e, em seguida, virou-se para Alec.

— Magnus e eu somos amigos há mais de um século.

— Está bem — falou Alec. — Então é uma visita de cortesia?

O tom da voz de Alec fez Magnus erguer uma das sobrancelhas. Às vezes, Alec ficava pouco à vontade perto de desconhecidos. Magnus supôs que isso explicava o tom de voz. Magnus estava tão óbvia e constrangedoramente apaixonado. Não era possível que Alec estivesse com ciúmes.

Tessa suspirou. O brilho divertido nos olhos cinzentos desapareceu.

— Eu gostaria muito que fosse uma visita amigável — falou em voz baixa. — Mas não é.

Ela se remexeu no assento e se enrijeceu um pouco. Magnus semicerrou os olhos.

— Tessa — falou ele. — Você está machucada?

— Nada que não possa cicatrizar — respondeu ela.

— Você está encrencada?

Ela lançou um olhar demorado e impossível de interpretar a Magnus.

— Não — falou. — Mas você está.

— Do que é que você está falando? — perguntou Alec, e, de súbito, sua voz adquirira urgência.

Tessa mordeu o lábio.

— Magnus — falou —, podemos conversar a sós?

— Você pode falar para nós dois — retrucou o feiticeiro. — Eu confio em Alec.

Muito baixinho, Tessa perguntou:

— Você confiaria sua vida a ele?

Se fosse outra pessoa, Magnus acharia tudo aquilo muito dramático. Mas Tessa não era assim. Ela só dizia o que pensava.

— Sim — falou o feiticeiro. — Eu confiaria.

Muitos habitantes do Submundo jamais contariam segredos a um Caçador de Sombras, não importava o que Magnus dissesse, mas Tessa era diferente. Ela pegou uma bolsa de couro a seus pés, sacou um pergaminho selado com cera e o desenrolou.

— O Conselho Espiral emitiu uma solicitação formal a você, Magnus Bane, Alto Feiticeiro do Brooklyn, para que neutralize o culto humano de adoradores do demônio conhecido como A Mão Escarlate. Imediatamente.

— Eu entendo que o Conselho Espiral queira o melhor — começou Magnus, com modéstia. — Não posso dizer que me importe com o tom deles. Eu já ouvi falar da Mão Escarlate. Os caras são uma piada. Um bando de humanos que gosta de dar festas e usar máscaras demoníacas. Estão mais interessados em encher a cara do que em adorar o diabo. Estou de férias e não serei incomodado com essa bobagem. Diga ao Conselho Espiral que vou dar um banho no meu gato, Presidente Miau.

O Conselho Espiral era o que havia de mais próximo de um governo para os feiticeiros, mas era uma instituição secreta e não totalmente oficial. Em geral, feiticeiros tinham problemas com autoridade, e Magnus tinha mais problema do que a maioria.

Uma sombra cobriu o rosto de Tessa.

— Magnus, eu tive que implorar ao Conselho que me deixasse vir atrás de você. Sim, A Mão Escarlate sempre foi uma piada. Mas parece que eles têm um novo líder, alguém que os deixou em melhores condições. Eles adquiriram poder, recursos financeiros ilimitados e andaram recrutando muita gente. Houve algumas mortes e muito mais desaparecimentos. Uma fada foi encontrada morta em Veneza, próximo a um pentagrama pintado com seu próprio sangue.

Magnus teve um sobressalto, mas se obrigou a ficar imóvel. Tessa não precisava ser mais clara: ambos sabiam que sangue fada podia ser usado para invocar Demônios Maiores, que antigamente caminhavam entre os anjos mais elevados, mas que haviam caído desde então.

O conhecimento que Tessa e Magnus tinham por serem filhos de um Demônio Maior era algo que não precisava ser posto em palavras. Consequentemente, Magnus sentia afinidade por Tessa. Havia muito poucos filhos de Demônios Maiores andando por aí.

Magnus não dissera a Alec que seu pai era um Príncipe do Inferno. Parecia o tipo de coisa que ia brecar um relacionamento recente.

— Então é isso? — perguntou Magnus, tentando manter o tom de voz neutro. — Se esse culto estiver tentando evocar um Demônio Maior, as notícias são péssimas. Para o culto e potencialmente para um monte de gente inocente.

Tessa assentiu e se inclinou para frente.

— Não resta dúvida de que A Mão Escarlate está decidida a causar o caos no Mundo das Sombras, por isso o Conselho Espiral me enviou para lidar com eles. Eu fingi ser uma das seguidoras da sede em Veneza, e tentei descobrir o que eles estavam armando e quem seria o seu líder. Mas aí, durante um dos rituais, fui exposta a uma poção que me fez perder o controle das minhas habilidades de mudar de forma. Escapei com vida por um triz. Quando voltei uns dias depois, o culto tinha abandonado o local. Você precisa encontrá-los.

— Como eu costumo dizer — observou Magnus —, por que eu?

Tessa não estava mais sorrindo.

— Eu não costumo levar fé em boatos, mas no Submundo dizem que o novo líder da Mão Escarlate não é tão novo assim. Estão dizendo que o fundador retornou.

— E quem é o fundador, se é que posso saber?

Tessa pegou uma fotografia e a esticou sobre a mesa. A imagem era de uma pintura numa parede. A obra era rudimentar, amadora, quase como se tivesse sido feita por uma criança. Eram imagens de um homem com cabelos escuros sentado num trono. Ao lado dele, duas pessoas o abanavam com folhas de palmeira, com uma terceira ajoelhada à sua frente. Não, ela não fazia uma mesura; parecia que fazia uma massagem nos pés dele.

Apesar de mal pintado, era perfeitamente possível reconhecer os cabelos muito negros do fundador do culto, além das maçãs do rosto proeminentes e dos olhos amarelos, semelhantes aos de um gato.

— Eles chamam seu fundador de "O Grande Veneno" — explicou Tessa. — Parece familiar? Magnus, as pessoas estão dizendo que *você* é o fundador original e o novo líder da Mão Escarlate.

Um arrepio percorreu Magnus. Em seguida ele ficou indignado.

— Tessa, com absoluta certeza eu não fundei culto algum! — protestou ele. — Eu nem gosto de adoradores de demônios. São uns idiotas tediosos que adoram demônios tediosos. — Ele fez uma pausa. — É o tipo de coisa da qual eu zombaria, claro. — Magnus fez nova pausa. — Não que eu fosse zombar mesmo. Nem como uma pegadinha. Eu nunca iria... — Ele se calou de repente.

— Você faria uma brincadeira sobre começar um culto para adorar demônios? — perguntou Alec.

Magnus fez um gesto de impotência.

— Eu faria uma brincadeira com qualquer coisa.

Os mundanos tinham uma expressão para demonstrar que não se lembravam de algo: "isso não me soa familiar." Mas era o contrário disso. Um culto chamado A Mão Escarlate... uma piada de muito tempo atrás. Soava muito familiar para ele. E soava mal.

Magnus se lembrava de ter feito uma brincadeira há séculos. Ragnor Fell estava lá, ele tinha quase certeza disso. E se lembrava de um dia quente e de uma noite muito longa. Não se recordava de mais nada.

Magnus respirou fundo e se obrigou a ficar calmo. Seu velho amigo Ragnor estava morto, uma vítima da guerra recente. Magnus tinha tentando não pensar muito nisso. Agora havia uma lacuna em suas próprias lembranças. Manter longe da mente séculos de vida era difícil, mas Magnus sabia a diferença entre uma lembrança confusa e uma lembrança ceifada. Antes, ele lançava feitiços para confundir e remover lembranças. Às vezes, os feiticeiros faziam isso uns aos outros, para ajudar seus amigos a superarem as provações que a imortalidade lhes apresentava.

Por que suas lembranças de um culto adorador de demônios tinham sido removidas? Quem as teria removido? Ele não ousou olhar na direção de Alec.

— Tessa — começou ele cuidadosamente —, você tem certeza de que não se confundiu por causa do belo rosto e da elegância do Grande Veneno?

— Tem um quadro na parede — falou Alec, com voz calma e ponderada. — Você está usando o mesmo casaco nas duas imagens.

Em vez de olhar para Alec, Magnus observou a pintura, que representava ele mesmo e seus amigos feiticeiros, Ragnor Fell e Catarina Loss. Um lobisomem conhecido, com talentos artísticos, tinha feito o quadro, por isso nenhuma de suas marcas de feiticeiros estava disfarçada com encantamento. Catarina usava um vestido decotado, exibindo um bocado de sua linda pele azul, e os chifres de Ragnor se curvavam em meio a uma floresta de cachos com gel de cabelo, e o rosto verde fazia contraste com a gravata branca como folhas primaveris sobre a neve. Os cantos dos olhos felinos e brilhantes de Magnus estavam enrugados por causa de seu sorriso. Magnus sempre adorara este quadro.

E ele *realmente* usava o mesmo casaco nas duas imagens.

Ele pensou, mas depois rejeitou a possibilidade de que o Grande Veneno tivesse o mesmo casaco por uma coincidência. A roupa fora feita sob medida para ele, em agradecimento, pelo alfaiate pessoal do czar da Rússia. Parecia improvável que Dmitri tivesse feito uma segunda peça para líder de culto qualquer.

— Não consigo me lembrar de nada sobre A Mão Escarlate — falou Magnus. — Mas as lembranças podem ser confundidas. Acho que as minhas foram.

— Magnus, *eu* sei que você não é o líder de um culto adorador de demônios, mas nem todos no Labirinto Espiral o conhecem como eu conheço — falou Tessa. — Eles pensam que talvez você tenha feito isso. Queriam procurar os Caçadores de Sombras, mas eu os convenci a te dar uma chance de deter o culto e provar a sua inocência, antes que envolvam algum dos Institutos. Queria poder fazer mais, mas não posso.

— Está tudo bem — falou Magnus. Ele não queria que Tessa se preocupasse, por isso assumiu um tom de voz jovial, embora por dentro fosse pura tempestade. — Eu posso dar um jeito nisso sozinho.

Em momento algum ele tinha olhado para Alec. E se perguntava se teria coragem de um dia voltar a olhá-lo. De acordo com todas as leis, de todos os acordos, os Caçadores de Sombras deveriam ser informados sobre cultos demoníacos, assassinatos e o feiticeiro suspeito imediatamente.

Foi Tessa quem olhou para Alec.

— Magnus não fez isso. — Ela o tranquilizou.

Alec retrucou:

— Eu não preciso que você me diga isso.

A tensão abandonou os ombros de Tessa. Ela pousou a xícara na mesinha lateral e se pôs de pé. Seu olhar se deteve sobre Alec e ela abriu um sorriso quente e doce, e Magnus compreendeu que ela enxergava dentro do rapaz não apenas Will, mas também Cecily, Anna e Christopher, gerações de rostos queridos que agora não estavam mais ali.

— Foi um prazer conhecê-lo, Alexander.

— Alec — emendou o rapaz, que observava Tessa atentamente.

— Alec — repetiu Tessa. — Eu queria poder ficar e ajudar, mas tenho que retornar ao Labirinto o quanto antes. Estão abrindo um Portal para mim. Cuide bem de Magnus.

— Como é que é? — perguntou Magnus, confuso.

— Claro que vou cuidar — falou Alec. — Tessa, antes que você vá. Você me parece... familiar. Será que já nos encontramos?

Tessa o encarou por alguns instantes. Seu rosto estava sério e afável.

— Não — falou. — Mas espero que nos encontremos novamente.

Ela se voltou para a parede dos fundos, onde um Portal se abria e iluminava a mobília, os abajures e as janelas com uma luz estranha. Do outro lado da entrada arredondada feita de luz numa fenda em pleno ar, Magnus viu as cadeiras terrivelmente desconfortáveis da recepção do Labirinto Espiral.

— Tome cuidado com quem quer que seja o novo líder do culto — alertou Tessa, parando diante do Portal. — Acho que deve ser um feiticeiro. Não descobri muita coisa, mas mesmo como seguidora do culto, eu encontrei barreiras poderosas e vi feitiços sendo desviados como se não fossem nada. Eles falam de um livro sagrado, chamado *Os Pergaminhos Vermelhos de Magia*. Tentei conseguir um exemplar, mas não deu.

— Vou perguntar no Mercado das Sombras de Paris — falou Magnus.

— Eles estão vigiando magia, por isso, evite viajar por Portal sempre que possível — pediu Tessa.

— Mas você está usando um Portal neste exato minuto — falou Magnus, com ar divertido. — Sempre o "faça o que eu digo e não o que eu faço", estou vendo. Será que *você* vai ficar em segurança?

Tessa tinha mais de 100 anos, mas era muito mais jovem do que Magnus, e ele a conhecia praticamente desde sempre. Ele sempre teve um instinto protetor muito forte por ela.

— Eu vou para o Labirinto Espiral e ficarei lá. É um local sempre seguro. Você, por outro lado, vai a outros lugares perigosos. Boa sorte. E... me desculpe pelas suas férias.

— Não precisa se desculpar — falou Magnus. Tessa jogou um beijo para ele ao entrar no Portal, e ela e o brilho forte desapareceram da sala de estar.

Magnus e Alec ficaram parados por alguns instantes. Magnus ainda não conseguia encarar Alec. Tinha muito medo do que veria no rosto do rapaz. Ele estava em seu apartamento em Paris com o homem que amava, e se sentia muito só.

Magnus tinha alimentado tantas esperanças para esta escapadela. Era só o começo das férias deles, e agora Magnus tinha um terrível segredo e conspirava com uma amiga do Submundo para escondê-lo. Pior: ele não podia jurar para Alec que era totalmente inocente. Ele sequer conseguia se lembrar do episódio.

Magnus não podia culpar Alec caso ele estivesse repensando todo o relacionamento. *Vamos namorar, Alec Lightwood. Seus pais me odeiam, eu não me encaixo no seu mundo, nem você no meu, e não vamos conseguir sair em férias românticas sem que meu passado obscuro lance uma sombra sobre nosso futuro.*

Magnus queria que eles se conhecessem melhor. Magnus tinha uma opinião elevada de si mesmo, que fora conquistada com muito custo, mas tinha uma opinião ainda mais elevada de Alec. Ele tinha pensado que localizara cada segredo sombrio, enfrentara cada demônio, aceitara todos os seus defeitos. A possibilidade de que pudesse haver segredos a respeito de si sobre os quais ele nem mesmo tomara conhecimento era inquietante.

— Tessa não precisava se desculpar — falou ele, afinal. — Mas eu deveria. Eu sinto muito por estragar nossas férias.

— Você não estragou nada — falou Alec.

Foi o eco do que Magnus tinha dito mais cedo que o fez olhar para Alec finalmente. Ao fazê-lo, flagrou o esboço de um sorriso.

A verdade saiu rolando sem controle dos lábios de Magnus, como às vezes acontecia quando estava perto de Alec.

— Não entendo o que está acontecendo.

Alec falou:

— Nós vamos descobrir.

Magnus sabia que houve épocas em sua longa vida nas quais ele ficara furioso e perdido. Talvez ele não se lembrasse da Mão Escarlate, mas se recordava do primeiro homem que matara, quando ainda era uma criança, com outro nome, em uma região que viria a se tornar a Indonésia. Magnus se arrependia da pessoa que fora, mas não dava para limpar as manchas vermelhas em seu passado.

Ele não queria que Alec visse as tais manchas ou fosse tocado por elas. Não queria que Alec pensasse nele do jeito que ele sabia que outros Caçadores de Sombras pensavam.

Magnus tivera outros amores em sua vida, que teriam saído correndo e gritando há muito tempo, e Alec era um Caçador de Sombras. Ele tinha seu ofício supremo, mais sagrado para os Nephilim do que o amor.

— Se você achar que precisa contar à Clave — começou Magnus lentamente —, eu vou entender.

— Você está brincando? — disse Alec. — Não vou repetir nenhuma dessas mentiras idiotas para a Clave. Não vou contar a ninguém. Magnus, prometo que não vou.

A expressão de Alec era de horror. Magnus tremia devido à intensidade do próprio alívio e pelo fato de ser muito importante que Alec não estivesse acreditando no pior.

— Eu juro, eu realmente não me lembro de nada.

— Eu acredito. Nós podemos dar um jeito nisso. Só precisamos encontrar e deter o verdadeiro responsável pela Mão Escarlate. — Alec deu de ombros. — Está certo. Vamos fazer isso então.

Magnus se perguntou se um dia ia se acostumar com o fato de sempre ser surpreendido por Alec Lightwood. Ele torcia para que não.

— Além disso, nós vamos descobrir por que você não consegue se lembrar de nada. Vamos descobrir quem fez isso e a motivação por trás de tudo. Não estou preocupado.

Magnus estava preocupado. Tessa acreditava nele porque era bondosa. Extraordinariamente, Alec acreditava nele. Apesar de encantado, tonto e aliviado por causa de Alec, Magnus não era capaz de afastar por completo a própria inquietação furtiva. Ele não conseguia se lembrar, e então era possível — não provável, mas possível — que talvez tivesse feito alguma coisa na época da qual se envergonhava agora. Magnus desejava poder jurar a Alec que nunca cometera pecados imperdoáveis.

Mas não tinha como fazer isso.

4

Muito Permanece

Na primeira noite deles em Paris, Alec não conseguira dormir. Ele tinha saído da cama e ficara caminhando pelo quarto. Depois ficara admirando um Magnus adormecido na cama — na cama em que eles tinham dormido juntos. Nada acontecera naquela cama ainda, e Alec estava dividido entre a esperança e o medo quando pensou no que poderia acontecer ali em breve. Os cabelos pretos e sedosos de Magnus se espalhavam sobre o travesseiro branco, a pele marrom contra os lençóis. O braço esguio e forte de Magnus estava jogado no espaço onde Alec estivera; um fino bracelete de ouro reluzindo em seu pulso. Alec mal conseguia acreditar no que estava acontecendo com ele. E não queria estragar aquilo.

Uma semana depois, ele se sentia exatamente do mesmo jeito. Não se importava se iam combater um culto ou se estavam em um balão de ar quente ou se, por sinal, combatiam um culto em cima de uma plataforma em um balão de ar quente, o que começava a parecer um desenvolvimento futuro plausível em sua vida. Ele simplesmente estava feliz por estar com Magnus. Nunca imaginara que férias românticas, com alguém com quem realmente quisesse estar, fosse algo palpável em sua vida ou mesmo alguma coisa que pudesse querer.

Dito isso, ele particularmente não queria que seu pai ouvisse falar sobre a possibilidade de seu namorado ser fundador de um culto de adoradores do demônio, e gelava só de pensar na Clave ouvindo esses boatos sobre Magnus. Uma hora eles provavelmente ouviriam os rumores por outros canais, por mais que Alec e Magnus guardassem a informação.

A Lei é dura, mas é a Lei, diziam, e Alec sabia o quão dura ela podia ser. Já tinha visto como a Clave tratava Caçadores de Sombras sob suspeita de má-fé. Seria muito pior para um habitante do Submundo. Alec vira Simon, o amigo de Clary no Submundo, ser jogado na prisão, sendo que Simon não tinha feito absolutamente nada. A ideia de Magnus, uma presença tão brilhante, ser jogado na escuridão fez Alec se encolher fisicamente.

Na noite anterior, eles tinham ido para a cama pouco depois de Tessa ir embora, mas Magnus não parara de se revirar. A certa altura, Alec tinha acordado rapidamente e flagrara Magnus sentado muito ereto na cama, encarando a escuridão. Quando Alec se levantara hoje de manhã, Magnus estava dormindo, mas espalhado de um jeito estranho, como se seu corpo tivesse sucumbido à exaustão, semiderrotado. A boca pendia aberta. Ele não era a elegância em pessoa que normalmente apresentava.

Alec estava acostumado a sentir uma combinação de afeição e irritação para com as pessoas que amava. Normalmente, no início do relacionamento, sentia total irritação e mínima afeição, e então, conforme o tempo passava, a irritação diminuía e a afeição crescia. Isso descrevia o arco de seu relacionamento com Jace, seu *parabatai* e melhor amigo, e mais recentemente descrevia o modo como ele se sentira em relação a Clary Fairchild quando ela tinha entrado na vida deles. A própria Clary tinha tido lembranças perdidas, e o retorno dessas memórias ajudara a vencer uma guerra. Nesse caso, Magnus foi o responsável pelos encantamentos para apagar as lembranças dela. E agora parecia que alguém tinha mexido nas lembranças de Magnus, muito tempo atrás.

Alec nunca considerara Magnus irritante. Ele não sabia bem por quê. O caos orbitava em torno do feiticeiro, como uma nuvem de purpurina, e a tolerância de Alec àquele caos lhe era sempre surpreendente.

Agora ele fazia o caminho de volta ao apartamento de Magnus, retornando dos exercícios matinais. Era uma manhã fria e uma camada de orvalho cobria grande parte de Paris. O sol já começava a espreitar os topos dos edifícios no horizonte.

O apartamento de Magnus era bonito de um modo intimidador, mas não havia salas para treinamento nem ninguém com quem treinar, por isso, Alec precisava improvisar. Tinha descoberto uma piscina próxima ao rio. Por alguma razão, os habitantes de Paris construíram um local para nadar perto de um local onde eles podiam nadar. Mundanos eram mesmo esquisitos.

Alec tinha terminado de dar algumas voltas nadando na piscina. Seus cabelos e roupas ainda estavam úmidos. Uma mulher com óculos escuros muito grandes provavelmente não precisava ter assobiado para ele e dito "*Beau gosse!*" ao passar.

Agora Alec se aproximava da escadaria da frente do edifício de Magnus e subia os quatro lances, de três em três degraus. Ele abriu a porta do apartamento e chamou:

— Magnus? — Fez uma pausa. — Que diabos é isso?!

Magnus estava no meio da sala de estar, pairando acima do soalho, e, em torno dele, orbitavam dezenas de livros e fotografias. Três imensas estantes convocadas do apartamento no Brooklyn, bem com a maioria do conteúdo espalhado no chão, ocupavam metade do cômodo. Uma das prateleiras estava inclinada num canto, pois era como se tivesse virado e ido de encontro à janela. Pratos de doces pela metade enchiam a mesa e as cadeiras.

O cômodo inteiro parecia estar mergulhado em estática preta e branca, que o cobria com um véu sinistro, fantasmagórico. Vez ou outra um relâmpago branco inundava a sala. Parecia, pensou Alec, imensamente, obviamente demoníaco por natureza.

— Magnus, o que está acontecendo?

Magnus virou a cabeça até seus olhos pousarem em Alec. Eles estavam vidrados. Ele piscou e, em seguida, se animou.

— Alexander, você voltou. Como foi o exercício?

— Foi bom — falou Alec lentamente. — Está tudo bem?

— Só estou pesquisando um pouco. Eu estava tentando descobrir como, onde e quando poderia ter uma lembrança perdida, especialmente uma que cobre o tempo necessário para se estabelecer um culto adorador do demônio, então resolvi examinar todos os eventos da minha vida cronologicamente.

— Parece que isso vai levar um tempo — falou Alec.

Magnus falava rapidamente, divertindo-se com a investigação. Ou talvez tivesse bebido café demais. Alec notou três cafeteiras francesas e meia dúzia de canecas de café flutuando entre os destroços.

Magnus dissera a Alec para não se preocupar, mas parecia que o próprio Magnus estava se preocupando um bocado.

— Sabe — emendou Magnus —, suas lembranças jamais se apresentam isoladas. Elas estão interligadas, criadas por outras lembranças que lhes dão sentido. Cada lembrança específica ajudará a produzir mais uma, e dará a estas lembranças novas seu próprio sentido. É como uma teia de aranha gigantesca. Se você faz uma lembrança desaparecer, deixa outros fios soltos.

Alec refletiu sobre isso.

— Então você só precisa encontrar um pedaço das lembranças que não conduza à coisa alguma.

— Exatamente.

— Mas e se você simplesmente se esqueceu de algo? Não é possível que você se lembre de todos os acontecimentos da sua vida.

— Por isso fui atrás de ajuda. — Ele fez um gesto para os objetos ao redor. — Eu invoquei meus álbuns de fotografia do Brooklyn. Passei por quaisquer momentos que pudessem levar à criação da Mão Escarlate, e então magicamente imprimi as lembranças em papel para catalogá-las de modo adequado.

Alec franziu a testa.

— Então você está fazendo álbuns de recortes.

Magnus fez uma careta.

— Para o observador leigo, talvez se assemelhe a isso, sim.

Alec olhou as fotografias que flutuavam. Uma parecia ser Magnus em um tapete voador sobre um deserto. A outra era Magnus em um baile, vestindo roupas vitorianas e dançando uma valsa com uma mulher loura, de uma beleza fria. Outra ainda mostrava Magnus com os braços em torno dos ombros de um homem mais velho e bonito. Alec se inclinou e forçou a vista para a foto. Dava para distinguir as lágrimas no rosto de Magnus.

Mas antes que seus dedos pudessem tocar a imagem, ela saiu voando, como se fosse uma folha de árvore, dando cambalhotas no ar.

— Aquela é meio que uma lembrança particular — falou Magnus apressadamente.

Alec não forçou o assunto. Não era a primeira vez em seu relacionamento que ele esbarrava no passado de Magnus e dava com a porta na cara. Odiava quando acontecia, mas estava tentando ser compreensivo. Eles não se conheciam tão bem assim, mas iam se conhecer. Todo mundo tinha segredos. Alec tinha guardado segredos de quem lhe era mais próximo antes. Havia um monte de razões para Magnus mantê-lo a distância.

Alec queria que Magnus pudesse lhe contar tudo. Ao mesmo tempo, não sabia se poderia lidar com esse "tudo". Ele se lembrava da sensação nauseante e assustada em seu estômago quando tinha perguntado se Magnus e a bela mulher de cabelos castanhos a quem ele observava com tanto carinho já tinham sido um casal. E ficara muito aliviado quando Magnus e Tessa responderam que eram apenas amigos.

Talvez Alec nunca tivesse que conhecer nenhum dos ex de Magnus. Talvez nunca tivesse que pensar neles. Nunca. Talvez não houvesse muitos em Nova York. Talvez todos estivessem mortos, pensou, confiante, e então se sentiu mal por pensar assim.

— Você encontrou o que estava procurando? — quis saber, fazendo o possível para disfarçar o constrangimento momentâneo.

— Ainda não — retrucou Magnus. — Mal comecei.

Alec fez menção de se oferecer para ajudar, mas pensou melhor e desistiu. Uma coisa era Magnus querer se abrir com ele, outra era ele tentar entrar no redemoinho e efervescência de séculos de lembranças, cobrindo muitas centenas de pessoas, dezenas de casas e milhares de eventos.

— Será um processo longo e confuso — falou Magnus delicadamente. — Aproveite a oportunidade para ver alguns dos pontos turísticos de Paris, Alexander. Umas capelas. Ou um dos museus de arte menos famosos.

— Está bem — respondeu Alec. — Eu volto mais tarde para ver como você está se saindo.

— Ótimo! — falou Magnus e esboçou um sorriso sem graça, como se agradecesse por ele entender.

Então Alec passou a maior parte do dia visitando alguns dos pontos turísticos mais famosos da cidade. Ele sabia que Paris era conhecida por suas igrejas, e decidiu que visitaria algumas das mais famosas. Começou em meio à multidão de Notre Dame e seguiu para a extraordinária Sainte-Chapelle, com seus vitrais, o imenso órgão da Saint-Eustache, o silêncio sombrio e pacífico da Saint-Sulpice. Na Église de la Madeleine, admirou a estátua de Joana D'Arc por mais tempo do que o esperado. Joana estava pronta para a batalha, brandindo a espada com as duas mãos, pronta para atacar. Seu rosto estava inclinado num ângulo brusco, como se não importasse que seu nêmese pudesse ser muito maior. Era uma pose muito parecida com a dos Caçadores de Sombras, embora, até onde ele soubesse, ela não tivesse sido um deles. No entanto, a determinação e coragem na expressão dela ao contemplar um monstro invisível que se assomava adiante eram inspiradoras. Apesar de toda a beleza das rosáceas e das colunas coríntias, foi a expressão no rosto de Joana que ficou acompanhando Alec horas depois.

Em todas as igrejas, ele não conseguia evitar se perguntar onde a pilha de armas Nephilim ficava escondida. Em praticamente todas as igrejas do mundo, um símbolo dos Caçadores de Sombras indicava o caminho para um esconderijo de armas, disponível para o uso em caso de emergência. Ele poderia ter perguntado a qualquer um dos Caçadores do Enclave de Paris, claro, mas não queria alardear sobre a sua presença e a de Magnus na cidade. Em Notre Dame, perdeu alguns minutos examinando os soalhos de pedra, procurando um símbolo conhecido, mas estava começando a atrair olhares — a maioria dos visitantes da catedral passava o tempo olhando para cima, não para baixo, no chão. Por fim, desistiu; o local era imenso, e o depósito de armas poderia estar em qualquer parte.

Na maior parte do tempo, ele não atraía atenção, mas houve um momento terrível ao cruzar a Pont des Arts no meio da multidão em que avistou dois vultos com as Marcas familiares nos braços nus. Deu meia-volta abruptamente e caminhou na outra direção, dobrando a primeira esquina que encontrou rumo a um beco estreito. Ao sair, alguns minutos depois, os Caçadores de Sombras desconhecidos tinham ido embora.

Então parou por um momento na rua tumultuada, e sentiu-se muito só. Não estava acostumado a se esconder de outros Caçadores de Sombras, afinal eram seus colegas e aliados. Era uma sensação incomum e inquietante. Mas com essa história de culto para resolver, Alec não queria cruzar com eles. Não que não confiasse em Magnus — não acreditava nem por um segundo que ele estivesse envolvido atualmente com A Mão Escarlate. Mas será que Magnus não se envolvera com eles, por pura brincadeira, há centenas de anos numa noite de bebedeira? Isso já soava mais plausível. Ele queria ligar para Magnus, mas não queria incomodá-lo no meio da pesquisa.

Enquanto caminhava, pegou o telefone e ligou para casa. Alguns segundos depois, ouviu a voz familiar da irmã:

— Ei! Como vai Paris?

Alec sorriu.

— Olá, Isabelle.

Ao fundo, ele ouviu uma pancada terrível e outra voz.

— É o Alec? Passa esse telefone pra cá!

— Que barulho foi esse? — perguntou Alec, ligeiramente alarmado.

— Ah, é só o Jace — falou Isabelle, sem prestar atenção. — Tire a mão, Jace! Ele ligou pra *mim*.

— Não, esse barulho como se mil tampas de lata de lixo estivessem caindo do céu.

— Ah, Jace estava girando um machado enorme numa corrente quando você ligou — explicou Izzy. — Jace! Seu machado ficou preso na parede. Não é nada de importante, Alec. Conte sobre a viagem! Como está o Magnus? E eu não estou perguntando se ele está bem.

Alec tossiu.

— Tipo, quero saber dos talentos dele, e não estou falando das habilidades mágicas — explicou Isabelle.

— Sim, eu entendi o que você queria dizer — falou Alec secamente.

Ele não tinha uma resposta para Isabelle. Quando ele e Magnus começaram a sair, em Nova York, por várias vezes Alec quis que as coisas esquentassem, mas ficou assustado pela imensidão de seus sentimentos. Eles tinham se beijado, tinham ficado juntos um pouco. E era isso, até agora, e Magnus nunca forçara nada. Então veio a guerra e, depois da guerra, Magnus perguntara se ele queria ir à Europa de férias, e ele dissera que sim. Alec presumira nisso um entendimento mútuo de que agora ele estava pronto para ir a qualquer lugar e fazer qualquer coisa com Magnus. Ele tinha mais de 18 anos; era adulto. Podia perfeitamente tomar decisões.

Só que Magnus não tinha feito nada. Magnus sempre fora muito cuidadoso com Alec. Só que Alec queria que ele fosse um pouco menos cuidadoso, afinal não era muito bom de conversa, em especial, conversas constrangedoras sobre sentimentos, ou melhor, todas as conversas sobre sentimentos, e ele não conseguia descobrir um jeito de trazer o assunto à tona. Alec nunca tinha beijado ninguém antes de Magnus. E sabia que Magnus devia ser muito experiente. Isso só fazia alimentar seu nervosismo, mas, ao mesmo tempo, beijar Magnus era a sensação mais fantástica do mundo. Quando eles se beijavam, o corpo de Alec se aproximava do de Magnus naturalmente, chegando perto o máximo possível, daquele jeito instintivo que seu corpo só fazia quando ele lutava. Até então ele jamais imaginara que algo pudesse ser tão seguro ou tão importante em sua vida, e agora eles estavam juntos em Paris, sozinhos, e qualquer coisa poderia acontecer. Era tão emocionante quanto assustador.

Claro que Magnus também queria ir mais além. Não queria?

Alec tinha imaginado que alguma coisa ia acontecer na noite do balão de ar quente, mas fora compreensível que Magnus tivesse ficado tão distraído com o culto demoníaco.

— Alec! — gritou Isabelle ao telefone. — Você ainda está aí?

— Oh... sim, desculpe. Estou aqui.

A voz dela ficou mais gentil.

— É esquisito? Eu sei que as primeiras férias são decisivas para um casal.

— O que você quer dizer com "decisivas"? Você nunca saiu de férias com ninguém!

— Eu sei, mas Clary me emprestou algumas revistas mundanas — retrucou Isabelle, e sua voz se animou. A amizade de Clary e Isabelle fora conquistada a muito custo, mas Isabelle parecia valorizá-la mais ainda por causa disso. — As revistas dizem que a primeira viagem é um teste muito importante da compatibilidade de um casal. É quando vocês realmente começam a se conhecer e a saber como se dão juntos, e aí concluem se o relacionamento vai durar.

Alec sentiu um buraco no estômago e rapidamente mudou de assunto.

— Como é que vai o Simon?

Mencionar Simon era um sinal de desespero, pois ele não gostava muito da ideia de ver sua irmã namorando um vampiro. Embora, para um vampiro, ele parecesse um cara bem legal. Alec não o conhecia muito bem. Simon falava muito e, na maior parte do tempo, apenas sobre coisas do universo mundano que Alec desconhecia totalmente.

Isabelle deu uma risadinha, um pouco alta demais.

— Está bem. Quero dizer, sei lá. Eu o vejo de vez em quando e ele parece estar bem, mas não ligo. Você sabe como eu sou com garotos; ele é, tipo, um brinquedinho. Um brinquedinho com presas.

Isabelle já tinha saído com um monte de pessoas, mas nunca ficava na defensiva assim. Talvez por isso Alec ficasse tão incomodado em relação a Simon.

— Desde que *você* não seja o brinquedinho de morder *dele* — falou Alec. — Olha, eu preciso de um favor.

Isabelle assumiu um tom mais incisivo.

— Por que você está usando essa voz?

— Que voz?

— A voz de "Eu sou um Caçador de Sombras em missão oficial". Alec, você está de férias. Você devia estar se divertindo.

— Eu estou me divertindo.

— Não acredito.

— Você vai me ajudar ou não?

Isabelle deu uma risada.

— Claro que vou. Em que tipo de encrenca você e Magnus estão se metendo?

Alec prometeu a Magnus não revelar a ninguém, mas é claro que Isabelle não contava.

Ele deu meia-volta, afastando-se da multidão, e cobriu o telefone com a mão livre.

— Preciso que você mantenha isso em segredo. Mamãe e papai não precisam descobrir. E também não quero que Jace saiba.

Ouviu-se um murmurinho no telefone.

— Alec, você está com algum problema? Eu posso chegar em Alicante em meia-hora, e em Paris em três.

— Não, não, não é nada disso.

De repente, Alec se deu conta de que esquecera de usar o encantamento para não ser detectado, para que os mundanos não ouvissem a conversa, mas assim como em Nova York, as multidões de Paris passavam sem prestar a menor atenção nele. Conversas no celular, por mais públicas que fossem, deveriam ser ignoradas; aparentemente isso era uma lei universal.

— Você pode procurar nos arquivos do Instituto um culto chamado A Mão Escarlate?

— Claro. Você pode me dizer por quê?

— Não.

— Vou ver o que posso fazer.

Ela não insistiu. Isabelle nunca insistia, nem em relação aos segredos de Alec. Esse era um dos muitos motivos pelos quais Alec confiava na irmã.

No outro extremo da linha, Alec ouviu barulho de briga.

— Sai daqui, Jace! — sibilou Isabelle.

— Na verdade — falou Alec —, posso falar com Jace por um segundo?

Ele queria perguntar uma coisa, mas não se sentia confortável de falar sobre isso com a irmã.

— Ah, está bem — falou Isabelle. — Ele está aqui.

Ouviu-se outro murmurinho, e então Jace limpou a garganta e falou casualmente, como se não estivesse brigando pelo telefone com Isabelle um minuto atrás:

— Oi.

Alec sorriu.

— Oi.

Ele praticamente conseguia visualizar Jace, que convidara Alec para ser seu *parabatai*, mas sempre fingia não precisar de um. Alec não se deixava enganar. Jace vivia com eles no Instituto de Nova York desde que Alec tinha 11 anos. Ele sempre amara Jace e o considerava tão familiar e tão querido que, durante algum tempo, sentira-se confuso sobre a natureza daquele amor. Ao pensar em Jace agora, ele se dava conta de quem Tessa o fazia lembrar.

A expressão dela, séria, mas com uma luz silenciosa implícita, era exatamente como Jace ficava quando tocava piano.

Alec afastou aquele pensamento esquisito.

— Como está Paris? — perguntou Jace como quem não quer nada. — Se você não estiver se divertindo, pode voltar mais cedo.

— Paris é ótima — falou Alec. — Como estão as coisas?

— Bem, meu negócio é ter boa aparência e combater demônios, e o negócio vai bem — falou Jace.

— Legal. Hum, Jace, posso perguntar uma coisa? Se você quisesse muito que uma coisa acontecesse, e estivesse pressentindo que poderia acontecer, mas aí a outra pessoa estivesse esperando que você desse um sinal de que está preparado... que talvez você esteja preparado... não, que definitivamente você está preparado, talvez, o que você faria? Nessa situação hipotética?

Fez-se uma pausa.

— Hum — falou Jace. — Boa pergunta. Fico feliz que você tenha feito essa pergunta a mim. Eu acho que você devia ir em frente e dar um sinal.

— Ótimo — falou Alec. — Sim, era isso que eu estava me perguntando. Obrigado, Jace.

— Difícil demonstrar os sinais pelo telefone — disse Jace, pensativo. — Vou pensar em vários sinais e mostrar quando você voltar para casa. Tipo, um sinal para "tem um demônio rastejando atrás de você, e você deve acertá-lo", certo? Mas devia ter um sinal diferente para quando um demônio está rastejando atrás de você, mas eu não o perdi de vista. Isso faz todo sentido.

Fez-se outro silêncio.

— Devolva o telefone para Isabelle — pediu Alec.

— Espere, espere — falou Jace. — Quando é que você volta para casa?

— Isabelle! — repetiu Alec.

Ouviu-se barulho de mais um burburinho quando Isabelle retomou o telefone.

— Tem certeza de que não quer que eu vá pra ajudar? Ou você e Magnus preferem ficar *a sós*?

— Nós preferimos ficar a sós — respondeu Alec com firmeza. — E, na verdade, eu tenho que voltar. Eu te amo, Isabelle.

— Te amo — respondeu ela. — Espere! Jace disse que precisa do telefone de novo. Ele acha que pode ter entendido a sua pergunta errado.

Magnus estava na mesma posição em que Alec o deixara. Parecia não ter se mexido nem um centímetro, mas o ciclone de papéis, fotografias e livros que o cercava estava duas vezes maior e mais bagunçado.

— Alec! — chamou ele alegremente, e parecia estar de bom humor. — Como vai Paris?

— Se eu fosse um Caçador de Sombras morando em Paris — começou Alec —, eu teria que treinar duas vezes mais para compensar todas as vezes que parei para tomar um café e comer uma coisinha.

— Paris é a única grande cidade na Terra em que se deve parar para tomar um café e comer uma coisinha — declarou Magnus.

— Eu comprei um *pain au chocolat* para você — falou Alec, e estendeu um saco de papel branco ligeiramente murcho agora.

Magnus abriu a parede de livros e papéis como se fosse uma cortina e fez um gesto para que Alec se aproximasse.

— Descobri uma coisa — falou ele. — Venha ver.

Alec pousou o saco e Magnus balançou a cabeça.

— Traga o *pain au chocolat* com você.

Alec deu um passo hesitante e parou ao lado de Magnus. O feiticeiro tirou o pãozinho do saco com uma das mãos e com a outra acenou para uma das imagens congeladas, trazendo-a para perto deles. Era a imagem de um feiticeiro abatido, de cabelos brancos e pele verde, vestindo um saco de batata e sentado a uma mesa de madeira cheia de canecas de latão.

Era Ragnor Fell, pensou Alec. Magnus tinha esse retrato na parede. Alguns dias depois da morte de Ragnor, Magnus mencionou que tinham sido amigos. Estava muito claro agora que tinham sido bem próximos. Alec se perguntou por que Magnus não tinha dito isso quando Ragnor morreu, mas eles estavam no meio de uma guerra. E Alec e Magnus ainda estavam decidindo o que significavam um para o outro.

Magnus não escondera isso dele exatamente.

No lado oposto da mesa, via-se Magnus, sem camisa, as palmas das mãos abertas. Parecia estar tentando encantar uma garrafa.

Magnus estalou os dedos e a foto se mexeu e então aumentou de tamanho. Ele engoliu em seco.

— Eu me lembro dessa noite com detalhes. Nós estávamos fazendo uma brincadeira em que a prenda envolvia beber. Antes, tínhamos perdido nossas camisas, literalmente, para alguns queijeiros, que na verdade eram uns trapaceiros amadores muito habilidosos. Em algum momento entre o quarto e o nono copo de quentão, tivemos uma discussão profunda sobre o sentido da vida, ou mais especificamente como a vida seria mais fácil se houvesse um meio de usar abertamente nossos poderes sem que mundanos sempre se borrassem de medo e tentassem nos queimar na fogueira toda vez que vissem uma centelha de magia.

— Você e Ragnor pensaram em criar um culto adorador do demônio para facilitar a vida de vocês? — perguntou Alec, incrédulo.

— Às vezes, o mundo não é gentil com feiticeiros. Às vezes, sentimos a tentação de revidar.

Fez-se silêncio e, por fim, Magnus suspirou.

— Nós não estávamos falando de conjurar demônios — disse ele. — Falávamos de como seria hilário fingir ser um demônio e conseguir que mundanos crédulos fizessem coisas pra gente.

— Que tipo de coisas?

— O que a gente quisesse. Massagearem nossos pés, correrem pelados pelo parque, jogar ovos podres em padres. Coisas normais que cultos de brincadeira fazem, sabe.

— Claro — falou Alec. — Coisas normais.

— Eu não me lembro, na verdade, de ter seguido com isso. Era de se imaginar que fundar um culto seria algo memorável. Na verdade, eu não me lembro de muita coisa depois dessa noite. A lembrança seguinte que tenho é de quase três anos depois, indo para umas férias na América do Sul. O quentão estava bem forte, mas três anos de amnésia me parece demais.

Magnus parecia preocupado.

— A conversa e os três anos de perda de memória não parecem coisa boa. A primeira é muito suspeita, a segunda é muito conveniente. Eu tenho que encontrar A Mão Escarlate imediatamente.

Alec assentiu resolutamente.

— Por onde começamos?

Fez-se um longo silêncio, como se Magnus estivesse refletindo cuidadosamente sobre as palavras que viriam a seguir. Ele encarou Alec, quase como se estivesse cauteloso em relação a ele. Será que Magnus achava que Alec não era capaz de ajudar?

— O que posso fazer? Eu posso ajudar — insistiu Alec.

— Você sempre ajuda — falou Magnus. Então pigarreou e acrescentou: — Eu estava pensando que seria uma pena interromper sua primeira vez em Paris com problemas ridículos do meu passado e um bando de mundanos delirantes. Você se divertiu hoje, não foi? Você deveria aproveitar. Isso não vai demorar muito e eu vou voltar antes mesmo que você tenha chance de sentir saudade.

— Como é que eu poderia aproveitar — falou Alec —, se você estiver metido numa encrenca sem mim?

Magnus ainda o fitava com expressão estranha e prudente. Alec não entendia nada do que estava acontecendo.

— Sempre tem o cabaré — murmurou Magnus.

Ele sorriu, mas Alec não retribuiu. Não era uma piada. Ficou pensando em todas as fotografias reluzentes flutuando ao redor e cruzou os braços.

Alec tinha três melhores amigos no mundo: Isabelle, Jace e sua amiga de infância, Aline, que na verdade era mais amiga de Isabelle do que dele. Ele conhecia todos e lutava ao lado de todos eles durante anos. Estava acostumado a ser parte de um time.

Mas não estava acostumado a gostar tanto de alguém sem conhecer a pessoa até do avesso. Ele tinha imaginado que, depois de lutar lado a lado com Magnus, eles automaticamente formariam um time. Alec ficava meio perdido por Magnus não querer fazer parte de um time, mas de uma coisa ele sabia.

— Magnus, eu sou um Caçador de Sombras. Destruir demônios e seus adoradores é parte do meu trabalho. É a *maior* parte do trabalho. E mais importante ainda, alguém tem que cuidar de você. Você não vai me largar aqui.

De repente, Alec se sentiu muito solitário. Tinha topado a viagem para conhecer Magnus melhor, mas talvez fosse impossível conhecer Magnus. Talvez Magnus não quisesse que o conhecessem. Talvez ele visse Alec só como uma das futuras fotografias voadoras, momentos passageiros que Magnus agora fazia grande esforço para se lembrar.

Como Magnus queria manter todo esse negócio de culto demoníaco *privado,* e nenhum deles estava muito convicto, Alec subitamente percebeu que *privado* incluía ele mesmo. E se Magnus realmente tivesse feito uma coisa terrível, centenas de anos atrás? E se, nas lembranças perdidas, Alec descobrisse que Magnus era tolo, insensível ou cruel?

Magnus se inclinou para frente, sério, para variar.

— Se você vier comigo, pode não gostar do que vamos descobrir. Pode ser que *eu* não goste do que nós vamos descobrir.

Alec relaxou minimamente. Não conseguia imaginar Magnus sendo cruel.

— Vou arriscar. Então qual é o próximo passo?

— Quero uns nomes, um local de encontro e/ou uma cópia dos *Pergaminhos Vermelhos de Magia* — falou Magnus. — Então saberei exatamente aonde ir. O sol já está quase se pondo; vamos chegar ao Mercado das Sombras de Paris na hora em que ele abre.

— Eu nunca fui a um Mercado das Sombras — observou Alec. — O de Paris é particularmente glamoroso e elegante?

Magnus deu uma risada.

— Ah, não. É um lixo.

5

O Mercado das Sombras

— Bem-vindo — começou Magnus — às Arènes de Lutece. Era uma arena de gladiadores da Roma antiga. Era um cemitério. E é o sexagésimo oitavo ponto turístico mais popular de Paris. E hoje é o local onde sua tia fada Martha vinha comprar o suprimento mensal de olhos de lagartixa ilegais.

Eles pararam à entrada do Mercado, um beco estreito que passava entre as arquibancadas de pedra. Para aqueles sem a Visão, o beco dava para uma imensa depressão circular, muito claramente indicando um poço dos gladiadores, vazio a não ser por alguns retardatários. Mas para os integrantes do Mercado, era um labirinto de barracas, lotado de habitantes do Submundo, um caos de gritos e cheiros.

Mesmo antes de entrarem, eles já vinham sendo observados. Alec sabia disso e estava assustado e alerta. Uma selkie deu uma olhada discreta e ansiosa, depois, sem sutileza alguma, deu meia-volta e foi embora.

Alec estava de jaqueta de couro, com o capuz cobrindo a cabeça, protegendo o rosto. Luvas de couro macio escondiam os símbolos em suas mãos. Ele não estava enganando ninguém. Alec nunca passaria por outra coisa além de um filho do Anjo. Era óbvio pela postura, graça e expressão em seus olhos.

Nephilim não eram proibidos de frequentar o Mercado, mas também não eram bem-vindos. Magnus estava contente por ter Alec a seu lado, mas isso também complicava as coisas.

No aperto de pessoas passando pelo beco estreito para chegar ao Mercado, eles tiveram um momento breve, mas intenso de claustrofobia. Dava para sentir o cheiro de animais úmidos e água estagnada, e todos estavam desconfortavelmente próximos. E então uma explosão de luz ofuscante os recebeu quando saíram naquele ponto que os integrantes do Mercado chamavam La Place des Ombres. Os cheiros eram de lenha e especiarias, de incenso e de ervas secando ao sol. Era agradavelmente familiar para Magnus, uma constante através de décadas, séculos, de mudança.

— O Mercado das Sombras de Paris não é como os outros Mercados das Sombras. Ele é o mais antigo do mundo e sua história é política e cheia de sangue. Praticamente todos os grandes conflitos dos habitantes do Submundo com mundanos, Nephilim ou entre si antes do século XIX começaram bem aqui. — Magnus pesou as palavras seguintes. — O que estou dizendo é para você ficar atento.

Quando eles começaram a passar pela primeira fileira de barracas, Magnus se deu conta de que eles criavam uma bolha de tensão ao redor conforme prosseguiam. Os habitantes do Submundo se inclinavam e murmuravam. Alguns lançavam olhares acusatórios e uns poucos vendedores abaixaram as cortinas ou fecharam as vitrines quando eles se aproximavam.

Alec franziu a testa, rígido. Magnus parou, pegou a mão de Alec para que todos vissem e a apertou. Um lobisomem golpeou sua vitrine e soltou um rosnado quando eles passaram.

— Não queria mesmo comprar nada ali — falou Alec.

— Obviamente que não — falou Magnus. — Ninguém quer comer em um lugar chamado Wolfsburger. Estamos longe de querer parecer canibais, rapaz.

Alec sorriu, mas Magnus desconfiou ter sido um mero sorriso para satisfazê-lo. Os olhos de Alec continuaram a examinar os arredores; sua vigilância era um reflexo treinado durante toda a vida. Magnus soltou a mão de Alec e deixou que o rapaz se afastasse um pouco e ficasse para trás enquanto caminhavam; sabia que Alec estava se posicionando de modo a ter vantagem em sua consciência situacional.

A primeira parada de Magnus foi junto a uma grande tenda vermelha que se destacava numa das ruas principais. A tenda era comprida, alta e estreita, dividida num vestíbulo e uma imensa área principal nos fundos. À esquerda da entrada, via-se uma placa com o desenho de uma garrafa de vinho com líquido vermelho e a legenda SANGUE É VIDA. VIVA BEM.

Magnus abriu as cortinas vermelhas e enfiou a cabeça na saleta dos fundos, na qual viu o primeiro (e provavelmente único) sommelier de sangue do mundo sentado atrás de uma escrivaninha curva de mogno. Peng Fang tinha a aparência de um jovem de vinte e poucos anos, com rosto largo e agradável, jeito vivaz e olhos reluzentes. Um tufo de cabelos pretos estava pintado de amarelo bem forte, o que o fazia se assemelhar a uma abelhinha amigável. Seus pés estavam apoiados na mesa e ele cantarolava uma canção alegre.

Magnus conhecia Peng Fang casualmente desde o início dos anos 1700, quando transfusões de sangue começaram a se tornar populares. Magnus admirava empreendedores e Peng Fang era, sobretudo, um empreendedor. Ele tinha percebido uma brecha no mercado — e no Mercado também — e a preenchera.

— Olha só, o Alto Feiticeiro do Brooklyn — falou ele, e um sorriso lento e encantado se abriu. — Só está dando uma passadinha parar bater um papo? Normalmente só penso em negócios, mas, com você, seria um prazer negociar.

Peng Fang flertava com todo mundo. Ele era tão consistente que Magnus vez ou outra se questionava se seu interesse era genuíno. Claro, agora isso não tinha mais importância.

— Infelizmente são negócios — falou Magnus, dando de ombros e sorrindo.

Peng Fang também deu de ombros. Ele já estava sorrindo e assim continuou.

— Eu nunca rejeito uma chance de lucrar. Procurando ingredientes para poções? Eu tenho um frasco de sangue de demônios dragões. Cem por cento à prova de fogo.

— Claro, eu me preocupo constantemente se meu sangue vai pegar fogo — falou Magnus. — Na verdade, não quero sangue hoje. Preciso de alguma informação sobre A Mão Escarlate.

— Tenho ouvido falar um bocado deles ultimamente — falou Peng Fang, em seguida, olhou para além do ombro de Magnus e se calou. Magnus virou a cabeça e viu Alec surgindo em meio à cortina, inseguro. Peng Fang se levantou da mesa e encarou Alec friamente. — Sinto muito, Caçador de Sombras. Como você vê, estou com um cliente. Talvez, se você voltar mais tarde, eu possa ajudar.

— Ele está comigo — falou Magnus. — Alexander Lightwood, este é Peng Fang.

Peng Fang semicerrou os olhos.

— Não faça comentários sobre o meu nome. Obviamente, meus pais não esperavam que o garotinho deles fosse se tornar um vampiro quando adulto. Não vejo graça nenhuma nos comentários sobre o meu nome.

Magnus achou melhor não mencionar que Peng Fang era conhecido como Fang Fang entre os amigos. Era evidente que Peng Fang não tinha o menor interesse em ser amigo de Alec. Seu olhar estava fixo nele, como se Alec pudesse atacá-lo a qualquer instante. Para falar a verdade, a mão de Alec estava apoiada casualmente no cabo da lâmina serafim junto ao seu corpo.

— Oi — falou Alec. — Estou aqui com Magnus. Estou aqui *por* Magnus. Os outros Caçadores de Sombras não sabem que estou aqui. Só queremos saber sobre A Mão Escarlate. — Depois de um breve silêncio, ele emendou: — É importante.

— O que é que eu poderia saber sobre eles? —perguntou Peng Fang. — Deixe-me ser claro, Caçador de Sombras, eu não faço negócio com cultos. Eu sou cem por cento honesto. Um mero comerciante de sangue, vendendo o melhor sangue legal e licenciado para habitantes do Submundo cumpridores da lei. Se você está interessado em comprar sangue, Alto Feiticeiro, ficarei feliz em ajudá-lo na escolha. Caso contrário, infelizmente não poderei fazer nada.

— Ouvimos dizer que eles têm um novo líder — falou Alec.

— Não sei nada sobre ele — respondeu Peng Fang firmemente.

— Ele? — repetiu Magnus. — Ora, já é alguma coisa. — Peng Fang franziu a testa. — Você parecia disposto a ajudar há alguns instantes.

Os três ficaram de pé, em impasse, por alguns minutos, até Peng Fang se sentar novamente à mesa e começar a remexer seus papéis.

— Sim, ora, não quero as pessoas dizendo que passei informações para os Caçadores de Sombras.

— Nós nos conhecemos há muito tempo — observou Magnus. — Se você confia em mim, pode confiar nele.

Peng Fang ergueu o olhar dos papéis.

— Eu confio em você. Mas isso não significa que eu vá confiar em Caçadores de Sombras. Ninguém confia em Caçadores de Sombras.

Após um instante, Alec falou com a voz rouca:

— Venha, Magnus. Vamos embora.

Magnus tentou olhar nos olhos de Peng Fang enquanto eles saíam. Peng Fang examinava diligentemente os papéis e os ignorou. Eles voltaram a se juntar do lado de fora. Os braços de Alec estavam cruzados e, inquieto, ele observava a multidão passar. Era como se ele fosse o leão de chácara de Peng Fang.

— Peço desculpas por isso — falou Magnus.

Magnus não podia culpar um habitante do Submundo por desconfiar de Caçadores de Sombras. Nem podia culpar Alec por se sentir insultado.

— Sabe, isso não vai dar certo — falou Alec. — Por que você não vai em frente? Vou ficar fora da vista e podemos nos encontrar assim que você tiver alguma informação.

Magnus fez que sim com a cabeça.

— Se você quiser voltar para o apartamento...

— Não foi o que eu quis dizer. Eu falei que você vai em frente e eu vou ficar fora da vista e seguir você pelo Mercado. Não vou aparecer a menos que você esteja em perigo. — Alec hesitou. — A não ser que você queira que eu vá embora...

— Não — falou Magnus. — Eu quero você por perto.

Alec olhou em torno, um pouco constrangido, depois, puxou Magnus para si. O barulho e o alvoroço do Mercado das Sombras diminuíram para um murmúrio discreto. O aperto de frustração no peito de Magnus, de alguma forma, afrouxou. Ele fechou os olhos. Tudo estava quieto, imóvel e doce.

— Saiam da minha barraca! — gritou Peng Fang de repente, e Magnus e Alec se afastaram num sobressalto. Magnus se virou e notou Peng Fang de cara feia através da aba da tenda. — Pare de abraçar Caçadores de Sombras na frente do meu negócio! Ninguém vai comprar sangue de alguém que tem um point de abraços para Caçadores de Sombras na frente da barraca! Vão embora!

Alec começou a se misturar na multidão que passava. Ele esticou a mão e passou pelo braço de Magnus ao desaparecer.

— Vou estar por perto — falou ele, alto o suficiente para Magnus ouvir. — Não se preocupe.

Ele se afastou e o mundo exterior voltou para Magnus como uma onda. Alec se fora abruptamente, misturando-se ao pano de fundo.

Magnus arregaçou as mangas de seda verde-garrafa.

Ele tentou afastar a sensação de inquietação que o invadira quando Alec tinha dito: *isso não vai dar certo.*

Durante a meia-hora seguinte, Magnus ficou perambulando entre feiticeiros e fadas do Mercado das Sombras, tentando comprar informações. Agora que Alec não estava por perto, ele era capaz de se misturar perfeitamente. Tentou parecer normal e despreocupado, e não sob uma nuvem de suspeita ou em missão. Ele passou pela Les Changelings en Cage (uma barraca com encantos antifadas, dirigida por um feiticeiro mal-humorado) e pela Le Tombeau des Loups (o Túmulo dos Lobos, uma barraca que vendia magias antilobisomens, que obviamente era comandada por vampiros). Ele afagou várias criaturas ilícitas e de aparência estranha, que, suspeitava, em breve virariam ingredientes em uma poção.

Também parou várias vezes para observar demonstrações mágicas feitas por feiticeiros de lugares distantes, por pura curiosidade profissional. Comprou ingredientes raros para feitiços, que só estavam disponíveis nos Mercados das Sombras da Europa. Ia fazer um bando de lobisomens no México muito feliz preparando-lhes uma poção que restaurasse o olfato perdido de seu líder.

Ele até adquiriu algumas coisas novas, para quando essa história desagradável de culto chegasse ao fim. Uma frota de pesca em Amsterdam estava tendo problemas com uma escola de sereias que vivia atraindo seus marinheiros. Ele entraria em contato.

No entanto, não soube de nada a respeito da Mão Escarlate.

Ocasionalmente, Magnus olhava para trás, em busca de Alec, mas não o avistava.

Foi durante uma dessas ocasionais olhadas para trás que ele se flagrou invadido pela sensação de que era observado por olhos pouco amistosos, assim como aconteceu durante a caminhada após a colisão com o balão. Era uma sensação fria de ameaça, como a iminência do mau tempo.

Murmurou um feitiço de alerta para o caso de alguém estar prestando atenção indevida e roçou as orelhas com as mãos. No mesmo instante, sentiu algo pinicando, de leve, no lóbulo esquerdo, como se uma pena roçasse. Olhares dos que passavam, nada de extraordinário. Talvez fosse apenas Alec vigiando.

Magnus estava cruzando por uma barraca cheia de capas quando sentiu um toque mais forte em sua orelha, dois petelecos distintos que quase o fizeram pular.

— Pele de selkie de verdade — falou, esperançoso, o dono da barraca. — Com selo de bem-estar animal. Ou que tal esta? Pele de lobisomens que quiseram se depilar para ter uma sensação aerodinâmica.

— Lindas — falou Magnus, seguindo em frente.

Ele entrou por um beco lateral que conduzia para fora da parte principal do mercado, e então mais uma vez para uma rua sem saída. As batidinhas em sua orelha ainda estavam lá, e de repente foram acompanhadas de um puxão.

Magnus evocou sua magia, que iluminava suas mãos, e falou para o ar vazio:

— Estou lisonjeado, mas talvez seja melhor deixar a vergonha de lado e conversar cara a cara.

Ninguém respondeu.

Magnus esperou alguns instantes antes de deixar as chamas morrerem em suas mãos. Voltou para a entrada do beco. Nem tinha voltado ainda para a civilização, e sentiu um puxão na orelha. Alguém o observava fixamente.

— Magnus Bane! Pensei mesmo que fosse você.

Magnus se virou na direção da voz.

— Johnny Rook! O que está fazendo em Paris?

Johnny Rook era um dos raros mundanos que tinha a habilidade de enxergar o Mundo das Sombras. Normalmente, podia ser encontrado no Mercado das Sombras de Los Angeles.

Magnus examinou Johnny sem entusiasmo. Ele vestia um sobretudo preto e óculos escuros (embora fosse noite), os cabelos louro escuros cortados rente e a barba por fazer. Havia algo levemente estranho no rosto dele: circulavam rumores de que Johnny tinha contratado fadas para melhorar seus traços faciais permanentemente por meio de magia, mas se isso era verdade, Magnus sentia que Johnny tinha jogado dinheiro fora. O sujeito também era conhecido como Rook, o Trapaceiro, e estava comprometido com a própria estética.

— Ia perguntar o mesmo para você — falou Johnny, avidamente curioso.

— Estou de férias — respondeu Magnus reservadamente. — Como está seu filho? Cat, não é?

— Kit. É um bom garoto. Está crescendo feito um broto. Mãos rápidas, muito útil na minha linha de trabalho.

— Você deixa seu filho bater carteiras?

— Um pouco disso. Uma ninharia, feito chaves. Alguns truques. De todos os tipos. Ele é multitalentoso.

— Ele não tem uns 10 anos? — insistiu Magnus.

Johnny deu de ombros.

— Ele é muito adiantado.

— Com certeza.

— Procurando alguma coisa especial no Mercado? Talvez eu possa ajudar.

Magnus fechou os olhos e contou até cinco lentamente. Relutantemente, falou de modo casual:

— O que você sabe sobre A Mão Escarlate?

Johnny revirou os olhos.

— Cultistas. Adoram Asmodeus.

Magnus sentiu uma pontada forte no coração.

— *Asmodeus*?

Johnny o encarou fixamente.

— Não é um nome que se ouve todo dia — emendou Magnus, torcendo para que a explicação fosse suficiente.

Era um nome que Magnus tinha ouvido mais frequentemente do que gostaria. Asmodeus era o Príncipe do Inferno e o pai de Magnus, e ele torcia para que isso fosse uma total coincidência.

Será que ele realmente havia criado um culto em nome de seu pai? Eles não eram exatamente próximos. Ele não conseguia imaginar que tivesse feito isso, nem de brincadeira.

Será que ele teria que contar a Alec que Asmodeus era seu pai? Alec nunca perguntara quem era o pai demoníaco de Magnus, que por sua vez não desejava contar. A maioria dos feiticeiros tinha demônios comuns como pai ou mãe. Magnus dera azar de ter como pai um dos Nove Príncipes do Inferno.

— Asmodeus? — repetiu ele para Johnny. — Tem certeza?

Johnny deu de ombros.

— Eu não sabia que era segredo. Foi só o que ouvi por aí.

Então talvez não fosse verdade. Não havia motivo para contar a Alec, pensou Magnus, se talvez não fosse verdade. Tessa não mencionara isso, e ela certamente teria se tivesse alguma desconfiança de que o culto adorava o pai de Magnus.

Magnus respirou com um pouco mais de alívio. Infelizmente, Johnny exibia uma expressão dissimulada que Magnus conhecia muito bem.

— Talvez eu saiba mais coisas — falou ele em tom casual.

Magnus estalou os dedos. Uma pequena bolha amarela reluziu das pontas de seus dedos e se expandiu até envolvê-los. O barulho de fundo do Mercado das Sombras morreu e deixou os dois numa esfera de completo silêncio.

Magnus suspirou pesadamente. Ele já fizera isso antes.

— Qual é o seu preço?

— A informação vai ser baratinha, um pequeno favor ainda não especificado, a ser determinado no futuro.

Johnny deu um sorriso largo e encorajador. Magnus o fitou com um pretenso ar aristocrático.

— Todos nós sabemos onde termina um favor não especificado — disse ele. — Uma vez fiz uma promessa vaga de ajudar uma pessoa e passei sete meses sob um encantamento, vivendo no aquário de uma dríade. Não quero falar sobre isso — emendou ele rapidamente quando Johnny começou a falar. — Nada de favores não especificados!

— Está bem — falou Johnny —, que tal um favor específico, entregue agora? Você conhece qualquer coisa que, por assim dizer, seja capaz de desviar a atenção dos Nephilim? Ou de quem quer que seja?

— Você está fazendo alguma coisa que os Nephilim não aprovam?

— Obviamente que sim — respondeu Johnny —, mas talvez mais agora do que antes.

— Eu posso conseguir um pouco de unguento — falou Magnus. — Ele desvia a atenção da pessoa besuntada nele.

— Unguento? — perguntou Johnny.

— É um unguento, sim — falou Magnus, um pouco impaciente.

— Não tem nada que eu possa beber ou comer?

— Não — retrucou Magnus. — É um unguento. É assim que ele vem.

— Eu simplesmente odeio ficar todo melado.

— Bem, esse é o preço que você paga, acho — falou Magnus —, pelas suas atividades criminosas constantes.

Johnny deu de ombros.

— E o quanto eu consigo arrumar?

— Acho que depende de quanto você sabe — falou Magnus.

Magnus ficou surpreso por Johnny não ter feito uma solicitação específica; normalmente ele tentava ficar no controle das negociações. E sabe-se lá por qual motivo, Johnny estava desesperado para pôr as mãos na coisa. Não era obrigação de Magnus saber o porquê. Não era um crime evitar os Caçadores de Sombras. Magnus tinha conhecido muitos Caçadores de Sombras que ele mesmo preferia evitar. Nem todos eram charmosos como Alec.

— Minhas informações dizem que A Mão Escarlate abandonou sua sede recentemente, em Veneza — falou Magnus. — Alguma ideia de aonde eles foram?

— Não — falou Johnny. — Eu sei que A Mão Escarlate tinha um refúgio secreto na sede de Veneza, onde guardavam o livro sagrado. Chama-se a Câmara. — O sorriso de Johnny se abriu ainda mais, cheio de dentes. — Tem uma senha secreta para entrar. Eu posso te dar por dez frascos da poção.

— É um unguento.

— Dez frascos do unguento.

— Um.

— Três.

— Feito. — Eles deram um aperto de mãos. Era assim que se fazia negócios.

— Muito bem. Você encontra a cabeça de pedra do bode e diz a palavra "Asmodeus".

Magnus ergueu uma das sobrancelhas.

— A senha para entrar no covil do culto de adoradores de Asmodeus é "Asmodeus"?

— Não sei se você já notou isso — disse Johnny pensativamente —, mas cultistas não costumam ser os mundanos mais brilhantes do mundo.

— Eu já notei isso — falou Magnus.— Também preciso saber... quem é a sua fonte?

— Eu nunca falei que contaria isso! — falou Johnny.

— Mas você vai — falou Magnus —, porque você quer três potes de unguento e porque você é compulsivamente desleal.

Johnny hesitou, mas só por um instante.

— O feiticeiro chamado Mori Shu. Ele é um ex-membro da Mão Escarlate.

— O que um feiticeiro está fazendo num culto mundano? Ele devia saber que não tem que se meter nisso.

— Quem é que sabe? Dizem que ele ofendeu o novo líder e está atrás de proteção. Ele saberia mais sobre A Mão Escarlate do que qualquer um que não está nela. Ele estava em Paris há não muito tempo, mas ouvi dizer que agora vai para Veneza. Ele lhe contaria tudo, se você o ajudasse a escapar.

Justamente quando A Mão Escarlate estava saindo de Veneza, Mori Shu estava indo para lá.

— Obrigado, Johnny. Vou mandar o unguento para você em Los Angeles assim que voltar das férias.

A bolha amarela começou a se desfazer em flocos dourados que voaram, brilhantes, com a brisa. Ao sair, Johnny puxou a manga de Magnus e sibilou com inesperada intensidade:

— Um monte de fadas está desaparecendo nos Mercados das Sombras ultimamente. Todo mundo está em perigo. As pessoas estão dizendo que A Mão Escarlate é responsável. Odeio a ideia de estarem caçando fadas. Impeça isso. — Johnny ostentava uma expressão que soava inédita para Magnus, uma mistura de raiva e medo.

Então a cacofonia do Mercado das Sombras de Paris voltou como uma onda.

— Ora — murmurou Magnus —, onde está Alec?

— Aquele seu Caçador de Sombras? — falou Johnny, com um sorriso malicioso. Todos os vestígios da expressão anterior tinham desaparecido. — Você sabe como causar uma agitação em local público, meu amigo.

— Nós não somos amigos, Johnny — falou Magnus, indiferente, examinando a multidão. Johnny deu uma gargalhada.

Alec surgiu de trás de uma barraca nos arredores, como um coelho saindo de uma cartola. Parecia que tinha rolado na lama.

— Seu Caçador de Sombras está imundo — observou Johnny.

— Ora, ele sabe se ajeitar — falou Magnus.

— Tenho certeza de que ele é muito atraente e especial, mas, por uma total coincidência, eu tenho um compromisso urgente em outro lugar. Até a próxima, Alto Feiticeiro.

Johnny fez uma saudação casual e desapareceu na multidão.

Magnus deixou que ele fosse embora. Estava mais preocupado com o estado de seu namorado. Ele olhou Alec, de cima a baixo, observando a lama nas roupas e liberalmente salpicada nos cabelos pretos. Alec carregava o arco perto do corpo e estava ofegante.

— Oi, querido — cumprimentou Magnus. — Quais são as novidades?

6

Conflito à Noite

Cinco minutos depois de se afastar de Magnus, Alec observou o feiticeiro pôr a mão em uma gaiola com macacos demoníacos venenosos e de garras afiadas. Alec apertou levemente a lâmina serafim, mas se conteve.

Afinal, estava no Mercado das Sombras. As regras eram diferentes aqui. Ele sabia disso.

Felizmente, Magnus só afagou casualmente uma das criaturas que rosnava com a mão enfeitada com anéis, e em seguida se afastou rumo a outra tenda, onde ocorria um protesto de lobisomens insatisfeitos.

"Os mortos-vivos têm que parar de oprimir os lobisomens!", dizia uma das mulheres licantropes, agitando um cartaz onde se lia: UNIÃO DO SUBMUNDO. Magnus pegou um panfleto e sorriu para a licantrope, deixando-a confusa. Ele causava esse efeito nas pessoas. Alec se lembrou de como o vampiro vendedor de sangue tinha olhado Magnus mais cedo. Antes de Alec conhecer Magnus, às vezes, ele costumava lançar olhares furtivos a todos: a Jace, a Caçadores de Sombras que visitavam o Instituto ou a mundanos nas ruas movimentadas de Nova York. Agora quando Magnus estava presente, era difícil notar alguém além dele. Será que Magnus ainda notava que os homens eram bonitos ou achava as mulheres belas? Alec sentiu uma comichão forte ao pensar que talvez muitas pessoas fossem ficar satisfeitas caso o relacionamento deles não vingasse.

Alec puxou um pouco mais o capuz e seguiu com alguma distância.

Magnus então entrou num boticário e começou a comprar ervas. Depois disso, parou e conversou com uma fada de cabelos violeta, que pedia ouro para alimentar seu basilisco de estimação. Em seguida, ele foi para a barraca oposta e passou praticamente uma hora pechinchando por algo que parecia cabelo humano.

Alec confiava que Magnus sabia o que estava fazendo. Magnus exalava confiança com muito pouco esforço. Ele sempre parecia estar no controle de todas as situações, mesmo quando não estava. Era uma das coisas que Alec mais admirava nele.

Alec se esgueirou para a rua adjacente quando Magnus voltou a circular. Ele estava atrás o suficiente para não despertar suspeita, mas a apenas cinco passos de distância. E observava não apenas o namorado, mas todos à sua volta, desde o grupo de dríades tentando atrair Magnus para a tenda até a jovem mirrada batedora de carteiras com uma coroa de espinhos na cabeça, que seguia de modo não tão inocente atrás do feiticeiro.

Quando a garota se moveu, Alec fez a mesma coisa, agarrando os dedos grudentos pouco antes de eles entrarem no bolso de Magnus. Alec puxou a pivete para o meio de duas barracas com tanta rapidez que ninguém percebeu.

A garota fada se desvencilhou dele de modo tão violento que uma das luvas de Alec escorregou e ela viu as Marcas. O tom verde clarinho abandonou sua pele e só restou o cinza.

— *Je suis désolée* — murmurou ela, e ao perceber a expressão de incompreensão de Alec: — Eu sinto muito. Por favor, não me machuque. Prometo que não vou fazer isso de novo.

A garota era tão magra que Alec conseguia envolver o pulso dela só com o polegar e o indicador. Raramente as fadas tinham a idade que aparentavam, mas ela parecia mais jovem do que o irmão dele, Max, que fora morto na guerra. *Caçadores de Sombras são guerreiros*, dizia seu pai. *Nós perdemos e continuamos lutando.*

Max era jovem demais para lutar. Agora ele nunca aprenderia.

Alec sempre tinha se preocupado com sua irmã e seu *parabatai*, ambos imprudentes e afoitos. Ele sempre se desesperara para protegê-los. Nunca lhe ocorrera que deveria ter ficado de guarda para proteger Max. Ele tinha falhado com o irmão caçula.

Max era quase tão magrelo quanto a fada. E costumava erguer o olhar do mesmo jeito que a garota estava fazendo agora, com grandes olhos atrás dos óculos.

Alec se esforçou para respirar um instante e desviou o olhar. A garota não aproveitou a oportunidade para fugir. Quando ele voltou a encará-la, ela ainda o observava.

— Hum, Caçador de Sombras? — perguntou ela. — Você está bem?

Alec se obrigou a sair do atordoamento. *Caçadores de Sombras continuam lutando*, a voz do pai ecoou em sua mente.

— Eu estou bem — disse ele à garota, e sua própria voz soou um pouco rouca. — Qual é o seu nome?

— Rose — respondeu ela.

— Você está com fome, Rose?

O lábio da menina tremeu. Ela tentou fugir, mas ele segurou sua camiseta. Ela socou o braço dele e parecia prestes a mordê-lo quando viu o punhado de euros em sua mão.

Alec deu a ela.

— Compre um pouco de comida. — Ele mal abriu a mão e os euros desapareceram. Ela não agradeceu, apenas assentiu e saiu correndo. — E pare de roubar — gritou ele às costas dela.

Agora ele estava sem o dinheiro que trouxera. Quando ele tinha saído do Instituto de Nova York, com a bolsa de lona jogada no ombro, para começar a viagem, sua mãe viera em seu encalço e enfiara o dinheiro em suas mãos, embora ele tivesse tentado recusar.

— Vá ser feliz — dissera ela.

Alec se perguntava se tinha sido enganado pela menina fada. Talvez ela tivesse centenas de anos, e as fadas eram conhecidas por adorar pregar peças nos mortais. Mas ele resolveu acreditar que ela era o que parecia: uma criança faminta e assustada, e isso o fez sentir-se feliz por ajudar. O dinheiro fora bem empregado.

Quando Alec anunciou que ia deixar o Instituto e sair numa viagem com Magnus, seu pai não gostara nem um pouco.

— O que foi que ele contou sobre nós? — perguntou Robert Lightwood, caminhando pelo quarto de Alec como um gato angustiado.

Antigamente, seus pais eram seguidores de Valentim, o Caçador de Sombras do mal, que iniciara a guerra mais recente. Alec imaginava que Magnus poderia lhe contar algumas histórias a respeito deles, se quisesse.

— Nada — retrucou Alec, irritado. — Ele não é assim.

— E o que foi que ele contou sobre si mesmo? — perguntou Robert. Quando Alec não respondeu, Robert acrescentou: — Nada também, imagino.

Alec não sabia qual expressão assumira naquele momento, se parecia assustado, mas o rosto de seu pai suavizou.

— Olha, filho, você não pode achar que isso tem um futuro — falou ele. — Nem com um habitante do Submundo, nem com um homem. Eu... eu entendo que você sinta a necessidade de ser verdadeiro consigo, mas às vezes é melhor ser sábio e tomar um caminho diferente, mesmo que você se sinta... sinta tentado. Não quero que sua vida seja mais difícil do que tem que ser. Você é muito jovem e não sabe como o mundo é realmente. Não quero que você seja infeliz.

Alec o encarou.

— Mentir vai me fazer feliz? Eu não era feliz antes. Eu sou feliz agora.

— Como você pode ser feliz?

— Falar a verdade me faz feliz — disse Alec. — Magnus me faz feliz. Não me importo que seja difícil.

Havia tanta tristeza e preocupação no rosto de seu pai. E Alec passou a vida inteira temendo despertar aquela expressão no rosto dele. E se esforçara tanto para evitar isso.

— Alec — murmurara seu pai. — Eu não quero que você vá.

— Pai — retrucara Alec. — Eu vou.

Um reflexo interrompeu seu instante em meio às lembranças, quando seus olhos captaram o blazer de veludo vermelho reluzindo ao longe. Alec voltou a si e se apressou em direção ao casaco.

Quando alcançou Magnus, o viu entrando em um beco escuro atrás de uma fileira de tendas, e então um vulto de capa saiu de um esconderijo e seguiu Magnus cuidadosamente pelo beco.

Alec não tinha mais tempo para seguir lentamente; já tinha perdido Magnus de vista e, em breve, também perderia de vista o vulto com capa. Começou a correr, espremendo-se entre um vampiro e uma peri abraçados e empurrando um grupo de lobisomens fumando baseados. Ele alcançou a entrada do beco e colou as costas à parede. Espiou na esquina e viu o vulto na metade do beco, indo em direção às costas desprotegidas de Magnus.

Ele ajeitou uma flecha em seu arco e avançou para dentro do beco.

Então falou, alto o suficiente para se fazer ouvir:

— Não se mexa. Vire-se para cá lentamente.

O vulto com a capa congelou e lentamente esticou os braços, como se estivesse disposto a obedecer às ordens. Alec se aproximou um pouco mais, se deslocando para a esquerda para ter uma visão mais nítida do rosto da pessoa. Só enxergou um vislumbre de um queixo estreito — humano, de mulher aparentemente, com a pele bronzeada —, que avançou para cima dele, com os dedos esticados. Alec cambaleou para trás quando um raio brilhante o atingiu, obscurecendo sua visão com estática branca, a não ser pela sombra da mulher, uma figura escura sobrepondo-se à luz ofuscante. Ele lançou a flecha sem enxergar, confiando em seu treinamento para manter o alvo equilibrado. A flecha pulou do arco e estava prestes a atingir seu alvo quando, de algum modo, ela deslizou em seu trajeto. "Deslizar" era o único jeito de descrever. Num minuto, a flecha estava voando em direção à mulher; no seguinte, a silhueta da criatura se contorcera e esticara, e num átimo ela estava de pé na parede oposta do beco.

A mulher deslizou novamente, aparecendo bem ao lado dele. Alec saltou em fuga, desviando por um triz da lâmina cortante de uma espada. Ele bloqueou um novo ataque com seu arco. A madeira tratada com *adamas* retiniu contra o metal, e Alec, ainda sem enxergar direito, girou baixo o arco e fisgou os tornozelos da agressora, desequilibrando-a. Ele ergueu o arco e estava prestes a baixá-lo rapidamente na cabeça dela quando a mulher deslizou novamente, reaparecendo dessa vez à entrada do beco.

Uma rajada de vento passou por ela e esvoaçou sua capa. Parte do capuz se afastou, revelando a metade esquerda do rosto sob a luz do poste. Uma mulher com olhos castanho-escuros e lábios finos. Cabelos lisos, na altura dos ombros, desciam pelas laterais do rosto e se curvavam próximo ao queixo. A lâmina que ela segurava era uma *samgakdo* coreana, de três lados, o tipo de arma indicada para infligir danos irreparáveis na carne humana.

Alec forçou a vista. O rosto dela parecia completamente humano, mas havia alguma coisa peculiar nele. Era a expressão dela; uma estranha expressão vazia, como se ela sempre olhasse para um lugar muito distante.

Um guincho de metal arranhando os tijolos cortou o ar atrás dele. Por um instante, a atenção de Alec se desviou.

A mulher misteriosa se aproveitou da leve distração. Ela girou a espada por cima da cabeça enquanto pronunciava palavras numa língua que Alec não entendia, e então a apontou para ele. Espirais de luz laranja saíram da ponta da espada e então o solo sob os pés dele entrou em erupção e quase o derrubou. Alec mergulhou para se afastar da mulher, retirou outra flecha da aljava e a preparou no arco. Mirou para a última localização da mulher, mas ela já havia sumido.

Alec fez uma varredura com o arco em riste diante da entrada do beco e então avistou seu alvo agachado na beirada do peitoril de um prédio. Então soltou a flecha e começou a correr, irrompendo do beco quase tão depressa quanto a flecha poderia voar. A mulher deslizou e reapareceu num peitoril mais alto do mesmo prédio. A flecha retiniu contra a pedra. A mulher com a capa deu um salto, rolando graciosamente sobre o alto de uma tenda, e subiu correndo. Ela começou a correr entre os telhados das barracas.

Alec deu início a uma perseguição, disparando pelo caminho atrás das barracas, saltando por sacos de lixos e latas de mercadorias, cordas, estacas e engradados. A mulher era rápida, mas a velocidade de Alec vinha do poder angelical. Alec estava ganhando.

A mulher chegou a uma rua sem saída na periferia do Mercado e deslizou para o chão. Ela começou a falar mais linguagem demoníaca e o ar diante dela brilhou e se abriu. O esboço de um Portal rudimentar começou a emergir.

Alec pegou uma flecha e a segurou entre os dedos. Avançou de novo para a mulher, que se virou para ele, esperando um ataque. Em vez disso, a ponta afiada da flecha rasgou sua capa e a prendeu na lateral de uma barraca do Mercado.

— Peguei você. — Alec pegou o arco rapidamente, e outra flecha apontou bem para o torso da mulher.

Ela balançou a cabeça.

— Acho que não.

Ele manteve os olhos treinados na arma dela. E esse foi seu erro. Uma explosão de luz veio da outra mão e Alec se flagrou voando, flutuando e caindo. Ele viu a parede vindo em sua direção e contorceu o corpo de modo que seus pés colidissem primeiro. Então se dobrou para frente e aterrissou, agachado, na lama.

Ele se ergueu rapidamente. Fora um milagre o arco não estar quebrado, e ele, por reflexo, colocou-se em posição de ataque novamente. A mulher — a *feiticeira* — tinha sumido. Restaram apenas vestígios do Portal que se fechou e desapareceu para sempre. Alec segurava o arco junto ao corpo enquanto fazia um giro completo de varredura. Foi somente após ter certeza que a mulher havia mesmo ido embora que ele baixou a guarda.

Ela era uma feiticeira, mas também uma lutadora treinada. Além de uma ameaça genuína.

— Magnus — murmurou Alec. De repente, lhe ocorreu que não havia garantia de que a feiticeira estivesse agindo sozinha. E se ela o tivesse atraído para longe de Magnus? Ele retornou até o beco, acelerado pela trilha estreita, sem se dar ao trabalho de desviar das coisas em seu caminho enquanto arrancava estacas e derrubava tendas. Gritos irritados dos transeuntes do Mercado das Sombras o seguiam conforme ele corria.

Graças ao Anjo, Magnus parecia perfeitamente a salvo, depois de emergir da outra extremidade do beco sem notar nada e então seguir diretamente até uma discreta esquina nos arredores, onde parou para conversar com um mundano de aparência pouco respeitável que usava sobretudo e óculos escuros. Assim que o homem viu Alec, tomou um susto e saiu correndo. Alec entendia que habitantes do Submundo e Caçadores de Sombras nem sempre se davam bem, mas estava começando a levar a atitude do Mercado das Sombras para o lado pessoal.

Magnus sorriu ao ver Alec e fez um gesto para que ele se aproximasse. Alec sentiu que a própria expressão severa se suavizava. Ele se preocupava demais. Mas sempre parecia haver um monte de coisas com as quais se preocupar. Ataques de demônios. Tentar proteger as pessoas que ele amava de ataques de demônios. Estranhos tentando conversar com ele. Às vezes, todos os pensamentos pareciam pesar sobre seus ombros, um fardo invisível que Alec mal conseguia suportar, um fardo que não tinha como ignorar.

Magnus ofereceu as mãos a Alec. Os anéis cheios de joias reluziam e, por um instante, ele pareceu selvagem e estranho, mas depois sorriu com ternura. A afeição de Magnus, a sensação de que era uma sorte ele ter recuperado a afeição de Magnus o invadiu.

— Oi, amor — falou Magnus, e era um pouco maravilhoso que Magnus estivesse se referindo a Alec. — Quais são as novidades?

— Bem — falou Alec —, alguém estava seguindo você. Eu a despachei. Era uma feiticeira. Uma feiticeira bem disposta a lutar também.

Magnus perguntou:

— Alguém da Mão Escarlate?

— Não tenho certeza — falou Alec. — Eles usariam mais de uma pessoa se tivessem um culto inteiro, não é?

Magnus fez uma pausa.

— Normalmente, sim.

— Você encontrou o que procurava?

— Mais ou menos. — Magnus deu o braço para Alec, sem se importar com a lama em suas roupas, e então saíram andando juntos. — Vou lhe contar todos os detalhes assim que chegarmos em casa, mas a notícia mais importante é que vamos para Veneza.

— Eu tinha alguma esperança de que a gente pudesse descansar. E ir para Veneza amanhã — falou Alec.

— Claro, claro — falou Magnus. — Nós vamos dormir no apartamento, e depois vou levar horas arrumando as malas, por isso sairemos amanhã à noite e estaremos lá pela manhã.

— Magnus, é uma missão perigosa ou ainda estamos de férias? — Alec deu uma risada.

— Bem, espero que seja um pouco dos dois — retrucou Magnus. — Veneza é especialmente bonita nesta época do ano. O que estou dizendo? Veneza é especialmente bonita em qualquer época do ano.

— *Magnus* — chamou Alec novamente. — Nós vamos sair à noite e chegar lá de manhã? Não vamos viajar de Portal?

— Não vamos — falou Magnus. — A Mão Escarlate está rastreando o uso do Portal, de acordo com Tessa. Vamos ter que viajar como os mundanos e pegar o trem mais luxuoso e sofisticado disponível para uma viagem noturna pelos Alpes. Veja que sacrifícios estou fazendo em prol da segurança.

— Caçadores de Sombras simplesmente usariam os Portais permanentes em Idris para viajar — observou Alec.

— Caçadores de Sombras têm de se preocupar em justificar suas despesas para a Clave. Eu não. Apronte-se. Nenhuma missão é tão perigosa que não valha a pena cumpri-la em grande *estilo*.

7

O Expresso do Oriente

Eles dormiram e Magnus precisou da maior parte do dia para arrumar as malas.

Magnus invocou algumas roupas extras para Alec de uma de suas lojas favoritas "para emergências". Alec protestou, dizendo que não queria nada muito sofisticado, mas não conseguiu impedir que Magnus invocasse vários suéteres lindos e livres de buracos, além de um smoking que ele jurou a Alec ser totalmente necessário. O café da manhã veio da confeitaria da rua; o almoço, do *traiteur* do outro lado da mesma rua.

Finalmente, eles pegaram um táxi — pouco romântico, mas muito prático — até a Gare de l'Est, onde Magnus teve a satisfação de ver os olhos de Alec se arregalarem quando os vagões azuis e brancos do luxuoso Expresso do Oriente pararam com um sibilo longo e pronunciado. Alguns homens e mulheres de libré saíram de dentro dele e começaram a ajudar os passageiros à espera com sua bagagem.

Alec brincava com a alça retrátil da mala de rodinhas na qual Magnus o fizera arrumar suas coisas. Ele ficara observando Alec enfiar a roupa embolada em uma bolsa de lona amorfa, até que surtou e evocou algumas malas muito bonitas de seu conjunto de bagagens roxo, e aí ficara vigiando enquanto Alec guardava tudo cuidadosamente junto a seus trajes mais belos e adequados.

Agora Alec tinha pousado a própria bolsa e se aproximado de Magnus. Aprumou os ombros e se preparou para carregar a mala mais pesada degraus acima no trem.

— Não, não — deteve Magnus. Alec manteve a mão delicadamente apoiada no topo da mala principal e olhou ao redor, com expressão de educada confusão. Pouco depois, um dos carregadores bem vestidos apareceu, esticou a mão para que Magnus lhe mostrasse as passagens e assumiu o controle de toda a bagagem. Magnus se sentiu levemente culpado quando o rapaz grunhiu, surpreso, fazendo um imenso esforço para erguer as malas degraus acima, mas a gorjeta generosa compensaria o esforço.

Eles foram acompanhados por todo o carro-dormitório ricamente detalhado. O carpete de veludo, os revestimentos em mogno, os corrimãos e acessórios ornados lembraram a Magnus de seus anos com Camille Belcourt, sua amante vampira.

Camille. Quando o relacionamento acabou, o Expresso do Oriente nem sequer tinha começado a circular. Agora era um objeto antiquado para turistas — ainda luxuoso, ainda confortável, mas que remetia constrangedoramente a uma era inimaginavelmente antiga, pelo menos para a maior parte das pessoas vivas hoje.

Magnus despertou dos devaneios. Para Alec, o Expresso do Oriente não era um objeto nostálgico ou uma lembrança querida distante, mas uma aventura no momento presente, uma aventura de refeições fantásticas em meio a uma floresta de cumes montanhosos cobertos de neve, a aventura de dormir em uma cama confortável enquanto sentia as pancadas rítmicas, regulares, do trem sobre os trilhos.

Eles chegaram à cabine que lhes fora atribuída, no canto ao final do corredor do carro-dormitório. Fiel à própria palavra, Magnus tinha adquirido a opção mais sofisticada disponível, uma suíte imensa com uma sala de estar na frente e um quarto nos fundos. Entre os dois cômodos, um pequeno banheiro com chuveiro, cercado por paredes de vidro. Paredes de jacarandá laqueado e mobília turca conferiam ao ambiente inteiro uma sensação de requinte. Magnus aprovava.

— Nossas *grand* suítes são todas decoradas ao estilo das cidades ao longo da nossa rota — explicou o carregador, ainda fazendo um esforço para carregar a bagagem de Magnus para dentro. — Esta é a Istambul.

Magnus deu ao rapaz a gorjeta generosa e merecida; em seguida, fechou a porta atrás de si e girou, encarando Alec bem no momento em que o trem começava a se movimentar.

— O que você acha?

Alec sorriu.

— Por que Istambul?

— As suítes Paris e Veneza pareciam ridículas. Nós já estamos saturados de Paris e estamos prestes a nos saturar de Veneza. Por isso, Istambul.

Eles se sentaram no sofá da sala de estar e se puseram a observar a paisagem passando. O trem ganhava velocidade. Em poucos minutos, deixava a estação e esgueirava-se para além de Paris. A vista da cidade cedeu espaço a bairros residenciais até finalmente eles ganharem velocidade nas colinas verdes e nos campos macios com suas últimas lavandas, no interior da França.

— Isso é... — Alec gesticulou, mostrando o entorno. — Isso é... — Ele piscou, incapaz de encontrar as palavras.

— Não é maravilhoso? Então vamos nos vestir e jantar. Também podemos explorar o restante do trem.

— Sim — falou Alec, ainda sem saber o que dizer. — Jantar. Isso. Bom. O que se usa para jantar nesse tipo de trem? — Ele se inclinou sobre a mala enquanto Magnus começava a abri-la. — Posso sair usando apenas um belo casaco e um jeans?

— Alec, este é o Expresso do Oriente. Você usa um smoking — advertiu o feiticeiro.

No que dizia respeito a smokings, Magnus havia aprendido, com o passar das décadas, a ser um purista. Tendências iam e vinham. E ele adorava cores fortes e chamativas, era verdade. Mas os smokings que trouxera para ele e para Alec eram pretos, com dois botões frontais e lapelas de gorgorão.

As gravatas-borboleta eram pretas. Alec não fazia ideia de como dar um nó na gravata.

— Quando na minha vida eu ia precisar usar uma gravata-borboleta? — perguntou Alec. Magnus concordou e deu o nó na gravata de Alec, sem as piadinhas que ambos entendiam serem de certo modo merecidas.

O segredo do smoking, Magnus sabia por causa das muitas décadas de experiência, era que caía bem em todos os homens. E se você já fosse um homem atraente, como Alec, ficaria muito, muito bem de smoking. Durante alguns segundos, Magnus se permitiu um instante de devaneio e simplesmente assimilou a visão de Alec usando black-tie, brincando com as abotoaduras da camisa. Alec captou o olhar do namorado, e um sorriso tímido lentamente apareceu quando ele se deu conta de que estava sendo admirado.

Alec não tinha abotoaduras, claro. Magnus tinha tantas ideias de abotoaduras para comprar para Alec no futuro, mas neste instante reservara um par com um motivo de arco e flecha, e agora as entregava a Alec com um floreio.

— E quanto a você? — perguntou Alec, fechando os punhos da camisa.

Magnus foi novamente até a mala de roupas e retirou duas imensas ametistas quadradas, encravadas em ouro. Alec deu uma risada.

Eles deixaram a cabine e estavam prestes a se juntar à multidão de mundanos que tiveram a mesma ideia e se dirigiam para o vagão-restaurante, quando uma ninfa risonha disparou entre eles, em direção à traseira do trem. Um momento depois, um pequeno grupo de sprites visivelmente embriagado passou por Alec, indo para a mesma direção.

Alec deu um tapinha no ombro de Magnus.

— Para onde você acha que vão todos os habitantes do Submundo?

Magnus olhou para trás bem a tempo de ver dois lobisomens entrando no vagão seguinte. Quando a porta foi aberta, uma cantoria alta escapou. Magnus estava faminto, mas aquilo o distraiu.

— Parece uma festa. Vamos seguir o canto da sereia.

Eles seguiram os habitantes do Submundo e enfiaram a cabeça dentro do bar que ficava nos fundos, no último vagão do trem, onde na verdade parecia estar acontecendo uma festa de arromba. A decoração lembrava a Magnus do bar clandestino do qual fora dono durante a Lei Seca. Do lado direito, um balcão de bar em tamanho natural, do lado esquerdo, sofás de canto em veludo roxo. No centro do vagão, via-se um grande piano sendo tocado por um homem bem apessoado, com barba e pernas de bode. Uma sereia usando um vestido feito de redemoinho de água estava deitada sobre o piano, entretendo o público.

Um grupo de brownies se amontoava no canto, e uma delas dedilhava um instrumento retorcido que parecia um alaúde feito de um galho de árvore. Duas pucas fumavam cachimbos perto da janela e admiravam a paisagem. Um feiticeiro de pele roxa jogava dados com alguns goblins. Acima do balcão, lia-se um cartaz: É PROIBIDO MORDER. BRIGAR. USAR MAGIA.

A atmosfera no vagão era festiva, relaxada. Apesar da grande quantidade de habitantes do Submundo, todos pareciam se conhecer.

— Para onde vocês vão? — perguntou Magnus a um goblin.

— Para Veneza! — respondeu o goblin. Ele ergueu a caneca, que sibilava e fumegava de modo alarmante. — Para a festa!

— Que festa? — perguntou Magnus enquanto o goblin examinava Alec atrás dele.

— Não. Não — retrucou o goblin. — Não tem festa. Eu tenho 700 anos. Fiquei confuso.

Alec também tinha examinado o goblin sem reação.

— Talvez seja melhor irmos para o restaurante — falou ele baixinho ao ouvido de Magnus.

Magnus ficou aliviado, constrangido, irritado e agradecido, tudo ao mesmo tempo.

— Acho uma excelente ideia.

Assim que a porta se fechou com segurança entre eles e o vagão do bar, Alec perguntou:

— Sempre tem esse monte de habitantes do Submundo nos trens?

— Normalmente, não — respondeu Magnus.— A menos que eles estejam indo para uma grande festa do Submundo em Veneza sobre a qual ninguém pensou em me convidar. E é o que estão indo fazer, neste caso.

Alec não disse nada. Nenhum dos dois ousou mencionar que, sem Alec, Magnus estaria a caminho da festa agora. Magnus queria dizer a Alec que a festa não era importante, que ele estava mais contente por jantarem juntos, porque Alec era importante e uma festa qualquer, não.

Antes de chegarem ao vagão-restaurante, eles passaram por mais dois vagões: um vagão com champanhe e um vagão de observação. Um recepcionista os encontrou na entrada e os acompanhou até uma cabine com cortinas elegantes no canto. Um pequeno candelabro de bronze acima iluminava com um brilho quente amarelado, e a mesa tinha sido posta com um número intimidador de diferentes garfos, colheres e facas em várias direções em relação aos pratos.

Magnus pediu uma garrafa de Barolo e serviu a bebida enquanto eles admiravam a paisagem lá fora. O jantar era lagosta Noirmoutier assada com manteiga e suco de limão. Como acompanhamento, um prato de batatas recheadas com caviar.

Alec ficou em dúvida em relação ao caviar. Depois, pareceu constrangido por ter ficado em dúvida em relação ao caviar.

— Eu sempre imaginei que as pessoas comessem isso porque é caro.

— Não — falou Magnus —, elas comem porque é caro e delicioso. Mas é complicado. Você tem que comer aos poucos, experimentando realmente a sutileza e a complexidade. — Ele pegou um pedaço da batata, cobriu com creme azedo e uma vigorosa colherada de caviar, e enfiou tudo na boca. Mastigou lenta e deliberadamente, os olhos fechados.

Quando voltou a abrir os olhos, Alec o encarava fixamente e assentia, pensativo. Depois ele começou a rir.

— Não é engraçado — falou Magnus. — Pronto, vou fazer uma para você. — Ele preparou outra batata e deu na boca de Alec com o garfo.

Alec imitou os gestos de Magnus, mastigando com movimentos exagerados e revirando os olhos, fingindo êxtase. Magnus aguardou.

Finalmente, Alec engoliu e abriu os olhos.

— É muito bom, na verdade.

— Viu?

— Mas eu tenho que revirar os olhos sempre que comer?

— É melhor revirando. Espere... olhe.

Alec soltou um "Oh!" maravilhado quando o trem emergiu de uma curva no coração do interior francês. Florestas densas e verde-escuro emolduravam lagos espelhados e, ao longe, montanhas com cumes cobertos de neve guardavam a paisagem. Mais próximo, um promontório rochoso se erguia feito a proa de um navio em meio à fileira ordenada de videiras frescas abaixo.

Magnus observou a paisagem e, em seguida, o rosto de Alec, depois, a paisagem novamente. Presenciar aquilo ao lado dele era como ver o mundo em forma de novidade. Magnus já tinha passado pelo Parc du Morvan antes, mas, pela primeira vez em muito tempo, também se sentia maravilhado.

— Em algum momento, vamos cruzar as barreiras de Idris e o trem inteiro pulará da fronteira mais próxima para a fronteira mais distante em um segundo. Fico me perguntando se seremos capazes de perceber.

Havia um tom nostálgico em sua voz, embora Alec só tivesse morado em Idris quando criança. Os Nephilim sempre tinham um lugar ao qual poderiam retornar, não importasse o que acontecesse — um país de florestas encantadas e campos e, em seu centro, uma cidade de torres de vidro reluzente. Um presente do Anjo. Magnus era um homem sem terra natal, e tinha sido assim por mais tempo do que ele conseguia se lembrar. Era estranho ver a bússola da alma de Alec girando com segurança e apontando seu lar. A bússola da alma de Magnus girava livremente, e há muito tempo ele se acostumara a isso.

De mãos dadas, os dedos de Magnus envolveram os de Alec enquanto eles observavam as nuvens pesadas flutuando do leste.

Magnus apontou para um dos grupos de nuvens de tempestades.

— Aquela comprida ali parece uma serpente que deu um nó em si mesma. Aquela parece o croissant que comi hoje de manhã. Aquela outra... uma lhama, talvez? Ou será que é meu pai? Tchau, papai! Espero não te ver em breve! — Ele jogou um beijo irônico.

— Isso é tipo apontar constelações? — quis saber Alec. — É romântico dar nomes às coisas que você vê no céu?

Magnus ficou em silêncio.

— Você pode falar dele, se quiser — disse Alec.

— Do meu pai, o demônio, ou do meu padrasto, que tentou me matar? — perguntou Magnus.

— Dos dois.

— Eu não quero perder essa lagosta — falou Magnus. — Tento não pensar em nenhum dos dois. — Ele raramente mencionava o pai, mas depois da informação de Johnny Rook, Magnus não conseguia tirá-lo da cabeça, só pensando o que poderia significar para seu pai ser o demônio adorado pela Mão Escarlate.

— Fiquei pensando no meu pai ontem — começou Alec, hesitante. — Ele me disse que eu deveria ficar em Nova York e fingir que era hétero. Foi isso o que ele quis dizer, de qualquer forma.

Magnus se lembrou de uma noite fria e longa, na qual precisara se colocar entre uma família de licantropes apavorados e um grupo de Caçadores de Sombras, e os pais de Alec estavam entre eles. Havia muito ódio e medo no mundo, mesmo entre os escolhidos pelo Anjo. Ele fitou o rosto de Alec e viu a dúvida e o medo que o pai dele tinha posto ali.

— Você não fala muito dos seus pais — observou Magnus.

Alec hesitou.

— Não quero que você tenha uma ideia ruim do meu pai. Eu sei que ele fez coisas no passado... que se envolveu em coisas da qual não se orgulha.

— Eu fiz coisas da qual não me orgulho — murmurou Magnus, sem confiar em si para dizer mais alguma coisa. Na verdade, Magnus não gostava de Robert Lightwood; nunca tinha gostado dele. Em qualquer outro universo, ele teria pensado ser impossível começar a gostar.

Mas neste universo, os dois amavam Alec. Às vezes o amor funcionava para além de qualquer esperança de mudança, quando nenhuma outra força neste mundo surtiria efeito. Sem amor, o milagre nunca acontecia.

Magnus levou a mão de Alec aos lábios e beijou.

Robert não podia ser um completo monstro se tinha criado este homem como seu filho, afinal.

Eles terminaram de jantar em silêncio amistoso, parando para admirar o sol incendiando as montanhas ao longe enquanto se punha entre seus cumes. A primeira das estrelas começava a rasgar o céu que escurecia.

O garçom apareceu e perguntou se eles desejavam a sobremesa ou talvez um digestivo.

Magnus estava prestes a perguntar quais eram as opções disponíveis quando Alec, com um leve brilho no olhar, deu ao homem um sorriso luminoso.

— Na verdade — falou ele —, acho que vamos tomar o champanhe que está à nossa espera no camarote. Não é, Magnus?

Magnus congelara, ligeiramente boquiaberto. Ele estava acostumado a dois Alecs muito diferentes: o Caçador de Sombras confiante, e o namorado tímido e inseguro. Não sabia avaliar direito o Alec com brilho nos olhos.

Alec se levantou e estendeu a mão para tirar Magnus de sua cadeira. Deu um beijo rápido na bochecha do feiticeiro e continuou segurando sua mão.

O garçom assentiu discreta e educadamente e esboçou um sorriso, como se tivesse entendido.

— Pois bem. Desejo a vocês dois uma *bonne nuit* então.

Assim que chegaram à cabine, Alec tirou o smoking e foi para a cama. Magnus sentiu uma agitação no fundo do peito — pouca coisa era mais sexy do que um homem usando a camisa do smoking, e Alec ficava excepcionalmente bem naquele modelo.

Agradecendo em silêncio ao Anjo Raziel por todo o exercício que os Caçadores de Sombras tinham que fazer, Magnus conjurou uma garrafa gelada de Pol Roger e a colocou no balcão. Aí pegou duas taças e sorriu enquanto elas se enchiam sozinhas, deixando a rolha intacta na garrafa, embora a quantidade de champanhe diminuísse. Ele se juntou a Alec na cama, oferecendo uma das taças. Alec a aceitou.

— Um brinde a estarmos juntos — falou Magnus. — Onde quisermos.

— Eu gosto de estarmos juntos — falou Alec. — Onde quisermos.

— *Santé* — disse Magnus. As taças tiniram e eles beberam, e Alec encarou Magnus sobre a borda da taça com aquele brilho no olhar. Magnus não seria capaz de resistir a Alec exibindo aquele olhar mais do que poderia resistir a uma estripulia, aventura ou um casaco bem arrematado. Ele se inclinou para frente, beijando os lábios fartos e macios do outro. Foi tomado por um calafrio intenso. Sentiu o vinho ácido e marcante na boca de Alec quando passou a língua sobre o lábio inferior. Alec arfou e abriu a boca para que Magnus a explorasse, aí passou o braço em volta do pescoço do namorado, a mão ainda segurando a taça de champanhe, e arqueou o corpo de tal modo que os vincos rígidos das camisas de ambos se roçaram.

Fez-se uma faísca azul e, de repente, as taças de champanhe estavam na mesinha de cabeceira, ao lado da cama.

— Ah, graças ao Anjo — falou Alec, e puxou Magnus para si.

Foi a glória. Logo os braços esguios de Alec enlaçavam Magnus, os beijos eram firmes e profundos, capazes de derreter os ossos. O corpo forte de Alec suportava o peso de Magnus sem esforço.

Magnus relaxou, afundando ainda mais nos beijos demorados e lentos, no tato das mãos de Alec em seus cabelos. Eles ainda estavam se beijando quando o trem parou de deslizar suavemente e o vagão sacolejou. Magnus caiu para o lado, de costas. As taças de champanhe tinham voado da mesinha de cabeceira, derramando a bebida borbulhante nos dois. Magnus olhou para o lado e flagrou Alec piscando para afastar as gotas de champanhe dos cílios.

— Tome cuidado — falou Alec, segurando os braços de Magnus e levantando-o da cama.

O lençol estava ensopado e Magnus havia caído em cima de uma das taças, esmagando-a. Foi aí que se deu conta de que Alec temia que ele tivesse se cortado. Ele hesitou, mais desprevenido pela preocupação do que pelo vidro quebrado.

— É melhor chamar alguém para trocar a roupa de cama — falou Magnus. — Que tal irmos para o carro de observação para esperar...?

— Eu não ligo — falou Alec, incomumente rude. Depois de um instante, ele se acalmou. — Quero dizer... sim. Isso seria legal. Está bem.

Magnus examinou novamente a situação e concluiu que, conforme acontecia frequentemente, a solução era mágica. Ele remexeu os dedos e a roupa de cama se trocou sozinha, lençóis esvoaçando no ar em meio a uma chuva de faíscas azuis, depois, ajeitando-se tal modo que a cama voltou a ser uma cobertura lisa de um branco cor da neve.

Alec ficou surpreso quando lençóis e travesseiros de repente se tornaram uma confusão de peças de linho voadoras, e Magnus aproveitou a oportunidade para tirar o smoking e a gravata-borboleta. Ele deu um passo até Alec e murmurou:

— Acho que a gente pode fazer algo muito melhor do que "legal".

Eles se beijaram e, em vez de conduzir Alec até a cama, Magnus o puxou pelo cós da calça até o chuveiro. O rosto de Alec foi invadido pela surpresa, e ele não resistiu.

— Sua camisa está molhada de champanhe — explicou Magnus.

Os olhos de Alec pousaram na camisa de Magnus, que ficara transparente, ele corou levemente ao murmurar:

— A sua também.

Magnus sorriu, encostando a boca sorridente na de Alec.

— Bem observado.

Ele fez um pequeno gesto e água quente começou a jorrar do chuveiro, encharcando os dois. Magnus via as linhas desbotadas dos símbolos sob o tecido fino e molhado da camisa de Alec. Pontos prateados de luz e água reluziam no minúsculo espaço entre eles. Magnus tirou a camisa de Alec, bem como a camiseta que ele usava por baixo. Fios de água reluziam na superfície do torso nu, contornando os sulcos dos músculos.

Magnus puxou Alec e o beijou ao mesmo tempo que abria as abotoaduras da própria camisa com a mão livre. Sentia as mãos fortes de Alec em suas costas, e a camisa fina e completamente molhada não representava nenhum tipo de barreira — mas ainda assim era uma bela de uma barreira. Magnus mergulhou a cabeça e percorreu o contorno úmido do pescoço de Alec com a boca, até chegar aos ombros nus.

Alec estremeceu e empurrou Magnus contra a parede de vidro. Magnus estava tendo dificuldade para tirar a camisa.

Alec, então, beijou Magnus com ardor, engolindo seu gemido. O beijo foi profundo e urgente, as bocas deslizando juntas, tão ávidas quanto as mãos úmidas. Enquanto tentava se controlar e se concentrar em sua coordenação motora, Magnus se deu conta de um brilho estranho no ar, do lado de fora do box, próximo ao teto.

Sentiu que Alec congelou quando notou aquela tensão nova e diferente. Alec então seguiu o campo de visão de Magnus. Um par de olhos reluzentes e sinistros piscava para eles em meio ao vapor.

— Agora não — murmurou Alec contra a boca de Magnus. — *Só* pode ser brincadeira.

Magnus resmungou um feitiço de encontro aos lábios de Alec. O vapor jorrava do chuveiro e se acumulava ao redor do brilho da água. Através da névoa, emergiu o esboço de uma criatura com aparência de centopeia gigante. O demônio Drevak atacou.

Magnus lançou mais algumas palavras ríspidas, dessa vez em Cthoniano demoníaco. As paredes do chuveiro imediatamente congelaram e endureceram no momento em que o demônio Drevak lançou um jato de ácido corrosivo na direção deles.

Alec puxou Magnus para o soalho e mergulhou para fora do box, deslizando pelo chão úmido e colidindo contra as portas de madeira do closet, do outro lado do cômodo. Aos trancos e barrancos, ele agarrou a parte de baixo de uma das portas e a puxou para que ficasse aberta.

Magnus não entendeu muito bem o gesto até ver Alec se levantar, a lâmina serafim na mão.

— *Muriel.*

Antes que o Drevak pudesse atacar novamente, Alec saltou e executou um longo golpe para frente. As metades do demônio caíram no chão atrás dele e desapareceram.

— É tão estranho que tenha um anjo chamado Muriel — comentou Magnus. — Muriel parece mais o nome de uma professora de piano carrancuda. — Ele ergueu uma lâmina serafim imaginária e recitou: — *Minha tia-avó Muriel.*

Alec se virou novamente para Magnus, sem camisa e com a calça molhada, iluminado pela luz das estrelas e pelo brilho de sua lâmina serafim, e Magnus ficou temporariamente mudo devido à atração física pura e simples. Alec falou:

— O Drevak não vai estar sozinho.

— Demônios — falou Magnus amargamente. — Eles sabem como cortar o clima.

A janela da cabine explodiu de fora para dentro, lançando estilhaços e destroços para dentro do quarto. Magnus perdeu Alec de vista momentaneamente em meio a uma nuvem de poeira. Então deu um passo e esbarrou numa criatura de corpo preto e comprido, pernas longas e finas, e uma cabeça semelhante a um domo, que se estendia até um focinho alongado. A criatura aterrissou na frente dele e sibilou, exibindo fileiras de dentes serrilhados pontiagudos.

Magnus fez um gesto e uma poça d'água no soalho se ergueu até engolir o demônio numa imensa bolha translúcida. O demônio ficou desorientado quando a esfera começou a girar de cabeça para baixo. Então Magnus fez um movimento, como quem rebate com um taco e lançou a bola de água pela janela.

No mesmo instante, outro demônio tomou seu lugar. A criatura tentou emboscá-lo pela lateral e quase arrancou um pedaço de sua perna com as mandíbulas. Magnus recuou aos tropeços até a cama, estalou os dedos e fez com que as portas do closet se abrissem com força e esmagassem o inseto gigante que avançava.

A distração mal desacelerou o demônio, que sibilou e, com uma mordida esmagadora, partiu as portas de madeira em pedacinhos. Quando o bicho estava prestes a saltar num ataque, o brilho branco e ofuscante da lâmina serafim de Alec separou seus dois grupos de olhos, dividindo a cabeça em domo.

Alec retirou a lâmina do corpo do demônio e falou:

— Precisamos cair fora daqui.

Ele ergueu o arco, fazendo um sinal para que Magnus o seguisse, e os dois escaparam para longe dos escombros da cabine, entrando no carro-dormitório estranhamente imperturbável. Após o caos de um minuto atrás, a quietude e a paz do corredor era bem bizarra. Tudo estava imóvel, a não ser pelo clique ritmado dos trilhos e a música clássica baixinha que saía dos alto-falantes escondidos no teto. Luzes amarelas suaves agitavam as sombras docemente numa valsa conduzida pelo ritmo do trem.

Alec se virou para frente e para trás, o arco em posição, aguardando o próximo ataque. A quietude sinistra durou vários outros segundos até que eles ouviram uma batidinha, fraca no início, quase imperceptível, feito garoa num telhado. Logo ela foi seguida por outras do mesmo tipo, tamborilando, batidinhas que cresciam em frequência e número.

Alec mirou o arco para cima quando o barulho se tornou ainda mais alto, centenas de cliques de unhas ou garras no metal, como se o trem estivesse passando por uma tempestade ruidosa.

— Eles estão ao nosso redor. Vá para o vagão ao lado. Corra. — Magnus alcançou a porta mais próxima, mas Alec o repreendeu com rispidez:

— Aí ficam os outros carros-dormitório. Tem mundanos aí dentro.

Magnus mudou de direção e correu para a porta mais distante, com Alec bem em seu encalço. Eles tomaram o corredor que levava ao último vagão, com o bar cheio de habitantes do Submundo. Uma jovem licantrope usando um vestido bordado com miçangas abria caminho pelo corredor. Ela parou assim que os avistou.

Cinco demônios Raum imensos cobriram as janelas de cada lado, e ela deu um grito. Alec se jogou para cima da licantrope, cobrindo-a com o próprio corpo e acertando o demônio que tentou esmagá-los. Os tentáculos de outro demônio envolveram ambos, e Alec rolou com a garota licantrope nos braços, cortando os tentáculos com a lâmina serafim.

Um dos Raums restantes saiu caminhando pesadamente na direção dos sons que vinham do bar. Magnus lançou um raio de luz abrasador em direção à criatura.

— Isso é um demônio? — Ele ouviu alguém gritar. — Quem os convidou?

Alguém falou:

— Leia o cartaz, demônio!

— Todo mundo está bem? — gritou Magnus, e um dos demônios aproveitou o milésimo de segundo de distração e partiu para cima dele.

Um pesadelo de tentáculos e dentes se agigantou diante de Magnus; em seguida, o demônio explodiu num nada, com uma flecha em suas costas. Magnus examinou a névoa e o clarão, e se deparou com Alec, agachado no chão e segurando seu arco.

A garota licantrope encarava Alec com algum espanto. A poeira escura de demônios mortos e uma leve camada de suor reluziam na pele nua e tomada de Marcas de Alec.

— Eu tinha uma imagem errada dos Caçadores de Sombras. A partir de agora faço o que você quiser para ajudar na sua luta contra os demônios — anunciou a garota licantrope com convicção. — E eu vou fazer.

Alec virou a cabeça para encará-la.

— Qualquer coisa?

— Com prazer — retrucou a garota.

— Como você se chama? — perguntou Alec.

— Juliette.

— Você é de Paris? — insistiu Alec. — Frequenta o Mercado das Sombras de Paris? Você conhece uma criança fada chamada Rose?

— Sim, sou — falou a garota licantrope. — E conheço. Ela é mesmo uma criança? Pensei que fosse só um truque fada.

— Da próxima vez que vocês se encontrarem, será que você podia dar comida a ela? — perguntou Alec.

A garota piscou e sua expressão ganhou um ar de ternura.

— Sim, posso sim — falou.

— O que está acontecendo aí? — perguntou o goblin com quem tinham falado anteriormente, forçando a passagem em meio à festa e chegando ao corredor. Ele arregalou os olhos. — Tem uma gosma demoníaca espalhada aqui e um monte de pele de Caçador de Sombras exposta aqui! — gritou, olhando para trás.

Alec ficou de pé e caminhou até Magnus, que estalou os dedos e fez a camiseta regata de Alec, ainda úmida, aparecer em sua mão. Alec esticou o braço e pegou, com nítido alívio. Magnus e a garota licantrope ficaram observando, tristonhos, enquanto ele se vestia.

Já com a camisa, Alec pegou a mão de Magnus.

— Fique perto de...

Magnus não ouviu o restante da frase. Antes que pudesse gritar, alguma coisa se enrolou em sua cintura, puxando-o, tirando-o do chão e arrancando--o da mão de Alec. Uma dor comparável à de ossos se quebrando o deixou atordoado, deixando-o completamente sem fôlego. Ele ouviu o som de vidro se estilhaçando e sentiu centenas de lascas minúsculas rasgando sua pele.

O mundo piscou e a consciência retornou um instante depois, com o som de vento uivando em suas orelhas e ar congelante golpeando-o no rosto. Tonto e desorientado, Magnus ergueu o olhar e viu a lua cheia pairando acima dos topos irregulares das montanhas. Atrás dele, o trem seguia em velocidade por uma ponte.

Magnus balançava no ar acima de uma ravina. A única coisa que o impedia de desabar para a morte era o tentáculo negro em torno de sua cintura.

E aquele tentáculo estava longe de ser reconfortante.

8
Velocidade de Fogo

Alec só observava, com a mão ainda esticada e o coração se esquecendo de bater, o espaço vazio onde Magnus estivera poucos segundos antes.

Um instante antes ele tinha segurado a mão de Magnus. Agora, estava parado, com a mão esticada na direção da janela que se transformava em dez mil lascas pontiagudas e minúsculas, que entulhavam o carpete de veludo cor de vinho.

Um tremor percorreu o corpo de Alec; foi inevitável pensar em tudo o que ele perdera na batalha de Alicante. Não podia perder Magnus também. Ele não tinha opção senão ser um guerreiro e um soldado, uma luz firme contra as trevas. Mas o terror que tomava conta dele nesse momento era visceral e profundo, mais forte do que qualquer medo que já havia sentido em batalha.

Alec ouviu um grito que mal dava para perceber acima do som do vento uivante. E correu para a janela quebrada.

Lá estava Magnus, suspenso ao lado do trem. Uma criatura semelhante a uma árvore feita de fumaça estava agachada no teto do trem e o apertava. Magnus estava preso em seus galhos; as mãos presas por tentáculos escuros. Abaixo deles, uma queda abrupta de centenas de quilômetros.

A superfície fumacenta do monstro borbulhava e ondulava no ar. Alec estava tentado acertar o bicho com algumas flechas, mas não queria provocá-lo, não com Magnus preso ali. Nem Magnus era capaz de usar magia sem as mãos livres. Alec baixou o olhar para a ravina; estava escuro demais para enxergar seu fundo.

— Magnus! — gritou ele. — Estou indo!

— Maravilha! — gritou Magnus em resposta. — Eu não vou sair do lugar!

Alec saltou pela moldura da janela e se equilibrou quando o trem chacoalhou, agradecendo mentalmente pelo símbolo de Destreza que assegurava seu equilíbrio. Ele esticou o braço e segurou o *T* e o *E* no início da palavra INTERNATIONALE das letras de latão afixadas ao vagão do trem, acima das janelas. Bastaria se erguer e passar as pernas por cima do teto.

Deveria ter dado certo. Afinal, Alec já havia realizado proezas semelhantes centenas de vezes em seu treinamento. Mas a letra *T* estava mais bamba do que ele tinha imaginado e, com um rangido, metade dela caiu para fora do trem, os parafusos arrancados e torcidos. Alec conseguiu passar apenas uma das pernas sobre o teto antes da letra se partir totalmente. Ele tentou se agarrar em alguma coisa, os braços e pernas abertos na beirada curva do vagão.

— Você está bem? — gritou Magnus.

— Tudo saindo como planejado! — Alec começou a escorregar um centímetro de cada vez.

O sentimento de urgência correu quente em suas veias. O desespero transformou suas mãos em garras. Com uma força resultante da vontade de salvar Magnus, ele conseguiu encontrar apoio sob um dos pés e, assim, engatinhou freneticamente até o teto.

Mas antes que conseguisse ficar de pé, alguma coisa grande e pesada colidiu contra suas costas. Tentáculos agarraram suas pernas e sua cintura, apertando. Dezenas de pequenas ventosas vermelhas beliscaram através do tecido úmido da camisa, queimando a pele.

Alec encarou os imensos olhos esbugalhados e a bocarra do demônio Raum. A mandíbula fez um estalido úmido ao se abrir e fechar diante dele. Sem conseguir usar o arco ou pegar a lâmina serafim, Alec usou a única arma à disposição. Ergueu o punho e deu um soco na cara do demônio.

O golpe acertou um dos olhos esbugalhados. O cotovelo atingiu o focinho. Alec bateu na cara do demônio até os tentáculos afrouxarem o suficiente para que ele pudesse escapar. Ele caiu de costas e deu uma cambalhota, ficando de joelhos. Uma flecha estava em posição no arco e ele simplesmente atirou quando o demônio Raum avançou em contra-ataque.

A criatura bloqueou a primeira flecha com um de seus tentáculos, mas cambaleou quando a segunda afundou no joelho. Finalmente, parou de atacar quando a terceira flecha, à queima-roupa, a atingiu em cheio no peito. Ela tremeu, agonizando, tropeçou e perdeu o equilíbrio, caindo sobre a lateral do trem.

O arco tilintou no chão. Alec exalou e pôs uma das mãos no teto do trem para se equilibrar. Seu corpo ardia devido às dezenas de minúsculas feridas envenenadas deixadas pelos tentáculos do demônio. Ele tateou atrás de sua estela e a encostou no coração, desenhando um *iratze*. No mesmo instante, o aperto no peito desapareceu e o torpor diminuiu.

Ele respirou fundo, trêmulo. Não era fácil combater os efeitos de veneno demoníaco. O alívio seria apenas temporário.

Ele tinha que aproveitar os poucos minutos que lhe restavam.

Alec fez um esforço para ficar de pé e se concentrou em Magnus, que ainda estava preso por algum monstro escuro com corpo de polvo. Era diferente de qualquer demônio que ele já tinha visto, e, com certeza, ele não tinha lido nada a respeito no *Códex*. Não fazia diferença agora. A criatura estava com Magnus e estava fugindo.

Alec ergueu o arco e deu início à perseguição, correndo pelo trem e saltando os espaços entre os vagões. Ele mantinha os olhos em Magnus, decidido a não perdê-lo de vista. O terror o impelia desenfreadamente. Ele mal tocou a superfície do trem quando eles dobraram uma curva acentuada.

Alguns demônios Ravener apareceram, bloqueando seu caminho, com mandíbulas que sibilavam e caudas de escorpião cheias de venenos. Uma voz analítica no fundo da mente de Alec dizia que era incomum ter tantos tipos diferentes de demônios atacando juntos. Eles costumavam formar bandos de seu próprio tipo.

Isso certamente significava que eles tinham sido conjurados. Que havia um objetivo maligno por trás daquele ataque, especificamente dirigido a eles.

Mas Alec não tinha tempo para pensar nesses detalhes, e também não tinha tempo para combater um ataque. Cada segundo perdido significava Magnus um segundo mais distante. Ele lançou várias flechas enquanto corria a toda velocidade, sacrificando a precisão para manter o ritmo. Uma das flechas acertou um Ravener no meio de um salto e Alec abateu outros dois fora do trem com seu arco. Outro demônio Raum recebeu uma flechada no pescoço. A lâmina serafim chamuscou a carne como se fosse o ar noturno.

Alec estava encharcado de icor e sangue, e se deu conta de que tinha acertado o bando inteiro.

Seu corpo doía em centenas de lugares e o *iratze* estava começando a se apagar. Ele ainda não tinha acabado. Trincou os dentes e seguiu em frente, aos tropeços. O demônio de fumaça estava na extremidade do vagão. Tinha parado de se movimentar, mas dois de seus tentáculos ainda estavam enrolados em Magnus, quatro se agarravam às laterais do trem, perto dos trilhos, e os dois últimos estavam erguidos e se movendo num ritmo como se estivessem testando a velocidade do vento. Não, as pontas dos tentáculos brilhavam com uma luz que se tornava mais complexa conforme os tentáculos se movimentavam, permanecendo firmes mesmo quando o trem acelerava.

Alec forçou a vista e se deu conta de que a luz era o brilho vermelho de um pentagrama, emergindo no ar ao lado do trem. Ele ajeitou uma flecha, mirou no espaço entre os dois olhos do monstro e a disparou. A flecha quicou inofensivamente na pele turva do demônio. Ele pegou outra flecha e atirou mais uma vez, com o mesmo resultado. Agora o pentagrama já estava aberto e o demônio levava Magnus para dentro dele. Havia uma grande chance de o bicho lançá-lo em outra dimensão ou em algum abismo sem fundo.

Alec pegou mais uma flecha. Dessa vez, mirou em um dos tentáculos que seguravam Magnus. Murmurou uma prece para o Anjo e atirou.

A flecha afundou no tentáculo, a alguns metros do corpo de Magnus. O monstro recuou e afrouxou um pouco o aperto. Magnus não perdeu tempo e, assim que libertou uma das mãos, começou a movimentá-la rapidamente. Uma teia de eletricidade azul brilhou na direção do tentáculo que o segurava. O demônio de fumaça urrou e seus tentáculos foram lançados para trás, e enfim Magnus foi libertado. O feiticeiro atingiu o topo do trem com uma pancada e rolou, começando a escorregar pela lateral.

Alec mergulhou, deslizando pelo metal frio, perigosamente próximo à beirada. Ele roçou as pontas dos dedos de Magnus e só conseguiu agarrar o ar quando Magnus caiu do trem.

Alec se jogou na lateral do trem e agarrou um bom pedaço de tecido úmido. Então, agarrou a camisa de Magnus com as duas mãos e fez um esforço imenso para içá-lo, usando toda a força que lhe restara.

O esforço borrava sua visão, mas logo Magnus estava em seus braços, piscando os lindos olhos dourados e atordoados.

— Obrigado, Alexander — falou ele. — Infelizmente, o monstro polvo está atacando novamente.

Alec rolou com Magnus para o lado. Um tentáculo negro atingiu o local onde eles tinham acabado de estar. O tentáculo se ergueu para golpear mais uma vez. Magnus se sentou rapidamente e levantou as mãos, e um raio de luz azul cortou um dos tentáculos que chicoteava. Icor negro borrifou quando o demônio recuou o tentáculo ferido.

Magnus se pôs de pé. Alec começou a se levantar também, mas uma onda de vertigem o atingiu. Os efeitos do *iratze* tinham acabado quase totalmente, e o veneno do Raum era novamente um agente de corrosão em suas veias.

— Alec! — gritou Magnus. Seu cabelo esvoaçava com o vento que soprava acima do trem. Ele ergueu Alec, botando-o de pé, ao mesmo tempo que o demônio voltava a avançar para eles. — Alec, qual é o problema?

Alec tateou atrás de uma estela, mas sua visão estava escurecendo. Conseguia ouvir Magnus chamando seu nome, e também a aproximação do demônio. Magnus não teria como dar conta de prestar socorro a Alec e se defender do demônio ao mesmo tempo.

Magnus, pensou Alec. *Corra. Proteja-se.*

O monstro fumacento avançou no momento em que um vulto escuro se lançou entre o demônio e Alec e Magnus.

Uma mulher, com capa e cabelos escuros e esvoaçantes devido ao vento. Em uma das mãos, carregava uma espada de três lados, que reluziu sob a luz da lua.

— Fiquem para trás! — gritou. — Vou cuidar disso.

Ela acenou com uma das mãos e o demônio de fumaça soltou um guincho longo e crepitante, semelhante ao som de madeira queimada se partindo.

— Eu já vi essa mulher — falou Alec, hesitante. — É a mulher com quem lutei no Mercado das Sombras, em Paris. Magnus...

Outra pontada de dor venenosa e nauseante o percorreu. Sua visão escureceu e Alec sentiu como se fosse ele a criatura a estar apanhando, atingido no estômago, sem conseguir sentir as pernas.

— Magnus — repetiu ele.

O céu começou a desaparecer, as estrelas se apagando uma por uma, mas então Magnus estava lá para segurá-lo.

— Alec — repetia ele sem parar, e sua voz não era em nada como a voz de Magnus, calma, indiferente e encantadora. Era entrecortada e desesperada. — Alec, por favor.

As pálpebras de Alec ficaram muito pesadas. Tudo conspirava para que ele as fechasse. Mas Alec fez um esforço para mantê-las abertas e encarar uma última imagem: Magnus pairando logo ali, e seus olhos estranhos e adoráveis a última luz a restar para Alec.

Alec queria dizer que estava tudo bem. Magnus estava a salvo. Alec tinha tudo o que desejava.

Ele tentou erguer uma das mãos e tocar a bochecha de Magnus. Não conseguiu.

O mundo estava tão escuro. O rosto de Magnus desapareceu e, assim como todo o restante, foi engolido pelo céu noturno sem estrelas.

9

Shinyun

O ácido demoníaco tinha destruído metade do compartimento. Na verdade, todo o trem havia sofrido um bocado com os danos, os quais foram disfarçados dos passageiros e dos funcionários mundanos com uma inteligente combinação de encantamentos e palavras sobre a realeza europeia dando uma festa.

Magnus estava regenerando a estrutura de madeira, e incidentalmente redecorando um pouquinho, quando ouviu Alec se mexer. Foi somente um movimento quase imperceptível debaixo das cobertas, mas Magnus passara a noite toda esperando por algo assim.

Ele se virou a tempo de ver Alec se mexer novamente. Correu e sentou na lateral da cama.

— Oi, bonitão, como está se sentindo?

Alec esticou a mão, os olhos ainda fechados. Foi um gesto mudo, mas de confiança — o gesto de um garoto que sempre pudera contar com mãos e vozes amorosas quando estava doente ou machucado. Magnus se lembrou de quando ele mesmo apareceu no Instituto, chamado ali para curar Alec de ferimentos demoníacos. Isabelle ficara em pânico e Jace ficara caminhando pelos corredores, pálido.

Aquele dia fizera Magnus se recordar de épocas muito distantes, a lembrança dos Nephilim que ele tanto estimara antigamente e de como eles partilhavam afeto. Conhecer o modo como Will e Jem se amavam modificara os sentimentos dele em relação aos Nephilim, e ver Jace — o Jace calmo, com ar superior — arrasado por causa de Alec só fez aumentar sua estima pelo garoto.

Agora Alec oferecia a mão a ele, e Magnus a segurou como a oferta de confiança que era. A pele de Alec estava fria. Magnus encostou a bochecha nas mãos entrelaçadas, fechando os olhos por apenas um momento, permitindo-se ser inundado pelo alívio por Alec estar bem. A pele de Alec ficara quente durante algum tempo por causa da febre, mas Magnus era muito experiente no tratamento de Nephilim.

Porque os Caçadores de Sombras, por mais adoráveis que fossem, eram todos lunáticos imprudentes.

Claro, Alec tinha sido um lunático imprudente para salvar a vida de Magnus. E para Magnus, ver Alec balançando no teto do vagão conforme o trem serpenteava entre as passagens montanhosas, com as roupas úmidas, a pele suja de sangue e poeira fora doloroso e atraente, tudo ao mesmo tempo.

— Já estive melhor. — A roupa de cama de Alec estava úmida com o suor, mas a cor voltara ao seu rosto. Ele se sentou e o cobertor desceu até a cintura nua. — Já estive pior também. Obrigado por me curar.

Magnus se endireitou e passou a mão livre no peito de Alec. Um brilho azul pálido se expandiu da palma e reluziu antes de desaparecer através da pele cheia de Marcas.

— Seus batimentos cardíacos estão mais fortes. Você devia ter me pedido para cuidar daquele veneno imediatamente.

Alec balançou a cabeça.

— Não sei se você se lembra, mas tinha um demônio polvo carregando você.

— Sim — falou Magnus. — E sobre isso... Sou imensamente grato por você ter salvado a minha vida. Sou muito ligado a ela. No entanto, quando se tratar de escolher entre a sua vida e a minha, Alec, lembre-se que eu já vivi muito tempo.

Era estranho dizer isso. Era difícil falar sobre a imortalidade. Magnus nem se lembrava de sua juventude mais, mas também nunca tinha sido velho. Ele convivera com mortais de idades diversas e jamais fora capaz de compreender o modo como eles sentiam o tempo. E nem eles tinham sido capazes de compreendê-lo.

Ainda assim, afastar-se dos mortais significaria cortar os laços com o mundo. A vida se tornaria uma longa espera, sem calor ou vínculos, até que seu coração um dia parasse de vez. Depois de um século de solidão, qualquer pessoa enlouqueceria.

Alec se arriscara por amor a Magnus — isso também era loucura.

Alec semicerrou os olhos.

— O que você está dizendo?

Magnus entrelaçou os dedos aos de Alec. As mãos dos dois pousaram no lençol, a mão pálida e com Marcas de Alec; a mão marrom e cheia de anéis reluzentes de Magnus.

— Você deveria cuidar da sua segurança... em primeiro lugar. Sua segurança é mais importante e significa mais do que a minha.

Alec falou:

— Eu diria a mesma coisa para você.

— Mas você estaria errado.

— Isso é uma questão de opinião. Que demônio era aquele? — Magnus não podia evitar admirar a ousadia com que Alec mudava de assunto. — Por que ele atacou?

Magnus tinha se perguntado isso também.

— Atacar é o que os demônios normalmente fazem — falou Magnus. — Se ele estava atrás de mim, em particular, imagino que tenha ficado com ciúmes do meu estilo e charme.

Alec não caiu na distração. Magnus não acreditava mesmo que ele fosse cair.

— Você já tinha visto alguma coisa assim? Precisamos descobrir o melhor jeito de enfrentar o próximo que vier. Se eu pudesse ir até a biblioteca em Nova York, dar uma olhada nos bestiários... Talvez Isabelle pudesse fazer isso...

— Ora, o Nephilim incansável — falou Magnus, soltando a mão de Alec antes que ele pudesse soltá-lo primeiro. — Você não pode ter seus picos de energia bebendo café, como todo mundo?

— O demônio era uma incubadora Raum — falou uma voz de mulher atrás deles. — É necessário magia poderosa para fazer uma criatura daquelas sair de seu covil.

Alec puxou o cobertor com uma das mãos para se cobrir enquanto pegava a lâmina serafim com a outra.

— Além disso — falou Magnus sem alterar a voz —, posso apresentar nossa nova amiga, Shinyun Jung? Ela reduziu a pó o demônio que me atacava. Foi uma excelente primeira impressão.

Alec e Shinyun encararam Magnus com desconfiança.

— Minha primeira impressão a respeito dela — observou Alec rispidamente — foi ela me atacando no Mercado das Sombras.

— Minha primeira impressão de *você* — retrucou Shinyun — foi *você me* atacando. Tudo o que eu queria era falar com Magnus, mas você me atacou com uma arma.

— Provavelmente nós devíamos ter conversado um pouquinho para elucidar as coisas — concordou Magnus.

Ele estivera preocupado demais com Alec para pensar no desenrolar desse momento antes. Shinyun se ajoelhara e começara a ajudá-lo a curar os ferimentos de Alec, e naquela hora o gesto fora para Magnus mais do que o suficiente.

— Sim — concordou Shinyun. — Por que nós não continuamos a conversa do lado de fora, em trajes apropriados?

— Seria bom — falou Alec.

— Sugiro o vagão do bar.

Magnus se animou.

— Seria *muito* bom.

Eles se reuniram no bar do Submundo. Ainda estava cheio, mas a multidão diminuíra visivelmente depois do ataque do demônio. De repente, uma fileira com três lugares próxima ao balcão principal ficou vazia e eles se acomodaram nos banquinhos com uma garrafa grátis de champanhe e três taças que apareceram sem que eles tivessem pedido. Quando Alec olhou em volta, desconfiado, um vampiro lhe deu uma piscadela e fez um gesto simulando uma arma com a mão.

Talvez Magnus não tivesse que se preocupar tanto assim com o ódio dos habitantes do Submundo em relação a Alec. Não nesse trem, pelo menos.

— Eu não achei que os Caçadores de Sombras fossem tão populares assim no Submundo — observou Shinyun.

— Só o meu Caçador de Sombras — falou Magnus, servindo a bebida.

O bar era iluminado de cima com candelabros de latão pendurados. A luz quente caía em cheio sobre o rosto de Shinyun. Os lábios e olhos dela se moviam quando ela falava, mas o restante do rosto redondo, as pálpebras estáticas e as bochechas macias não. Sua voz era seca e parecia flutuar de sua boca sem ritmo.

Era sua marca de feiticeira, o rosto sem expressão. Todos os feiticeiros recebiam marcas únicas, que normalmente apareciam na primeira infância e costumavam resultar em tragédia. A marca de Magnus eram seus olhos dourados, felinos. O padrasto de Magnus se referira a eles como janelas para o inferno.

Magnus não conseguia evitar se lembrar de quando ficara de joelhos no topo do vagão do trem, frenético de medo, e Alec perdera a consciência em seus braços. Magnus tinha visto o demônio se dissipar em fumaça em torno de Shinyun quando ela jogou o capuz para trás e baixou o olhar até ele. Ele a reconhecera imediatamente; não a pessoa que ela era, mas identificara que ela era como ele. Uma feiticeira.

Tinha sido uma entrada triunfal.

— Vamos conversar — falou Alec. — Por que você estava nos seguindo? Mais importante, por que você estava seguindo Magnus no Mercado das Sombras em Paris?

— Estou atrás da Mão Escarlate — respondeu Shinyun. — Ouvi dizer que Magnus Bane era o líder deles.

— Eu não sou.

— Ele não é — confirmou Alec rispidamente.

— Eu sei — retrucou Shinyun. Magnus notou a tensão nos ombros de Alec relaxar minimamente. Os olhos escuros de Shinyun foram até Magnus e ele os encarou. — Claro que eu já tinha ouvido falar de você. Magnus Bane, Alto Feiticeiro do Brooklyn. Todo mundo tem alguma coisa a dizer sobre você.

— Isso faz sentido — falou Magnus. — Sou muito conhecido pelo meu bom gosto em moda e pelas minhas festas.

— É verdade que todo mundo parece confiar em você — emendou Shinyun. — Não que eu queira acreditar que você estava liderando algum culto, mas ultimamente esse assunto tem sido uma constante: "Magnus Bane é o fundador da Mão Escarlate." Aquele que intitulam o Grande Veneno.

Magnus hesitou.

— Talvez. Mas eu não me lembro. Minhas lembranças da época foram... alteradas. Queria muito saber.

Alec olhou para Magnus, que embora não fosse um leitor de mentes, captara direitinho o choque por ele estar confiando a uma completa desconhecida um segredo tão importante quanto perigoso.

Magnus, por outro lado, sentia-se estranhamente aliviado por ter admitido em voz alta que talvez tivesse fundado A Mão Escarlate, mesmo para uma peculiar desconhecida. Afinal de contas, ele tinha feito a piada para Ragnor. Tinha visto a fotografia de Tessa. E sabia que perdera anos de lembranças. O que era mais provável, que tudo isso fosse coincidência ou que ele realmente tivesse fundado o tal culto?

Ele adoraria poder viajar de volta no tempo e se dar um chute na cabeça.

— Você perdeu suas lembranças? Acha que A Mão Escarlate pegou? — perguntou Shinyun.

— Provavelmente — respondeu Magnus. — Olha, eu não quero um culto — emendou ele. E sentia veementemente que deveria tornar sua opinião sobre cultos bem entendida. — Eu não estou aqui para retomar o culto. Estou aqui para acabar com o culto e tentar corrigir qualquer culpa que eu tenha pelas coisas ruins que eles fizeram. Quero minhas lembranças de volta e quero saber por que elas se foram, mas isso é mais por curiosidade pessoal. O importante é não ter mais cultos demoníacos associados a Magnus Bane. Além disso, eles estragaram as férias românticas que tinham tudo para ser ótimas, para começo de conversa.

Ele esvaziou a taça. Depois de quase ser jogado para fora de um trem, merecia uma dose. Merecia mais de uma.

— Que tinham tudo para ser ótimas — resmungou Alec, olhando para Shinyun de um jeito que sugeria que, embora ela tivesse salvado a vida dele, sua presença não era mais necessária.

Magnus pensou em dizer alguma coisa sobre aquelas férias não terem nada de ótimas mais, mas concluiu que não era o momento.

— Você compreende por que eu talvez tenha ficado desconfiada... — começou Shinyun.

— Você compreende por que *nós* talvez estejamos mais desconfiados! — protestou Alec.

Shinyun olhou fixamente para ele.

— Até eu ver aquela incubadora Raum atacar você — falou ela. — Eu conheço A Mão Escarlate bem o suficiente para conhecer o modo como eles agem. O atual líder deve estar tentando matar você, Bane. O que significa que não importa o que tenha acontecido no passado, agora eles o consideram um inimigo. Posso tê-los impedido na noite passada, mas é provável que tentem de novo.

— Como você sabe tantas coisas sobre eles? — quis saber Alec. — E o que você quer de fato?

Shinyun levou sua taça aos lábios e tomou um gole lento e cuidadoso. Magnus admirou, não pela primeira vez, o senso intuitivo dela para conferir todo um drama à cena.

— Meu objetivo é o mesmo que o de vocês. Quero destruir A Mão Escarlate.

Magnus se sentiu pouco à vontade com a arrogância dela ao presumir que o objetivo deles era aquele. Teve vontade de contestar, mas quanto mais pensava no assunto, mais percebia que Shinyun tinha razão. No fim, provavelmente era disso que se tratava.

— Por quê? — perguntou Alec, concentrando-se na questão mais importante. — O que foi que A Mão Escarlate fez para *você*?

Shinyun olhou para além da janela, para os globos dos postes de luz refletindo palidamente contra a noite.

— Eles me magoaram profundamente — explicou ela, e Magnus sentiu uma pontada na boca do estômago. Não importava o que A Mão Escarlate tivesse feito; se ele tinha sido o fundador do culto, era ao menos um pouco responsável por aquela dor.

As mãos de Shinyun começaram a tremer e ela as juntou para disfarçar.

— Os detalhes não são importantes. A Mão Escarlate está acumulando sacrifícios... sacrifícios humanos, claro... para ressuscitar um Demônio Maior. Estão matando fadas. Mundanos. Até feiticeiros. — Ela voltou a olhar para Magnus, sem piscar. — Eles acham que é o caminho para o poder máximo.

— Um Demônio Maior? — exclamou Alec.

O horror e o ódio em sua voz eram totalmente compreensíveis. Ele quase tinha sido morto por um Demônio Maior. Isso ainda fazia o estômago de Magnus se revirar. Ele terminou o segundo drinque e serviu mais uma dose.

— Então o desejo mais banal e típico para um culto. Poder. Poder por intermédio de algum demônio. Por que eles sempre acham que serão poupados? Demônios não são conhecidos pelo senso de *fair play*. — Magnus suspirou. — Você não acharia que um culto fundado por mim talvez fosse ter um espírito mais criativo? Além do mais, eu imaginaria que um culto fundado por mim não seria maligno. Essa parte é uma surpresa para mim.

— As pessoas que eu amava estão mortas por causa da Mão Escarlate — emendou Shinyun.

— Talvez os detalhes importem — falou Alec.

Shinyun apertou sua taça com tanta força que os nós de seus dedos ficaram brancos.

— Eu ainda prefiro não falar disso.

Alec pareceu desconfiado.

— Se vocês quiserem ser dignos da minha confiança, terão que confiar em mim também — falou Shinyun sem rodeios. — Por enquanto, vocês só precisam saber que eu quero vingança contra A Mão Escarlate pelos crimes que eles cometeram contra mim e as pessoas que eu amava. Pronto. Se vocês estão contra eles, nós estamos do mesmo lado.

— Todo mundo tem segredos, Alec — falou Magnus baixinho, sentindo-se imerso em seu próprio segredo. — Se A Mão Escarlate está tentando me matar por alguma razão, toda a ajuda que conseguirmos vai ser útil.

Magnus compreendia a opção de Shinyun de não falar sobre o passado. Afinal, aparentemente ele nem sequer era capaz de se lembrar do seu. Ele gostava de acreditar que conversar sobre as coisas facilitava a digestão delas, mas em sua experiência, às vezes falar só fazia piorar as coisas.

Um silêncio recaiu entre eles. Shinyun tomou sua bebida e continuou em silêncio. Magnus estava apavorado, e não era pela própria vida. Não conseguia parar de pensar no momento em que Alec despencara do trem, quando acreditara, com um pavor gélido, que Alec estava morrendo por ele. Temia por

Alec, e temia as coisas que ele mesmo talvez tivesse feito, e das quais agora não conseguia se lembrar.

Magnus não conseguia decifrar o que Alec estava pensando, mas ao fitá-lo, ganhou um sorriso, e então esticou o braço sobre o balcão. Os dedos fortes, cheios de cicatrizes, envolveram os seus, e as mãos se juntaram sob a minúscula poça de luz lançada pela vela.

Magnus queria agarrar Alec e beijá-lo até ficar sem fôlego, mas imaginava que Shinyun não fosse gostar da exibição.

— Você tem razão — falou Alec. — Acho que o inimigo do meu inimigo é meu amigo ou, pelo menos, um conhecido amigável. Melhor se formarmos um time. — Ele baixou a voz. — Mas ela não vai dormir no nosso quarto.

— Todos reconciliados? — perguntou Shinyun. — Porque, desculpem a grosseria, é incrivelmente estranho ficar sentada aqui. Não estou a fim de ser a vela de vocês. Só quero derrotar o culto maligno.

Magnus já tinha decidido. Independentemente do que mais estivesse acontecendo — fosse porque ele tinha uma dívida para com Shinyun por salvar suas vidas ou pelo modo como A Mão Escarlate a prejudicara —, ela sabia um bocado de coisas. Seria uma tolice não tê-la por perto.

— Vamos aproveitar nossas bebidas e imaginar que, por enquanto, todos nós estamos do mesmo lado. Você pode ao menos nos contar sobre seu passado mais recente?

Shinyun refletiu por um momento e então pareceu chegar a uma decisão.

— Eu venho caçando A Mão Escarlate há algum tempo. Recebi atualizações de um informante infiltrado, Mori Shu. Eu estava me aproximando deles, e então eles encontraram outro espião, abandonaram a mansão e se esconderam. Eu fiquei sem pistas, mas ouvi de uma fonte confiável que o Labirinto Espiral tinha dado a você uma chance de ir atrás do culto.

— Se ela ficou sabendo disso, talvez não tenha sido a única — falou Alec. — Talvez por isso A Mão queira você morto, Magnus.

— Talvez — confirmou Magnus. Era uma teoria sólida, mas ainda havia coisas demais das quais ele não se lembrava. Ele tinha a sensação de que havia muitas coisas que poderia ter feito para despertar a ira dos membros do culto.

Shinyun não parecia interessada.

— Eu rastreei você por Paris, observei seus movimentos e resolvi me aproximar no Mercado das Sombras quando este Caçador de Sombras aqui me atacou.

— Eu estava protegendo Magnus — falou Alec.

— Eu entendo isso — falou Shinyun. — Você luta bem.

Fez-se uma breve pausa.

— Você também — cedeu Alec.

O líder da Mão Escarlate, quem quer que fosse, sabia que eles estavam se aproximando. Magnus queria ficar em segurança. Queria Alec em segurança. Queria que isso acabasse.

— Vamos pedir outra garrafa — falou ele, gesticulando para o barman — e brindar à nossa nova parceria.

A nova garrafa chegou, e eles encheram as taças. Magnus ergueu a dele em um brinde.

— Bem — falou com um esboço de sorriso —, rumo a Veneza. — Eles brindaram e beberam. Magnus passou a pensar em coisas mais agradáveis do que cultos demoníacos. Ele pensou sobre a cidade de vidro líquido e águas em movimento, a cidade dos canais e dos sonhadores. E aí olhou para Alec, inteiro e bem, seus olhos azuis cristalinos e sua voz, que parecia uma âncora num mar turbulento.

Magnus percebeu que ele estava errado ao pensar em Paris como a cidade que faria o relacionamento deles engatar. Mesmo antes de o culto adorador de demônios aparecer, Alec não ficara impressionado com a Torre Eiffel ou o balão de ar quente, não como Magnus queria que ele ficasse. Paris era a cidade do amor, mas também podia ser uma cidade de superfícies, de luzes brilhantes que se afastavam e rapidamente se perdiam. Magnus não queria perder esta. Ele arrumaria um cenário melhor. E faria as coisas direito desta vez.

Veneza era o lugar para Alec. Veneza tinha profundidade.

Parte Dois

Cidade das Máscaras

... Veneza antigamente tão cara,
O lugar agradável de toda festividade,
A folia da Terra, a mascarada da Itália!
— Lord Byron

10

Labirinto de Água

Magnus abriu as cortinas e saiu para a varanda do quarto do hotel.

— Ah, Veneza. Não tem cidade no mundo como você.

Alec o acompanhou e se apoiou no balaústre. Seu olhar ficou seguindo uma gôndola que chegou serpenteando pelo canal e desapareceu numa curva.

— É meio fedida.

— É para dar atmosfera.

Alec sorriu.

— Bem, a atmosfera está bem forte.

A única coisa boa sobre o ataque de demônios da noite anterior foi que, após dezenas, ou coisa que o valha, de feitiços de disfarce por parte de todos os participantes e alguns observadores, os mundanos responsáveis pela administração do trem não chegaram a perceber a tremenda comoção nem o buraco gigantesco em um dos vagões de passageiros. Eles chegaram a Veneza às dez da manhã, quase no horário previsto.

Uma viagem de táxi aquático depois, chegaram ao Belmond Hotel Cipriani, a apenas alguns quarteirões da antiga sede da Mão Escarlate.

Magnus voltou para a suíte e apontou para as malas. Cada uma delas se abriu e começou a se esvaziar. Blazers e casacos voaram para dentro do closet, roupas íntimas se dobraram dentro das gavetas, sapatos se organizaram em fileira junto à porta e os objetos de valor se trancaram sozinhos no cofre.

Ele girou novamente na direção de Alec, que observava o movimento do sol no céu sem nuvens, com a testa levemente franzida.

— Eu sei o que você está pensando: café da manhã — falou Magnus.

— Não temos tempo — falou Shinyun, invadindo a suíte deles sem bater. — Temos que revistar a sede abandonada de uma vez por todas.

Claro, ela já havia trocado de roupa e vestia um terno de corte italiano, que brilhava, iridescente, com encantamentos e proteções.

Magnus lançou-lhe um olhar reprovador.

— Nós estamos trabalhando juntos há pouco tempo, Shinyun Jung, mas se tem uma coisa que você precisa saber a meu respeito é que eu sou muito metódico em relação às minhas refeições.

Shinyun olhou para Alec, que assentiu.

— Eu posso, a qualquer momento, organizar uma etapa inteira em nossa missão para visitarmos um bar ou restaurante específicos. E se você deixar comigo, vai valer a pena.

— Se é tão importante... — começou Shinyun.

— Nós vamos fazer três refeições por dia. O café da manhã será uma delas. Na verdade, o café da manhã será a refeição mais importante, porque o café da manhã *é* a refeição mais importante do dia.

Shinyun olhou para Alec, que falou com voz monótona:

— Muitas missões para exterminar o mal falharam por causa do baixo índice glicêmico.

— Você *ouve* quando eu digo isso! — exclamou Magnus. Alec sorriu para Shinyun, como se estivesse pedindo desculpas, mas ela não retribuiu.

— Ótimo — falou Shinyun. — Então onde começam os *seus* planos hoje?

Felizmente, os planos de Magnus começavam embaixo, no Oro Restaurant, ali mesmo no hotel. Eles se sentaram ao ar livre, no deque, enquanto observavam um pequeno desfile de barcos flutuando em torno da lagoa. Alec engoliu depressa dois crepes e pensou em pedir um terceiro. Magnus desfrutou de um espresso, do prato com ovos de nome mais complicado do menu e do reluzente canal turquesa.

— Imaginei que você fosse gostar mais de Veneza do que de Paris — disse ele para Alec.

— Eu gostei de Paris — observou Alec. — E aqui é bonito também. — Ele se apoiou com esforço visível, virou-se para Shinyun e tentou iniciar uma conversa. — Esta é a minha primeira viagem de lazer. Eu sempre fiquei próximo à minha casa antes. Onde fica o que você chama de lar?

Magnus teve que virar o rosto e observar os barcos por um momento. Às vezes, a ternura que ele sentia por Alec doía, na verdade.

Shinyun hesitou.

— A Coreia é o meu lar, quando eu tinha um lar. A Coreia da Dinastia Joseon.

Fez-se uma pausa.

— Era um lugar difícil para ser uma feiticeira?

Shinyun olhou para Magnus e falou:

— Todo lugar é difícil para uma criança feiticeira.

— Isso é verdade — confirmou Magnus.

— Originalmente, eu sou de uma aldeia perto do Monte Kuwol. Minhas marcas de feiticeiro se manifestaram tarde. Eu tinha 14 anos e era noiva de Yoosung, um garoto bonito e de boa família na minha aldeia. Quando meu rosto se congelou, todos acreditaram que eu tinha me transformado num demônio Hannya ou possuída por um *gwisin*. Meu noivo disse que não se importava. — A voz dela tremeu levemente. — Ele ainda teria se casado comigo, mas foi morto por um demônio. Eu dediquei a vida a caçar demônios em sua homenagem. Fiz um estudo detalhado dos demônios ao longo dos séculos. Conheço os modos deles. Sei seus *nomes*. E nunca conjurei, nem vou conjurar, um demônio.

Magnus se recostou e tomou um gole de café.

— Alec, lembra na noite passada quando nossa nova amiga nos disse que não podia nos contar nada sobre seu passado?

Shinyun deu uma risada.

— Isso é história antiga. Já vivi muitos anos de lá para cá para ter um *passado* de fato, depois que tudo isso ficou para trás.

— Bem, entendo por que você escolheu isso — falou Magnus —, mas, fica o registro, *eu* conjuro demônios o tempo todo. Bem, não literalmente o tempo todo. Mas quando me pagam para isso, nos limites do meu código de ética obviamente.

Shinyun pensou no assunto.

— Mas você não... *gosta* de demônios. Você não se importa de matá-los.

— Eles são violentos, destroem nosso mundo, são estúpidos, então, não — continuou Magnus —, eu não me importo de matá-los. Meu namorado é um Caçador de Sombras, pelo amor de Deus. Literalmente, pelo amor de Deus.

— Eu percebi — falou Shinyun secamente.

Fez-se um silêncio breve, constrangido, interrompido por Shinyun fazendo gestos no ar e criando uma miniatura flutuante do monstro polvo que eles tinham enfrentado na noite anterior.

— Vou beber mais um espresso — falou Magnus, gesticulando para o garçom com sua xícara vazia.

— Esta incubadora Raum, por exemplo. Ela não tem ossos e sua carne torna a crescer. Você pode cortá-la ou parti-la o quanto quiser, seus órgãos e membros se regeneram muito rapidamente. Em vez disso, é necessário abri-la de dentro para fora. É por isso que uso um feitiço sônico.

— Você já os havia enfrentado? — perguntou Alec.

— Há cem anos eu cacei um nos Himalaias, quando ele aterrorizava uma aldeia do lugar.

A discussão mudou para caçadas demoníacas, o que era profundamente entediante para Magnus, mas intensamente empolgante para Alec. Então ele se recostou, bebericou seu espresso e ficou observando os minutos passarem, até que se fez uma pausa na conversa e ele pigarreou e falou baixinho:

— Se todos nós já terminamos o café da manhã, podíamos dar uma olhada na sede da Mão Escarlate, da qual já ouvimos tanto falar.

Shinyun aparentou sincero constrangimento quando eles voltaram do restaurante para o saguão. Magnus conseguiu que o hotel chamasse um táxi aquático para eles, e quando a lancha apareceu para pegá-los, Shinyun e Alec tinham voltado a trocar dicas sobre como matar demônios.

O segredo de Veneza era que suas ruas eram um labirinto impossível de se conhecer, mas seus canais faziam um tipo estranho de sentido. Em vez de caminhar pelos becos daquela cidade sem placas de tipo algum nas ruas, o táxi aquático conseguiu deixá-los próximo ao *palazzo*, que era o destino pretendido.

As paredes douradas tinham uma decoração de pilares e arcos de mármore branco, ornamentadas com gesso escarlate. As janelas que em outros locais seriam apontadas como parte do andar térreo, mas que em Veneza era chamado de "andar da água", era incomumente amplo, arriscando-se a inundar em prol da beleza. O vidro refletia as águas do canal, transformando o turquesa sombrio em jade reluzente.

Magnus não conseguia se imaginar criando um culto, mas se um dia tivesse que fazer algo assim, teria facilmente escolhido aquela construção ali para seu intento.

— Este lugar é a sua cara — falou Alec.

— É incrível — retrucou Magnus.

— O que mais chama atenção, no entanto — retrucou Alec —, é toda essa gente entrando e saindo. Sua amiga Tessa não disse que estava abandonado?

Veneza sempre estava lotada de gente, transformando as ruas em movimento vivo como os canais, mas Alec tinha razão. Havia uma quantidade constante de gente passando pelas portas duplas na frente do *palazzo*.

— E se A Mão Escarlate ainda estiver agindo aqui? — perguntou Alec.

A voz de Shinyun soou ansiosa.

— Isso vai facilitar nosso trabalho.

— Obviamente eles não são cultistas — observou Magnus. — Olhem como estão entediados.

De fato, os homens e mulheres entrando e saindo do *palazzo* pareciam estar apenas trabalhando. Eles carregavam montes de roupas, caixas de papelão ou cadeiras empilhadas. Alguém com roupas de chef de cozinha passou carregando uma pilha de pratos cobertos com papel de alumínio. Nada de vestes, máscaras, frascos com sangue, nenhum animal vivo para o sacrifício. Alguns indivíduos eram habitantes do Submundo, Magnus notava.

Ele foi até o que tinha mais jeito de habitante do Submundo, uma dríade de pele verde, parada junto às portas principais, a qual conversava enfaticamente com um sátiro que segurava uma prancheta.

Quando Magnus se aproximou, a dríade tomou um susto.

— Uau... você é *Magnus Bane*?

— Eu te conheço? — perguntou Magnus.

— Não, mas com certeza poderia conhecer se quisesse — falou a dríade, e jogou um beijo para o feiticeiro.

Alec tossiu alto atrás de Magnus.

— Estou lisonjeado, mas, como você pode perceber, já me fisgaram. Bem, tossiram pra mim.

— Pena — falou a dríade. Ela afagou o peito do sátiro. — Ele é Magnus Bane!

Sem erguer os olhos da prancheta, o sátiro falou:

— Magnus Bane não foi convidado para a festa porque está namorando um Caçador de Sombras, pelo que ouvi dizer.

A dríade ofereceu um olhar cheio de lamento, como quem pede desculpas.

— O Caxador — murmurou a dríade em voz alta para o sátiro. — O Caxador está bem aí e pode ou-vi-ir!

— É. E eu também decifrei o código secreto de vocês — falou Alec secamente.

Magnus pareceu magoado e se virou para os companheiros.

— Não acredito que não me convidaram para a festa. Eu sou Magnus Bane. Até esses caras sabem disso.

— Que festa? — perguntou Shinyun.

— Me desculpem, eu preciso me recuperar — emendou Magnus. — Uma festa na qual Alec não é bem-vindo não é uma festa da qual eu queira participar.

— Magnus, *que festa*? — falou Shinyun.

— Acho que Shinyun acha pouco comum — falou Alec muito lentamente para Magnus — que vá haver uma festa, com habitantes do Submundo, na antiga sede da Mão Escarlate.

— Você — falou Shinyun para a dríade, em tom de comando. — O que foi que ele falou sobre uma festa?

A dríade pareceu confusa, mas respondeu prontamente:

— O baile de máscaras hoje à noite, para celebrar a derrota de Valentim Morgenstern na Guerra Mortal. Este imenso local acabou de surgir no mercado, e um feiticeiro o alugou para uma grande festa. Pessoas de todas as partes do Mundo das Sombras estão vindo. Um monte de nós veio de trem de Paris. — Ela estufou o peito; as bochechas estavam cor de esmeralda de orgulho. — Sabe, se o Submundo não tivesse se juntado para derrotá-lo, o mundo inteiro estaria em perigo.

— Os Caçadores de Sombras *estavam* envolvidos — observou Alec.

A dríade abanou uma das mãos, as folhinhas de seu pulso se agitando.

— Ouvi dizer que eles ajudaram.

— Então um monte de gente está vindo para a festa? — perguntou Magnus. — Tinha esperança de encontrar um feiticeiro amigo meu. Seu nome é Mori Shu. Ele está na lista?

Atrás dele, Magnus ouviu Shinyun inspirar rapidamente.

O sátiro examinou sua papelada.

— Ele está, sim. Mas alguém me disse que talvez ele não venha porque tem se escondido de alguma coisa. De um demônio ou algo assim.

— Claro que você está totalmente convidado — falou a dríade para Magnus. — Você e seus amigos. Foi um descuido você já não estar na lista.

O sátiro ouviu e obedientemente foi até o fim da lista para escrever o nome de Magnus.

— Fiquei muito ofendido por ter sido excluído dos convidados, e, sendo assim, eu e meus amigos com certeza viremos — falou o feiticeiro com arrogância.

A dríade levou um momento para compreender; em seguida, assentiu.

— As portas se abrem às oito da noite.

— Nós vamos chegar muito, muito depois disso — falou Magnus —, porque nossa agenda social já está lotada.

— Claro — concordou a dríade.

Eles desceram a escadaria conversando.

— Isso é perfeito — falou Alec. — Nos vamos à festa, nos esgueiramos e encontramos a Câmara. Muito fácil.

Shinyun acenou com a cabeça, concordando.

— Vocês acham que vão a uma festa? — perguntou Magnus. — Vestidos assim?

Alec e Shinyun se entreolharam. Shinyun vestia o terno que, embora caro, era o oposto de uma roupa de festa. A *samgakdo* estava presa ao cinto. Alec vestia uma camiseta desbotada e jeans que, sabe-se lá como, estava manchado de tinta. Magnus já tinha comprado roupas novas em Paris, mas com certeza não eram máscaras de baile nem roupas elaboradas, o que até onde Magnus sabia, era uma excelente oportunidade para uma de suas coisas favoritas.

— Vamos, caçadores de demônios — falou com pompa. — Vamos fazer compras.

11

Máscaras

— Não digo isso levianamente — falou Magnus. — Mas... ta-dá!

Magnus os levara a Le Mercerie para o que ele prometera ser "um espetáculo das compras". Alec já tinha saído com Magnus para fazer compras em outras ocasiões, por isso já estava familiarizado com o processo. Em todas as lojas Alec ficou aguardando, segurando meia dúzia de sacolas enquanto o feiticeiro experimentava quase tudo, desde ternos tradicionais, passando por *traje de luces* de toureiro a peças estranhamente semelhantes a uma roupa de mariachi. Todos os estilos e cores pareciam combinar com os cabelos escuros e os olhos felinos verde-dourados, então Alec não sabia bem o que Magnus estava procurando. Mas não importava o que escolhesse: Alec tinha certeza de que Magnus ficaria bem usando qualquer roupa.

E a roupa de agora não era exceção. Magnus vestia calças de couro pretas, o tecido aderindo às pernas compridas como se a musculatura esguia tivesse sido mergulhada em tinta. O cinto era uma cobra de metal, os elos, escamas, e a fivela, uma cabeça de cobra com olhos de safira. A camisa de gola larga era uma cascata de lantejoulas azul-escuro e índigo, bem baixa na frente, não apenas para mostrar as clavículas, como também um considerável trecho de pele.

Magnus deu uma voltinha; em seguida, olhou-se no espelho, pensativamente, de costas para Alec. A visão deixou a boca de Alec seca.

E comentou:

— Acho que você está... ótimo.

— Alguma preocupação?

— Bem — falou Alec. — Estas calças dificultariam as manobras numa luta, mas você não vai precisar lutar. Eu posso lutar por você, se for o caso.

Magnus pareceu surpreso, e Alec ficou sem saber se tinha dito algo errado, até que Magnus exibiu uma expressão relaxada.

— Agradeço sua oferta. Agora — emendou ele —, vou só experimentar mais uma coisinha. — E desapareceu de volta no provador.

Em seguida, reapareceu usando um terno sem gola, com uma capa curta de barrado irregular, que pendia descuidadamente dos ombros dele. Shinyun apareceu vestindo um tipo de combinação de armadura e vestido de noiva.

Após cinco minutos na primeira loja, Alec tinha escolhido o que Magnus descreveu como um fraque, preto e comprido, com caudas de tamanho mediano. Era flexível o bastante para se movimentar e lutar, com folga nos lugares certos para guardar a estela e as lâminas serafim. Magnus queria que Alec experimentasse algo um pouco mais vibrante nas cores, mas Alec se recusara, sendo assim, não houve insistência. A camisa era de seda azul-escura, da cor dos olhos de Alec.

Depois de experimentar alguns vestidos discretos, Shinyun tinha visto Magnus desfilando para fora do provador vestindo um terno dourado levemente inspirado na câmara funerária de um faraó egípcio, e ela mesma surgira em seguida exibindo um elaborado *hanbok* cor de pêssego. Magnus fez vários elogios, e a disputa começou.

Shinyun era competitiva com Magnus. Talvez todos os feiticeiros fossem competitivos entre si. Alec não tinha conhecido muitos e não saberia afirmar.

Ele estava tentando não se preocupar muito com Shinyun. Era evidente que Magnus gostava dela, mas Alec ficava constrangido diante de desconhecidas e estava louco para não topar com mais nenhum momento constrangedor naquela viagem romântica deles. Como é que ele e Magnus iam se conhecer melhor com alguém segurando vela para eles?

Talvez não se preocupar fosse uma causa perdida. Alec tentava não parecer preocupado, pelo menos.

Alec cutucou a vendedora de olhos arregalados que estava ao lado dele.

— Onde você arrumou estas fantasias?

A jovem balançou a cabeça, pronunciando as palavras com cuidado.

— Não faço ideia. Nunca vi nenhuma destas roupas por aqui.

— Hum — falou Alec. — Estranho.

No fim, Magnus vestia um terno branco reluzente, enfeitado com o que pareciam escamas de dragão iridescentes, que o envolvia numa luz brilhante. Ele usava uma capa cor de marfim que descia até os joelhos e, como a gola da camisa não estava abotoada, o tecido perolado se enrolava na pele marrom.

Shinyun decidiu ir com tudo e usar um vestido preto enfeitado com imensas fitas que davam voltas no quadril. Vinhas prateadas intrincadas pendiam do pescoço e iam até o chão, e uma fonte de flores se erguia atrás de sua cabeça.

Eles pediram ajuda a Alec para escolher as máscaras. Magnus estava em dúvida entre uma máscara dourada com plumas alaranjadas que formavam um semicírculo e uma pequena máscara prateada e reflexiva, quase ofuscante demais para os olhos. As opções de Shinyun eram uma máscara de rosto inteiro marmorizada e sem enfeites ou uma máscara de arame, bem fininha e sem adornos, que mal cobria qualquer coisa, ambas escolhas irônicas. Alec escolheu a prateada para Magnus e a de arame para Shinyun. Ela botou a máscara no rosto, impassível e com um leve ar de satisfação.

— Você está ótima — elogiou Magnus. Aí se voltou para Alec, entregando-lhe uma meia-máscara em seda, azul-escura da cor do crepúsculo. Alec a aceitou e Magnus sorriu.

— E você está perfeito. Vamos.

O anoitecer tomava a cidade. O *palazzo* estava decorado com tochas que salpicavam a parte alta das paredes. Um nevoeiro branco havia descido sobre as ruas ao redor, enrolando-se nos pilares, cobrindo os canais e emprestando ao cenário um brilho sinistro. Alec não sabia dizer se era magia ou um fenômeno natural.

Acima da fachada em mármore do edifício, havia luzes fada que brilhavam e se modificavam, movendo-se a cada minuto para escrever as palavras: QUALQUER DIA, MENOS O DIA DE SÃO VALENTIM.

Alec não gostava muito de festas, mas ao menos era capaz de apreciar a motivação por trás desta.

Ele tinha lutado para deter Valentim Morgenstern. Teria dado sua vida por isso. Nunca tinha parado para pensar muito no modo como os habitantes do Submundo, em geral, enxergavam Valentim, que os considerava todos um bando de imundos e planejava limpar a Terra de sua existência maculosa. Agora ele conseguia perceber o quanto todos devem ter ficado amedrontados.

Os Caçadores de Sombras tinham muitos guerreiros célebres. Alec não tinha se dado conta de como seria para o Submundo ter uma vitória para chamar de sua, bem como seus próprios heróis de guerra — não apenas um clã, uma família ou um bando; aquilo pertencia ao Submundo como um todo.

Ele teria sido muito mais empático se os seguranças licantropes não tivessem insistido em revistá-lo. Duas vezes. A segurança não parecera tão rigorosa assim até eles avistarem as Marcas de Alec.

— Isso é ridículo — falou ele rispidamente. — Eu lutei na guerra cuja vitória vocês estão comemorando. Do lado vencedor — emendou rapidamente.

O chefe da segurança, o maior dos lobisomens — Alec imaginou que isso fazia sentido — tinha sido chamado, e ele falou para Alec em voz baixa:

— Só não queremos problema.

— Eu não estava planejando ser um problema. Só estou aqui — falou Alec com voz clara — para a festa.

— E eu pensei que iam ser dois de vocês — resmungou o lobisomem.

— O quê? — perguntou Alec. — Dois Caçadores de Sombras?

O licantrope deu de ombros, e como eram fortes aqueles ombros.

— Meu Deus, espero que não.

Magnus falou:

— Vocês já terminaram com meu parceiro de dança? Sei como é difícil manter as mãos longe dele, mas realmente devo insistir.

O chefe da segurança deu de ombros mais uma vez e acenou de forma displicente.

— Muito bem, podem ir.

— Obrigado — falou Alec baixinho e estendeu a mão para pegar a de Magnus. Os guardas tinham confiscado a besta e as flechas, mas ele não se importava, pois eles tinham deixado passar as seis lâminas serafim e as quatro adagas escondidas pela roupa. — Essas pessoas são terríveis.

Magnus recuou um centímetro e Alec não conseguiu segurar sua mão.

— Algumas dessas pessoas são minhas amigas — falou Magnus. Mas, em seguida, deu de ombros e sorriu. — Alguns dos meus amigos são terríveis.

Alec não estava totalmente convencido. Flagrou-se incomodado por não ter conseguido segurar a mão de Magnus. E, assim, os dois adentraram na mansão reluzente: com aquela distância curta, mas fria entre eles.

12

Pise Suavemente

No grande salão de baile, estava tocando a "Valsa do imperador", de Johann Strauss. Magnus viu centenas de pessoas mascaradas e usando fantasias elaboradas dançando em uníssono, e ao redor deles a música podia ser vista e ouvida. Como se tivessem sido arrancadas de uma folha de papel em preto e branco e transformadas em formas vivas e brilhantes, as notas flutuavam, levadas ao longo de correntes de pautas musicais e se enredando nas máscaras reluzentes e penteados elaborados dos dançarinos.

Ao longo do teto, as constelações se movimentavam; não, era a orquestra. Estrelas perambulavam e sugeriam silhuetas de pessoas e instrumentos. Libra era o primeiro-violino, Ursa Maior, ao lado dele, era o segundo-violino. A Águia tocava a viola, e o Escorpião, o contrabaixo. Órion tocava o violoncelo e Hércules ficava na percussão. As estrelas tocavam, os casais mascarados dançavam e as notas musicais flutuavam entre eles.

Magnus desceu os degraus de mármore de Carrara do vestíbulo para o salão de baile com Alec e Shinyun atrás dele, como se fossem guarda-costas.

— Príncipe Adaon — falou ao reconhecer um amigo.

O príncipe Adaon, cuja máscara de cisne fazia um lindo contraste com a pele escura, sorriu para Magnus acima das cabeças dos cortesãos.

— Você está falando com um príncipe? — perguntou Alec.

— Eu não falaria com a maior parte dos príncipes da Corte Unseelie — falou Magnus. — Você não acreditaria no tipo de coisas que eles se metem. Eles deviam dar graças por não existir um tabloide das fadas. Adaon é o melhor deles.

Ao chegarem aos pés da escadaria, ficaram diante de um homem usando smoking lavanda e máscara de rosto inteiro de El Muerto, os cabelos brancos penteados para trás. Magnus sorriu.

— Nosso anfitrião, acho.

— Por que você acha isso? — perguntou o sujeito com um leve sotaque inglês.

— Quem mais estaria dando esta festa? Para você, é tudo ou nada. — O homem e Magnus apertaram as mãos. — Malcolm Fade. Há quanto tempo.

— Pouco antes da virada do milênio. Pelo que me lembro, você estava num período particularmente sujinho da última vez que o vi.

— Sim. Era o estilo grunge. Fiquei surpreso ao saber que você se mudou para Los Angeles e que fizeram de você um Alto Feiticeiro.

Malcolm ergueu a máscara, e Magnus viu o sorriso dele, a expressão sempre doce e muito triste.

— Eu sei. Aqueles tolos.

— Parabéns atrasado — falou Magnus. — Como estão as coisas? Você tem tramado alguma coisa, e obviamente algo além do trivial.

— Ah, eu faço um pouco de tudo, o que inclui planejar festas. — Malcolm gesticulou para o espetáculo do grande salão de baile. Ele fingia indiferença muito bem, mas Magnus o conhecia há muito tempo. — Fico feliz que você esteja gostando da minha pequena recepção.

Duas pessoas se aproximaram por trás de Malcolm, uma fada de pele azul, cabelos cor de lavanda e dedos das mãos unidos, e outra pessoa com um rosto familiar. Os óculos escuros de Johnny Rook estavam baixados até a pontinha do nariz, o que era razoável, se você considerasse razoável usar óculos escuros numa festa noturna, para começo de conversa. Por cima dos óculos, Magnus viu os olhos se arregalarem em reconhecimento, e então se desviarem para o outro lado logo a seguir.

— Ah, então vocês se conhecem? Claro que vocês se conhecem — falou Malcolm, sonhador. — Esta é Hyacinth, minha indispensável organizadora de festas. E Johnny Rook. Tenho certeza de que ele é indispensável para alguém.

Magnus fez um gesto.

— Estes são Alexander Lightwood, Caçador de Sombras do Instituto de Nova York, e Shinyun Jung, uma guerreira misteriosa com um passado misterioso.

— Quanto mistério — começou Malcolm, e então voltou a atenção à chegada de vários paletes de carne crua. Olhou ao redor, impotente. — Alguém sabe o que pretendem fazer com toda essa carne crua?

— É para os lobisomens. — Hyacinth acenou para o entregador. — Eu vou cuidar disso. Mas sua atenção pode ser necessária na sala de estar.

Ela encostou uma das mãos numa concha reluzente presa à orelha e murmurou alguma coisa para Malcolm. O sangue sumiu da face já pálida do Alto Feiticeiro de Los Angeles.

— Ai, minha nossa. Vocês queiram me desculpar. Nossas sereias se instalaram perto da fonte de champanhe e estão tentando afogar os convidados nela. — Ele saiu correndo.

— Você estava no Mercado das Sombras — falou Alec para Johnny Rook ao reconhecer o outro.

— Você nunca me viu — falou Johnny. — Você não está me vendo agora. — E saiu correndo do salão de baile.

Alec observava o ambiente com uma expressão fechada, desconfiada. Muita gente na multidão retribuía seu olhar com interesse.

Magnus tinha trazido um policial para a festa. Compreendia o significado de seu gesto. Não podia culpar Alec por ser cauteloso. Praticamente todos do Submundo tinham o passado manchado de vermelho. Vampiros chupavam sangue, feiticeiros e fadas cometiam erros na hora de fazer magia, lobisomens perdiam o controle e outras pessoas perdiam os membros. Ao mesmo tempo, Magnus não podia culpar os outros habitantes do Submundo por não baixarem a guarda. Não fazia muito tempo, os Caçadores de Sombras costumavam decorar suas paredes com as cabeças dos habitantes do Submundo.

— Ei, Magnus! — chamou uma feiticeira, usando máscara branca de médico e um vestido verde simples que exibia a pele azul-escura.

Magnus pareceu encantado com a presença dela.

— Olá, querida — falou ele, abraçando-a e rodopiando-a. Após a brincadeirinha, ele a apresentou orgulhosamente aos companheiros. — Alec, Shinyun, esta é Catarina Loss. Uma de minhas amigas mais antigas.

— Oh — falou Catarina. — Eu já ouvi falar muito sobre você, Alexander Lightwood.

Alec pareceu alarmado.

Magnus queria que eles gostassem um do outro. Ficou observando os dois se entreolharem. Bem, essas coisas levavam tempo.

— Posso falar com você um momentinho, Magnus? — perguntou Catarina. — Em particular?

— Vou sair e buscar nosso bode de pedra — falou Shinyun, afastando-se.

Catarina pareceu confusa.

— Só mais uma de suas figuras de linguagem rebuscadas — falou Magnus. — Ela tem um passado misterioso, sabe.

— É melhor eu ir também — falou Alec. E correu para alcançar Shinyun, conversando com ela; Magnus imaginava que eles estivessem decidindo quem ia procurar o quê.

— Encontro vocês depois aqui no vestíbulo! — gritou o feiticeiro. Alec ergueu o polegar sem se virar.

Catarina segurou o cotovelo de Magnus e o empurrou, como uma professora faria com um aluno malcomportado. Eles entraram numa alcova estreita, onde a música e o barulho da festa eram abafados. Ela o circulou.

— Recentemente, cuidei de ferimentos em Tessa, que, segundo ela, foram causados por membros de um culto de adoradores de demônios — falou Catarina. — Ela me disse que você estava, abre aspas, lidando, fecha aspas, com o culto. O que está acontecendo? Explique.

Magnus fez uma careta.

— Eu posso ter dado uma mãozinha para fundá-lo?

— Quanto de uma mãozinha?

— Bem, as duas.

Catarina se irritou.

— Eu falei especificamente para você não fazer isso!

— Você falou? — perguntou Magnus. Uma bolha de esperança cresceu dentro dele. — Você se lembra do que aconteceu?

Ela lançou um olhar aflito a Magnus.

— Você não?

— Alguém removeu todas as minhas lembranças sobre o tema do culto — falou Magnus. — Eu não sei quem e nem sei o porquê.

Ele pareceu mais desesperado do que teria considerado adequado, mais desesperado do que gostaria de estar. O rosto de sua velha amiga foi tomado pela solidariedade.

— Eu não sei nada sobre isso — falou ela. — Eu me encontrei com você e Ragnor para breves férias. Você parecia estar com problemas, mas estava tentando relaxar e brincar com o assunto, do jeito que sempre faz. Você e Ragnor disseram que tiveram uma ideia brilhante para começar um culto de brincadeira. Eu disse para vocês não fazerem nada do tipo. Foi isso.

Ele, Catarina e Ragnor fizeram muitas viagens juntos ao longo dos séculos. Uma delas, memorável, fizera com que Magnus fosse banido do Peru. Ele sempre gostara mais dessas aventuras do que de qualquer outra. Estar com os amigos era quase como ter um lar.

Ele não sabia se haveria outra viagem um dia. Ragnor estava morto, e talvez Magnus tivesse feito uma coisa terrível.

— Por que você não me impediu? — perguntou ele — Você normalmente me impede!

— Eu tive que cruzar o oceano com um menino órfão para salvar a vida dele.

— Certo — falou Magnus. — É um bom motivo.

Catarina balançou a cabeça.

— Eu tirei meus olhos de você por um segundo.

Catarina trabalhara em hospitais mundanos de Nova York durante décadas. Salvou órfãos. Curou muitos doentes. Sempre tinha sido a voz da razão no trio formado por ela, Ragnor e Magnus.

— Então eu planejei começar um culto de brincadeira com Ragnor e acho que fiz isso. Agora o culto de brincadeira é real, e eles têm um novo líder. Parece que estão metidos com um Demônio Maior.

Nem para Catarina ele diria o nome de seu pai.

— Parece que a brincadeira ficou meio fora de controle — falou Catarina secamente.

— Parece que eu sou a conclusão engraçadinha da piada. Há muitos rumores de que o novo líder sou eu. Preciso descobrir quem são esses caras. Você conhece um homem chamado Mori Shu?

Catarina balançou a cabeça.

Um grupo de fadas bêbadas passou por eles aos tropeços. A comemoração estava se intensificando visivelmente em decibéis e selvageria. Catarina esperou até que estivessem novamente a sós e continuou:

— Você está metido nessa confusão e ainda traz um Caçador de Sombras com você? — questionou ela. — Magnus, eu sei que vocês estavam saindo, mas essa história não tem mais graça. Ele tem *obrigação* de informar à Clave a respeito do seu papel nesse culto. Uma hora eles vão ouvir os rumores de que você é o líder, seja com seu Lightwood contando ou não. Os Nephilim não vão procurar muito por um culpado. Os Nephilim não admitem fraqueza. Não há espaço em seus corações para piedade ou compaixão. Eu vi os filhos do Anjo matarem os seus por violarem sua preciosa Lei. Magnus, é a sua vida em jogo aqui.

— Catarina — retrucou Magnus. — Eu o amo.

Ela o encarou. Seus olhos tinham a cor do oceano varrido por tempestades, com um tesouro afundado sob as ondas. Ela tinha usado uma máscara de médico durante surtos reais da peste. Vira tantas tragédias, e ambos sabiam que as piores tragédias nasciam do amor.

— Tem certeza? — perguntou ela baixinho. — Você é sempre muito otimista com o amor, mas desta vez esse otimismo é perigoso. Isso pode machucar você mais do que os outros. Isso pode matá-lo.

— Tenho certeza — falou Magnus. — Se tenho certeza de que vai dar certo? — Pensou na frieza estabelecida entre ele e Alec antes de entrarem na festa. Pensou em todos os segredos que ainda estava guardando. — Não. Mas tenho certeza de que o amo.

Os olhos de Catarina estavam tristes.

— Mas será que ele te ama?

— Por enquanto — falou Magnus. — Se você me der licença, preciso procurar o bode de pedra, se é que você me entende.

— Não entendo — falou Catarina. — Mas boa sorte, acho.

Durante a hora seguinte, Magnus se dedicou à tarefa de encontrar o bode estúpido. Resolveu revistar o andar principal, já que Shinyun e Alec tinham ido para outra parte, e começou a examinar os cômodos cuidadosamente, um por um; primeiro, a sala de estar, depois, a de música e a de jogos, usando sutilmente sua magia para detectar trincos, alavancas ou botões ocultos para passagens secretas. Infelizmente a mansão inteira estava tão imersa em magia por causa da comemoração que todos os feitiços de descoberta estavam saindo distorcidos e inconclusivos.

Magnus prosseguiu na tarefa, aproveitando o tempo para tatear pelos cômodos enquanto navegava em meio à multidão, testando os suspeitos de sempre: girando candelabros, tirando livros do lugar, empurrando estátuas. Ele puxou uma campainha de corda que, no fim das contas, era uma alga marinha, e revelou um cômodo praticamente debaixo d'água, onde um grupo de sereias provocava um vampiro solitário.

O vampiro, Elliott, um lunático conhecido de Magnus, acenou para ele até a água espumar.

— Não liguem para mim — gritou Magnus. — Continuem borrifando.

Nada fora do comum.

Ele chegou ao fumódromo no fim da ala oeste. Uma imensa cornija na parede lateral fazia as vezes de peça central do cômodo ricamente mobiliado, abarrotado de mobília curva e pesada com arremate em veludo, da época vitoriana. Cada uma das peças era monstruosamente fora de proporção. Um gigantesco sofá vermelho acolchoado, do tamanho de um carro, tinha sido colocado ao lado de um par de cadeiras azuis de encosto alto, que pareciam ter sido feitas para crianças. Ao longo de cada uma das paredes viam-se papéis de parede móveis e candelabros de latão que se alternavam com gramofones tocando jazz.

Uma dríade, não a mesma que ele encontrara antes, estava sentada em um balanço que pendia de um candelabro no centro do cômodo. Uma espreguiçadeira marrom-acinzentada pendia verticalmente contra a parede oposta, e no momento era ocupada por uma vampira, que descansava ali como se estivesse na posição normal. Magnus não sabia que Malcolm mexia com magia antigravitacional, mas gostou do estilo do Alto Feiticeiro da Cidade dos Anjos.

— Você está com cara de que poderia relaxar com uma tragada, Magnus Bane — falou uma voz feminina, vinda de alguma parte nas laterais do recinto.

Ele seguiu o som da voz e viu uma mulher de pele negra usando um vestido de metal chique que combinava perfeitamente com os cabelos cor de bronze. Sua máscara era uma cascata de estrelas douradas que desciam do topo da cabeça até um pouco abaixo do queixo. Elas combinavam com suas pupilas, em formato de estrelas também.

— Hypatia — falou Magnus. — Obrigado, mas larguei há uma centena de anos. Eu estava numa fase rebelde.

Hypatia Vex era uma feiticeira de Londres com afinidade para negócios e propriedades. Seus caminhos tinham se cruzado algumas vezes ao longo dos anos e a certa altura eles foram muito próximos, mas isso fora há muito tempo. Mais de um século.

Ele se sentou na frente de Hypatia, em uma das poltronas de encosto alto, um pouco pequenas demais. Hypatia cruzou as pernas e se inclinou para frente, dando uma longa baforada.

— Ouvi umas fofocas terríveis sobre você.

Magnus também cruzou as pernas, mas se recostou.

— Conte. Adoro uma fofoca terrível.

— Líder de um culto chamado A Mão Escarlate para a glória e destruição? — perguntou Hypatia. — Seu safadinho.

Magnus supunha que não deveria estar surpreso com o fato de Hypatia saber sobre o culto. Ao contrário de Johnny Rook, um peixe pequeno, Hypatia era um peixe dos grandes. Ela havia organizado um salão do Submundo no início dos anos 1900, o centro de todos os escândalos de Londres. Magnus se lembrou de todos os segredos reunidos por ela na época, e ela era uma bela colecionadora deles: ele só podia imaginar que Hypatia tinha muitos mais deles agora.

— Não tenho como negar que sou um safadinho no sentido mais amplo do termo — admitiu Magnus. — No entanto, glória e destruição não fazem meu estilo. As fofocas são totalmente infundadas.

Hypatia deu de ombros graciosamente.

— Pareceu forçado, mas a história se espalhou como fogo na mata nesses últimos dias. Talvez você queira refletir sobre o que parece aos olhos de todos: você lidera um culto *e* ainda namora um Caçador de Sombras? E não apenas um Caçador de Sombras, mas o filho de dois membros do Círculo de Valentim?

— Isso não é fofoca.

— Fico feliz por ouvir isso — falou Hypatia. — Parece que é um desastre.

— É um fato — falou Magnus. — E ele é adorável.

A expressão no rosto de Hypatia era uma pintura. Em todos os anos em que a conhecera, Magnus nunca a vira chocada.

— Seria bom você não se esquecer de que é um dos mais importantes feiticeiros do mundo — falou Hypatia ao se recuperar. — Há habitantes do Submundo que olham para você como um exemplo. Os olhos deles estão em você.

— Normalmente é por causa da minha ótima aparência — falou Magnus.

— Não mude de assunto — retrucou Hypatia rispidamente.

— Hypatia — falou Magnus —, você me viu alguma vez me importar com o modo como as coisas se parecem?

Brincos de ouro chacoalharam contra a pele marrom-escura quando ela balançou a cabeça.

— Não. Mas você se importa com os outros, e tenho certeza de que se importa com o tal Alec Lightwood. Eu sei quem seu pai é, se você bem se lembra, Magnus. Nós dois costumávamos ser muito íntimos.

Magnus se lembrava disso.

— Eu não vejo o que isso tem a ver com Alec.

— Você falou para ele sobre seu pai? — quis saber ela.

Depois de uma longa pausa, Magnus respondeu:

— Não.

Hypatia relaxou um pouco.

— Ótimo. Espero que você não esteja pensando em contar a ele.

— Não acho que seja problema seu o que eu conto ao meu namorado.

— Tenho certeza de que você considera Alec Lightwood como alguém do máximo calibre moral, Magnus — falou Hypatia, escolhendo as palavras com cuidado. — E talvez você não esteja errado. Mas imagine a posição em que você o estaria colocando caso ele soubesse que o representante dos feiticeiros no Conselho também é o filho do demônio idolatrado pela Mão Escarlate, um culto que vem causando tantos danos no momento. Se ele realmente acredita em você, então daria um jeito de esconder que sabe disso, e se um dia isso fosse descoberto, ambos seriam implicados pelo segredo compartilhado. A história mostrou que os Nephilim podem ser cruéis com os seus e com os habitantes do Submundo. Especialmente para com aqueles que não se encaixam no *status quo*.

— Todos nós temos parentes demoníacos, Hypatia. Isso não surpreende ninguém — observou Magnus.

— Você sabe tão bem quanto eu que nem todos os demônios são criados iguais. Nem todos seriam vistos com o mesmo ódio e temor que o seu pai. Mas já que você mencionou, isso *afeta* a todos nós, sim. Durante séculos, feiticeiros sempre pisaram em ovos ao tratar os Nephilim. Nós somos tolerados porque nossos talentos são úteis. Muitos de nós têm relações profissionais com a Clave. Você é um dos feiticeiros mais famosos do mundo e, goste ou não, o modo como eles o percebem reflete em todos nós. Por favor, não faça nada que possa colocar em risco a segurança pela qual tanto lutamos. Você sabe o quanto foi difícil.

Magnus queria ficar com raiva. Queria dizer a Hypatia para ficar fora disso, para não se meter em sua vida amorosa.

Mas dava para ver que ela falava com preocupação. O tom em sua voz era genuíno. Ela estava com medo.

Ele pigarreou.

— Vou levar em conta seu conselho. Hypatia, como você parece tão bem informada, você conhece uma pessoa chamada Mori Shu?

— Conheço — falou Hypatia, recostando-se na poltrona. Ela pareceu um pouco constrangida pela paixão em seu arroubo. — Ele não é parte do seu culto?

— Não é o *meu* culto — falou Magnus com obstinação.

— Ele está aqui hoje — falou Hypatia. — Eu o vi mais cedo. Talvez vocês dois devessem ter uma conversinha, resolver toda essa história de culto.

— Bem, talvez a gente converse.

— Se eu puder dar um conselho — falou Hypatia —, eu também explicaria essa história do Caçador de Sombras.

Magnus abriu um sorriso ferozmente brilhante.

— Conselho não solicitado é crítica, minha querida.

— Bem, o funeral é seu — falou Hypatia. — Espere aí. Os Nephilim fazem um funeral, depois de executá-lo?

— Foi um prazer vê-la, Hypatia — falou Magnus, e saiu.

Ele precisava de uma bebida. Caminhou entre a multidão até encontrar um bar. Sentou-se e pediu um *Dark and Stormy* para combinar com seu humor. A preocupação de Catarina e o horror de Hypatia tinham deixado um entalhe em seu coração normalmente cheio de esperança.

O balcão tinha sido posicionado perto de uma janela. Através das garrafas, Magnus via outra festa dançante acontecendo no pátio abaixo, e ouvia a música que tocava baixinho e passava pela bolha verde brilhante que circundava os dançarinos. Ele tinha se imaginado dançando com Alec nos lugares bonitos em toda a Europa, mas eles não estavam dançando. Por culpa do passado de Magnus.

Magnus estalou os dedos e uma taça de cristal caiu em sua mão, ficando cheia de um líquido âmbar conforme a garrafa na prateleira começava a esvaziar.

— Olá, você — falou Shinyun, caminhando até ele com uma taça de vinho tinto na mão.

Magnus encostou a taça na dela num brinde.

— Teve sorte?

— Não. Tentei alguns feitiços de detecção, mas não foram claros.

— Eu tive o mesmo problema — falou ele. Magnus tomou a bebida e examinou o rosto imóvel de Shinyun. — O culto é pessoal para você — continuou ele. Não foi uma pergunta. — Você fala sobre caçar demônios, mas não quer falar sobre o culto. Não é só porque mataram pessoas que você amava. Você se sente culpada em relação a alguma coisa ligada à Mão Escarlate. O que é?

Os dois fitaram o pátio cheio de dançarinos. Uns bons minutos se passaram.

— Você consegue guardar segredo? — perguntou Shinyun.

— Depende do segredo — falou Magnus.

— Vou confiar este a você. Você pode fazer o que quiser com ele. — Ela se virou para encará-lo. — Eu... Eu fazia parte do culto. A Mão Escarlate é, em sua maioria, um culto humano, mas eles recrutam crianças feiticeiras. — falou Shinyun ironicamente: — Houve uma época em que eu costumava venerá-lo, o Grande Veneno, sacrofundador e profeta da Mão Escarlate, os idólatras de Asmodeus.

— Asmodeus? — repetiu Magnus baixinho, conforme toda esperança de que Johnny Rook estivesse enganado se esvaía como sangue de uma ferida.

Ele se lembrou de seu desejo de descobrir quem era seu pai, centenas de anos atrás. Foi assim que descobrira que poderia usar sangue fada para conjurar um Demônio Maior.

Mas Magnus não ferira nenhum habitante do Submundo para evocar seu pai. Ele encontrara outro jeito. Olhara no rosto do pai e falara com ele; e então dera meia-volta e fora embora logo em seguida, com dor no coração.

— Ninguém nunca tentou conjurar Asmodeus na época, claro — falou Shinyun. — Isso é uma novidade. Mas nós falávamos nele o tempo todo. O culto diz que toda criança feiticeira órfã é filha dele. Eu mesma pensava ser filha dele. Tudo que eu fazia era a serviço dele.

Crianças feiticeiras. Ele se lembrou de como se sentira em sua infância, desesperado e sozinho. Qualquer um poderia ter tirado vantagem do seu desespero.

Magnus foi tomado pelo horror. Tinha ouvido o nome da Mão Escarlate ao longo dos anos — eles eram uma brincadeira, conforme ele mesmo dissera a Tessa, que não discordara. Será que apenas seu novo líder era um problema ou eles vinham sendo um problema há muito mais tempo do que qualquer um se dera conta, e de algum modo tinham conseguido manter em segredo sua verdadeira natureza?

— Você me louvava? — perguntou Magnus, sem disfarçar o tom de desespero. — Fico feliz que se curou dessa bobagem. Quanto tempo você permaneceu no culto?

— Muitas décadas — falou ela amargamente. — Uma vida. Eu costumava... eu costumava matar para eles. Eu pensava estar matando por você, em seu nome. — Ela fez uma pausa. — Por favor, não conte para o Caçador de Sombras... Alec... que eu matei por eles. Você pode contar que eu era do culto, se achar necessário.

— Não — murmurou Magnus, mas não sabia se estava dizendo isso por Shinyun ou por ele mesmo. Shinyun pensara ser filha de Asmodeus. Ele só conseguia imaginar o horror dela caso soubesse que ele mesmo, Magnus, na verdade era filho de Asmodeus. Ele pensou em Hypatia, no aviso de jamais revelar a identidade do pai para Alec. *Imagine só a posição em que você o colocaria revelando isso. A história mostrou que os Nephilim podem ser cruéis com os seus e com os habitantes do Submundo.*

— Já são muitas outras vidas desde que me libertei das garras deles. Tenho tentado destruí-los desde então, mas não sou forte o suficiente para fazer isso sozinha, e então esse misterioso novo líder apareceu. Eu não tinha ninguém a quem recorrer. Me senti tão impotente.

— Como foi que você se juntou a eles?

Shinyun baixou a cabeça.

— Eu já contei a você mais do que pretendia.

Magnus não insistiu. Ele também não era de falar sobre a própria infância.

— Você é corajosa por voltar e encarar seu passado — falou ele baixinho. — Eu diria "encarar seus demônios", mas isso me parece muito literal.

Shinyun bufou.

— Imagino que você não saiba onde fica a Câmara da Mão Escarlate, não é? — Shinyun já estava balançando a cabeça quando Magnus acrescentou, sem muita esperança: — Ou os Pergaminhos Vermelhos da Magia?

— Mori saberia — falou Shinyun para ele. — Os membros da Mão Escarlate confiavam nele mais do que em mim. Nós costumávamos ser próximos, mas tive que abandoná-lo quando fugi. Faz anos... mas eu o reconheceria se o visse, e ele confiaria em mim.

— Ele está aqui — falou Magnus — "supostamente". — Magnus estalou os dedos, e seu copo desapareceu num lampejo cristalino. Em seguida, ele esticou a mão para uma garrafa de champanhe de um balde de gelo próximo. Era uma festa impressionante, mas Magnus não estava se divertindo. Ele não tinha descoberto nenhum covil secreto, nem sinal do homem misterioso e irritante. Queria dançar e queria esquecer que havia tantas memórias perdidas.

— Vou dar uma volta e perguntar por ele — falou Shinyun.

— Faça isso — disse Magnus, levantando-se do bar. — Preciso encontrar uma pessoa.

Ele amava Alec, e queria desenrolar aos pés dele seu passado e suas verdades, tal como se fossem metros de seda brilhante. Queria revelar a Alec quem seu pai era, e tinha esperança de que isso não fosse fazer diferença. Mas como ele poderia confessar a Alec aquilo de que nem sequer se lembrava? E como poderia contar a Alec segredos que tinham o potencial de torná-lo um alvo da Clave, como Hypatia sugerira?

Ele confiava em Alec. Confiava nele implicitamente. Mas confiança não garantiria a segurança dele. Além disso, Magnus já tinha confiado e se equivocado em outras ocasiões. Conforme ia caminhando pela festa em busca de Alec, percebia que era inevitável silenciar o eco da voz de sua velha amiga em seus ouvidos.

Mas será que ele te ama?

13

Dance Comigo à Sua Beleza

Alec ficou de olho enquanto a amiga de Magnus, Catarina Loss, o levava para longe. Um instante depois, Shinyun desapareceu pelas imensas portas duplas, supostamente para conhecer o terreno da propriedade, e deixou Alec parado e sozinho no meio de um baile.

Alec ficou feliz por estar usando uma máscara. Sentia-se largado em território hostil. Na verdade, teria sido melhor ser abandonado em território hostil a ser largado ali no meio de uma festa.

Magnus tinha dito que algumas dessas pessoas eram amigas.

Durante suas aventuras em Nova York, Magnus sempre parecera tão independente e autossuficiente. Alec era o único com laços: com os colegas Caçadores de Sombras e, acima de tudo, com sua irmã e seu *parabatai*. Nunca tinha ocorrido a Alec que Magnus tivesse múltiplas lealdades também. Magnus não estava mais recebendo convites para festas, e vinha sendo cortado do próprio mundo porque estava com Alec.

Se Alec queria mesmo ficar com Magnus, então teria de ser capaz de lidar com os amigos do namorado. Magnus sempre se esforçava para ajudar os amigos de Alec, sendo assim, era preciso encontrar um meio termo e oferecer tal reciprocidade, embora Alec não conseguisse imaginar exatamente como fazê-lo.

Ele se lembrou com profundo alívio de que tinha uma missão.

Alec saiu se espremendo entre os corredores cheios até o que provavelmente eram os aposentos dos serventes, que só estavam menos lotados do que os cômodos principais. Ali, um pequeno exército de criados, sobretudo, djinns, kelpies e sprites, esvoaçava para lá e para cá, garantindo que a música e as luzes não parassem, que o álcool continuasse circulando e a mansão ficasse limpa. Havia uma sala de estar para uma dezena de feiticeiros, mais ou menos, que se revezavam em turnos para manter a magia. Um bando inteiro de lobisomens cuidava da segurança.

Ele passou rapidamente pelo salão dos criados, por detrás da sala de jantar e entrou na cozinha, só para terminar enxotado pelo chef, um goblin muito irritado.

Saiu da cozinha rapidamente. O goblin, acenando um cutelo e uma espátula, não conseguiu acompanhar.

Não havia sinal em parte alguma de um bode de pedra. Alec tentou encontrar o caminho de volta para a festa, onde poderia perguntar a alguém se tinham visto o tal Mori Shu, embora a ideia de interromper desconhecidos para interrogá-los não fosse a mais atraente.

Ele ouviu música baixinha vindo de trás de uma porta. Abriu-a e entrou em um cômodo pintado com murais de cenas de floresta, vinhas plumadas e poças profundas. Encostadas no mural, duas mulheres se beijavam. Uma era minúscula e vestia roxo brilhante, que reluzia na obscuridade romântica. A mais alta, uma mulher de cabelos platinados e compridos puxados para trás das orelhas de fada ergueu uma sobrancelha ao olhar para além do ombro da companheira e notar a presença de Alec. A outra deu uma risadinha e passou a mão pela coxa coberta de preto da mulher fada.

Alec recuou para fora do cômodo.

Fechou a porta.

E se perguntou onde Magnus estaria.

Continuou a perambular pela mansão. O cômodo seguinte pelo qual passou continha um grupo de habitantes do Submundo jogando cartas. Ele enfiou a cabeça para dentro e se deu conta de que tipo de jogo era quando alguém falou algo sobre pescar, e então uma brownie com máscara de pássaro, que aparentemente perdera a rodada, levantou-se e começou a tirar a camisa.

— Oh, opa, com licença — falou Alec, fugindo dali.

Uma pixie segurou a mão dele.

— Você pode ficar, Caçador de Sombras. Mostre-nos algumas de suas Marcas

— Solte-me, por favor — falou Alec.

Os olhos dela cintilaram maldosamente para ele.

— Eu pedi com educação — falou Alec. — Não vou pedir de novo.

Ela obedeceu. Alec continuou sua cansativa busca por Mori Shu, por sinais de atividade do culto ou, pelo menos, por alguém que não estivesse dando em cima dele.

Em um dos corredores, com um piso de tacos reluzente e o teto decorado com querubins dourados, havia um garoto com uma máscara da "Grumpy Cat" — a gatinha mal-humorada que ficou famosa na internet — e coturnos de couro, milagrosamente alheio a qualquer atividade sexual, de pernas cruzadas e encostado na parede. Quando um grupo de fadas passou por ele, dando risadas e apalpando-o, o garoto se afastou.

Alec se lembrou de quando era mais jovem e de como grupos grandes de pessoas pareciam insuportáveis. Ele se aproximou, encostando-se na parede ao lado do garoto. Viu o garoto escrevendo no celular: FESTAS FORAM INVENTADAS PARA ME IRRITAR. NELAS ESTÃO AS COISAS DE QUE MENOS GOSTO: PESSOAS, E LEVAM À ATIVIDADE QUE EU MENOS GOSTO: INTERAÇÃO SOCIAL.

— Eu também não gosto de festas — falou Alec solidariamente.

— *No hablo italiano* — resmungou o garoto sem erguer o olhar.

— Er — falou Alec. — Nós estamos falando o mesmo idioma.

— *No hablo su idioma* — retrucou ele, sem perda de tempo.

— Ah, para. Sério?

— Valeu a tentativa — falou o garoto.

Alec pensou em ir embora. O garoto mandou outro texto para um contato que ele salvara como *RF*. Não passou batido para Alec que a conversa era totalmente unilateral, o garoto mandava texto após texto sem resposta. O último deles dizia: VENEZA TEM CHEIRO DE PRIVADA. E COMO SOU DE NOVA YORK, SEI DO QUE ESTOU FALANDO.

A estranha coincidência deu a Alec coragem para tentar de novo.

— Eu também fico tímido no meio de gente estranha — disse ao garoto.

— Eu não sou tímido. — O garoto sorriu com desdém. — É só que eu odeio todo mundo à minha volta e tudo o que está acontecendo.

— Bem. — Alec deu de ombros. — Às vezes essas coisas são parecidas.

O garoto ergueu a cabeça encaracolada, tirou a máscara da "Grumpy Cat" e congelou. Alec também congelou, com o duplo choque de presas e familiaridade. Era um vampiro, e Alec o conhecia.

— Raphael? — perguntou ele. — Raphael Santiago?

Ele se perguntava o que o segundo em comando do clã de Nova York estaria fazendo ali. Talvez os habitantes do Submundo estivessem vindo de todas as partes do planeta, mas Raphael nunca tinha chamado a atenção de Alec pela empolgação com festas.

Claro que ele não estava exatamente empolgado com a festa agora.

— Ah, não, é você — falou Raphael. — O idiota de 12 anos.

Alec não era muito fã de vampiros. Afinal, eram pessoas que tinham morrido. Alec tinha visto mortes demais para querer se lembrar.

Ele entendia que vampiros eram imortais, mas não havia necessidade de se exibirem por isso.

— Nós acabamos de lutar uma guerra juntos. Eu estava no cemitério quando Simon voltou como vampiro. Você me viu *um monte* de vezes desde que eu tinha 12 anos.

— A ideia de você com 12 anos me assombra — falou Raphael sombriamente.

— Está bem — falou Alec, tentando agradá-lo. — Por acaso você não viu um sujeito chamado Mori Shu por aqui?

— Estou tentando não fazer contato visual com ninguém aqui — falou Raphael. — E não sou informante de Caçadores de Sombras. Nem gosto de ficar conversando com quem quer que seja, onde quer que seja.

Alec revirou os olhos. De repente, uma mulher fada apareceu girando rapidamente. Ela exibia folhas no cabelo e estava enrolada com fitas e hera, e basicamente só usava isso. Ela tropeçou num ramo de hera e Alec a pegou.

— Que reflexos bons! — falou ela alegremente. — Que braços incríveis. Você estaria interessado numa noite de paixão proibida turbulenta, com uma opção para esticá-la por sete anos?

— Hum, eu sou gay — falou Alec.

Ele não estava acostumado a dizer isso casualmente, para qualquer pessoa. Era estranho e, ao mesmo tempo, um alívio e uma sombra de seu antigo temor entrelaçados.

Claro, a declaração não significava muito para fadas. A mulher fada a aceitou e deu de ombros; em seguida, olhou para Raphael e se animou. Alguma coisa na jaqueta de couro ou na testa franzida pareceu atraí-la fortemente.

— E quanto a você, Vampiro sem uma Causa?

— Eu não sou gay — falou Raphael. — E não sou hétero. Não estou interessado.

— Sua orientação sexual é "não interessado"? — perguntou Alec, curioso.

Raphael disse:

— Isso mesmo.

A fada pensou por um momento; em seguida, arriscou:

— Eu também posso assumir a aparência de uma árvore!

— Eu não disse "não estou interessado a menos que você seja uma árvore".

— Espere aí — falou a fada subitamente. — Estou te reconhecendo. Você é Raphael Santiago! Ouvi falar de você.

Raphael fez um gesto de indiferença.

— Você ouviu falar que eu gosto quando as pessoas vão embora?

— Você foi um dos heróis quando o Submundo derrotou Valentim.

— Ele foi um dos heróis da aliança entre o Submundo e os Caçadores de Sombras, o que levou à vitória — falou Alec.

Raphael parou de parecer entediado e começou a parecer terrivelmente divertido.

— Ah, os Caçadores de Sombras ajudaram um pouco? — perguntou ele.

— Você estava lá! — falou Alec.

— Pode me dar seu autógrafo, Raphael? — perguntou a mulher fada.

Ela arrumou uma imensa folha verde e brilhante, e uma pena de escrever. Raphael escreveu ME DEIXA EM PAZ.

— Vai ser o meu tesouro — falou a fada. Ela saiu correndo, apertando a folha contra o peito.

— Não faça isso — gritou Raphael atrás dela.

Uma explosão de música ecoando pelos corredores foi a única resposta para ele. Alec e Raphael estremeceram, e o vampiro ergueu o olhar para Alec.

— Esta é a pior festa na qual já estive — falou ele. — E eu odeio festas. As pessoas ficam me perguntando se tenho superpoderes mesmo, e eu digo que elas estão pensando em Simon, que eu detesto.

— Isso é meio grosseiro — falou Alec.

— Você tem que ser grosseiro com os jovens ou eles não aprendem — falou Raphael com expressão séria. — Além do mais, as piadas dele são estúpidas.

— Nem todas são boas — admitiu Alec.

— De onde você o conhece? — Raphael estalou os dedos. — Espera, eu me lembro. Ele é amigo daquele seu *parabatai* louro e irritante, certo?

Sim, era, embora Simon provavelmente fosse ficar surpreso ao ouvir isso. Alec sabia muito bem como Jace se comportava quando queria ser seu amigo. Ele não agia de um jeito amigável, porque assim seria fácil demais. Em vez disso, simplesmente ficava um tempão com a pessoa até ela se acostumar à sua presença ali, e era exatamente o que ele vinha fazendo no momento em relação a Simon. Quando Jace e Alec eram pequenos, Jace fizera um bocado de coisas hostis perto dele, na esperança de ser notado e amado. Alec sinceramente preferia isso a conversas constrangedoras do tipo "vamos nos conhecer melhor".

— Certo. Além do mais, Simon meio que está saindo com minha irmã, Isabelle — falou Alec.

— Não é possível — falou Raphael. — Isabelle é capaz de arrumar coisa melhor.

— Er, você conhece a minha irmã? — perguntou Alec.

— Ela me ameaçou com um candelabro uma vez, mas nós não chegamos a conversar de fato — falou Raphael. — O que significa que temos o relacionamento ideal. — Ele lançou um olhar frio para Alec. — É o relacionamento que eu gostaria de ter com todos os Caçadores de Sombras.

Alec estava quase desistindo e indo embora quando uma bela mulher vampira usando um *qipao* surgiu voando pelo corredor, fitas agitando-se no cabelo rajado de roxo como um estandarte de seda. Seu rosto era familiar. Alec a vira no Taki's e também pela cidade, normalmente na companhia de Raphael.

— Salve-nos, oh, intrépido líder — falou a amiga de Raphael. — Elliott está num imenso aquário vomitando em verde e azul. Ele tentou beber sangue de sereia. Tentou beber sangue de selkie. Tentou...

— *Cof* — falou Raphael, com um movimento brusco da cabeça na direção de Alec.

Alec acenou.

— Caçador de Sombras — falou. — Bem aqui. Oi.

— Ele tentou manter os Acordos e obedecer a todas as Leis conhecidas! — declarou a mulher. — Porque essa é a ideia que o clã de Nova York tem de diversão verdadeiramente festiva.

Alec se lembrou de Magnus e tentou não fazer parecer que estava ali para estragar a festa do Submundo. Havia uma coisa em comum entre ele e a mulher. Ele reconheceu o roxo intenso que ela estava usando.

— Acho que eu te vi mais cedo — falou Alec, hesitante. — Você estava... beijando uma garota fada?

— É, você vai ter que ser mais específico do que isso — falou a vampira. — Isto aqui é uma festa. Eu já beijei seis garotas fada, quatro garotos fada e uma rã falante cujo sexo não sei especificar. Mas era bem sexy para uma rã.

Raphael cobriu o rosto brevemente com a mão que não estava digitando.

— Ora, isso te interessa? — A mulher se irritou. — Como fico feliz ao ver os Nephilim constantemente invadindo nossas festas. Você ao menos foi convidado?

— Eu vim de acompanhante — falou Alec.

A garota vampira relaxou ligeiramente.

— Ah, claro, você é o desastre mais recente de Magnus — zombou ela. — É assim que Raphael se refere a você. Eu sou Lily.

Ela ergueu uma das mãos e acenou sem muita vontade. Alec olhou para Raphael, que arqueou a sobrancelha de modo pouco amistoso.

— Não percebi que Raphael e eu já estávamos na fase dos apelidos — observou Alec. Ele continuou a examinar Raphael. — Você conhece Magnus bem?

— Dificilmente — falou Raphael. — Mal nos conhecemos. Não gosto da personalidade dele. Nem do senso de moda. Nem de suas companhias. Vamos, Lily. Alexander, espero nunca mais te ver.

— Concluí que detesto você — disse Lily a Alec.

— É recíproco — respondeu Alec secamente.

Inesperadamente, o comentário fez a vampira dar um sorriso antes de Raphael arrastá-la para fora.

Alec quase sorriu também quando viu que os dois se afastavam. Eles eram um pedaço de Nova York, mesmo que fossem vampiros e, por alguma razão, incrivelmente hostis a ele especificamente. Alec nunca tinha encontrado alguém mais sem jeito para festas do que ele.

Ele não podia desistir da busca agora. Ele descera para encontrar o porão, deparando-se com uma pista de boliche que tinha sido transformada numa espécie de arena improvisada. Logo ao lado, um anfiteatro que só poderia ser descrito como um salão para orgias com togas romanas. No extremo oposto, havia uma piscina, a qual fora transformada numa gigantesca festa com bolhas de sabão. Tudo era muito excessivo e incômodo. E nem sinal de bodes de pedra.

Ele entrou por uma porta lateral e se flagrou sozinho em uma passagem iluminada que conduzia ao que parecia uma adega. O barulho da festa era abafado pelas grossas paredes de pedra. Alec seguiu até o corredor e desceu alguns degraus, notando a densa camada de poeira em praticamente tudo, e que, convenientemente, revelava pegadas nos degraus. Alguém havia estado ali recentemente.

O andar de baixo se abria para uma adega de pedra recortada grosseiramente e repleta de prateleiras com barris de madeira de um lado e pilhas de recipientes com comida do outro. O local daria uma entrada perfeita para um covil secreto caso um dia tivesse existido um. Ele começou a examinar as caixas, em busca de um fundo falso, de um trinco escondido ou de alguma coisa fora do comum. Estava na metade da parede quando ouviu vozes distantes e o som de algo arranhando. Ficou imóvel. Então inclinou a cabeça e se pôs a escutar com sua audição melhorada pelas Marcas.

— Esta aqui costumava ser a sede da Mão Escarlate — falou um homem com sotaque francês. — Mas não vejo nenhum sinal de atividade de culto e vejo todos os sinais de uma festa absurdamente incrível. Ouvi dizer que Magnus Bane está aqui.

— E, apesar disso, nós ainda temos que revistar o prédio inteiro — respondeu uma mulher. — Imagine isso.

Alec sacou uma lâmina serafim enquanto se esgueirava na direção das vozes, porém não a ativou. Ao fim do comprimento da parede, havia um pequeno corredor que se abria para uma adega de vinhos. Nas paredes, prateleiras cheias de garrafas. Uma luz branca ofuscante emanava de um ponto numa das prateleiras, clareando o recinto. Diante dela, duas silhuetas examinavam o que parecia ser uma pequena estátua de Baco. Alec conseguiu distinguir o perfil feminino e a curva de uma orelha de fada.

Não dava para ver o rosto deles direito naquela iluminação ruim, por isso, Alec continuou a se esgueirar, um passinho de cada vez. Nenhum habitante do Submundo era capaz de ouvir a aproximação de um Caçador de Sombras se esse não fosse seu desejo.

Uma adaga voou e por pouco errou a manga do casaco preto de Alec.

Talvez alguns habitantes do Submundo *fossem capazes* de ouvir a aproximação de um Caçador de Sombras.

— *Atheed*! — gritou a mulher, e a lâmina serafim incendiou na mão dela. O sujeito ao lado dela sacou seu arco.

— Esperem! — falou Alec, e tirou a máscara de seda com a mão livre. — Eu sou um Caçador de Sombras! Sou Alec Lightwood; sou do Instituto de Nova York!

— Oh — falou o homem, baixando o arco. — Olá.

A Caçadora de Sombras, a primeira pessoa ali a sacar uma arma, não guardou a lâmina serafim, pelo contrário, se aproximou e ficou estudando Alec. Ele imitou a reação dela, e então a reconheceu, pálida como uma pérola, cabelos louros e lisos, orelhas delicadamente pontudas e impressionantes olhos azul-esverdeados. O rosto bonito estava severo agora.

Ela era a fada que tinha beijado a garota vampira no primeiro cômodo em que Alec entrara ao chegar ao baile.

E era a Caçadora de Sombras que Alec tinha visto do balão de ar quente, perseguindo um demônio em Paris.

Alec só conhecia uma Caçadora de Sombras com herança fada.

— E você é Helen Blackthorn — disse ele lentamente. — Do Instituto de Los Angeles. O que você está fazendo aqui?

— Estou no meu ano de intercâmbio — explicou Helen. — Eu estava no Instituto de Paris e pretendia ir para o Instituto em Roma quando ouvimos rumores sobre um feiticeiro comandando demônios e liderando um culto chamado A Mão Escarlate.

— Que rumores? — perguntou Alec. — O que exatamente vocês ouviram e onde?

Helen ignorou as perguntas.

— Eu tenho caçado os demônios e o feiticeiro desde então. Malcolm Fade, Alto Feiticeiro de Los Angeles, me deu um convite para esta festa, e eu vim na esperança de encontrar respostas. O que você está fazendo aqui?

Alec piscou.

— Ah. Hum. Estou de férias.

Ele se deu conta de que provavelmente sua resposta soara um tanto idiota. Mas era o mais próximo da verdade que ele podia admitir, sem expor Magnus e levar a uma situação onde ele tivesse de se colocar diante da Clave e explicar: *Meu namorado feiticeiro acidentalmente fundou um culto demoníaco.*

Toda vez que Alec se metia numa encrenca, estava acostumado a recorrer aos Caçadores de Sombras em busca de ajuda. Se não fosse por Magnus, ele teria contado a esses dois sobre Mori Shu e o bode de pedra. Todos eles poderiam ter procurado juntos. Mas Alec não podia fazer isso agora. Havia chance de esses Caçadores de Sombras e ele não estarem do mesmo lado.

Ele olhou para os dois Caçadores de Sombras e, em vez de sentir alívio devido à presença deles, sentiu apenas ansiedade por causa das mentiras que ia ter de contar.

— Só estou aqui me divertindo — emendou baixinho.

A desconfiança passou pelo rosto de Helen.

— No porão de uma antiga sede de culto, durante uma festa do Submundo, cheia de criminosos, armado com uma lâmina serafim?

— Esse não é seu conceito de diversão? — perguntou Alec.

— Eu já ouvi falar de você — observou Helen. — Você estava na guerra. Era você com Magnus Bane.

— Ele é meu namorado.

Alec evitou deliberadamente olhar para o rosto do Caçador de Sombras que estava mais afastado, em silêncio. Pelo que Magnus já havia presenciado, talvez Helen não tivesse problemas com relacionamentos homossexuais, mas, em geral, Caçadores de Sombras tinham.

Ela não pareceu chocada. No entanto, pareceu preocupada.

— Malcolm Fade comentou sobre uns boatos de que Magnus Bane seja o feiticeiro que lidera A Mão Escarlate — falou Helen.

Então agora os Caçadores de Sombras tinham ouvido os rumores. Alec disse a si mesmo para ficar calmo. Malcolm era o Alto Feiticeiro de Los Angeles. Helen morava no Instituto de Los Angeles. Eles se conheciam. Isso não significava que a história tinha se espalhado para o restante da Clave.

— Não é verdade — falou Alec, com toda a convicção que conseguiu reunir.

— Malcolm disse mesmo que não acreditava nisso — admitiu Helen.

— Muito bem — falou Alec. — Vejo que vocês já lidaram com a situação. Vou voltar para a festa lá em cima então.

Helen casualmente passou por ele e ergueu o olhar para os degraus, observando se mais alguém estava ali. Alec não deixara de perceber que ela ainda segurava a lâmina serafim e que ela havia acabado de obstruir a rota de fuga dele. Ela se virou e disse:

— Acho que você deveria ir com a gente até o Instituto de Roma para responder a algumas perguntas.

Alec manteve a expressão neutra, mas um calafrio percorreu seu corpo. A Clave poderia colocar a Espada Mortal em suas mãos e ele seria obrigado a dizer a verdade. Ele teria que dizer que Magnus achava que era o fundador do culto.

— Acho que está rolando um exagero aqui — falou ele.

— Concordo — disse o outro Caçador de Sombras inesperadamente, pela primeira vez, atraindo a atenção de Alec. Ele era baixinho e bonito, com fartos cabelos ruivos escuros e sotaque francês. — Com licença, *Monsieur* Lightwood, você esteve em Paris recentemente?

— Sim, pouco antes de vir para Veneza.

— E, por acaso, esteve em um balão de ar quente?

Alec quase negou, mas percebeu que foi pego.

— Sim, estive.

— Eu sabia! — O Caçador de Sombras avançou e pegou a mão de Alec, apertando-a com entusiasmo. — Eu queria agradecer, *Monsieur* Lightwood. Posso chamá-lo de Alec? Meu nome é Leon Verlac, do Instituto de Paris. Eu e a *ravissante* Helen éramos os Caçadores de Sombras que você ajudou no telhado. Não temos nem como agradecer.

A expressão de Alec sugeria que a mulher tinha como agradecer, sim, era só fazê-lo. Ou provavelmente não agradecer. Alec se desvencilhou da mão de Leon com dificuldade, pois Leon parecia inclinado a não soltá-la.

— Então você também estava em Paris? — falou Helen casualmente. — Que coincidência impressionante.

— Visitar Paris em férias na Europa é impressionante? — indagou Alec.

— Seria um crime não visitar Paris! — concordou Leon. — Você devia ter passado no Instituto de Paris em sua estadia. Eu teria lhe mostrado os pontos turísticos, como fiz com a charmosa Helen, a quem eu seguiria a qualquer parte. Até a esta festa horrível.

Alec olhou de Helen para Leon, tentando descobrir se eles estavam juntos. Helen estava beijando a mulher vampira, então ele imaginava que não, mas era meio ingênuo com essas coisas. Talvez eles entrassem numa briguinha de casal e acabassem largando do pé dele.

— Vá pegar o carro, Leon — ordenou Helen. — Você pode perguntar o que quiser a Alec no trajeto para Roma.

— Espere aí — falou Leon. — Alec salvou nossas vidas no telhado. Ele não teria salvado se estivesse metido nisso. Da minha parte, acredito nele. Ele só estava investigando atividade suspeita no porão, mais especificamente do mesmo jeito que nós, assim como qualquer Caçador de Sombras faria. Mesmo de férias.

Ele deu um aceno de cabeça a Alec.

— Tudo bem — falou Alec, com cuidado.

— Além do mais, olhe para ele! — disse Leon. — É óbvio que ele veio para a festa. Ele está fantástico. Eu disse que a gente precisava de máscaras. Deixe o pobre homem voltar para as férias dele, Helen, enquanto nós procuramos algumas pistas reais.

Helen observou Alec por mais um longo momento, depois, lentamente, baixou a lâmina serafim.

— Muito bem — disse ela com relutância.

Alec não perguntou sobre Mori Shu nem sobre qualquer outra coisa. E se dirigiu às escadas sem perda de tempo.

— Espere! — falou Helen.

Alec se virou, tentando disfarçar o medo.

— Obrigada — emendou ela. — Pelo resgate em Paris.

Aquilo arrancou um sorriso de Alec.

— De nada.

Helen sorriu de volta. Ela ficava bonita quando sorria.

Ainda assim, Alec estava abalado quando chegou aos andares superiores, passando com dificuldade pela multidão de convidados que seguia para a pista de dança.

Ele se perguntou se a fria apreensão que sentira ao conversar com Helen era equivalente àquela que os habitantes do Submundo sentiam quando questionados por Caçadores de Sombras. Não que ele culpasse Helen por estar desconfiada. No lugar dela, ele também estaria. Alec sabia muito bem que qualquer um podia ser um traidor: tal como seu tutor, Hodge Starkweather, que os traíra com Valentim durante a Guerra Mortal. As suspeitas de Helen tinham fundamento, afinal, ele tinha mentido, ou, pelo menos, omitido informações. Mentir para outros Caçadores de Sombras, que deveriam estar do mesmo lado que ele, era horrível. Ele se sentia um traidor.

Mas se sentiria bem pior se falhasse em proteger Magnus. A Clave deveria estar preparada para proteger pessoas como Magnus, não para representar mais uma ameaça. Alec sempre acreditara na Lei, mas se a Lei não protegia Magnus, a Lei deveria mudar.

Alec provavelmente confiava cegamente em não mais do que seis pessoas no mundo, mas uma delas era Magnus. Ele só não esperava que confiar em alguém fosse tão complicado.

Se ao menos ele conseguisse *encontrar* Magnus. Não imaginava que seria possível, mas a mansão estava ainda mais cheia agora do que quando chegaram à festa, há não muito tempo.

Alec continuou subindo até chegar a uma varanda comprida de pedras, a qual percorria todas as paredes do salão de baile. Era um ponto de observação útil, do qual ele podia ver a festa inteira. Ele só precisou cruzar o perímetro uma vez para avistar Magnus dançando no meio da multidão de mundanos e habitantes do Submundo lá embaixo. A visão de Magnus fez seu corpo inteiro relaxar. Antes de encontrar Magnus, Alec não tinha certeza se um dia acreditaria ser possível ser ele mesmo, e totalmente feliz. Então havia Magnus, e o que parecia impossível se tornou possível. Vê-lo sempre causava um leve choque, o rosto, um clarão de esperança de que tudo poderia ficar bem.

Duas das paredes do salão de baile eram arcos imensos abertos para a noite, transformando o recinto em uma orbe dourada que se erguia entre as águas negras e o céu negro. O soalho do salão de baile era uma vastidão azul, o azul de um lago no verão. O teto estava tomado por uma orquestra de estrelas, e o candelabro era uma cascata de estrelas cadentes que as fadas usavam como balanço. Enquanto Alec observava, uma das fadas empurrou a outra do candelabro. Alec se retesou, mas então asas turquesas de gaze se abriram nas costas da fada e ele aterrissou em segurança entre os dançarinos.

Fadas aladas voavam, lobisomens saltitavam feito acrobatas em meio à multidão, presas de vampiros reluziam quando eles riam e feiticeiros estavam envolvidos em luz. Máscaras eram erguidas e baixadas, tochas conduziam fogo como fitilhos ardentes e as sombras prateadas da água sob o luar dançavam nas paredes. Alec já tinha enxergado a beleza nas torres reluzentes de Alicante, na luta fluida de sua irmã e de seu *parabatai*, nas muitas coisas adoradas e familiares. Mas só enxergara a beleza no Submundo com a vinda de Magnus. E ainda assim cá estava ele, esperando para ser encontrado.

Alec começou a se sentir mal por ficar indignado com os habitantes do Submundo que reivindicavam para si os louros pela vitória contra Valentim. Ele sabia o que tinha acontecido. Ele estivera lá, lutando lado a lado com o Submundo, e a guerra tornara esta liberdade possível. A vitória era tanto dele quanto de todos os outros.

Alec se lembrou de que ele e Magnus trocavam força através da Marca e da magia de Aliança, e que isso só reforçava o vínculo entre eles, e pensou: *A vitória é nossa.*

Ele e Magnus resolveriam esse quebra-cabeça também. Eles iam encontrar alguém para ajudá-los em meio ao labirinto de colunas douradas e rios escuros. Já tinham superado coisas piores. O coração de Alec vibrou com o pensamento e, nesse instante, ele viu seu feiticeiro na multidão.

A cabeça de Magnus estava inclinada para trás e o terno branco reluzente, amassado feito a roupa de cama pela manhã. A capa branca esvoaçava atrás dele como um raio de luar. A máscara, que parecia um espelho, estava inclinada para um dos lados, os cabelos pretos e selvagens, e o corpo esbelto se arqueava com a dança. Ao redor de seus dedos, como dez anéis reluzentes, a luz de sua magia lançava um clarão sobre um dos dançarinos e depois sobre outro.

A fada Hyacinth capturou um raio radiante de magia e girou, segurando-se a ele como se a luz fosse uma fita presa a um poste. Lily, a mulher vampira no qipao roxo, dançava com outro vampiro que Alec imaginava ser Elliott, por causa das manchas verdes e azuis que lhe manchavam a boca e a fronte da camisa. Malcolm Fade se juntou a Hyacinth na dança, embora parecesse estar fazendo algum passo esquisito, e ela ficou muito intrigada. A feiticeira azul, que se chamava Catarina, dançava uma valsa com uma fada alta e com chifres. A fada de pele morena a quem Magnus chamara de príncipe estava cercada por outras que Alec imaginou serem cortesãos, dançando em círculo ao redor dele.

Magnus riu ao ver Hyacinth usando a magia feito uma fita e enviou fios brilhantes de luz azul em várias direções. Catarina rebateu a magia de Magnus, e sua mão brilhava com uma luz branca fraquinha. Os dois vampiros, Lily e Elliott, deixaram uma fita mágica se enrolar nos pulsos. Eles não pareciam confiáveis, mas no mesmo instante acreditaram em Magnus com plena fé. Lily fingiu ser uma prisioneira e Elliott começou a balançar ombros e quadril entusiasticamente enquanto Magnus dava risadas e os puxava para ele na dança. A música e a luz das estrelas enchiam o cômodo, e Magnus brilhou mais forte com toda aquela companhia brilhante.

Quando Alec foi para a escada, passou por Raphael Santiago, que estava apoiado no parapeito da varanda e baixou o olhar para a multidão que dançava, os olhos escuros pairando sobre Lily, Elliott e Magnus. O vampiro ostentava um minúsculo esboço de sorriso. Quando Raphael percebeu Alec, a carranca voltou instantaneamente.

— Acho expressões lascivas de alegria detestáveis — declamou ele.

— Se você diz — falou Alec. — Eu gosto.

Ele chegou aos pés da escadaria e estava cruzando o soalho brilhante do salão de baile quando uma voz ecoou, vindo de cima.

— Este é o DJ Bat, o maior DJ lobisomem do mundo, ou, pelo menos, um dos cinco maiores, direto de Veneza porque os feiticeiros só tomam decisões financeiras irresponsáveis, e esta é para os amantes! Ou pessoas com amigos para dançarem com elas. Alguns de nós somos idiotas solitários e vamos ficar enchendo a cara no bar.

Uma canção lenta e doce com uma batida trêmula começou. Alec não teria imaginado que a pista de dança pudesse ficar mais cheia, mas aconteceu. Dezenas de habitantes do Submundo mascarados, em roupas formais, que antes estavam parados perto das paredes, convergiram para a pista. Alec se viu no centro do recinto, constrangedoramente sozinho, enquanto casais rodopiavam ao redor. Coroas de espinhos e penachos gigantes multicoloridos bloqueavam sua visão. Ele olhou ao redor, alarmado, em busca de uma rota de fuga.

— Você me concede esta dança, senhor?

Então viu Magnus, todo em branco e prata.

— Eu ia procurar você — falou Alec.

— Eu vi você chegando. — Magnus puxou a máscara até metade do rosto. — Nós nos encontramos.

Ele se aproximou de Alec, uma das mãos se ajeitando em sua lombar, e a outra buscando seus dedos para entrelaçá-los, e eles se beijaram. O roçar das bocas foi como um raio de luz na água, iluminando e transformando. Alec se aproximou instintivamente, desejando estar iluminado e transformado novamente; em seguida, se lembrou, relutante, de que eles deveriam prosseguir em sua missão.

— Eu encontrei uma Caçadora de Sombras aqui, chamada Helen Blackthorn — murmurou de encontro à boca de Magnus. — Ela disse...

Magnus o beijou mais uma vez.

— Alguma coisa fascinante, tenho certeza — falou ele. — Você não respondeu à minha pergunta.

— Que pergunta?

— Você me concede esta dança?

— Claro — falou Alec. — Quer dizer... eu adoraria esta dança. É só que... a gente precisa resolver isso.

Magnus respirou fundo e assentiu.

— Vamos resolver. Conte-me.

Ele estivera sorrindo, mas o sorriso desapareceu. Em seu lugar, surgiu um peso nos ombros. Era como se Magnus se sentisse culpado, percebeu Alec, pela primeira vez, por ter estragado as férias deles. Alec achou bobagem; se não fosse por Magnus, ele não teria férias alguma, nem o brilho da magia e choques de alegria, nem luzes, nem música.

Alec tocou a máscara de Magnus. Via seu rosto refletido nela, como se fosse um espelho, os olhos grandes e azuis contra o carnaval brilhante ao redor. Ele quase não se reconheceu; parecia tão feliz.

Então afastou a máscara para cima, vendo o rosto de Magnus com mais clareza. Assim era melhor.

— Vamos dançar primeiro — falou.

E passou o braço em torno das costas de Magnus, pouco à vontade, aí se remexeu e tentou reposicionar as mãos nos ombros do namorado.

Magnus estava sorrindo novamente.

— Permita-me.

Alec nunca tinha dado muita importância à dança até então, desconsiderando algumas tentativas constrangedoras na infância com a irmã ou Aline, sua amiga. Magnus passou o braço em torno da cintura de Alec e começou a dançar. Alec não era dançarino, mas era um guerreiro, e descobriu que compreendia intuitivamente como reagir aos movimentos de Magnus e como acompanhá-los. De repente, eles estavam sincronizados, deslizando pela pista com tanta graça quanto qualquer outro casal no salão, e subitamente Alec soube como era realmente dançar com alguém — uma coisa que nem sequer chegara a saber que queria. Ele sempre imaginara que momentos de contos de fadas como este fossem para Jace, Isabelle, qualquer um, menos ele. Mas aqui estava ele.

O candelabro parecia brilhar diretamente sobre os dois. Uma fada na varanda jogou um bocado de estrelas brilhantes. Minúsculos pontos de luz reluzentes caíram nos cabelos de Magnus e flutuaram no mínimo espaço entre os rostos deles. Alec se inclinou para frente, suas testas se tocaram e os lábios voltaram a se encontrar. A boca de Magnus sorriu colada à de Alec. Os sorrisos se encaixavam um no outro perfeitamente. Alec fechou os olhos, mas ainda conseguia ver a luz.

Talvez sua vida pudesse ser incrível. Talvez sempre pudesse ter sido, e ele precisara que Magnus abrisse a porta e o deixasse ver todas as maravilhas que tinha dentro de si. Toda a capacidade de alegria.

A boca de Magnus roçou na de Alec, e em seguida os braços o envolveram, puxando-o com mais força para si. O corpo de Magnus se movimentava sinuosamente contra o dele e a luz se transformava em calor. Magnus passou uma das mãos pela lapela do casaco de Alec, deslizando-a para dentro e apoiando a palma ao encontro do tecido, sobre o coração que batia freneticamente. Alec afastou a mão do contorno delgado da cintura de Magnus, roçando nas escamas de metal do cinto elaborado, antes de pegar novamente a mão de

Magnus e entrelaçar os dedos aos dele, as mãos juntinhas contra seu peito. Alec sentia o rubor escalando sua nuca e inundando seu rosto, deixando-o com a cabeça leve, ao mesmo tempo sem graça e querendo mais. Cada sentimento era novo — ele continuava sendo pego de surpresa pela combinação da dor cortante e contundente do desejo, e pela delicadeza, incongruente, mas possível de desemaranhar. Jamais esperara algo assim, mas agora que tinha isso em sua vida, não sabia como faria sem. Torcia para nunca ter que descobrir.

— Alexander, você... — começou Magnus, o murmúrio baixinho sob a canção e os guinchos das risadas. A voz dele era baixa e cálida, e era o único som importante no mundo.

— Sim — sussurrou Alec antes que Magnus pudesse concluir. Tudo o que ele queria era dizer sim para qualquer coisa que Magnus perguntasse. Sua boca colidiu com a de Magnus, faminta e quente, seus corpos se encaixaram. Eles estavam se beijando selvagemente, como se estivessem famintos, e Alec não queria nem saber se tinha gente olhando. Ele tinha beijado Magnus no Salão dos Acordos, em parte, para mostrar ao mundo como se sentia. Nesse momento, não se importava com o mundo. Ele se importava com o que ele e Magnus estavam fazendo entre eles: o calor e a fricção que o fazia querer morrer, cair de joelhos e levar Magnus consigo.

Então houve uma pancada e um brilho de fogo, como se um meteoro tivesse aterrissado no centro do salão de baile, e Alec e Magnus congelaram, tensos e incertos. Um novo feiticeiro tinha aparecido ao pé da escada, e fixara os olhos nos de Malcolm Fade, e embora Alec não o reconhecesse, certamente identificou o frisson de alerta e desespero na multidão.

Alec, que segurava Magnus, o posicionou atrás de si, mantendo os dedos entrelaçados. Com a mão livre, sacou uma lâmina serafim e murmurou o nome de um anjo. Do outro lado do recinto, Bat, o DJ, e Raphael pousaram os copos de bebida no balcão do bar. Raphael começou a abrir caminho entre a multidão na direção de seus vampiros. Lily e Elliott também se dirigiam para Raphael. Alec ergueu a voz para que ressoasse através do cômodo de mármore, com a mesma intensidade da ardência de sua lâmina serafim.

— Quem quiser a proteção de um Caçador de Sombras — gritou Alec — venha comigo!

14

Maremoto

Uma das mãos de Alec protegia Magnus, a outra empunhava uma lâmina serafim. Vários dos convidados da festa se aproximavam dele cautelosamente em busca da proteção ofertada. Magnus examinou o salão, aguardando para ver quem faria o primeiro movimento.

O lobisomem, chefe da segurança, estava descendo as escadas num rompante. O feiticeiro ao pé da escadaria fez um gesto sutil e o chefe da segurança saiu voando acima da multidão na pista de dança, caindo no chão de mármore e derrapando até a parede. Catarina correu até ele, ajudando-o quando ele se encolheu de dor, apertando as costelas.

O feiticeiro não se deu ao trabalho de olhar para ver o que havia acontecido com o licantrope. Era um sujeito baixote, de barba, olhos de cobra e pele branca escamosa. Ele examinava a multidão enquanto caminhava para a pista.

— Malcolm Fade. — O olhar do feiticeiro foi ameaçador quando ele apontou um dedo para o Alto Feiticeiro de Los Angeles. Um leve vapor pareceu soprar da pontinha de seu dedo. — Você roubou minha festa e minha mansão.

— Olá, Barnabas — saudou Malcolm. — Você perdeu uma mansão? Que triste. Espero que você a encontre.

— Eu comprei esta mansão na semana passada! Assim que ela foi posta à venda! — urrou Barnabas. — Neste momento nós estamos na mansão que você roubou de mim!

— Oh, que beleza! Considere-a encontrada então — falou Malcolm.

Alec cutucou Magnus.

— Quem é aquele?

Magnus se abaixou.

— Barnabas Hale, que administra o Mercado das Sombras de Los Angeles. Acho que ele foi um dos candidatos a Alto Feiticeiro antes de Malcolm levar o título. Tem uma certa rivalidade aqui.

— Ah — falou Alec. — Ótimo.

Barnabas apontou o dedo de forma geral, ameaçador.

— Era eu que ia comemorar nossa incrível vitória do Submundo! Eu comprei este lugar para a festa da vitória do Barnabas. Ou talvez eu fosse chamar de Barnafest. Ainda não tinha decidido! Agora nunca saberemos.

— Bem, alguém definitivamente tomou umas e outras hoje à noite — murmurou Magnus. — Barnafest? Sério?

A arenga de Barnabas estava longe de acabar.

— Você investe como o ladrão que é, e me prejudica, assim como roubou minha posição como Alto Feiticeiro de Los Angeles. Bem, a festa está cancelada! Você me fez parecer um idiota. — As mãos de Barnabas começaram a sibilar e a fazer fumaça.

A multidão se afastou com uns passos para trás, conferindo mais espaço aos dois no meio da pista de dança. Cada vez mais gente se reunia atrás de Alec.

— Você realmente não precisa da minha ajuda para isso, Barnabas — observou Malcolm. Suas mãos começaram a brilhar e duas taças de champanhe apareceram nas pontas de seus dedos. Ele bebeu de uma e fez a outra flutuar até Barnabas. — Relaxe. Divirta-se com a festa.

— Eis o que eu penso da sua festa. — Barnabas gesticulou e a taça recuou na direção de Malcolm, derramando na jaqueta cor de lavanda.

Ouviu-se um arquejo vindo da multidão, mas Malcolm não perdeu tempo. Fitou a roupa arruinada, pegou um lenço e começou a enxugar o rosto com delicadeza.

Havia um brilho febril nos olhos de Malcolm, como se ele estivesse se divertindo. Antigamente, Magnus sabia, Malcolm só queria uma vida calma e tranquila. Isso tinha sido há muito tempo.

— Eu lhe fiz um favor — declarou Malcolm. — Todos nós sabemos que suas habilidades para dar festas são *péssimas*. Eu poupei você da vergonha de dar uma festa e ninguém aparecer.

— Como ousa? — A cabeça de Barnabas parecia estar soltando vapor. O feiticeiro se ajoelhou e bateu a palma da mão no chão, enviando até Malcolm uma rachadura branca feita de gelo.

Alec deu um passo para frente, como se quisesse intervir, mas Magnus segurou com força o cotovelo dele e balançou a cabeça.

Malcolm gesticulou, indiferente, e derreteu o gelo com um sibilo de vapor. Então a constelação de Orion pulou do teto do grande salão de baile e se postou ao seu lado. As outras constelações, formando vultos vagamente humanos, desceram do teto para se juntar à luta do lado de Malcolm. O feiticeiro apontou preguiçosamente para Barnabas, e Orion soltou um rugido e partiu para cima do feiticeiro baixinho, agitando seu instrumento musical como um taco. Barnabas congelou a constelação antes que ela o alcançasse, depois, estilhaçou-a feito uma nuvem de poeira de estrelas.

— Era meu primeiro violoncelo! — falou Malcolm rispidamente. — Você sabe como é difícil substituí-lo? — As constelações ladeando Malcolm, seus corpos transparentes com centenas de grãozinhos brilhantes de poeira estelar e veios de luz, atacaram Barnabas. Estavam na metade da pista quando o candelabro gigante no meio do cômodo ganhou vida e começou a usar seus muitos braços, feito um polvo, agarrando qualquer constelação que estivesse ao alcance. O soalho de mármore se desintegrou perto de Malcolm, e tubos de metal emergiram da poeira e serpentearam na direção de Magnus. Mas antes que pudessem alcançá-lo, o teto explodiu.

Boa parte da multidão se espalhou noite adentro, passando arcos abertos do recinto, apavorada. Outras pessoas, por coragem ou estupidez, permaneceram imóveis, incapazes de desviar o olhar. Os dois feiticeiros lançaram um no outro gelo, fogo, raios e bolhas verdes de gosma. A mansão gemeu quando as janelas se estilhaçaram, trincas de gelo abriam buracos nas paredes e jatos de chama se espalhavam pelo piso.

Um raio de gelo acertou a parede a alguns metros dali, fazendo chover detritos sobre um grupo de ninfas. Alec pulou para elas, pegando um fragmento do piano e erguendo-o acima de suas cabeças, como se fosse um escudo.

— Temos que fazer alguma coisa! — gritou ele para Magnus.

— Ou — falou Magnus — poderíamos reconhecer que não temos nada com isso e sair daqui.

— Eles vão destruir a mansão inteira. Alguém vai se machucar!

Magnus abriu os braços e blocos de mármore se soltaram do chão, formando uma pequena parede para proteger as ninfas de um segundo raio de gelo.

— Alguém com certeza vai se machucar, muito provavelmente nós mesmos. — Mas Alec estava em seu modo herói e não havia muita coisa que Magnus pudesse fazer para impedi-lo. — E, ainda assim, vou tentar diminuir os danos — emendou ele.

O recinto rangeu e chacoalhou, e uma das paredes vergou. Raphael empurrou Elliott para protegê-lo do pedaço de alvenaria em queda, então limpou a poeira de mármore branca impacientemente dos dreadlocks do outro vampiro.

— Eu *não* estou me sentindo bem — falou Elliott. — O prédio está desabando ou eu bebi demais?

— As duas coisas — falou Lily.

— Eu estou ligeiramente enjoado — acrescentou Raphael — do fato de você ser um idiota, Elliott.

— Olá, Raphael — falou Magnus. — Talvez você queira acompanhar Alec até lá fora?

Ele apontou para o local onde Alec estivera. E não viu Alec lá. Em vez disso, viu o parapeito da varanda se partindo e os pedaços desabando na direção da distraída cabeça de Catarina, que cuidava de alguns lobisomens feridos.

Magnus então notou Alec, que tinha recuperado o arco e as flechas confiscados, agora cruzados às suas costas, correndo para o fogo cruzado, desviando-se de dois tubos de metal que o agarravam e escapando por pouco de ter a cabeça arrancada por um movimento do polvo de candelabro. Ele mergulhou bem na hora de tirar Catarina do caminho e aterrissou de joelhos, com ela em segurança, em seus braços.

— Ficar com Alec não me parece muito sábio — falou Raphael, atrás de Magnus. — Pois ele parece estar correndo diretamente para o perigo.

— Caçadores de Sombras sempre fazem isso — falou Magnus.

Raphael examinou as próprias unhas.

— Seria bom — falou — ter um parceiro que você soubesse que sempre vai escolher *você*, e não o dever ou salvar o mundo.

Magnus não respondeu. Sua atenção estava em Catarina e Alec. Catarina estava piscando para Alec e parecia levemente surpresa. De repente, ela começou a lutar e gritou num alerta.

Alec ergueu o olhar, mas já era tarde demais. Outro pedaço do teto começava a se soltar; a peça pendia, prestes a cair e esmagá-los. Era tarde demais para fugir, e Magnus sabia que Catarina estava com a magia perigosamente baixa. Ela curava qualquer um que viesse até ela e nunca poupava o suficiente para se proteger.

Magnus observou, horrorizado, Alec se jogar em cima dela, preparando-se para o colapso que enterraria os dois vivos.

Fogo azul faiscou. Magnus ergueu as mãos, que brilharam feito lanternas nas sombras.

— Alexander! — gritou ele. — Para o lado!

Alec ergueu o olhar, surpreso por não estar morrendo esmagado. Ele olhou para Magnus em meio à ruína do salão de baile, os olhos azuis arregalados. Magnus mantinha as mãos firmes, esforçando-se para fazer o imenso pedaço de concreto pairar bem acima das cabeças deles.

Alec e Catarina se levantaram com dificuldade, correndo pelo traiçoeiro salão de baile na direção de Magnus. Outros canos vivos bloquearam o caminho, tentando agarrar os tornozelos de Alec com seus tentáculos de metal. Ele se desviava e saltava para evitá-los. Mas um deles conseguiu seu intento, fazendo-o perder o equilíbrio. Ele empurrou Catarina e Magnus segurou a mão dela e a puxou sã e salva.

Magnus ouviu Alec dizer "*Cael*", e viu a chama da lâmina serafim.

Com um golpe, ele cortou o tentáculo a seus pés. Alec alcançou Magnus no momento em que Barnabas tacou fogo em todo o soalho do salão. Malcolm reagiu com um maremoto da água do canal, vindo da cozinha. A água engoliu Malcolm, arrastando-o, e, em seguida, pegou Barnabas. Os dois feiticeiros foram retirados do *palazzo*, Malcolm gritava, divertido, como se estivesse num tobogã aquático em um parque de diversões.

Todos, exceto os vampiros, respiraram fundo. O *palazzo* continuava a desabar em volta deles.

— Mudei de ideia — anunciou Catarina. Ela passou um braço pelo pescoço de Alec e lhe deu um beijo na bochecha. — Eu gosto de você.

— Ah — falou Alec, perplexo. — Obrigado.

— Por favor, tome conta de Magnus — emendou Catarina.

— Eu tento — retrucou ele.

Catarina deu a Magnus um olhar encantado por cima do ombro de Alec.

— Finalmente, um guardião — murmurou ela.

— Podemos sair do prédio que vai desabar agora? — falou Magnus rispidamente, embora em segredo estivesse satisfeito.

Ela e Hyacinth foram até as portas, guiando alguns poucos habitantes do Submundo feridos e rasgados. Os vampiros, a licantrope Juliette, do trem, e muitos outros ladeavam Alec.

Alec olhou ao redor.

— A escada para o andar de cima desabou. Tem pessoas presas lá.

Magnus xingou e, em seguida, assentiu. Ele esticou a mão e tocou a aljava quase vazia no ombro de Alec com dois dedos. Uma luz azul suave brilhou e a aljava subitamente se encheu de flechas.

— Vou atrás de Barnabas e Malcolm para tentar detê-los — avisou. — Faça o que você faz melhor e leve todos para um lugar seguro.

Ele agitou as mãos num gesto amplo, e as vinhas metálicas do agora exposto encanamento do *palazzo* se juntaram numa ponte acima da torrente do canal de água, levando-o para fora do palácio até o local em que os feiticeiros tinham desaparecido. Magnus se virou para olhar para Alec, que tinha saído para intervir em uma briga entre licantropes e pixies. Em seguida, Magnus se virou novamente, saltou na direção da fumaça e das faíscas e desapareceu.

15
Mori Shu

Com um edifício desabando em torno de suas orelhas, alguns lobisomens entraram em pânico. Alec achou compreensível, mas terrível. Quando lobisomens entravam em pânico, voavam pelos para tudo que é lado. Além de sangue, dentes e intestinos.

Três licantropes rosnadores acuavam um grupo de pixies apavoradas. Alec correu e se colocou entre os dois grupos enquanto a poeira do concreto caía feito chuva ao redor, cegando-os e engasgando-os. Alec se abaixou antes de uma pata cheia de garras golpeá-lo, e então se jogou para o lado quando um dos lobisomens partiu para cima dele.

Os outros o alcançaram e só restou fazer o que dava para evitar ser destripado. A memória muscular e os anos de treinamento assumiram o controle quando ele dançou em meio aos golpes vindos de todos os lados.

Por pouco cinco patas compridas não o arranharam no rosto, e então a ponta de uma conseguiu cortar seu braço. Um par de presas chegou ao seu ombro e estava prestes a mordê-lo quando ele pegou um queixo peludo e girou, executando um lançamento que fez o lobisomem se precipitar de costas, deslizando até bater nos destroços.

O último lobisomem tropeçou no pé de Raphael Santiago. Alec rapidamente o atingiu na cabeça com o cabo da lâmina serafim, e o lobisomem permaneceu no chão.

— Isso foi um acidente — falou Raphael, com Lily e Elliott colados atrás dele. — Ele se meteu no meu caminho enquanto eu tentava sair.

— Está bem — arfou Alec.

Ele limpou a poeira e o suor dos olhos. Bat, o DJ, cambaleou na direção deles, com as garras de fora, e Alec girou a lâmina serafim de modo que agora estava segurando novamente o cabo.

— Alguém derrubou um pedaço do telhado em mim — falou Bat, piscando de um modo que parecia mais uma coruja que um lobo. — Quanta falta de consideração.

Alec percebeu que Bat não só estava num tumulto assassino fora de controle, mas também sofrera uma leve concussão.

— Calma aí — falou ele quando Bat tropeçou contra seu peito.

Então olhou ao redor, em busca da pessoa mais confiável, de alguém para formar uma equipe com ele. Arriscou e jogou Bat nos braços de Lily.

— Tome conta dele por mim, está bem? — perguntou. — Garanta que ele vai ficar bem.

— Ponha esse lobisomem no chão imediatamente, Lily — ordenou Raphael.

— Magoa à beça você dizer isso — resmungou Bat, fechando os olhos.

Lily deu uma olhadinha na cabeça de Bat, que se acomodara em seu peito cor de lavanda.

— Não quero largá-lo — anunciou ela. — O Caçador de Sombras deu o DJ para mim.

Bat abriu um olho.

— Você gosta de música?

— Gosto — falou Lily. — Gosto de jazz.

— Legal — respondeu Bat.

Raphael jogou as mãos para o alto.

— Isso é ridículo! Está bem — falou rispidamente. — Está bem. Vamos só sair da mansão que está desabando, tá bom? Podemos todos concordar nessa atividade divertida, longe de ser suicida?

Alec apressou o grupo de habitantes do Submundo indisciplinados para a saída mais próxima, coletando no trajeto fadas perdidas com asas quebradas e alguns feiticeiros confusos ou bêbados. Ele se certificou de que a maioria já tinha ido, inundando as ruas de Veneza numa torrente brilhante que fazia os canais parecerem imóveis, antes de se virar para os vampiros. Lily tinha confiado Bat à Catarina, e agora todos olhavam para Alec, em expectativa.

— Podem me dar uma força até o segundo andar?

— Eu não vou — falou Raphael, gélido.

— Claro, qualquer amigo de Magnus — falou Elliott, e então, sob o olhar severo de Raphael, emendou: — é alguém de quem não gostamos, com certeza, nem um pouco mesmo.

Os degraus tinham desmoronado perto do alto da escadaria e agora havia apenas um penhasco íngreme no topo do patamar. Lily e Elliott lançaram Alec acima de suas cabeças, o salto ganhando velocidade devido à força deles. Ele acenou para os dois antes de se virar, e Lily e Elliott acenaram em resposta. Raphael cruzara os braços.

A mansão estava mais silenciosa nos andares de cima, a não ser pelo ocasional estalar de lascas de madeira e rangidos das fundações enfraquecidas. Alec começou uma revista em cada cômodo. A maioria dos cômodos estava vazia, claro.

Ele viu uma garota licantrope chorando em um deles, aninhada num ninho de roupas de cama. Alec ajudou-a a passar pela janela e a viu pular no canal e nadar cachorrinho.

Depois descobriu um casal de peris escondidas no closet de um dos quartos. Pelo menos pensou que estivessem escondidas, mas percebeu que tinham passado o tempo todo se beijando e que não tinham ideia de que a festa terminara. Ele também libertou uma sereia que acidentalmente se trancou em um dos banheiros.

Alec tinha acabado de revistar todo o andar quando se arriscou a entrar na biblioteca e se deparou com um grupo de mundanos com a Visão, dominado pelas vinhas. Uma selva de madeira de soalho, tubos e outros itens variados de material de construção tinha ganhado vida e enrolado a todos como se eles fossem múmias. A biblioteca ficava acima do grande salão de baile, e um pouco de magia da batalha tinha evidentemente se espalhado.

Alec abriu caminho até eles com golpes da lâmina serafim, cortando acima do soalho como uma foice em meio às fileiras de trigo. Ele tirou uma luminária que estrangulava o pescoço de uma mulher.

A mobília viva parecia estar voltando sua atenção para Alec, como uma ameaça. Isso significava que ele era capaz de livrar os mundanos enquanto a madeira do soalho, tubos e apoios assassinos para os pés se concentravam nele. Ele guiou o pequeno grupo apavorado até a janela e gritou, pedindo ajuda.

Elliott apareceu e pegou os mundanos um a um enquanto Alec os jogava para baixo.

— Já sei qual é a resposta para isso — gritou Elliott para Alec —, mas qual é mesmo seu posicionamento se eu quiser morder estas pessoas...

— Não! — gritou Alec.

— Só estava checando, só checando — falou Elliott apressadamente — Não precisa ficar nervoso. — Alec ficou preocupado de jogar o último mundano lá embaixo, mas então Catarina apareceu, trazendo curativos. Os mundanos estariam seguros com ela.

A situação de Alec tinha se tornado ligeiramente preocupante. Para cada tubo que ele cortava, outro assumia o lugar. As placas de madeira se aninharam em torno de seus tornozelos e se enrolaram em seus pulsos. Quanto mais Alec lutava, mais ficava preso.

Rapidamente, suas pernas estavam sendo apertadas pela tubulação de cobre, a cintura, pela madeira de soalho, e os braços, por duas placas de madeira que tinham saído das paredes. Uma vinha de madeira se enrolou em seu pulso e apertava com tanta força que a lâmina de Alec caiu da mão.

Nesse momento oportuno, Shinyun entrou no cômodo.

— Alec? Que diabos está acontecendo? — quis saber ela. — Por que o *palazzo* está desabando?

Alec a encarou.

— Onde você *esteve*?

— Precisa de ajuda? — perguntou ela. O rosto que não piscava nem se mexia permaneceu voltado para ele por alguns instantes mais, e, durante esse tempo, Alec ficou sem saber se ela estava rindo, pensando ou admirando o fato de ele ser um idiota.

— Eu posso libertar você com fogo — ofereceu ela. E sua mão começou a brilhar, passando de uma tez de luz alaranjada para um tom vermelho, quente e ardente. Alec sentia o calor através das vinhas que rapidamente se derreteram.

Alec ficou profundamente aliviado ao flagrar Magnus em seu campo de visão, com Malcolm ao seu lado, pingando água do canal.

— Por favor, não coloque em risco a vida ou os membros do meu namorado — pediu Magnus. — Sou apegado aos dois, Malcolm, por favor, mande suas... plantas e coisas pararem.

A luz morreu nas mãos de Shinyun. Malcolm avaliou o ninho e então bateu palmas diversas vezes, alternando a mão que ficava em cima. A cada vez que ele batia palmas, as vinhas diminuíam.

— Onde está Barnabas? — perguntou Alec, sacudindo fragmentos e detritos enquanto se desvencilhava do emaranhado.

— Eu o encorajei a sair — falou Magnus. — Sutilmente.

— Como? — perguntou Alec.

Magnus refletiu.

— Talvez não tão sutilmente assim.

O rosto de Malcolm estava mais pálido que o normal.

— Isso é terrível — anunciou ele. — Acho que perdi a caução que paguei.

— Você não perdeu a caução — recordou Alec. — Você roubou a casa do tal Barnabas.

— Ah, sim — falou Malcolm, alegrando-se.

Alec segurou a mão de Magnus enquanto eles abriam caminho pelas ruínas do palazzo. Foi um alívio sentir aquela ligação, o aperto quente e forte da mão de Magnus era uma promessa sólida de que ele estava em segurança.

— Então, como Alec estava dizendo — começou Magnus quando eles passaram pelos restos do vestíbulo —, onde foi que você *esteve*?

— Eu estava lá fora, no pátio, quando o prédio começou a desabar — explicou Shinyun. — Eu não tinha ideia do que estava acontecendo. Tentei encontrar o caminho de volta até vocês, mas havia pessoas que precisavam de ajuda.

— Isso também nos manteve ocupados — falou Alec enquanto eles desciam os degraus da frente.

Um pedaço imenso de mármore caído bloqueava a base da escadaria. Malcolm aparentava cansaço, mas ele e Magnus fizeram gestos simultâneos e o mármore começou a se arrastar lentamente.

A noite que chegava ao fim pintava o mármore de violeta. Ainda havia retardatários da festa, esperando na rua de paralelepípedos em frente ao *palazzo*. Juliette acenou alegremente quando viu Alec e os outros saindo. Raphael não se animou.

— O mais importante — falou Magnus — é que não creio que haja vítimas.

O mármore deslizou, e todos eles viram o homem deitado de costas, o rosto virado para baixo sobre os degraus de mármore da mansão arruinada. Meia-idade, moreno, cabelos escuros, a pele num tom azulado devido à perda de sangue, que empapara as roupas, tornando-as rígidas.

Uma máscara de fênix ainda estava em sua mão, uma lembrança incongruente da festividade passada.

— Falamos cedo demais — disse Malcolm baixinho.

Magnus se ajoelhou e delicadamente virou o corpo quebrado, embora o homem não fosse mais se importar com isso. E, então, fechou os olhos abertos do falecido.

A respiração de Shinyun sibilou entre os dentes.

— É ele — falou. — É Mori Shu.

O horror tomou conta de Alec também. Agora nunca teriam as respostas de Mori Shu, deitado imóvel e silencioso para sempre nas ruas de paralelepípedos.

— E ele não foi morto pelo prédio que desabava — emendou Shinyun, o horror em sua voz se transformando em fúria conforme ela falava. — Ele foi morto por vampiros.

Dava para ver os furinhos na garganta, o sangue reluzindo, escuro, sob a luz da lua. Os vampiros de Nova York deram alguns passos para trás.

— Não fomos nós — disse Lily, depois de um momento. — Deixe-me dar uma olhada no corpo.

— *Não. Lily.* — Raphael esticou a mão para impedi-la de se aproximar. — Isso não tem nada a ver com a gente. Estamos indo embora agora.

— Eles estavam comigo — falou Alec.

— A noite toda? — perguntou Shinyun. — Parece que ele está morto há algum tempo.

Alec se calou. Havia sangue na camisa de Elliott, embora não fosse da cor de sangue humano. A ideia de um vampiro se alimentando de alguém impotente o deixou enojado.

— Nós não nos alimentamos de feiticeiros.

— *Cale a boca* — rosnou Raphael para ela. — Não abra a boca na frente de um Nephilim!

— Vampiros não se alimentam de feiticeiros — falou Magnus. — Ninguém matou Mori Shu por fome. Alguém o matou para silenciá-lo. Raphael e seu pessoal não têm motivo para fazer isso.

— Nós nem o conhecemos — falou Elliott.

— Esta é literalmente a primeira vez que eu o vejo — reiterou Lily.

— Um monte de vampiros da minha lista de convidados — observou Malcolm — já foi embora. E um monte de gente sem convite. Inclusive o penetra ofensivo que acabou com a festa. Vou ter que encontrar um *palazzo* novo inteirinho para amanhã à noite.

— Amanhã à noite? — perguntou Alec.

— Claro — falou Malcolm. — Você pensou que fosse uma festa da vitória de *uma noite* de duração? O show tem que continuar!

Alec balançou a cabeça. Ele não conseguia imaginar alguém querendo continuar com a festa a essa altura.

Shinyun estava ajoelhada sobre o corpo de Mori Shu, procurando pistas. Mori Shu era um feiticeiro — imortal. Mas nenhum feiticeiro era invulnerável. Qualquer um poderia ser ferido ou morto.

Magnus, com a máscara prateada puxada para trás na cabeça, interceptou os vampiros de Nova York antes que eles pudessem ir embora de vez. Alec o ouviu baixar o tom de voz.

Alec se sentiu culpado por ouvir, mas não podia simplesmente desligar os instintos de Caçador de Sombras.

— Como é que você está, Raphael? — perguntou Magnus.

— Aborrecido — falou Raphael. — Como sempre.

— Estou familiarizado com a emoção — falou Magnus. — Eu a sinto toda vez que conversamos. Mas o que eu quis dizer foi que sei que você e Ragnor se viam frequentemente.

Houve um segundo no qual Magnus estudou Raphael com expressão de preocupação, e Raphael encarou Magnus com desprezo evidente.

— Ah, e você está se perguntando se por acaso estou prostrado de tristeza por causa do feiticeiro que os Caçadores de Sombras mataram?

Alec abriu a boca no intuito de observar que fora o Caçador de Sombras *do mal*, Sebastian Morgenstern, que matara o feiticeiro Ragnor Fell na guerra recente, do mesmo modo que tinha matado seu irmão.

Então ele se lembrou de Raphael sentado, sozinho, mandando mensagens para um contato *RF* sem jamais receber resposta.

Ragnor Fell.

Alec sentiu uma pontada súbita e inesperada de compaixão por Raphael, reconhecendo sua solidão. Ele estava numa festa, cercado de centenas de pessoas, e lá estava ele, mandando mensagens de texto para um homem morto, sabendo que nunca receberia respostas.

Deve ter havido muito poucas pessoas na vida de Raphael que ele pudera considerar como amigos.

— Eu não gosto quando Caçadores de Sombras matam meus colegas — falou Raphael —, mas isso já aconteceu. Acontece o tempo todo. É o passatempo deles. Obrigado por perguntar. Claro que seria bom me acabar num sofá em formato de coração e chorar num lencinho de renda, mas, de alguma forma, estou conseguindo me manter firme. Afinal, eu ainda tenho outro feiticeiro como contato.

Magnus esboçou um sorriso e inclinou a cabeça.

— Tessa Gray — falou Raphael. — Uma senhora muito digna. Muito culta. Acho que você a conhece, não é?

Magnus fez uma careta para ele.

— O que me incomoda não é você ser impertinente. Eu gosto disso. É a atitude tristonha. Um dos principais prazeres na vida é rir dos outros, então, vez ou outra, demonstre um pouco de alegria em relação a isso. Tenha um pouco de *joie de vivre*.

— Eu sou um morto-vivo — falou Raphael.

— Que tal *joie de unvivre*?

Raphael o encarou com expressão fria. Magnus fez um gesto de indiferença em relação à própria pergunta, os anéis e vestígios de magia deixando um rastro de faíscas no ar noturno, aí suspirou.

— Tessa — falou Magnus após um longo suspiro.— Ela é um presságio de más notícias e vou ficar chateado por semanas por ela ter jogado esse problema no meu colo. No mínimo.

— Que problema? Você está encrencado? — perguntou Raphael.

— Nada com o que eu não possa lidar — retrucou Magnus.

— Pena — falou Raphael. — Eu pretendia apontar para sua cara e me escancarar de rir. Bem, hora de ir. Eu diria boa sorte com essa história de notícia ruim e cadáver, mas... eu não tô nem aí.

— Cuide-se, Raphael — falou Magnus.

Raphael gesticulou com indiferença, já de costas para todos.

— Eu sempre me cuido.

Os vampiros cruzaram a rua escura, o canal era uma linha prateada ao lado deles. Malcolm foi até Hyacinth e começou a discutir sobre alternativas de locais para a festa com muito mais interesse do que havia demonstrado pelo cadáver.

Alec ficou observando a saída dos vampiros.

— Ele queria ajudar você.

Magnus o encarou com expressão assustada.

— Raphael? Não acho que quisesse. Ele não é bem o tipo de ajudante de feiticeiro.

Ele se virou para auxiliar Shinyun a analisar o corpo. Alec o deixou, confiando que Magnus encontraria alguma coisa relevante, e saiu correndo atrás dos vampiros.

— Esperem — pediu ele.

Os vampiros continuaram andando, ignorando-o completamente.

— Esperem um segundo.

— Não falem com o Caçador de Sombras — Raphael instruiu os outros. — Nem sequer olhem para ele.

— Está bem. Desculpe incomodar. Eu esqueci que você não tem interesse algum em Magnus. Vou simplesmente voltar para lá e ajudá-lo sozinho — falou Alec.

Raphael parou de andar.

— Fale — disse ele, sem se virar. Quando Alec hesitou, tentando pensar em como formular o problema, Raphael ergueu os dedos.

— Três. Dois. Um...

— Você basicamente é o líder de um clã de vampiros, não é? — perguntou Alec. — Então deve saber um bocado de coisas que estão acontecendo no Submundo.

— Mais do que você jamais vai saber, Caçador de Sombras.

Alec revirou os olhos.

— Você sabe alguma coisa sobre A Mão Escarlate? É um culto.

— Já ouvi falar — disse Raphael. — Tem um boato de que foi Magnus quem o fundou.

Alec ficou em silêncio.

— Eu não acredito nisso — emendou Raphael. — E vou dizer isso a qualquer um que me perguntar.

— Ótimo — falou Alec. — Obrigado.

— E vou verificar essa história por aí — concedeu Raphael.

— Está bem — falou Alec. — Me passa o seu telefone.

— Eu não tenho telefone.

— Raphael, é claro que você tem um telefone, você estava mandando mensagens de texto nele quando te vi pela primeira vez na festa.

Raphael finalmente se virou e estudou Alec, cheio de cautela. Elliott e Lily ficaram para trás e trocaram olhares. Após uma pausa, Raphael diminuiu a distância entre eles, tirou o telefone do bolso e o pousou na mão estendida de Alec. Alec mandou para si mesmo uma mensagem de texto do celular de Raphael. Tentou pensar numa mensagem enérgica e sarcástica, mas acabou escrevendo simplesmente: OI.

Jace teria pensando em alguma coisa enérgica. Ora ora. Todos tinham suas habilidades.

— Esta é uma ocasião histórica — falou Lily. — A primeira vez em cinquenta anos que Raphael dá o número do telefone para alguém numa festa.

Elliott ergueu a cabeça que pendia.

— Isso merece outra bebida.

Raphael e Alec os ignoraram. Alec devolveu o telefone. Raphael aceitou. Eles assentiram um para o outro.

— E quanto ao Bane. Não o machuque — falou Raphael abruptamente.

Alec hesitou.

— Não — falou, em voz mais baixa. — Eu nunca...

Raphael ergueu a mão com firmeza.

— Deixe de ser nojento, por favor — censurou. — Eu não ligo se você magoar, como dizem as crianças, o "coraçãozinho dele". Pode dar um pé na bunda dele com um coturno gigantesco. Eu gostaria que você fizesse isso. Eu só quis dizer para não matá-lo.

— Eu nunca vou *matá-lo* — falou Alec, horrorizado.

O sangue correu frio ao pensar nessa ideia, e mais frio ainda quando ele olhou para o rosto de Raphael. O vampiro falava sério.

— Não vai? — insistiu Raphael. — Caçador de Sombras.

Ele falou as palavras com aquele mesmo tom usado pelos habitantes do Submundo no Mercado das Sombras, mas soou diferente, com a intenção de proteger alguém por quem Alec daria a vida de boa vontade a fim de poupá-lo do perigo.

Isso fez Alec se perguntar se as pessoas do Mercado, ao olhar para ele, na verdade enxergavam uma ameaça a alguém de quem gostavam.

— Pare com isso, Raphael — falou Lily. Ela deu a Alec um olhar breve e surpreendentemente solidário. — É óbvio que o garoto está apaixonado.

— Ugh — falou Raphael. — Que coisa horrível. Vamos sair daqui.

Elliott comemorou.

— Vamos pra saideira.

— Não — falou Raphael, enojado. Ele se afastou de Alec sem olhar para trás. Depois de uma última olhadela, Lily e depois Elliott se viraram para segui-lo.

Alec ficou parado, sozinho na rua por um instante, e então voltou para Magnus, que tinha desistido de procurar pistas e estava no telefone organizando a retirada discreta do corpo de Mori Shu. Alec se aproximou cautelosamente. A capa de Magnus pendia dos ombros um pouco mais curvados que o normal. O rosto dele, sob os fartos cabelos pretos cheios de purpurina, estava um pouco cansado.

Alec não sabia o que dizer.

— Como você conheceu Raphael? Vocês dois pareciam se conhecer muito bem.

— Uma vez dei uma ajudinha a ele, acho — falou Magnus. — Não foi nada.

Magnus aparecera e curara Alec, na segunda vez que se encontraram. Alec se lembrava de acordar do delírio e da agonia, e de ver os estranhos olhos brilhantes de Magnus, as mãos gentis e cuidadosas. *Está doendo*, murmurara Alec. *Eu sei*, respondera Magnus. *Vou te ajudar com isso.*

E Alec, acreditando nele, sentira parte daquela dor se esvair.

A lembrança permanecera e ele batera à porta de Magnus. Magnus não se via daquele jeito, mas era gentil. Ele era tão gentil que era capaz de dispensar cura ou ajuda casualmente.

Não importava o que Magnus tivesse feito para Raphael, era evidente que, para Raphael, não era algo sem importância.

A vida de Magnus estava cheia de incidentes estranhos e de pessoas estranhas. Alec não sabia muita coisa ainda, mas poderia aprender, e de uma coisa ele sabia: sua irmã dissera que uma viagem era o melhor jeito de conhecer verdadeiramente a outra pessoa, e Alec agora tinha certeza absoluta de que, no brilhante caos de sua vida longa e estranha, Magnus jamais perdera a gentileza.

Enquanto Alec estivera conversando com Raphael, duas brownies idênticas surgiram no que parecia um imenso melão verde com imensas rodas frágeis, o que Alec imaginara ser algum tipo de ambulância de fadas para levar embora o corpo de Mori Shu. Shinyun lhes deu dinheiro, trocou algumas palavras em italiano e se juntou a Magnus e a Alec. Ela olhou para as ruínas do *palazzo*, chamando a atenção de Alec também.

— Se um dia houve um bode de pedra — falou —, ele está enterrado debaixo de algumas toneladas de escombros.

— É melhor a gente ir embora — falou Magnus, parecendo estranhamente cansado. — Acho que acabamos por aqui.

— Espere — falou Alec. — A Câmara. Nós nunca a encontramos. E eu não acho que ela possa ter sido parte do *palazzo* que foi destruído.

— Isto é — falou Shinyun lentamente —, da parte do *palazzo* na superfície. Ou nós estaríamos olhando para ela em pedaços à nossa frente.

— Há escadas do lado de fora, atrás do edifício — falou Magnus. — Elas dão no porão do *palazzo*, suponho. Mas talvez levem a outra parte depois disso.

Alec olhou para o canal ali perto.

— Até qual profundidade é possível construir aqui? É possível ser debaixo d'água?

— Sem magia? Não muito longe — falou Magnus. — Com magia? — Ele deu de ombros, um sorriso se esgueirando novamente. — Quem quer explorar uma masmorra assustadora?

Fez-se uma longa pausa e então Shinyun, muito lentamente, ergueu a mão.

— Eu também — falou Alec.

16

Os Pergaminhos Vermelhos da Magia

A lembrança de Magnus estava correta. Uma escadaria de pedra descia na escuridão, no beco atrás do *palazzo* em ruínas. Alec acendeu uma pedra de luz enfeitiçada quando eles chegaram à pesada porta de madeira ao pé dos degraus. Shinyun fez um raio de luz brilhar do dedo indicador, o qual ela apontou ao redor como uma lanterna.

Dentro da porta (que Alec abrira com um símbolo de Abertura), paredes de terra batida úmida continham tonéis vazios e trapos antigos, nada de muito animador. Eles dobraram uma esquina, depois outra e outra, e então se depararam com uma porta muito mais bonita, lisa e polida, com a imagem de um leão com asas entalhada nela.

Uma vez passando pela porta, Magnus e Shinyun ficaram empolgados, mas Alec suspirou, decepcionado.

— Já estive aqui — falou. — Eu me lembro desta pequena estátua de Baco.

Magnus avaliou a estátua.

— Para o deus do vinho e da folia — falou ele. — Eu sempre achei os trajes de Baco nessas estátuas sem graça demais.

Shinyun cutucava as paredes da câmara, procurando uma pegadinha ou painel secreto. Magnus foi atraído para a estátua em sua base.

— Eu sempre pensei — continuou lentamente — que, no que dependesse de mim, as estátuas de deuses se vestiriam de um jeito um pouco mais... engraçado.

Quando ele terminou de dizer a frase, esticou a mão e tocou a estátua de Baco. Faíscas azuis voaram de seus dedos, e cor e textura começaram a aparecer nas dobras da toga da escultura, sua magia arrancando a pedra branca, como se o mármore fosse poeira caindo para revelar a estátua decorada, mais vívida, embaixo.

Com um rangido, a seção da parede ao lado da estátua correu e se abriu, revelando uma escada estreita.

— Uma solução colorida — falou Shinyun. — Bom trabalho. — Ela soou divertida. Mas Alec deu a Magnus um olhar estranho, pensativo.

Magnus começou a descer as escadas, com Alec bem atrás. O feiticeiro quase desejava que ele não estivesse ali. Não conseguia controlar o medo do que talvez fossem encontrar, e do que Alec poderia pensar dele quando encontrassem. A estátua de Baco tinha sido uma piada — que não parecia mais nem um pouco engraçada.

A escadaria dava para um longo corredor de pedra, que terminava na escuridão.

— Por que é que não estamos embaixo d'água? — falou Alec. — Estamos em Veneza.

— Um dos feiticeiros do culto deve ter erguido barreiras para evitar que a água entrasse — falou Magnus. — Como Mori Shu. — *Ou eu*, ele não acrescentou.

No fim, o corredor subitamente se abriu para uma câmara imensa, de teto alto, que fora construída para armazenar comida. Alec acenou a luz enfeitiçada, revelando fileiras de velas apagadas em todo o recinto.

— Ora, isso foi bem fácil — falou Magnus, e, com um estalar de dedos, acendeu todas as velas, trazendo luz forte e quente para o cômodo.

Sem dúvida, era uma antiga adega. No outro extremo, via-se um altar frágil, capenga, provavelmente erguido por homens das cavernas para adorar a um deus do fogo. Duas colunas de madeira ladeavam um bloco imenso de pedra cortado num cubo perfeito sobre uma plataforma elevada.

Na parede esquerda, havia uma mesa que parecia uma peça de mobília de jardim, feita de plástico barato, coberta com incenso, contas e outras quinquilharias genéricas, do tipo que se compra em um estúdio de ioga.

— Ai, meu deus, meu culto é tão cafona — resmungou Magnus. — Estou profundamente envergonhado. Estou renegando meus seguidores por serem maus e não terem estilo.

— Mas isto não é o seu culto — falou Alec distraidamente. Ele foi até a mesinha lateral e passou um dedo pela superfície. — Tem um bocado de poeira. Este local não é usado há algum tempo.

— Estou brincando — falou Magnus. — Tentando disfarçar meus temores. — Ele olhou para o canto vazio do cômodo, onde uma raiz de árvore abria caminho entre duas rochas. Foi até a vinha e a puxou. Nada aconteceu. Lançou uma detecção de magia no canto. Nada ainda.

— Tem que ter mais alguma coisa — falou Shinyun. — Onde estão os sinais de terríveis rituais sendo feitos? Onde está o sangue nas paredes?

Alec pegou uma pequena estatueta e balançou a cabeça.

— Tem a etiqueta do fabricante aqui. Alguém comprou isto numa loja de suvenires. Se esta coisa é mágica, então eu sou o Anjo Raziel.

— Os Caçadores de Sombras *realmente* não aprovariam que eu namorasse o Anjo Raziel — falou Magnus.

— Mas eles seriam bonzinhos com você — falou Alec, brandindo a estatueta — ou eu daria um pau neles.

— Vocês nunca falam sério? — perguntou Shinyun. Ela foi até o altar de mentirinha e, de repente, tropeçou e caiu. Fez-se um silêncio durante o qual ninguém riu. Magnus e Alec ficaram parados, os olhos mutuamente arregalados. Depois de um longo momento, Shinyun se levantou do chão: — Bem, alguém podia pelo menos olhar para saber no que foi que tropecei.

Enquanto ela se sentava e espanava a poeira das roupas, Magnus se aproximou e se ajoelhou. Enterrada no chão, diante do altar, via-se uma minúscula imagem de um bode. Magnus se ajoelhou e murmurou na orelha da estátua a senha que Johnny Rook lhe dera.

— *Asmodeus.*

— O quê? — falou Alec.

Magnus tinha deliberadamente falado mais baixo do que até mesmo um Caçador de Sombras poderia ouvir. E evitou os olhos de Alec.

O rangido de pedra ecoou pelo recinto, abafando qualquer climão que pudesse estar rolando entre os dois. O cubo de pedra no altar desabrochou como uma flor. Ele se elevou acima do altar e flutuou até a parede de trás, onde se alojou na rocha. A plataforma em que o cubo estivera ruiu e virou pó. Uma luz dourado-avermelhada apareceu em torno da roseta na qual o cubo de pedra se transformara, traçando os contornos de uma porta.

O esboço reluzente solidificou numa porta feita de chapa dourada ricamente detalhada e com um imenso espelho oval em seu centro.

Magnus caminhou até a nova porta e a examinou. Olhou para o reflexo no espelho e depois para a frágil porta de madeira na frente.

— Isto é mais do que eu esperava — falou, levando a mão à maçaneta.

Em um segundo, Alec e Shinyun se aproximaram, tentando evitar que Magnus fosse o primeiro a entrar. Alec e Magnus queriam evitar conflitos, sendo assim, Shinyun venceu a disputa e tirou os dois do caminho, ao mesmo tempo que empurrou a porta, a qual se abriu com facilidade, revelando um longo corredor com um teto baixo. Uma lufada de ar rançoso os atingiu. Uma fileira de tochas ao longo da parede brilhava e iluminava cada um deles, um atrás do outro.

O corredor tinha um monte de esquinas, transformando uma caminhada de não mais do que cinco minutos em algo interminável. A essa altura, Magnus não fazia ideia de onde estavam em relação ao *palazzo* ou mesmo a Veneza. *Se fosse eu, e talvez tenha sido*, pensou ele, *eu teria simplesmente jogado a coisa toda no meio da lagoa.* À sua frente, Shinyun arfou quando o corredor se abriu no que Magnus desesperadamente torcia para ser a última câmara secreta a ser encontrada. A mera ideia de voltar dava a ele vontade de se deitar e tirar um cochilo.

Ele e Alec seguiram Shinyun na câmara, e aí ele entendeu a surpresa da parte dela. O espaço era imenso, a decoração parecia o resultado de uma noite louca entre uma igreja e um clube noturno.

Havia duas seções de bancos dourados de cada lado do cômodo, e azulejos brilhantes feito joias revestiam as paredes ao lado deles. No outro extremo do cômodo, via-se uma imensa pintura de um homem bonito com um rosto comprido e ossudo e traços marcantes. Ele quase teria passado por humano, se não fossem os dentes irregulares. O único acessório que ele usava era uma coroa de arame farpado.

Na frente do quadro, havia um altar de pedra — este bem mais impressionante — no centro de um pentagrama gigante. Pequenos sulcos tinham sido entalhados no bloco de pedra, conduzindo para baixo dos quatro cantos do altar até as pontas da estrela abaixo. O espaço inteiro estava salpicado com manchas vermelho-escuras cuja tonalidade variava, mas eram todas semelhantes.

— Viu? — falou Shinyun, triunfante. — Sangue nas paredes. É assim que você sabe que é o verdadeiro.

Alec apontou para a esquerda, a confusão reluzindo em seu rosto.

— Por que tem um bar cheio de bebidas ao lado de um altar de sacrifício?

Magnus desistiu.

— Com certeza é meu culto, não é? — Ele fez uma pausa. — Espero que o altar tenha sido acrescentado depois.

— Talvez não — falou Alec. — Talvez outro feiticeiro quisesse um bar perto do altar de sangue.

— Bem, se houvesse um, ele deveria se apresentar — observou Magnus. — Acho que a gente se daria bem.

Na pressa de sair, o culto tinha deixado o local uma bagunça. Metade dos bancos estava virada, o lixo cobria grande parte do chão e uma pilha de detritos, boa parte deles queimada, atravancava uma fogueira abaixo da superfície. A certa altura, o fogo deve ter pulado do poço e saído do controle porque alguns dos bancos ao redor estavam chamuscados. Magnus foi para trás do balcão do bar. Muita bebida, mas não havia gelo, frutas ou guarnições. Ele se serviu de três dedos do *amaro* mais amargo que conseguiu encontrar e tomou um gole com raiva enquanto caminhava pelo cômodo.

Lembranças eram formas poderosas de magia. Estavam em tudo no universo, mesmo em eventos, locais e coisas. Era assim que nasciam os fantasmas de momentos particularmente trágicos, por esse motivo casas se tornavam assombradas. Magnus era capaz de apostar que um santuário adorador de demônios envolvido em rituais de sacrifício teria manifestado seu quinhão de memórias poderosas das quais eles poderiam recolher as pistas.

Traçando um círculo lento em torno do perímetro do santuário, ele começou a entoar um cântico. Suas mãos estavam esticadas enquanto circulava pelo espaço, e uma trilha de névoa brilhante esvaía das pontas de seus dedos.

A névoa pairava e se deslocava no ar feito ondas preguiçosas do oceano, e então se condensava, assumindo o formato de corpos humanos em movimento. Essas eram algumas das lembranças mais sólidas que tinham ficado impressas no local.

Mas alguma coisa estava bloqueando o feitiço de Magnus. O culto tinha se preparado para isso. Magnus esticou a mão e empurrou a barreira sólida que cobria a área inteira. Algumas lembranças se consolidaram em alguma coisa tangível, mas permaneceram fracas e pouco nítidas, dissipando-se poucos segundos depois.

Destas, apenas três eram vívidas o suficiente para se materializar em alguma coisa discernível. A primeira era um vitral que já não estava mais lá e retratava alguém assustadoramente parecido com Magnus sendo abanado com folhas de palmeiras. A segunda eram dois vultos ajoelhados em oração, um adulto e uma criança, e ambos sorriam. A terceira era uma mulher de pé no altar, segurando uma adaga comprida. Depois vieram rostos, muito rostos contorcidos em agonia. Ele viu mundanos e até um casal de feiticeiros, mas, sobretudo, viu fadas. Sangue fada, o sangue que ele costumava usar para conjurar Demônios Maiores.

Quando Magnus desistiu, arfava e estava molhado de suor. Ofegante, ele afastou a névoa densa que tinha se agarrado ao ar ao redor. Depois que a bruma no recinto se dissipou, ele notou Shinyun reclinada sobre uma das colunas, de braços cruzados. Ela avaliara o esforço dele com grande interesse.

— Alguma coisa útil? — perguntou ela.

Magnus se reclinou na parede e balançou a cabeça.

— Alguém fez um feitiço para me impedir de descobrir qualquer coisa. Alguém muito poderoso.

— Você notou alguma coisa estranha naquela parede? — perguntou Shinyun, acenando com a cabeça para o retrato do homem com dentes irregulares. Magnus tinha tentado evitar os olhos do retrato, como se seu pai Asmodeus pudesse observá-lo através deles.

Mesmo que ele tivesse fundado um culto, certamente nunca teria envolvido Asmodeus. Sem dúvida, nunca houve época em que ele tivesse sido louco ou irresponsável assim.

— Eu notei — falou Alec, de repente, e Magnus se assustou.

— O retrato está pendurado numa parede vazia, sozinho. É uma parede grande, por que não usar para outra coisa?

Alec avançou, foi até a moldura do quadro e puxou a parte de baixo. Ergueu o retrato gigante da parede e o colocou no chão contra uma das colunas. Voltou-se para a parede de pedra, e agora batia um nó do dedo nela.

Shinyun foi até ele e colocou uma das mãos na parede. Ondas cor de laranja fluíram de suas mãos para a pedra, e a rocha reluziu feito água e formou uma alcova coberta com a mesma pedra reluzente das outras paredes. Na alcova, via-se um livro imenso, encadernado em couro pintado de escarlate bem escuro, com letras douradas na capa.

As letras douradas formavam as palavras OS PERGAMINHOS VERMELHOS DA MAGIA.

Shinyun pegou o livro e se sentou sobre a pedra para ler. O livro parecia imenso em suas mãos pequenas. Conforme ela ia virando as páginas, o pergaminho amarelado rachava sob as pontas dos dedos. Alec começou a ler por cima do ombro dela.

Magnus não queria, mas se obrigou a dar alguns passos até o altar, onde Shinyun e Alec liam o livro.

Espanto e medo se dissiparam, de certa forma, enquanto Magnus lia algumas das doutrinas sagradas estabelecidas pelos Pergaminhos Vermelhos.

— Somente o Grande Veneno, aquele que é belo, sábio, charmoso e belo, pode conduzir os fiéis a Edom. Portanto, abasteça o Grande Veneno com comida, banhos e massagens ocasionais.

— Eles escreveram “belo” duas vezes — murmurou Alec.

— Por que chamar de Pergaminhos Vermelhos — falou Shinyun — se é um livro? E não um pergaminho?

— Com certeza, não são pergaminhos no *plural* — falou Alec.

— Quem quer que seja esse belo e belo fundador do culto — falou Magnus, o peito apertando —, ele tinha suas razões.

Shinyun continuou lendo.

— O príncipe deseja apenas o melhor para seus filhos. Portanto, para honrar seu nome deve haver uma lareira abastecida com as melhores bebidas, cigarros e bombons. Dízimos de tesouros e presentes despejados sobre o Grande Veneno simbolizam o amor entre os fiéis, portanto, mantenha os espíritos fluindo e o ouro crescendo, e sempre se lembre das regras sagradas.

— A vida é um palco, então saia com estilo.

— Somente os fiéis que puderem fazer um drinque verdadeiramente bom serão favorecidos.

— Não ofendam o Grande Veneno com ações cruéis ou roupas feias.

— Busquem os filhos dos demônios. Eles devem ser amados como vocês amam o seu senhor. Não deixem que as crianças fiquem sós.

— Em tempos difíceis, lembrem-se: todas os caminhos levam a Roma.

Alec olhou para Magnus, e Magnus não conseguia compreender por completo o esboço de sorriso de Alec.

— Acho que você escreveu isto.

Magnus se encolheu. Era bem o estilo dele mesmo. Como o pior dele, frívolo e insensato, irônico e arrogante. Ele não se lembrava de ter escrito nada daquilo. Mas era quase certo de que havia escrito, sim. Era quase certo de que ele fosse o Grande Veneno. Era quase certo de que ele era o responsável pela Mão Escarlate.

— Isso é ridículo — observou Shinyun com nojo.

— Magnus, você não está aliviado por ser uma piada? — quis saber Alec, e Magnus se deu conta de que seu sorriso fora de alívio. — Por que alguém acharia necessário remover suas lembranças? Isto aqui não é sério.

Ele quase desejou dar um tapa em Alec, embora soubesse estar irritado consigo, na verdade. *Você não vê o que isso significa?* A Mão Escarlate podia ter começado como uma piada, mas agora era terrivelmente séria. Pessoas tinham morrido por causa da piada de Magnus.

Magnus era responsável por mais do que a mera existência do culto. Shinyun estava agachada na pedra, à frente dele, a vida destruída era um testamento vivo do que ele fizera. Magnus tinha dito aos seguidores para encontrarem os filhos dos demônios. Tinha ordenado que crianças feiticeiras fossem trazidas para o culto. Qualquer que fosse o mal infligido pelo culto, o que quer que Shinyun tivesse sofrido, era tudo culpa de Magnus.

Não tardou para que Alec se desse conta disso também. Magnus pigarreou e tentou deixar a voz leve como o ar.

— Ora, a boa notícia é que — falou ele, ignorando a pergunta de Alec — "todos os caminhos levam a Roma". Pelo menos, nós sabemos para onde iremos a seguir.

A manhã nasceria sobre Veneza em breve, iluminando água e céu. A cidade já estava voltando à vida. Magnus notava as fachadas das lojas abrindo e sentia o cheiro de salsichas e pão assado, além de salmoura no ar.

A manhã e suas transformações ainda não tinham se concluído. A madrugada era uma linha perolada acima das águas cor de anil. Os edifícios e pontes eram de uma tonalidade prata e lavanda escura sob a luz fraca e cintilante. Magnus, Alec, Shinyun e Malcolm, que eles encontraram dormindo aninhado nos destroços dos degraus principais do *palazzo* e trouxeram com eles, subiram numa gôndola vazia. Magnus direcionou a gôndola para o hotel, a magia espalhando faíscas azuis brilhantes na superfície da água.

As roupas de festa de Magnus estavam amassadas e empoeiradas, um reflexo de seu estado de espírito. Todos eles caminharam em silêncio de volta pelos corredores, portas e escadas infinitos até descobrirem que as estrelas não se faziam presentes mais, conforme o céu começava a iluminar os canais. Eles mal se falaram, e Magnus ainda evitava o olhar de Alec, que por sua vez estava visivelmente exausto. Ele tinha largado a jaqueta rasgada em algum lugar nas ruínas do *palazzo* e agora estava com a camisa, o rosto marcado pela poeira e a sujeira. Tinha corrido, lutado e buscado durante a maior parte da noite, tentando corrigir os erros de Magnus, mergulhando e protegendo as pessoas com o próprio corpo quando a magia dos feiticeiros destruiu o local em que eles estavam.

Agora ele estava deitado no fundo do barco, as costas contra o peito de Magnus. Magnus sentia o corpo inteiro de Alec murcho de cansaço.

— Sinto muito por você ter tido uma noite horrível naquela festa horrorosa — murmurou Magnus baixinho ao ouvido de Alec.

— Eu não tive uma noite horrível — retrucou Alec, murmurando, a voz rouca de cansaço e preocupação. — Eu estava com você.

Magnus sentiu a cabeça de Alec se reclinar contra seu peito.

— Triste a festa acabar tão cedo — comentou Malcolm.

— Está quase na hora do café da manhã, Malcolm. Além disso, o edifício ruiu. Alguém quer tomar café?

— A refeição mais importante do dia — murmurou Alec, quase adormecido.

Ninguém respondeu, nem Malcolm, que evidentemente estava remoendo os próprios erros.

— Não consigo acreditar em Barnabas Hale — falou Malcolm. — Ele é tão rude. Fico feliz por ele ter ido para outra cidade. Florença, será? Ou talvez...

— Roma — falou Shinyun, com expressão sombria.

— Ah, sim — retrucou Malcolm alegremente. — Talvez Roma.

Fez-se um silêncio terrível, que foi interrompido quando Malcolm começou a cantarolar uma canção baixinha e desafinada sobre um amor que se perdera no mar. Não importava, os pensamentos de Magnus estavam muito longe.

Barnabas Hale ia para Roma.

Todas as estradas da Mão Escarlate levavam a Roma.

A Mão Escarlate e seu líder, que andaram botando a culpa das atividades recentes do culto em Magnus, certamente estavam em Roma.

Magnus conhecia Barnabas Hale há muito tempo e jamais fora com a cara dele. A aparição dele em Veneza fora uma surpresa das mais desagradáveis. Mas tinha uma grande diferença entre *esse sujeito é irritante* para *esse sujeito está assassinando fadas, conjurando Demônios Maiores e tentando me matar com uma incubadora Raum.*

Ainda assim, Barnabas era um feiticeiro com muito poder. Ele mencionara ser o dono do *palazzo*, portanto, também era rico. Era alguém que deveria ser observado, de qualquer forma.

— Nós temos que dormir — falou Shinyun finalmente —, e então devemos ir para Roma o quanto antes.

— Quanto mais cedo chegarmos, mais cedo eu e Alec poderemos continuar nossas férias — observou Magnus.

O tom animado não soou convincente, nem para ele mesmo. No dia seguinte, falou para si, ele faria melhor. Ele ia parar de se sentir tão esmagado pelo peso do passado e pelo medo do futuro, e desfrutaria do presente, como ele sempre fazia.

— Tenho certeza de que você e Alec vão gostar disso — falou Shinyun.

Era difícil dizer, já que o rosto dela não tinha expressão, mas Magnus considerou aquelas palavras uma oferta de paz. Ele sorriu para ela com o máximo de sinceridade possível.

— Ele é muito dedicado — emendou Shinyun, fitando Alec, que estava de olhos fechados, mas com o braço protetoramente em torno de Magnus, mesmo durante o sono. — Ele nunca desiste?

Ela esticou uma das mãos para tocar a de Magnus, mas ele sentiu os músculos do corpo de Alec se retesarem um minuto antes de o Caçador de Sombras esticar a mão rapidamente e agarrar o pulso dela.

— Nunca.

Shinyun ficou imóvel; em seguida, retirou sua mão. No mesmo instante, a cabeça de Alec caiu para trás no peito de Magnus e ele entrou naquele estado crepuscular entre consciência e inconsciência que ele atualmente ocupava.

A gôndola foi navegando por debaixo da Ponte dos Suspiros, uma coroa pálida no céu escuro acima deles. Prisioneiros de antigamente viam a cidade pela última vez dessa ponte, antes de serem levados até a execução.

Magnus percebeu que Malcolm os observava, o rosto branco como mármore. Malcolm tinha amado uma Caçadora de Sombras. Não tinha terminado bem. Magnus conversara com ele sobre isso uma vez, sobre superar o amor e seguir em frente, sobre encontrar o amor novamente. Malcolm balançara a cabeça. Ele tinha dito: *Eu nunca mais quero outro amor.*

Magnus o considerara um tolo.

Talvez todo amor navegasse muito próximo da loucura. Quanto mais profundo, mais perigoso.

O barco deslizava em águas escuras. Quando Magnus olhou para trás, viu as últimas centelhas de magia afundando e desaparecendo nas profundezas. As faíscas piscaram, azul forte e branco brilhante, e as ondas delicadas do canal foram se revezando em tons de roxo-escuro, pérola pálido e preto sob o céu que ainda não era matinal. As águas foram banhadas com uma luminescência final antes de as faíscas azuis mergulharem de vez. Magnus passou os dedos delicadamente pelos cabelos macios e selvagens de Alec, e sentiu a cabeça do namorado sonolento se virar um pouco na direção dele. Ficou ouvindo Malcolm cantarolar e se lembrou novamente das palavras de muito tempo atrás.

Eu nunca mais quero outro amor.

17

Segredos Amargos

— Quando estiver em Roma, Alexander — falou Magnus —, sempre dirija um Maserati.

Eles tinham que chegar a Roma o quanto antes e não podiam usar um Portal, então Magnus disse que ia escolher a melhor opção disponível. Shinyun lia os Pergaminhos Vermelhos da Magia e os ignorava, e para Alec isso era bom.

— Uma escolha excelente — falou o atendente no estacionamento da locadora de carros de luxo. — Não dá pra não amar um 3500 GT Spyder clássico.

Alec se inclinou para Magnus.

— O carro também é uma aranha?

Magnus deu de ombros, dando a Alec um sorriso irresistivelmente brilhante.

— Não faço ideia. Eu só escolhi esse porque era italiano e vermelho.

Vinte minutos depois, os três estavam cruzando a estrada A13 em direção a Bolonha, com a capota abaixada e o vento soprando em seus ouvidos. Shinyun estava no banco de trás, deitada, com as botas apoiadas contra a janela, de tempos em tempos lendo em voz alta passagens dos Pergaminhos Vermelhos. Alec estava no banco do carona, fazendo um esforço para navegar só com a ajuda de um mapa dobrado feito um acordeão, em um idioma que ele não compreendia.

Magnus, que estava dirigindo, falou:

— Faz tempo que não boto a mão numa alavanca de marcha. Nada de piadas, por favor.

Eles chegaram a Florença bem na hora de um jantar prematuro. Magnus tinha feito reservas em um restaurante tão minúsculo que Alec tinha certeza de que se tratava apenas da sala de estar do chef. Foi a melhor macarronada que ele comeu na vida.

Depois do jantar, Magnus falou:

— Não podemos simplesmente dirigir freneticamente o tempo todo ou vamos bater. Vamos tentar chegar a outro local no nosso itinerário antigo. Não estamos muito longe dos Jardins de Boboli.

— Claro — retrucou Alec.

Shinyun caminhava atrás deles, com os Pergaminhos Vermelhos enfiados debaixo do braço, mesmo que ninguém a tivesse convidado.

Magnus narrava aonde iam enquanto caminhavam ao longo do rio Arno, cruzavam a Ponte Vecchio e ziguezagueavam para desviar dos vendedores de rua. Magnus comprou um lenço, um par de óculos escuros, uma *zeppola* e uma capa que o fazia parecer o Fantasma da Ópera.

Eles chegaram ao anfiteatro dos Jardins de Boboli e contornaram as estátuas que ladeavam o perímetro, abrindo caminho até o obelisco em seu centro.

— Faz um tempo que a gente não tira fotos para o pessoal de casa — falou Alec.

Magnus deu o braço para ele e o arrastou até a Fonte de Netuno e a Estátua da Abundância, até encontrar uma escultura mostrando um imenso homem nu no topo de uma tartaruga gigantesca. Determinou que era o local perfeito para uma foto. Ajeitou o chapéu-panamá para trás e fez uma pose régia ao lado da estátua, que ele explicou a Alec que se chamava Morgante. Alec se inclinou para o outro lado, com as mãos nos bolsos, enquanto Shinyun tirava várias fotos com o celular de Alec.

— Obrigado — falou Alec. — Vou mandar estas e dizer a Isabelle que estamos nos divertindo muito.

— Mesmo? — perguntou Magnus.

Alec piscou.

— Claro. Quer dizer, eu sinto falta de Isabelle e Jace, e dos meus pais.

Magnus pareceu estar esperando algo mais. Alec pensou mais um pouco.

— Eu também sinto falta da Clary — disse ele. — Um pouco.

— Ela é o meu biscoitinho. Quem não sentiria? — falou Magnus, mas ainda parecia um tanto tenso.

— Eu realmente não conheço Simon tão bem assim — comentou Alec.

Alec não conhecia um bocado de pessoas. Tinha a família dele, Jace incluído, e a nova namorada de Jace, e o vampiro que Jace estava trazendo como parte do pacote. Ele conhecia alguns poucos outros Caçadores de Sombras.

Aline Penhallow tinha a idade de Alec e era ótima com adagas, mas Aline morava em Idris, então não daria para se familiarizar com ela mesmo que estivesse em Nova York.

Alec levou alguns minutos, enquanto passeavam pelos jardins, para entender que talvez Magnus estivesse preocupado com o que ele poderia dizer à família, aos amigos, praticamente a todos que eram, obviamente, Caçadores de Sombras. Nenhum deles estaria inclinado a dar a Magnus o benefício da dúvida como Alec faria.

Alec estava preocupado com Magnus, com o modo como ele estava se esforçando um pouco demais para se divertir. Alec gostava quando Magnus estava realmente se divertindo, mas odiava quando Magnus fingia, e agora dava para notar a diferença facilmente. Alec queria dizer alguma coisa, mas Shinyun estava presente, e ele não sabia o que dizer, e de repente o celular em seu bolso tocou.

Era Isabelle.

— Eu estava pensando em você — falou Alec.

— E eu estava pensando em você — retrucou Isabelle alegremente. — Está se divertindo nas férias ou já voltou a trabalhar? Você não consegue se controlar?

— Estamos nos jardins de Boboli — falou Alec, o que era a mais pura verdade. — Como estão todos em Nova York? — emendou rapidamente. — Clary está arrastando Jace para mais problemas? Ou é Jace quem arrasta Clary?

— Essa é a base do relacionamento deles, mas não, Jace está com Simon — informou Isabelle. — Diz ele que estão jogando videogame.

— Você acha que Simon convidou Jace para passar o dia com ele? — perguntou Alec, desconfiado.

— Irmãozinho — retrucou Isabelle —, acho que não.

— Jace já jogou videogame? Eu nunca joguei.

— Tenho certeza de que ele vai entender como funciona — falou Isabelle. — Simon explicou para mim e não parece difícil.

— Como estão as coisas entre você e Simon?

— Ele tem o meu número e continua na longa fila de homens desesperados pela minha atenção — falou Isabelle com firmeza. — Como estão as coisas entre você e Magnus?

— Bem, eu estava aqui me perguntando se você poderia me ajudar com isso.

— Sim! — exclamou Isabelle com um prazer assustador. — Você está certo em me procurar. Eu sou muito mais sutil e hábil nas artes da sedução do que Jace. Muito bem, eis minha primeira sugestão. Você vai precisar de uma uva...

— Pode parar! — falou Alec. Aí se afastou com pressa de Magnus e de Shinyun, escondendo-se atrás de uma cerca-viva alta. Ambos ficaram observando-o se distanciar, achando curioso. — Por favor, não conclua a frase. Quero dizer, ainda tem aquele probleminha do culto que eu mencionei. Eu realmente queria resolver isso para Magnus ficar mais feliz. Nas nossas férias.

E assim os demônios poderiam parar de tentar matar Magnus, e Magnus ficaria livre dos rumores sombrios e da ameaça mais sombria ainda que a Clave representa. Isso deixaria Magnus mais feliz. Alec tinha certeza.

— Muito bem — falou Isabelle. — Na verdade, foi por isso que eu liguei. Mandei uma mensagem cuidadosamente formulada para Aline Penhallow, mas ela não está em Idris agora e não tem como ajudar. Então não consegui descobrir muita coisa, mas andei revirando os arquivos do Instituto. Nós não temos uma seção grande sobre cultos. Não existem tantos assim em Nova York. Provavelmente por conta dos preços dos imóveis. De qualquer modo, encontrei uma cópia de um manuscrito original que talvez ajude. Tirei fotos de algumas páginas. Vou mandar para você por e-mail.

— Valeu, Izzy — falou Alec.

Isabelle hesitou.

— Tinha um frontispício com um desenho de alguém que parecia terrivelmente familiar.

— Tinha? — falou Alec.

— Alec!

— Você me conta todos os seus segredos, Izzy?

Isabelle fez uma pausa.

— Não — falou ela em voz mais baixa. — Mas vou te contar um agora. De todos os homens na fila querendo a minha atenção, acho que Simon é meu favorito.

Alec olhou para além das cercas-vivas, verdejantes na tarde fria italiana, das esculturas de mármore branco até Magnus, que fazia poses imitando as estátuas. Shinyun não conseguia sorrir, mas Alec imaginava que ela estivesse querendo sorrir. Ninguém conseguia deixar de gostar de Magnus.

— Muito bem — falou Alec. — De todos os homens na fila querendo minha atenção, Magnus definitivamente é o meu favorito.

Isabelle deu um gritinho ultrajado. Alec sorriu.

— Fico contente ouvindo você falar assim — emendou Isabelle apressadamente. — E não vou me intrometer. Eu só queria que você soubesse que guardarei todos os seus segredos. Pode confiar em mim.

Alec se lembrou de outros tempos e outros temores, do modo como Isabelle tentara começar a falar de garotos casualmente, e de como Alec a tinha feito se calar. Ele sempre fora ríspido com ela, morria de medo de falar e alguém ouvir, mas às vezes, à noite, quando pensava na possibilidade de ser deserdado pelos pais, rejeitado pela Clave, odiado por Jace e Max, seu único consolo era que sua irmã sabia e ainda o amava.

Alec fechou os olhos e disse a ela:

— Eu sempre confiei.

E logo depois ele teve de contar a Magnus que mencionara a Mão Escarlate para Isabelle.

— Eu sinto muito — falou assim que contou. — Estou acostumado a contar tudo para ela.

— Você não tem que pedir desculpas — falou Magnus no mesmo instante, mas havia infelicidade novamente em seu rosto, uma melancolia que ele tentava esconder, mas que Alec enxergava perfeitamente. — *Eu* preciso... olhe, conte à sua irmã o que você quiser. Conte qualquer coisa que você quiser.

— Uau — falou Shinyun. — Isso foi extremamente precipitado, Magnus. Tem confiança e tem também idiotice pura. Você quer ser jogado na prisão pela Clave?

— Não, não quero — falou Magnus rispidamente.

Alec queria mandar Shinyun calar a boca, mas sabia que Magnus gostaria que ele fosse gentil com ela. Por isso se conteve.

Em vez disso, comentou:

— Quando chegarmos a Roma, eu estava pensando em procurar o Instituto de lá.

— Aí vão poder jogar Magnus na prisão... — começou Shinyun, dessa vez com raiva.

— Não! — falou Alec. — Eu ia pegar mais armas. E ia sondar, com cuidado e discretamente, se eles têm alguma notícia de atividades de invocação de demônios que possam nos levar à Mão Escarlate. Tudo que sabemos é que vamos a Roma. É uma cidade grande, mas eu estava pensando que seria melhor se... se eu fosse sozinho. Eles não vão desconfiar de mim.

Shinyun fez menção de falar.

— Faça isso — falou Magnus.

— Você está maluco — disse Shinyun.

— Eu confio nele — falou Magnus. — Mais do que em você. E mais do que em qualquer um.

Alec temeu que a confiança de Magnus estivesse equivocada assim que eles encontraram um café com internet, perto dos Jardins de Boboli, e ele imprimiu o que Isabelle tinha enviado. Que, no fim das contas, eram as primeiras páginas escaneadas dos Pergaminhos Vermelhos da Magia.

— Não quero ser superdramático — falou Magnus —, mas... aaaargh. Aaaargh. Ora! Eu não consigo acreditar que entrei num santuário em uma masmorra sinistra para encontrar uma coisa que sua irmã enviaria por e-mail no dia seguinte.

Alec olhou a página sobre a gloriosa história da Mão Escarlate, na qual o Grande Veneno ordenava aos seguidores que pintassem faixas brancas em cavalos e fizessem de um rato de madeira o animal-símbolo do Marrocos.

— É irônico — admitiu ele.

— Não é — falou Shinyun. — Ironia não é isso...

Magnus deu a ela um olhar de fúria e ela se calou.

Alec deu de ombros.

— Não faz mal nenhum ter outra cópia. Shinyun está lendo o livro e agora eu também posso ler.

Certamente era mais fácil do que ler o mapa. Quando eles voltaram para o carro, Magnus olhava para Alec e jogava as chaves de uma mão para outra.

— Vamos mais rápido se dois de nós revezarmos na direção — sugeriu Alec, esperançoso.

— Você já dirigiu um carro com transmissão manual antes?

Alec hesitou.

— Não deve ser mais difícil do que atirar com arco e flecha enquanto cavalga.

— Com certeza, não é — falou Magnus. — Além do mais, você tem reflexos super-humanos. Qual é a pior coisa que poderia acontecer?

Ele jogou as chaves para Alec e se acomodou no banco do passageiro com um sorriso. Alec sorriu também e correu para o assento do motorista.

Magnus sugeriu praticar algumas voltas no estacionamento.

— Você tem que erguer o pé esquerdo quando estiver pisando no acelerador com o pé direito — falou ele. Alec o encarou.

— Ah, não — falou ele secamente. — Vou ter que movimentar os dois pés ao mesmo tempo. Como eu poderia lidar com essas exigências? — Ele se virou, pisou no acelerador, e foi recompensado com um guinchar bem alto, semelhante ao de uma banshee numa armadilha. Magnus sorriu, mas nada disse.

Pouco depois, claro, Alec manobrava com competência em torno do estacionamento.

— Pronto para começar o espetáculo na estrada? — perguntou Magnus.

Alec só respondeu com um sorriso enquanto saía rapidamente. Um grito de prazer e surpresa saiu de sua garganta quando o Maserati desacelerou na rua estreita. Eles viraram para tomar uma reta e Alec pisou no acelerador.

— Estamos indo muito rápido — falou Shinyun. — Por que estamos indo tão rápido?

O rosnado baixo e amigável do pequeno conversível vermelho encheu o ar. Alec olhou para Magnus e o viu colocar os óculos escuros e apoiar o cotovelo na porta enquanto se inclinava para o lado e sorria com o sopro de vento em seu rosto.

Alec estava feliz por ser capaz de dar um descanso a Magnus. Além do mais, ele não tinha percebido que esse tipo de direção louca e exagerada estava disponível. Quando ele pensava em carros, pensava em Manhattan: veículos demais, pouco espaço nas ruas, todos roncando infelizes e lentamente pelas veias da cidade. Em Nova York, andar a pé era uma liberação. Aqui, no interior da Toscana, por outro lado, o carro era um tipo de liberação em particular, um tipo empolgante. Ele olhou para o namorado, insuportavelmente lindo, os cabelos jogados para trás e os olhos fechados por trás dos óculos escuros. Às vezes, a vida dele era boa. Alec ignorou deliberadamente a feiticeira mal-humorada deitada no banco de trás.

Durante a hora seguinte, eles seguiram os Apeninos pelo coração da Toscana. Do lado esquerdo, estavam os campos dourados encharcados de pôr do sol se espalhando no horizonte. Do lado direito, fileiras de *villas* de pedra nos topos das montanhas, que davam para um mar de vinhas verdes. Ciprestes murmuravam ao vento.

Já era noite escura quando eles chegaram ao que Magnus dissera ser a cadeia de montanhas Chianti. Alec não olhou. Estava muito confiante conduzindo o Maserati agora, mas lidar com uma transmissão durante muitas curvas bruscas à beira de um penhasco no escuro era uma experiência existencialmente ameaçadora e isolada.

O que tornava a situação ainda mais agonizante era o fato de que os faróis só proporcionavam alguns metros de visibilidade, portanto, eles não enxergavam muito mais do que uma faixa estreita de estrada, a face abrupta da montanha e a beirada do precipício que levava ao céu aberto. Só uma dessas opções era aceitável.

Alec conseguiu diminuir a velocidade corretamente nas primeiras curvas, mas o suor fazia seus olhos arderem.

— Você está bem? — perguntou Magnus.

— Estou ótimo — respondeu Alec rapidamente.

Seu meio de vida era lutar contra demônios. Aquilo ali era dirigir, uma coisa que até os mundanos faziam sem requerer talentos incomuns ou símbolos para aprimorar seus sentidos. Ele só precisava se concentrar.

Agora agarrava o volante com muita força e puxava a transmissão sempre que tinha de fazer uma curva fechada.

Alec errou o momento de uma curva particularmente difícil, o que fez com que o carro desse uma guinada. Ele tentou pisar fundo no acelerador e se estabilizar, mas terminou pisando no freio e fazendo com que derrapassem por uma descida íngreme.

A paisagem diante deles não era uma visão convidativa. Significava que estavam indo diretamente para um precipício.

Alec jogou um braço para proteger Magnus, e Magnus o agarrou. Alec já tinha experimentado esse estranho sentimento de conexão uma vez, em um navio em águas turbulentas: Magnus esticando a mão para ele, necessitado de sua força. Ele virou a mão debaixo da mão de Magnus e entrelaçou os dedos, não sentindo nada além do impulso forte e quente de segurar também.

O carro tinha acabado de deslizar pela estrada e mergulhar de lado, quando subitamente parou; as duas rodas dianteiras ainda girando não tocavam nada além de ar e uma sutil magia azul. O veículo pairou por um momento e então se endireitou e voltou para a trilha estreita de terra batida ao lado da estrada.

— Eu falei que você estava indo rápido demais — alertou Shinyun suavemente do banco de trás.

Alec segurou firme na mão de Magnus, e ao mesmo tempo sentiu o peito dele, as mãos entrelaçadas juntas ali. O coração de um feiticeiro batia diferente do coração humano. Os batimentos cardíacos de Magnus o tranquilizaram na escuridão. Alec já sabia disso muito bem.

— Só um penhascozinho minúsculo — falou Magnus. — Nada que a gente não consiga lidar.

Alec e Magnus saíram do carro. Magnus abriu bem os braços, como se fosse abraçar o céu noturno. Alec foi até a beirada do precipício e olhou, assobiando ao se deparar com a queda longa e abrupta até a ravina. Então desviou o olhar para o lado, para uma pequena trilha de terra batida que conduzia para uma clareira que se projetava para fora do penhasco. E fez um sinal para Magnus.

— É bem perigoso dirigir à noite. Talvez a gente devesse ficar por aqui.

Magnus olhou ao redor.

— Simplesmente... aqui?

— Poderia ser divertido acampar — falou Alec.— Podemos tostar marshmallows. Você precisaria conjurar os mantimentos de algum lugar, claro.

Shinyun tinha saído do carro e, juntando-se a eles.

— Deixe-me adivinhar — falou ela para Magnus em tom monótono. — Querido, sua ideia de acampar é quando o hotel não tem um frigobar.

Magnus piscou para ela.

— Eu te venci nessa piada — Shinyun informou para ele.

Magnus ergueu os olhos para o céu noturno. Alec via a curva prateada de uma lua crescente refletida no dourado de seus olhos. Ela combinava com a súbita curva do sorriso de Magnus.

— Muito bem — falou Magnus. — Vamos nos divertir.

Alec pousou sua cópia dos Pergaminhos Vermelhos da Magia para segurar a barraca que Magnus tinha conjurado. Imaginara que Magnus fosse conjurar acomodações espaçosas o suficiente para dois dormirem confortavelmente e altas o suficiente para que eles ficassem de pé sem ter que se curvar. Pelo menos, fora isso que Shinyun fizera ao conjurar a própria barraca, por insistência dela.

O que Magnus evocara não era bem uma barraca, mas um pavilhão, complementado por cortinas e muretas de jardim. Os aposentos espaçosos tinham dois quartos, um banheiro, uma área comum e uma sala de estar. Alec deu uma volta na gigantesca estrutura de couro de bode e descobriu a cozinha, localizada nos fundos, ao lado de uma área coberta com mesas e cadeiras. Uma águia das antigas legiões romanas fora colocada ao lado da porta da frente como um toque final, em tributo ao lema sempre lembrado por Magnus: "Quando estiver em Roma..."

Magnus abriu a porta dos fundos e saiu, parecendo satisfeito.

— O que acha?

— É demais — falou Alec. — Mas eu não posso deixar de perguntar... onde você conseguiu todo esse couro de bode?

Magnus deu de ombros.

— Tudo o que você precisa saber é que eu acredito em magia, não em crueldade.

Eles ouviram um som de sucção e então uma estrutura monstruosa apareceu do nada, soprando um anel de poeira em todas as direções. Onde estivera a barraca de Shinyun agora via-se uma casa na árvore, de dois andares, com um terceiro se infiltrando no céu. Shinyun saiu dos aposentos atualizados e olhou na direção de Magnus.

Eles tinham se envolvido num cada vez menos sutil jogo de demonstração de autoridade desde que experimentaram as roupas na Le Mercerie, apoiando a teoria de Alec de que, talvez, todos os feiticeiros testassem os poderes uns dos outros, uma espécie de versão mágica da rivalidade entre irmãos. Era evidente que Magnus estava jogando, e Alec suspeitava que Shinyun levava o jogo um pouco mais a sério, mas ele era fiel à opinião de que Magnus era o feiticeiro superior.

— Adorei os torreões — gritou Magnus alegremente. Era difícil derrotar Magnus com excessos, pensou Alec. Ele simplesmente ficaria admirando.

— Quer um lanchinho de meia-noite?

Eles se reuniram em torno da fogueira no outro extremo do acampamento, a poucos metros da beirada do penhasco. Magnus a construíra, e Shinyun tinha feito algumas melhorias, então era como uma pira de funeral Viking. Como se as chamas gigantescas estivessem tentando mandar um sinal para o Valhalla.

Abaixo da lua parcialmente coberta, uma pequena frota de nuvens deslizava em frente ao Monte Corno, o mais alto da Cordilheira dos Apeninos. Um enxame de vagalumes dançava pouco acima das cabeças deles, e a natureza ganhara vida, com grilos cricrilando e corujas piando até um ritmo contínuo ao mesmo tempo que o assobio baixo e cauteloso do vento soprava do vale abaixo. Em algum ponto longínquo, um bando de lobos se juntou à sinfonia noturna com um coro de uivos.

— Eles parecem solitários — falou Shinyun.

— Não — falou Alec. — Eles estão juntos. Estão caçando.

— Você é o especialista nisso — observou Shinyun. — Uma vez eu fiquei sozinha e cacei.

— Assim como você também fez parte de um culto — comentou Alec; em seguida, mordeu o lábio.

Um tom áspero apareceu na voz de Shinyun.

— Diga, Caçador de Sombras, onde estão os Nephilim quando o Submundo tem problemas?

— Protegendo a gente — falou Magnus. — Você viu Alec em Veneza.

— Ele estava lá só porque está com você — cortou Shinyun. — Se não fosse por você, ele não estaria lá. Eles nos perseguem, nos caçam e nos abandonam. Quando ficou decidido que uma criança feiticeira valia menos que os filhos do Anjo?

Alec ficou sem saber o que dizer. Ela jogou as mãos para o alto e se levantou.

— Me desculpem — falou. — Estou à beira de um ataque de nervos com nosso destino assim tão iminente. Vou me retirar. Tenho que descansar. Amanhã chegamos a Roma. Quem sabe o que nos espera por lá?

Shinyun assentiu brevemente e então se afastou na direção de sua tenda gigante, deixando Magnus e Alec a sós junto à fogueira.

— Acho que Shinyun pode ser um "não" nos meus planos de cantar em volta da fogueira — falou Magnus.

Ele esticou o braço e passou as pontas dos dedos, num carinho leve e distraído, no pescoço de Alec, que se inclinou para o toque. Quando a mão de Magnus baixou, Alec desejou que continuasse.

— Não se preocupe com ela — emendou Magnus. — Muitos feiticeiros têm infâncias trágicas. Chegamos neste mundo já como seres feitos das trevas, pelos demônios. É difícil não ceder à raiva.

— Você não cedeu — retrucou Alec.

A voz de Magnus soou sombria.

— Eu cedi.

— Shinyun não tinha nada que se juntar a um culto — disse Alec.

— E eu não tinha que fundá-lo — observou Magnus.

Alec falou:

— Isso é diferente.

— Claro. É muito pior. — Magnus jogou um graveto no fogo e observou enquanto o toquinho se encolhia e escurecia no calor, finalmente se reduzindo a cinzas. Alec o observava.

Magnus Bane sempre foi brilhantemente ardente, caprichoso e efervescente, etéreo e despreocupado. Ele era o Alto Feiticeiro do Brooklyn que usava cores intensas e glitter em torno dos olhos. Ele era o tipo de pessoa que dava festas para o próprio gato e que amava quem quer que fosse sempre de modo barulhento e ostensivo.

Mas a questão é que havia trevas à espreita por trás de todo aquele brilho. Alec precisava conhecer aquele lado de Magnus também, caso contrário, jamais viria a conhecê-lo de fato.

— Acho que entendo Shinyun — falou Alec lentamente. — Eu me perguntei por que você insistia em trazê-la conosco. Sequer pensei que talvez você não quisesse ficar a sós comigo.

— Alec, eu...

Alec levantou a mão.

— Mas então eu me dei conta. Você acha que ela é sua responsabilidade, não é? Se A Mão Escarlate machucá-la, então você vai sentir que tem que ajudá-la. Que tem que consertar as coisas.

Magnus fez que sim com a cabeça levemente.

— Ela é meu espelho sombrio, Alexander — emendou. — De certa forma, ela é o que eu poderia ter sido caso não tivesse tido sorte suficiente de ter amor e cuidados... da minha mãe e, depois, de Ragnor e dos Irmãos do Silêncio. Eu poderia ter me desesperado a ponto de me juntar a alguma coisa como A Mão Escarlate.

— Você não fala muito do seu passado — disse Alec lentamente. — Você nem me disse que era próximo daquele feiticeiro que morreu. Ragnor Fell. Você era, não?

— Eu era — falou Magnus. — Ele foi o primeiro amigo que tive na vida.

Alec baixou o olhar para as próprias mãos. Magnus sabia tudo a respeito dele. Ele era um livro aberto. Tentou esmagar a sensação de mágoa.

— Então... por que não me contar tudo?

A fogueira soltou fagulhas, estrelas breves, ardendo contra a noite escura e em seguida desaparecendo.

Alec se perguntou se amar um mortal seria assim para Magnus, resplandecente, porém breve. Talvez esse relacionamento fosse, afinal, um episódio curto e insignificante de uma longa, longa história. Ele não era apenas um livro aberto, pensou. Era um livro curto. Um volume fino comparado às crônicas da vida de Magnus Bane.

— Porque ninguém quer realmente saber — falou Magnus. — Normalmente não vou além de mencionar que matei meu padrasto, e as pessoas concluem que é o suficiente. Você já viu muita coisa. Na noite passada, viu os Pergaminhos Vermelhos da Magia, todas as coisas estúpidas e descuidadas que eu falei, escondido atrás de um altar manchado de sangue. Você tem como me culpar por eu ficar o tempo todo me perguntando se é a hora de eu te afugentar com as minhas verdades?

— Caçadores de Sombras não se assustam facilmente — falou Alec. — Eu sei que você sente culpa por Shinyun ter sido levada pelo culto, mas você jamais foi mal intencionado. Foi isso que eu pensei quando você leu os Pergaminhos Vermelhos. Você não disse para recrutar crianças para usá-las. Você falou para não deixá-las sozinhas. Você estava sozinho e não queria que outras crianças feiticeiras sofressem como você sofreu. Eu vim nesta viagem para te conhecer melhor e eu estou te conhecendo.

— Tenho certeza de que você aprendeu mais do que gostaria — falou Magnus baixinho.

— Eu aprendi que você vê animais rosnando em jaulas e tenta afagá-los. Seu amigo morreu, e você nem sequer me disse que o conhecia, mas tentou confortar um vampiro em relação a essa morte. Você sempre está tentando ajudar as pessoas. Eu e meus amigos, tantas vezes, e Raphael Santiago, de todas as pessoas possíveis, e agora Shinyun e outras crianças feiticeiras, e provavelmente um monte de pessoas que eu ainda nem conheço, mas eu sei de tudo isso. Olhei os Pergaminhos Vermelhos da Magia e vi você tentando ajudar crianças. Essa parte faz totalmente seu estilo.

Magnus riu, um som entrecortado.

— Era isso que significava então? Eu pensei que você estivesse querendo dizer... outra coisa. — Ele fechou os olhos. — Não quero que isso dê errado por minha causa — confessou ele. — Não quero abalar o que nós temos revelando algo que vai te afastar. Quanta verdade você realmente quer, Alexander?

— Eu quero toda a verdade — falou Alec.

Magnus revirou os olhos, mais brilhantes que o fogo, para Alec e ofereceu a mão. Alec a segurou com firmeza, inspirou e se preparou. Seu coração ressoava e seu estômago se revirava. Ele esperou.

— Hum — falou ele. — Você não vai fazer alguma magia que me mostre seu passado?

— Oh, não — falou Magnus. — Essa história toda foi traumática o suficiente para se vivenciar uma vez. Eu só ia conversar a respeito. Queria segurar sua mão.

— Ah — falou Alec. — Ora... tá bom.

Magnus se aproximou. Alec sentia o calor irradiando de sua pele. O feiticeiro baixou a cabeça enquanto organizava os pensamentos. Tentou começar a falar algumas vezes, e em cada uma delas ele apertava a mão de Alec com mais força.

— Eu gostaria de pensar que a minha mãe me amou — começou Magnus. — Mas só me lembro de que ela era muito triste. É sempre como se eu tivesse que aprender algum truque para descobrir como fazer melhor. Pensei que poderia mostrar que eu era capaz, e assim ela ficaria feliz e eu seria bom o suficiente. Eu nunca aprendi o truque. Ela se enforcou no celeiro. Meu padrasto incendiou o celeiro e construiu um santuário para ela nas cinzas. Ele não sabia exatamente o que eu era. *Eu* não sabia exatamente o que eu era, mas ele sabia que eu não era dele. Ele sabia que eu não era humano. Um dia, quando o ar estava quente como sopa, eu estava adormecido e acordei com ele me chamando.

Magnus sorriu como se seu coração estivesse partido.

— Ele usou meu antigo nome, o nome que minha mãe me deu. Não tem ninguém vivo mais que saiba esse nome.

Alec segurou a mão de Magnus com mais força ainda, como se pudesse resgatá-lo, séculos atrasado.

— Você não tem que dizer mais nada — murmurou ele. — Não se você não quiser.

— Eu quero — falou Magnus, mas sua voz vacilou quando ele continuou. — Meu padrasto me bateu algumas vezes, então me ergueu pelo pescoço até as ruínas queimadas do celeiro. Ainda havia uma corda enegrecida pendurada numa viga. Eu ouvia a água do riacho correndo. Meu padrasto me agarrou pela nuca e enfiou minha cabeça na água. Pouco antes de fazer isso, ele falou, e sua voz soou mais gentil do que eu jamais ouvira até então. Ele disse: "Isto é para purificar você. Confie em mim."

Alec prendeu a respiração. E descobriu que não conseguia parar de prendê-la, como se pudesse economizar aquele ar para a criança que Magnus fora.

— Eu não me lembro do que aconteceu depois disso. Num minuto eu estava afogando. — Fez-se uma pausa. Magnus ergueu as mãos. A voz desprovida de emoção. — No minuto seguinte, eu incendiei meu padrasto vivo.

A fogueira irrompeu em uma coluna de chamas, girando num funil que se lançou até a meio caminho do céu. Alec jogou um dos braços na frente de Magnus para protegê-lo da explosão abrasadora.

O pilar de chamas morreu quase de imediato. Magnus sequer parecera capaz de perceber a coluna gigantesca de fogo que havia criado. Alec se perguntou se Shinyun tinha acordado, mas se tivesse, não dera o menor sinal. Talvez ela dormisse usando protetores auriculares.

— Eu fugi — prosseguiu Magnus. — Fiquei escondido até encontrar os Irmãos do Silêncio. Eles me ensinaram a controlar a magia. Eu sempre gostei mais dos Caçadores de Sombras do que a maioria dos feiticeiros, porque foram os seus Irmãos do Silêncio que me salvaram de mim. Eu ainda me considerava somente um filho de demônio e achava que nunca poderia ser mais do que isso. Eu nunca tinha conhecido outro feiticeiro, mas Ragnor Fell era ligado a uma família de Caçadores de Sombras. Os Irmãos do Silêncio providenciaram para que ele se tornasse meu tutor. Eu fui seu primeiro aluno na vida. Depois, ele tentou ensinar magia a crianças Caçadoras de Sombras para que não nos temessem. Ele dizia que todos os alunos eram terríveis, mas que eu era o pior. Reclamava constantemente. Nada nunca o satisfazia. Eu o amava muito. — Magnus contorceu a boca enquanto fitava atentamente as chamas. — Pouco depois, conheci minha segunda amiga, Catarina Loss. Alguns mundanos estavam tentando queimá-la na fogueira. Eu me intrometi.

— Eu *sabia* que ia descobrir que você salvou mais gente — falou Alec.

Magnus soltou uma risada baixinha, surpresa. Alec tomou as mãos erguidas do feiticeiro entre as suas, aquecendo-as e segurando-as com firmeza, ao mesmo tempo que puxou Magnus para mais perto. Magnus não resistiu, e Alec o envolveu num abraço apertado. Envolveu por completo o corpo esbelto, sentiu seus torsos colados, subindo e descendo, e apertou mais e mais. Magnus baixou a cabeça no ombro de Alec.

— Você se salvou — falou Alec no ouvido de Magnus. — Você se salvou, e então salvou tanta gente. Você não poderia salvar ninguém se não tivesse se salvado. E eu nunca teria conhecido você.

Alec tinha razão sobre as trevas à espreita em Magnus, e sobre a dor à espreita que vinha junto. Toda aquela escuridão, e aquela dor, e mesmo assim, sabe-se lá como, Magnus conseguia ser aquela profusão exuberante de vida e cor, uma fonte de alegria para todos ao redor. Ele era a razão pela qual Alec se olhava no espelho agora e enxergava uma pessoa completa, que não precisava mais se esconder.

Eles permaneceram abraçados, e a fogueira perto deles se apagou. Tudo ficou em silêncio. Alec permaneceu lá.

— Não fique tão preocupado. É só um cultozinho minúsculo — falou, afinal. — Nada que a gente não consiga lidar.

Alec sentiu a curvatura da boca de Magnus em sua bochecha quando ele sorriu.

Parte Três

Cidade da Guerra

Quando Roma cair, o mundo cairá.
— Lord Byron

18

Os Tesouros que Triunfam

Não havia cidade como Roma, pensou Magnus quando os domos das basílicas surgiram no horizonte. Claro, ele poderia dizer a mesma coisa sobre muitas cidades. Essa era uma das vantagens da vida eterna. Sempre havia novas maravilhas no mundo.

Não havia nada como Tóquio, com sua dualidade de cultura e tecnologia. Não havia nada como Bangkok, com suas metrópoles se estendendo até onde o olho alcançava. Não havia nada como o jazz de Chicago e as pizzas de borda alta.

E não havia nada tão unicamente espetacular quanto Roma, a Cidade Eterna dourada.

Magnus e Alec adormeceram ao lado da fogueira, sob o céu, ao ar livre. Acordaram com aves chilreando e com a claridade que precede o amanhecer anunciando o novo dia. Sinceramente, foi uma das melhores manhãs que Magnus já tivera.

Seu único arrependimento foi não ter usado o pavilhão que ele conjurara. Na verdade, ele não achava que Alec sequer chegara a por os pés dentro da tenda. Que pena. Magnus estava muito orgulhoso de sua obra. Mas sempre haveria a próxima vez.

Ele se sentia renovado e sua missão era clara: concluir essa história do culto e voltar para as férias românticas. A Mão Escarlate estava em Roma; Magnus iria encontrá-los, assim como encontraria quem quer fosse seu líder, e reservaria muitas palavras severas e feitiços dolorosos para o lunático ladrão de cultos, destruidor de férias e conjurador de Demônios Maiores. Ele estava bastante confiante quanto à sua capacidade de enfrentar praticamente qualquer outro feiticeiro no mundo. (Mesmo Barnabas. Especialmente Barnabas.) Ainda se o culto estivesse perturbado o suficiente para estar em comunicação com Asmodeus. Magnus tinha praticamente certeza de que eles ainda não haviam despertado o Príncipe do Inferno. Ele simplesmente acreditava que de jeito nenhum seu pai estaria caminhando sobre a Terra sem ter se manifestado para ele.

Talvez tudo isso pudesse acabar logo.

Magnus dobrou e baniu todos os suprimentos do acampamento para o lugar de onde tinham vindo, Shinyun fez a mesma coisa e eles entraram no Maserati.

— Não se preocupe com o mapa — falou para Alec distraidamente. — Todos os caminhos levam a Roma.

Alec sorriu para ele.

— O mapa certamente não concorda com isso.

Mais ou menos duas horas depois, eles já estavam abrindo caminho pelas ruas de Roma, onde as linhas amplas e baixas do Maserati se faziam menos graciosas e estilosas e estavam mais um alvo para as frotas de scooters e Fiats minúsculos que os rodeavam por todos os lados. Roma tinha alguns dos piores modelos de trânsito que Magnus conhecia, e Magnus já tinha visto um bocado de modelos de trânsito ruins. Eles se registraram numa suíte do Palazzo Manfredi, um hotel-butique que ficava na frente do Coliseu Romano, onde, sem qualquer discussão, eles concordaram unanimemente em dormir até o início da noite em camas confortáveis, com lençóis chiques e belos quartos climatizados. Shinyun também parecia exausta ao se dirigir para o quarto adjacente sem dizer uma única palavra.

Alec assobiou quando eles entraram na suíte. Ele jogou as malas para o lado, recostou o arco em uma das paredes e se espalhou no veludo vermelho macio do sofá luxuosamente espaçoso.

Magnus lançou uns feitiços protetores para guardá-los durante o sono, depois se juntou a Alec no sofá, deitando por cima de um braço e engatinhando até ficar acomodado ao Caçador de Sombras como Presidente Miau teria feito caso eles estivessem em casa. Ele se aninhou no corpo de Alec, encostou o rosto na curva do pescoço e inspirou o perfume. Alec passou o braço pelas costas de Magnus, afagando uma das omoplatas e, em resposta, ganhou um beijo sob o queixo e um carinho na bochecha forrada pela barba áspera de dois dias. Magnus percebeu o suspiro ofegante de Alec.

— Adoro seu cheiro — murmurou Alec. — Por que... por que você sempre tem esse cheiro tão gostoso?

— Hum — resmungou Magnus, encantado, porém lutando contra o sono. — É sândalo, acho.

— É delicioso — murmurou Alec. — Vem me abraçar. Quero você bem juntinho.

Magnus ergueu o olhar para ele. Os olhos de Alec estavam fechados e ele respirava profundamente.

Vem me abraçar. Quero você bem juntinho. Talvez fosse fácil para Alec dizer coisas assim quando estava quase dormindo. Não tinha ocorrido a Magnus que Alec pudesse ficar constrangido ao falar aquele tipo de coisa. E pensar que ele costumava achar que Alec não queria dizer aquilo.

Magnus fez o que lhe foi pedido e aninhou o corpo em torno do de Alec. As pernas de ambos estavam trançadas. Magnus passou o dedo indicador pela bochecha do namorado, até a boca. Os cílios de Alec eram longos, grossos e escuros, e faziam uma curvinha ao tocar acima das maçãs do rosto. Os lábios eram fartos e macios, os cabelos, um desarranjo de seda negra e grossa. Ele parecia vulnerável de um jeito às vezes difícil de se associar ao guerreiro de olhar frio atirador de flechas que ele se tornava em batalha.

Magnus pensou em acordar Alec e sugerir que fossem para o quarto, onde poderia beijar aqueles lábios carnudos e macios, bagunçar ainda mais o cabelo sedoso. Ele roçou os lábios na bochecha de Alec e fechou os olhos...

Ele os abriu e flagrou o sol de fim de tarde brilhando pela janela que ia do soalho ao teto, e amaldiçoou a própria exaustão. Quem saberia dizer quantas horas tinham se passado, e Alec não estava mais com ele no sofá.

Ele encontrou Alec na varanda com uma mesa cheia de embutidos, queijos, pães e frutas. Alec ergueu uma taça de champanhe para ele.

— Alexander Lightwood — falou Magnus, admirado. — Muito bem.

Alec girou o copo, o sorriso bobo a única rachadura em sua postura sofisticada.

— Prosecco?

A varanda era como uma xícara de luz do sol. Eles ficaram sentados ali e Magnus mandou mensagens para todas as pessoas das quais conseguira se lembrar, perguntando se alguém vira Barnabas Hale. Ele também comeu quase meio quilo de carne curada. Jantar ao cair da noite com Alec, mesmo que eles estivessem com pressa, quase dava a sensação de domesticidade.

Ele deveria vir morar comigo, pensou ele. *Não, não, cedo demais, talvez daqui a um ano.*

Magnus estava no chuveiro quando ouviu a voz de Alec se alterar na sala de estar. Rapidamente pegou uma toalha larga, macia feito nuvem, e a enrolou em torno dos quadris, apressando-se para a sala de estar da suíte caso Alec estivesse sendo atacado por outro demônio.

Alec e Shinyun, sentados em extremos opostos do sofá, ambos imóveis. Shinyun rapidamente desviou o olhar; Alec encarava. Magnus se deu conta de que entrara no meio da sala vestindo apenas uma toalha, com os cabelos molhados pingando no torso nu.

Foi bem esquisito.

Magnus gesticulou, estalou os dedos e imediatamente estava vestindo uma camiseta vinho com uma imensa gola em V, um lenço de seda vistoso e uma calça bem apertada. Descalço, foi até Alec e deu um beijo leve na bochecha corada. Foi somente então que ele falou com Shinyun.

— Boa tarde. Prosecco?

— Estou saindo — falou Shinyun.

— Tipo, para sempre? — perguntou Alec, esperançoso.

— A maioria das pessoas não fica tão assustada assim quando me vê seminu — falou Magnus. — Alguns chefes de Estado já consideraram isso "um privilégio".

Alec revirou os olhos. Parecia bastante tenso. Talvez ele devesse agendar umas massagens para eles, pensou Magnus.

— Eu tenho alguns contatos em Roma que não querem conversar com um Caçador de Sombras — explicou Shinyun. — Além disso, fiquei presa num carro com vocês por quase dois dias. Preciso de um tempo, sem ofensa.

— Sem problema — falou Alec. — Pode ir.

— Você quer um café? — perguntou Magnus, sentindo-se um pouco mal.

— Eu não posso ficar — falou Shinyun.

— Ela não pode ficar — repetiu Alec. — Você ouviu, ela tem que ir.

Shinyun deu a Magnus o que ele reconheceu como uma imitação cheia de sarcasmo do gesto que ele mesmo fazia em saudação e se foi.

Magnus virou a cabeça para Alec, para um beijo.

O movimento de Alec fora como aquele que só um Caçador de Sombras conseguiria fazer, rápido e silencioso. Agora ele estava na frente de Magnus, tirando a própria camisa e acariciando os braços do namorado, beijando-o, profunda e desesperadamente, e, ah, ele realmente se tornara muito bom nisso em pouquíssimo tempo. Ele interrompeu o beijo apenas para desatar o lenço de Magnus e tirar sua camiseta. Jogou a peça em direção à janela. Magnus beijou o rosto e as mãos de Alec, estimulando-o de todas as formas possíveis. Era como estar no centro de um redemoinho maravilhoso. As mãos correram pelos músculos das costas de Magnus, pelas laterais do corpo, pelos ombros, em movimentos ávidos, incansáveis. Magnus cambaleou, necessitando de algum ponto de apoio. As costas bateram na parede.

— Me desculpe! — falou Alec, parecendo subitamente preocupado. — Eu... está tudo bem, Magnus?

Alec tentou ajudá-lo, olhos arregalados, e Magnus esticou a mão, passando os dedos pelos cabelos de Alec e puxando-o novamente para o abraço.

— Está tudo bem, sim — murmurou ele. — Eu adorei. Eu te amo. Vem cá.

Alec correu de volta para o abraço, beijando e sugando o lábio inferior de Magnus, a intoxicação da pele nua contra a pele nua deixando os dois tontos. Magnus deslizou a palma da mão pela barriga de Alec, os cumes dos músculos nítidos e rijos sob sua mão. Alec emitiu um gemido desesperado contra a boca de Magnus, que começava a abrir a calça jeans.

— Magnus, sim — murmurou ele. — Por favor, sim.

Magnus percebeu que sua mão tremia mesmo depois de baixar o zíper, e Alec tombou a cabeça para trás. Estava de olhos fechados assim como na noite anterior, os belos cílios se agitando, dessa vez, de prazer. Entreabriu os lábios. E murmurou:

— Espera.

Magnus se afastou no mesmo instante, o coração batendo forte. Então ergueu as mãos e as colocou atrás das costas.

— Claro — falou ele. — Nós podemos esperar o tempo que você quiser.

Alec puxou Magnus de volta, num gesto instintivo. Então baixou as mãos junto ao corpo e as cerrou em punhos. Seus olhos percorreram todo o corpo de Magnus, e em seguida ele desviou o olhar. Magnus notou as rugas de preocupação do outro e pensou na inquietação dos anjos.

— Eu quero isso — falou Alec, com desespero na voz. — Desejo você mais do que jamais desejei alguém na minha vida. Mas... nós estamos nisso juntos. Você está preocupado com o culto, e eu não quero simplesmente aproveitar um tempinho em que Shinyun não estiver por perto, com você infeliz assim.

Magnus jamais imaginou que um dia fosse se emocionar tanto com alguém falando enquanto ele fechava o zíper da calça.

— Eu quero resolver isso — falou Alec, puxando a camiseta. — É melhor eu ir.

Magnus pegou a camiseta que havia virado um montinho embolado ao lado da janela. Vestiu e admirou as linhas e curvas fluidas do Coliseu, onde homens tinham lutado muitos anos antes mesmo de ele nascer.

— Eu queria que você ficasse — falou ele baixinho. — Mas você tem razão. Mas, ao menos, me dê um beijo de adeus.

Alec tinha uma expressão estranha, quase como se alguém o tivesse magoado, mas não muito. Os olhos azuis que Magnus tanto amava estavam quase negros.

Alec cruzou o cômodo com um pulo e empurrou Magnus contra a janela, levantando a camiseta de tal modo que as costas do feiticeiro se colaram no vidro aquecido pelo sol. Ele o beijou, de modo lento, sem pressa dessa vez, sentindo o gosto do arrependimento. Soando como bêbado, Alec murmurou:

— Sim... sim... não! Não, eu tenho que ir ao Instituto de Roma.

Ele se afastou e pegou o arco, torcendo-o entre as mãos, como se precisasse segurar alguma coisa.

— Se houver atividades incomuns, seja do culto, seja demoníaca, o Instituto saberá. Temos que usar todos os meios à nossa disposição. Não podemos perder tempo. Já dormimos o dia todo... quem saberá o quanto o culto avançou nessas horas... Eu tenho que ir.

Magnus queria estar aborrecido com Alec por perder a oportunidade; o problema era que a urgência que Alec descrevia era um fato verdadeiro e real.

— O que você achar melhor — retrucou ele.

— Certo — falou Alec. — Certo. Eu vou. Você fica. Se cuida. Não deixe ninguém mais entrar nesta suíte. Não vá a lugar nenhum sem mim. Prometa.

Magnus tinha caminhado por domínios infernais sob alucinações causadas por venenos demoníacos, tinha ficado sem teto e com fome em ruas que agora eram ruínas, tinha se desesperado o suficiente para tacar fogo na água, ficado muito bêbado no deserto. Ele não imaginaria que um destino trágico fosse ao seu encontro num hotel chique em Roma.

Mas estava adorando o fato de Alec estar preocupado.

— Nós podemos continuar de onde paramos — falou Magnus, reclinando-se no parapeito da janela. — Sabe, quando você voltar.

Ele deu um sorriso lento e malicioso. Alec fez um gesto desesperado, sem sentido, para si, depois, para Magnus. Sua mão finalmente se acalmou até ficar imóvel. Ele começou a falar, aí nitidamente repensou; em seguida, balançou a cabeça, foi até a porta e saiu.

Um segundo depois, a porta foi aberta num tranco e Alec retornou.

— Ou talvez eu devesse ficar.

Magnus abriu a boca, mas Alec já tinha fechado os olhos, deixando a cabeça cair contra a porta com uma pancada, e respondeu a si mesmo:

— Não. Eu vou embora. Estou indo. Tchau.

Acenou para Magnus. Magnus estalou os dedos. As chaves aterrissaram, reluzindo, na palma de sua mão, e ele as jogou para Alec, que as capturou por reflexo. Magnus deu uma piscadela.

— Leve o Maserati — falou. — E volte correndo.

19

Ligados no Céu

Alec dobrava as esquinas das ruas emaranhadas de Roma em alta velocidade. Ele ia sentir falta do Maserati. E já sentia falta de Magnus.

Continuava pensando no jeito como Magnus estava ao sair do banheiro, a pele quente do banho, a toalha enrolada nos quadris estreitos, os músculos fortes e a barriga chapada brilhando com gotas d'água. Os cabelos escuros mal tinham secado, a luz do sol caindo em cima dele, dourada e suave. Muitas vezes, Alec gostava mais de Magnus deste jeito, com os cabelos sedosos, sem gel e penteados. Não é que ele não gostasse das roupas de Magnus, mas Magnus as usava como uma armadura, uma camada de proteção entre ele e um mundo que nem sempre acolhia tipos como ele de braços abertos.

Ele não conseguia pensar em nada do que tinha acontecido naquele cômodo. Já tinha dado meia-volta com o carro para retornar ao hotel três vezes. Da última vez, dera ré numa alameda estreita e acabara arranhando a lateral do Maserati.

Alec queria que Magnus tivesse ido com ele para o Instituto. E se surpreendeu ao se flagrar inquieto e pouco à vontade sem Magnus diante de seu campo de visão. Eles não tinham se desgrudado desde que deixaram Nova York, e Alec se acostumara a isso. Ele não estava preocupado com um novo ataque demoníaco; ou, pelo menos, não tão preocupado assim. Alec sabia que o quarto de hotel estava protegido com a magia de Magnus, e ele tinha prometido ficar no quarto do hotel.

Era estranho. Ele sentia saudade de Nova York; saudade de Jace e Isabelle, do pai e da mãe, e até de Clary. Mas sentia, sobretudo, saudade de Magnus, e estava longe dele há apenas meia-hora.

Ele se perguntava o que Magnus iria pensar, quando eles voltassem para casa, sobre morarem juntos.

Como em todos os Institutos, o de Roma também permitia somente a entrada de Nephilim; e assim como muitos deles, este estava disfarçado para parecer uma igreja antiga e inativa. Como Roma era uma das cidades mais densamente povoadas da Europa, havia magia extra no disfarce, de tal modo que não apenas o prédio do Instituto parecia estar em péssimas condições, como a maioria dos mundanos não o notaria de modo algum, e se esqueceria dele um segundo depois caso chegasse a notá-lo.

Era uma pena porque o Instituto de Roma era um dos mais belos do mundo. Era semelhante a muitas das outras basílicas da cidade, com domos, arcos altos e colunas de mármore, mas era como se fosse visto em um daqueles espelhos de parque de diversão, aqueles que alongavam o reflexo. O Instituto tinha uma base estreita imprensada entre dois prédios baixos. Uma vez que se erguia acima das construções vizinhas, ele desabrochava e se abria em vários domos e torres, como um candelabro ou uma árvore. O perfil resultante era, ao mesmo tempo, distintamente romano e agradavelmente orgânico.

Alec encontrou uma vaga próxima, mas sentiu uma grande tentação de ficar no carro e ler os Pergaminhos Vermelhos da Magia um pouco mais. Ele já tinha percebido umas poucas diferenças entre a cópia encontrada em Veneza e as páginas enviadas por Isabelle. Em vez disso, foi até a porta do Instituto. Erguendo o olhar para o edifício imponente, ele teve medo de todos os desconhecidos em seu interior, embora fossem todos Caçadores de Sombras. Ele queria seu *parabatai*. Teria dado qualquer coisa por um rosto familiar.

— Ei, Alec — chamou uma voz atrás dele. — Alec Lightwood!

Alec se virou e examinou a fileira de lojas do outro lado da rua. Flagrou o rosto familiar a uma mesinha redonda na frente de um café.

— Aline! — exclamou ao reconhecê-la, surpreso. — O que você está fazendo aqui?

Aline Penhallow o observava por cima da xícara de café. Seus cabelos pretos na altura do queixo se agitavam levemente à brisa, ela usava óculos escuros aviador, e estava radiante. Parecia muito melhor do que da última vez que Alec a vira. Ele e a família estavam na mansão Penhallow na noite que as barreiras caíram em Alicante. Na noite que Max morrera.

— Tive que me afastar das coisas por um tempo. Estão reconstruindo Idris, mas ainda está uma bagunça tremenda. Mamãe está bem no olho do furacão.

— É verdade, ela é a nova Consulesa. Parabéns!

Alec não conseguia imaginar como Jia Penhallow devia estar se sentindo por ter sido escolhida por todos os Nephilim como a mais próxima do Anjo, encarregada de seguir com o mandato deles. Ele sempre gostara da mãe de Aline, uma guerreira tranquila e inteligente de Beijing. Agora ela poderia realizar muitas coisas boas. Ser a líder dos Caçadores de Sombras significava ser capaz de fazer mudanças, e Alec estava se tornando cada vez mais consciente de que o mundo precisava de mudanças. Ele atravessou a rua e pulou a corda que circulava as mesas de café.

— Obrigada. E quanto a você? — perguntou Aline. — O que é que está fazendo aqui? E onde foi que conseguiu aquele carro maravilhoso ali?

— Longa história — retrucou Alec.

— Como estão todos em Nova York? — perguntou Aline. — Tudo bem por lá?

Na última vez em que se viram, foi pouco depois do funeral de Max.

— Sim — falou Alec baixinho. — Estamos todos bem. E vocês?

— Não posso reclamar — respondeu Aline. — Jace está com você?

— Hum. Não — falou Alec.

Ele se perguntava se Aline queria saber de Jace por algum motivo em especial. Aline e Jace tinham se beijado em Alicante, antes da guerra. Alec tentou se lembrar do que Isabelle costumava dizer às garotas sobre Jace.

— A questão é que Jace é um lindo antílope — emendou ele —, que necessita ser livre para correr pelas planícies.

— O quê? — perguntou Aline.

Talvez Alec tivesse entendido errado.

— Jace está em casa com, hum, a nova namorada. Você se lembra da Clary. — Alec torceu para Aline não ficar tão arrasada.

— Ah, claro, a ruiva baixinha — falou. Aline também era minúscula, mas se recusava a admitir isso. — Sabe, Jace estava tão triste antes da guerra que eu imaginei que tivesse um amor proibido na história. Eu simplesmente não imaginei que fosse Clary, por razões óbvias. Pensei que fosse aquele vampiro.

Alec tossiu. Aline ofereceu um gole de seu *latte*.

— Não — falou ele quando recuperou a voz. — Jace não está namorando Simon. Jace é hétero. Simon é hétero.

— Eu vi cicatrizes no pescoço de Jace — falou Aline. — Ele deixou o vampiro mordê-lo. Ele o levou para Alicante. Eu pensei: isso é a cara de Jace. Para quê causar uma confusão quando se pode causar uma catástrofe? Espera aí, por acaso você pensou que eu estivesse a fim do Sr. Desastre?

— Sim? — retrucou Alec.

Como um *parabatai* leal, ele estava começando a achar o tom de Aline um pouco insolente.

— Quero dizer, Jace empiricamente é muito bonito, e eu sempre gostei de louros, e eu gosto de Jace — falou ela. — Ele foi ótimo comigo. Muito compreensivo, mas espero que ele seja muito feliz com a... com quem quer que seja. Ou com aquele vampiro. Ou tanto faz.

— O nome dele é Simon — falou Alec.

— Muito bem. Claro — falou Aline. Ela remexeu a xícara por um momento, sem olhar para Alec. Em seguida, emendou: — Eu vi você e o habitante do Submundo. Sabe. No Salão dos Acordos.

Fez-se um momento de silêncio, o constrangimento pairando entre eles feito névoa. Alec se lembrou de ter beijado Magnus sob o olhar do Anjo e de todos que amava, e também diante de centenas de desconhecidos. As mãos dele tremeram muito na hora. Ele ficara tão apavorado por fazer algo assim, mas ainda mais apavorado com a possibilidade de perder Magnus, que um deles acabasse morrendo e Magnus jamais chegasse a tomar conhecimento de seus sentimentos por ele.

Ele não conseguia decifrar a expressão de Aline. Sempre se dera bem com ela, que era mais quieta do que Isabelle e Jace. Sempre sentira que eles se entendiam. Talvez Aline conseguisse entendê-lo agora.

— Deve ter sido assustador — falou ela finalmente.

— Foi — confirmou Alec, relutantemente.

— Agora que já está feito, você está feliz? — perguntou Aline, hesitante.

Alec não sabia se ela estava simplesmente curiosa ou se, como seu pai, ela achava que a vida de Alec seria melhor se ele continuasse escondendo.

— É difícil, às vezes — falou Alec. — Mas eu estou feliz.

Um sorriso inseguro e minúsculo cruzou o rosto de Aline.

— Fico contente que você esteja feliz — falou ela finalmente. — Vocês ainda estão juntos? Ou será que, tipo, oh, agora que ele sabe que você também gosta dele, ele não gosta tanto de você? Talvez fosse só atração pelo inalcançável? Você se preocupa com isso?

— Não me preocupava até este exato momento — interrompeu Alec.

Aline deu de ombros.

— Desculpa. Acho que talvez eu não seja muito romântica. Eu nunca entendi por que as pessoas ficam tão alvoroçadas com relacionamentos.

Alec costumava se sentir do mesmo jeito. Ele se lembrou da primeira vez em que Magnus o beijou e todas as células de seu corpo se empolgaram com uma nova canção. Ele se lembrou da sensação de as pecinhas do mundo finalmente estarem se encaixando, de um jeito que fazia sentido.

— Bem — falou Alec —, nós ainda estamos juntos. Estamos de férias. Está sendo ótimo. — Ele deu um olhar desafiador a Aline, em seguida, pensou em Magnus e acrescentou, mais baixinho: — Ele é ótimo.

— Então por que você está aqui no Instituto de Roma quando deveria estar de férias? — perguntou Aline.

Alec hesitou.

— Posso confiar em você? — perguntou ele. — Posso mesmo confiar em você? E eu estou falando sério. Eu confio em você com a minha vida, mas posso confiar em você com mais do que a minha vida?

— Isso ficou sério muito depressa — falou Aline com um sorriso, que desapareceu quando ela assimilou a expressão sombria de Alec. Ela mordeu o lábio. — A sua luta é a minha luta — falou ela. — Pode confiar em mim.

Alec a encarou por um longo momento. Depois, explicou o máximo que podia: que havia um culto chamado A Mão Escarlate, que ele tinha ido à festa de um feiticeiro em busca de informações, que a garota fada que ele tinha visto com uma garota vampira, no fim das contas, era uma Caçadora de Sombras chamada Helen Blackthorn, que os Caçadores de Sombras do Instituto de Roma talvez tivessem sido alertados para desconfiar de Alec.

— Preciso descobrir se tem havido algum sinal de atividade do culto em Roma — falou ele —, mas não posso contar a ninguém mais no Instituto o que estou procurando.

Aline absorveu aquilo. Ele via a indagação nos olhos dela, mas ela não ousou fazer perguntas.

— Muito bem — falou, finalmente. — Vamos dar uma olhada nas atividades demoníacas registradas nas últimas semanas. Vou dizer a eles que meu amigo, um herói da guerra, está me visitando. Acho que visitantes estão dentro do permitido. Com sorte, todos estarão ocupados demais para fazer perguntas.

Alec lhe deu um olhar grato. Aline era generosa.

— Se o seu feiticeiro estiver fazendo alguma coisa perversa, vamos ter que cortar a cabeça dele — emendou Aline.

Aline era generosa, mas talvez não tivesse muito tato.

— Ele não está — falou Alec. — Se eu sou um herói da guerra, ele também é.

Ele ficou observando Aline processar a informação. Ela assentiu, terminou o café e pagou a conta. Alec pegou a mão dela quando eles saltaram juntos as cordas da cafeteria.

Cruzaram as gigantescas portas de entrada douradas do Instituto de Roma e adentraram o átrio. Alec assobiou. Este era um dos maiores Institutos no mundo. Alec já tinha ouvido falar que ele era "ornado", mas isso, no fim das contas, era um eufemismo daqueles. Era um assalto aos olhos, grandioso demais para ser assimilado de uma vez só. Havia desenhos lindos e intrincados e obras de arte por toda parte que ele olhasse: meia dúzia de estátuas na parede esquerda, os entalhes em tamanho natural, à direita, o domo hipnotizante com azulejos dourados e prateados alguns andares acima. Palavras inscritas em latim no teto: *Eu lhe darei as chaves do Reino dos Céus, não importa o que você ligue na Terra será ligado no céu e o que você perder na Terra será perdido no céu.*

— Eles se inspiraram na Basílica de São Pedro — observou Aline enquanto o conduzia pelo vestíbulo e pela galeria lateral.

Aline já conhecia o caminho. Ela o guiou por passagens laterais, evitando os corredores principais, mais movimentados. Eles subiram uma escada espiral dourada, passando por pelo menos dez outras estátuas e algumas dezenas de afrescos antes de alcançar a porta de vidro.

— Vamos ter que passar pela sala de treinamento para chegarmos à sala de registro — falou Aline. — Espero que não tenha ninguém lá, mas se tiver, vamos agir com confiança.

— Está bem — falou Alec.

Aline bateu na porta de vidro e gritou alegremente:

— Herói da guerra passando!

— Quem? — gritou uma dezena de vozes ao mesmo tempo.

Outra pessoa perguntou:

— É Jace Herondale?

— Pelo Anjo, tomara que seja Jace Herondale! — falou outra voz.

Alec e Aline entraram em um cômodo tão claro quanto uma estufa, com mármore reluzindo no chão entre os tatames de treinamento, e mais de uma dezena de Caçadores de Sombras em seus uniformes. Alvos tinham sido colocados na parede mais distante, e tinham flechas nos anéis mais perto da borda. Evidentemente, os Caçadores de Sombras italianos precisavam de mais prática, mas Alec não via motivos para treinarem exatamente agora.

Uma garota na frente do grupo encolheu os ombros, decepcionada.

— Ah, não é Jace Herondale. É só um cara qualquer.

Alec concedeu dois minutos até que eles processassem a decepção e começassem a fazer perguntas. Havia gente demais e ele não conseguia responder.

Ele respirou fundo e pegou o arco. Disse a si mesmo para não se preocupar com todas as pessoas, com o culto ou com Magnus. Ele aprendera a se concentrar após muitas longas noites com o arco e a flecha, depois de compreender que Jace e Isabelle sempre iam se meter em encrenca e que ele teria de dar cobertura em todas as vezes. Não dava para se fazer algo assim com as vozes em sua mente advertindo-o com promessas de fracasso, ou dizendo que seu pai nunca sentiria por ele o mesmo orgulho que a Clave nutria por Jace, ou afirmando que ele não era bom o suficiente.

Ele atirou cinco flechas em cinco alvos. Todas acertaram no centro, em cheio. Ele colocou o arco de lado.

— Eu não sou Jace Herondale — falou. — Mas aprendi a me virar.

Fez-se silêncio. Alec aproveitou a oportunidade para cruzar a sala e recuperar as flechas. Ao fazê-lo, recolheu absolutamente todas que encontrou nos alvos. Pressentia que talvez fosse precisar delas.

— Treinem mais, pessoal — sugeriu Aline. — Vamos para a sala de registros agora.

— Ótimo — falou uma voz no fundo do grupo. — Porque eu gostaria de conversar com Alexander Lightwood em particular.

Helen Blackthorn se afastou da multidão e parou, com os braços cruzados, observando Alec.

Aline congelou. O primeiro impulso de Alec seria correr e pular pela janela. Então ele se lembrou da altura em que eles estavam.

Helen o conduziu para a sala de registro, que se projetava na lateral do Instituto de tal modo que havia janelas por todos os lados e apenas uma porta. Aline os acompanhou. Estava calada e isso não ajudava em nada. Leon Verlac também entrou e deu um breve aceno para Alec.

Helen parou na frente da única saída e falou;

— Então, Alec. Primeiro, você se recusa a vir até Roma para responder a perguntas, depois foge da cena de um assassinato em Veneza e vem para Roma sem ajuda de ninguém.

— Não se esqueça de todo o dano à propriedade — falou Alec.

Helen não parecia estar achando nada engraçado, embora Aline esboçasse um sorriso.

— O que você sabe sobre A Mão Escarlate? — questionou Helen. — Onde está Magnus Bane? O que aconteceu em Veneza?

Era evidente que Helen estava prestes a fazer um monte de outras perguntas quando Aline gesticulou entre eles.

— Com licença.

— O quê?! — Helen pareceu notá-la pela primeira vez. Os olhos se encontraram.

— Oi — falou Aline.

Fez-se uma pausa.

— Oi — falou Helen.

Mais silêncio se seguiu.

— Hum, desculpe — interveio Alec. — Eu estava muito ocupado sendo interrogado para fazer as devidas apresentações. Helen Blackthorn, Aline Penhallow. Aline, esta é Helen.

— E eu sou Leon — Aline sequer olhou para ele.

Helen continuava encarando Aline. Alec se perguntava se o fato de ela ser sua amiga também a tornaria alvo de desconfiança.

— Certo — falou Helen, afinal. — Bem, vamos voltar às perguntas.

— Eu também tenho uma pergunta — interrompeu Aline, e engoliu em seco. — Quem você pensa que é, Helen Blackthorn, e por que está falando com meu amigo, um Caçador de Sombras e um recente herói da guerra por Alicante, como se ele fosse um criminoso comum?

— Porque ele está agindo de modo incrivelmente suspeito — cortou Helen.

— Alec é muito honrado — falou Aline lealmente. — Ele nunca faria nada suspeito.

— Ele está viajando com Magnus Bane, que dizem ser o líder responsável pelo assassinato de muitas fadas e mundanos — falou Helen. — Nossa única pista era um antigo membro do culto, chamado Mori Shu, que foi encontrado morto numa festa em que Magnus Bane e Alec também estavam. Além disso, a casa inteira desabou durante a festa.

— Falando assim, isso realmente parece suspeito — admitiu Aline.

Helen assentiu.

— De todo modo, tem uma explicação para tudo — falou Aline.

— E qual é? — perguntou Helen.

— Bem, eu não sei — falou Aline. — Mas tenho certeza de que tem uma.

Helen e Aline se encaravam. Helen, que era mais alta, fitou Aline com certa superioridade, e Aline reagiu semicerrando os olhos.

— É evidente que nenhum de vocês gosta muito de mim — falou Helen. — Não me importo. O que eu quero é resolver um mistério e acabar com um culto demoníaco, e, por alguma razão, vocês dois estão no meu caminho.

— Se Alec estivesse fazendo alguma coisa errada — interveio Leon —, por que teria salvado nossas vidas em Paris?

Aline lançou um olhar para Alec.

— Você salvou a vidas deles em Paris? — perguntou ela, baixinho. Alec fez que sim com a cabeça. — Bom trabalho — falou Aline, virando-se para Helen. — Exatamente. Uma excelente observação feita pelo eu-não-sei-o-seu-nome.

— Leon — apresentou-se novamente.

Aline não prestou atenção. Estava totalmente concentrada em Helen.

— Então seu posicionamento é que Alec salvou sua vida, é um herói de guerra, mas também está ajudando um culto assassino do mal?

— Não acho que ele seja do mal — falou Helen. — Acho que ele foi seduzido e levado pelo líder malvado de um culto demoníaco.

— Ah — falou Aline.

Seus olhos evitaram Helen ao ouvir a palavra "seduzido".

— Magnus não tem nada a ver com o culto — retrucou Alec.

— Enquanto estávamos em Veneza, ouvi dizer que Magnus Bane *fundou* o culto — falou Helen. — Você pode explicar isso?

Alec ficou em silêncio. O olhar azul-esverdeado severo de Helen ficou mais brando.

— Desculpe — falou ela. — Eu entendo que você confia em Magnus Bane. Eu compreendo isso. Mesmo. Eu confio em Malcolm Fade e em muitos outros. Não tenho razão para não confiar nos habitantes do Submundo, como você deve entender muito bem. Mas você tem que compreender que isso tudo soa mal.

— Magnus não fez nada — falou Alec teimosamente.

— Sério? — perguntou Helen. — E onde ele está, enquanto você vem correndo ao Instituto de Roma por causa dele?

— Ele ficou no hotel — falou Alec. — Está esperando por mim.

— Mesmo? — insistiu Helen. — Você tem certeza disso?

— Tenho.

Alec pegou o telefone. Ligou para o hotel e pediu para falar com seu quarto. Ele ficou parado, esperando, o telefone tocando, mas ninguém atendeu.

— Talvez ele tenha saído para comer um sanduíche! — sugeriu Leon.

Alec ligou para o celular de Magnus e aguardou mais uma vez. Sem resposta ainda. Dessa vez, seu estômago se revirou ligeiramente. Será que Magnus estava bem?

— Isso é muito estranho — falou Aline.

Helen parecia lamentar por Alec. Ele a encarou com expressão séria.

— Sabe, nós temos uma coisa — falou ela. — Sabemos sobre um ponto de encontro perto de Roma utilizado pela Mão Escarlate. Por que não vamos juntos até lá? E então veremos o que tivermos de ver.

Era evidente que ela pensava que eles poderiam encontrar Magnus lá, liderando, cheio de maldade, um culto maligno.

— Ótimo — falou Alec, guardando o telefone. — Quero encontrar A Mão Escarlate mais do que você quer. Tenho que acabar com essas acusações contra Magnus. Vou permitir que você me ajude com minha investigação.

— Sua investigação? — repetiu Helen. — Esta é a *minha* investigação. E eu pensei que você estivesse de férias.

— Ele pode investigar e estar de férias — falou Aline, na defensiva. Ela e Helen começaram a conversar em voz baixa, porém intensamente, dando início à segunda discussão dentro daqueles três minutos em que haviam acabado de se conhecer. Alec realmente torcia para não estar enfiando Aline numa encrenca.

Ele desviou o olhar da discussão e encontrou o olhar de Leon.

— Eu não acho que você tenha alguma coisa a ver com essa história de culto — disse Leon.

— Ah — falou Alec. — Obrigado, Leon.

— Espero que o zelo de Helen não prejudique o modo como eu e você estamos nos aproximando.

— Hum — soltou Alec.

Aparentemente, Leon tomou aquilo como um incentivo. Alec não entendia por que ele faria isso. Leon se aproximou. Alec recuou na direção de Aline.

— Helen e eu temos muita coisa em comum — observou Leon.

— Bom pra vocês.

— Uma das coisas que temos em comum — arriscou Leon — é que estamos interessados numa variedade de companhias. Se é que você me entende.

— Eu não entendo — falou Alec.

Leon olhou ao redor, depois, falou rapidamente:

— Quero dizer, nós dois somos bissexuais. Gostamos de homens e de mulheres.

— Ah — falou Alec. — Eu não sei muito sobre isso, mas, mais uma vez, bom pra vocês.

Alec sabia que Magnus também era. E tinha começado a aprender que existia um universo inteiro de coisas das quais ele se via totalmente excluído; ele jamais conhecera a fundo o significado de palavras como "bissexual" e "pansexual". E agora ficava sombriamente triste ao se lembrar de seu eu mais jovem, do quanto fora desesperadamente solitário, e em como sempre tivera certeza de que era o único a se sentir daquele jeito.

Nos recantos obscuros de sua alma, Alec se preocupava às vezes. Por que Magnus o escolheria, se podia escolher uma garota, uma mulher, uma vida mais fácil? Ele se lembrou de como ficara apavorado ao elucubrar sobre o julgamento alheio.

Mas, por outro lado, se Magnus quisesse uma vida mais fácil, por que ele teria escolhido um Caçador de Sombras?

— Quando tudo isto acabar, eu poderia ir para Nova York — sugeriu Leon. — Você poderia me entreter.

Ele piscou.

— Por favor, diga que desta vez você está entendendo — emendou Leon.

— Eu estou — retrucou Alec.

— Fantástico! — exclamou. — Nós teríamos que ser discretos, mas acho que poderia ser divertido. Você tem tantas qualidades, Alec. Pode ficar com alguém melhor do que um habitante do Submundo com um passado sombrio. Ei, você vai estar livre hoje à noite?

Leon era lindo, pensou Alec. Se Leon tivesse ido para Nova York quando Alec estava zangado e infeliz e sem expectativas para sua vida, talvez tivesse aceitado a oferta.

— Não — falou. Aí deu meia-volta para se afastar, mas não sem antes olhar para trás e dizer: — Vou ser bem claro — emendou. — Eu tenho planos para hoje que não incluem você. Não, eu não estou interessando em me divertir discretamente. E não, eu não posso arrumar coisa melhor do que Magnus. Não existe ninguém melhor do que Magnus.

Leon ergueu as sobrancelhas quando Alec levantou a voz. Aline e Helen perceberam e ergueram o olhar em meio à discussão discreta, porém acalorada.

— Leon, você está dando em cima dele? — quis saber Helen Blackthorn. — Por que você sempre faz isso? Pare de dar em cima das pessoas, Leon!

— Mas a vida é curta, eu sou lindo e sou francês — resmungou Leon.

— Muito bem. Nós vamos para o ponto de encontro da Mão Escarlate. Você está fora, Aline está dentro — falou Helen. — Não seduza ninguém até voltarmos. — Ela se virou para Alec. — Vamos pegar algumas armas e resolver isso logo. Tente não perder o passo. — Ela saiu andando e Aline ficou alguns passos para trás, caminhando ao lado de Alec.

— Então... você conhece Helen Blackthorn há muito tempo? — perguntou ela rispidamente e tossiu. — Você disse que ela estava beijando uma garota vampira na festa? Não disse?

Alec teve uma visão de Helen com os braços pálidos em torno da garota vampira, sob a luz da lua. Ele não devia ter mencionado a Aline. Aquilo era da conta de Helen, e somente Helen, e seria culpa dele se Aline passasse a discriminar a outra agora.

Ele mal conhecia Helen, mas sentiu uma onda quente de proteção. Era como se tivesse ouvido alguém cochichando a seu respeito na época em que ele era mais jovem e até mais amedrontado.

— Eu não conheço Helen há muito tempo — respondeu ele.

— Acho que Jace te contou sobre a vez em que nós nos beijamos — emendou Aline, mudando de assunto. — Tipo, porque nós nos beijamos. Ele estava me ajudando a descobrir uma coisa.

Alec olhou para Aline com tristeza. Aline sempre parecera muito sensata em relação aos garotos, mas Jace era a exceção para muitas regras.

— Meu *parabatai* não beija e sai contando por aí — falou ele num tom mais suave.

— Oh — retrucou Aline, a voz sem emoção.

Alec tinha passado tanto tempo nutrindo uma paixonite desesperada e impossível por Jace. E sempre imaginara ter protegido bem seu segredo: agora ele sabia que todo mundo sempre soubera, especialmente Jace. Mas Jace nunca se importara. Ele compreendera que Alec precisava ter uma paixonite por alguém que representasse segurança. Por um garoto que jamais ousaria socá-lo na cara ou expô-lo diante da Clave caso Alec se declarasse. As pessoas podiam ser terríveis, violentas e horrorosas com qualquer um que fosse diferente.

Agora essa paixonite era lembrança. Antigamente, parecia ser parte do amor geral por Jace, do amor que os tornara *parabatai*, mas agora parecia mais um toque de luz passageiro sobre o metal. O brilho se fora, mas o ouro da amizade permanecera, puro e verdadeiro.

Havia pessoas piores do que Jace Herondale pelas quais se nutrir uma paixonite. Ele nunca seria cruel com Aline em relação a isso. Mas Jace amava Clary — de um modo que impressionava Alec, que nunca imaginara Jace apaixonado assim — e isso não ia mudar.

— Seja gentil com Helen Blackthorn — falou Alec com urgência. — Você não precisa gostar dela, mas não a trate diferente de qualquer outro Caçador de Sombras.

Aline piscou.

— Eu não estava planejando isso. Claro que ela é... uma colega. Vou tratá-la de forma profissional. Era assim que eu planejava tratá-la. Com um profissionalismo sereno.

— Ótimo — falou Alec.

— Você tem o telefone dela? — perguntou Aline. — Caso a gente se separe ou coisa assim?

— Não tenho — respondeu Alec.

Na sala de armas, Helen se aproximou deles, com os braços cheios de lâminas serafim, os cabelos louros cacheando em torno das orelhas. Aline soltou um suspiro.

— Nós íamos verificar atividade demoníaca — falou Alec para Aline — na sala de registros. Nunca fizemos isso.

Aline começou a pegar as lâminas serafim dos braços de Helen e arrumá-las no próprio corpo.

— Não seria melhor agir em vez de ficar revirando registros? Se isso for um beco sem saída, nós sempre poderemos dar uma olhada nos registros depois.

Pelas grandes janelas abertas para Roma, Alec podia ver o pôr do sol. A cidade ainda estava dourada, mas os topos dos edifícios agora estavam coroados de vermelho.

— Faz sentido — falou ele. E pegou algumas lâminas serafim para si.

Helen sorriu, ansiosa.

— Vamos caçar!

20
Aqua Morte

Magnus ficou sozinho por dez minutos e, durante esse tempo, relaxou e ficou pensando em Alec. Então ouviu uma batida à porta.

Ficou animado.

— Entre!

E aí ficou extremamente decepcionado. Não era Alec, concluindo que deveria ficar, afinal. Era Shinyun.

— Estive conversando com um contato — disse ela, sem preâmbulos. — Eu vou encontrá-la em uma casa de banhos do Submundo daqui a pouco... — Ela se calou e olhou ao redor com expressão de surpresa. — Onde está Alec?

— Ele saiu para descobrir o que puder no Instituto de Roma. — Magnus concluiu que não era necessário explicar mais nada.

— Ah, sim. Bem, se você ficar entediado por estar sozinho, pode vir comigo para o meu encontro nas termas romanas — falou Shinyun. — Meu contato não vai falar na sua frente, mas se ela tiver informações e você estiver por perto, nós vamos poder agir imediatamente. Sua presença num lugar assim não seria questionada. A de Alec seria.

Magnus pensou na oferta. Por um lado, tinha dito a Alec que ficaria no hotel. Por outro lado, agir no mesmo instante em que recebesse uma informação talvez os deixasse mais perto de acabar com toda essa história terrível. Magnus ficou uns segundos imaginando que resolveria todo esse negócio de culto sozinho, que conseguiria ir atrás de Alec e dizer que tudo estava acabado, e que Alec poderia relaxar.

— Eu adoro as termas romanas — falou Magnus. — Por que não?

Eles foram até a casa de banho Aqua Morte, no centro histórico de Roma, próximo às águas douradas do rio Tibre. Magnus tinha se esquecido de que Roma ostentava mais ouro do que qualquer outra cidade, como um tesouro levado para casa após uma conquista.

— Voltem para o lugar de onde vocês vieram — resmungou um homem em italiano, olhando do rosto indonésio de Magnus para o coreano de Shinyun. O sujeito fez menção de passar bem no meio dos dois, mas Shinyun ergueu umas das mãos. O homem congelou.

— Eu sempre questionei o significado da frase que ele disse — falou Magnus casualmente. — Eu não nasci na Itália, mas muita gente nasceu e não se encaixa no estereótipo de aparência reservado aos locais. Tem a ver com achar que os pais ou avós da pessoa não são daqui? Por que as pessoas dizem isso? Elas acham que todo mundo deve voltar para o lugar de onde seus ancestrais vieram?

Shinyun se aproximou do homem, que permanecia travado, com os globos oculares se contraindo.

— Isso não significaria, em última instância — quis saber Magnus —, que todos nós deveríamos voltar para a água?

Shinyun sacudiu um dedo e o homem foi jogado no Tibre com um breve gritinho. Magnus se certificou de que ele não se machucara na queda e o levou até a margem do rio. O homem subiu e se sentou na beirada. Magnus torcia para que ele repensasse suas opções.

— Eu só ia fazê-lo *pensar* que eu ia derrubá-lo na água — explicou Magnus. — Eu entendo o impulso, mas simplesmente fazê-lo ter medo de nós... — A voz falhou e ele suspirou. — Medo não é uma motivação eficiente.

— Medo é a única coisa que algumas pessoas entendem — falou Shinyun.

Eles estavam parados bem pertinho um do outro. Magnus sentia a tensão percorrendo o corpo de Shinyun. Ele pegou a mão dela e deu um rápido aperto antes de soltar. Sentiu uma leve pressão nos dedos em reação, um gesto aparentemente voluntário.

Eu fiz isso com ela, pensou ele, como sempre vinha pensando ultimamente, as cinco palavrinhas circulando sem parar em sua mente toda vez que ele estava perto de Shinyun.

— Eu prefiro acreditar que as pessoas são capazes de entender muita coisa quando recebem uma oportunidade — falou Magnus. — Eu gosto do seu entusiasmo, mas não vamos afogar ninguém.

— Estraga-prazeres — disse Shinyun, mas seu tom de voz foi amigável.

Eles se separaram assim que chegaram às termas; Shinyun ia encontrar seu contato e Magnus ia encontrar uma banheira.

A Aqua Morte era uma casa de banho de vampiros, o que parecia a Magnus uma combinação muito peculiar. Eram quatro banheiras gigantes de água mineral aquecida, cada uma do tamanho de uma piscina olímpica, além de alguns cômodos menores com banheiras individuais. Magnus pagou para ficar num dos cômodos menores e foi se trocar.

O clã vampiro que administrava o estabelecimento era um grupo estranho. Durante séculos, eles também usaram a casa de banhos como uma zona de alimentação controlada até os Nephilim acabarem com aquilo.

Até o momento Magnus estava achando sua missão muito tranquila. Ele foi para o cômodo, deixou a toalha cair da cintura e entrou na banheira. O vapor subiu da água quase escaldante. Mal dava para suportar, bem do jeitinho que Magnus gostava. Ele afundou até o pescoço, deixando que o corpo se acostumasse à água muito quente, sentindo ondas de dor e prazer zunindo pelo corpo. Ele apoiou os braços nas laterais da banheira e se reclinou. O pessoal da Roma Antiga sabia viver.

Ainda restavam em seu corpo alguns hematomas e arranhões da noite no trem e da festa em que a mansão desabara na cabeça deles. Agora já estavam bem desbotados e só doíam se ele se movimentasse de algum jeito específico. Ele poderia ter se curado a qualquer momento, mas preferiu que o tempo sarasse os ferimentos. Não porque gostasse da dor, pelo contrário; quando ele aprendera os poderes da autocura, perdera uma boa dose de tempo e magia afastando cada uma de suas pequenas dores. Ao longo dos séculos, porém, ele aprendera que esses pequenos ferimentos eram parte da vida. Sofrer com eles fazia Magnus ser grato por estar inteiro e bem.

Esse momento era um exemplo perfeito. Ele sentia cada dor e corte latejando individualmente na água quente, e se dissipando com o vapor. Ele fechou os olhos e relaxou.

Magnus tinha pago por um cômodo privativo, mas depois de um tempo sentiu uma presença pairando. Antes que pudesse dizer alguma coisa, alguém invadiu rudemente a banheira, perturbando a superfície calma e fazendo transbordar ondas de água mineral.

Ele pensou em alguns palavrões e abriu os olhos, pronto para dizê-los. Em vez disso, surpreendeu-se ao ver Shinyun sentada na beirada da banheira, enrolada numa toalha. Estava recostada na parede ao lado, apoiando o rosto em um dos cotovelos.

— Ah — falou ele. — Olá.

— Espero que não se importe com a minha intrusão.

— Na verdade, eu me importo, mas está tudo bem.

Magnus passou uma das mãos pela superfície da água e uma toalha se materializou. Ele não achava que Shinyun estivesse dando em cima dele e pessoalmente não tinha problemas com sua nudez, mas era uma situação estranha.

Shinyun arredou com cuidado o celular de Magnus, o qual ele tinha colocado na lateral da banheira, quando esticou o braço para pegar uma toalha de mão. Ela enxugou o rosto, sendo que não precisava. Era evidente que estava ganhando tempo.

— Conseguiu alguma coisa? — perguntou Magnus. — Do seu contato, quero dizer.

— Consegui — falou Shinyun lentamente. — Mas, primeiro, tenho uma confissão a fazer. Eu ouvi a conversa da outra noite, sobre como você matou o seu padrasto.

Magnus tinha falado bem baixinho.

— Então você ouviu. Ouviu a conversa *com magia* — emendou ele.

— Eu estava curiosa — falou Shinyun, dando de ombros, como se fosse aceitável. — E você é famoso e trabalha diretamente com os Nephilim. Eu pensei que você não tivesse problemas, que você tivesse se deleitado numa vida de luxo negligente. Eu não sabia que você era como eu.

Ela baixou a cabeça. Nesse momento, havia uma sinceridade nela que Magnus nunca tinha visto. Ela parecia mais vulnerável, mais aberta, e não tinha nada a ver com o fato de que ambos estavam sentados, praticamente nus, numa banheira quente.

Ela ergueu o olhar para ele.

— Você precisa de uma bebida?

Particularmente, ele não precisava, mas sentiu que talvez ela quisesse uma.

— Claro.

Uma travessa de prata apareceu alguns segundos depois com uma garrafa de vinho Barbera d'Asti e duas taças grandes. Shinyun serviu para os dois e fez a taça de Magnus flutuar até ele. Eles brindaram.

Ela estava se esforçando para encontrar palavras.

— Agora eu conheço a sua história. É justo que você conheça a minha. Eu menti para você.

— Sim — falou Magnus. — Eu achei que talvez você estivesse mentindo.

Shinyun esvaziou a taça em um só gole e a colocou de lado.

— Quando minha marca demoníaca se manifestou, meu noivo não me amava, apesar de tudo. Minha família me rejeitou... a aldeia inteira me rejeitou... e ele também. Vieram homens com pás, tochas e gritos pela minha vida, e a pessoa que eu sempre pensei ser meu pai me entregou para a multidão. Foi meu amado quem me colocou no caixão de madeira para ser enterrada viva.

Shinyun se pôs a boiar na banheira até ficar quase na horizontal, e somente o rosto, ainda como uma máscara mortuária, rompeu a superfície da água. Ela ergueu o olhar para o teto de mármore.

— Ainda consigo ouvir a terra caindo no caixão, como chuva pesada nos telhados durante um tufão. — Ela dobrou os dedos debaixo d'água. — Eu arranhei até minhas mãos ficarem em carne viva.

Magnus podia ouvir o som de unhas arranhando a madeira conforme Shinyun tecia magia em torno de sua história. Ele sentia as paredes acuando-o e o ar fugindo dos pulmões. Ele sorveu um gole de vinho para acalmar sua garganta e pôs a taça de lado.

— "Procurem as crianças demoníacas. Amem como vocês amariam a seu senhor. Não deixem as crianças sozinhas." Eles cavaram e, juntos, nós matamos cada alma na minha aldeia. Matamos todos. Eu fiz pior depois, cumprindo ordens da Mão Escarlate. Eles me disseram para confiar neles. Eu fiquei tão agradecida. Queria me sentir incluída.

— Eu sinto muito — murmurou Magnus. *Shinyun sou eu. Ela é o meu espelho sombrio.*

— Eu sei — falou Shinyun. — A Mão Escarlate sempre falou que você, seu senhor, retornaria. Eles diziam que nós deveríamos deixar você orgulhoso quando chegasse a hora. Eu costumava ansiar pela sua volta. Queria que você fosse minha família.

— Eu teria sido — disse Magnus —, mas não me lembro do culto. E não sabia da sua existência. Se soubesse, teria vindo.

— Eu acredito em você — falou Shinyun. — Confio em você. Durante toda a minha vida, eu fui ensinada a confiar em você.

Magnus pegou sua taça.

— Eu prometo que farei o que for necessário para ajudar e para pôr um ponto final nisso.

— Obrigada — falou ela simplesmente.

Eles se recostaram nas paredes da banheira.

— Eu encontrei a minha informante — falou Shinyun, a voz retornando ao profissionalismo habitual. — Ela sugeriu um local de encontro em Roma, onde A Mão Escarlate deverá se reunir. Falou que seu líder fora visto ali recentemente.

— Ela disse se era Barnabas Hale?

— Ela não disse o nome dele — falou Shinyun. — Isso tudo é informação de segunda mão. Ninguém do culto vai revelar nada. Não depois do que aconteceu a Mori Shu.

— Acho que a gente devia contar a Alec — falou Magnus.

— Podemos mandar uma mensagem — falou Shinyun —, mas não de dentro das termas; não tem sinal aqui. Eu não queria contar a ele antes de contar a você e... antes de você e eu termos uma conversinha em particular.

Por um instante, Magnus ficou incomodado, mas parecia mesquinho discutir trivialidades quando Shinyun tinha acabado de revelar que fora enterrada viva.

— Não há tempo como o presente — falou ele, pondo-se de pé e gesticulando com a mão. A toalha úmida se transformou num jeans e numa camiseta azul-escura salpicada de estrelas amarelas. Ele pegou o celular e franziu a testa ao vê-lo; a tela parecia congelada.

Shinyun lançou o próprio feitiço e sua toalha começou a serpentear pelo corpo, secando-a. Quando terminou, a toalha caiu no chão. Ela já estava vestida, usando o mesmo terno preto com armadura que tinha usado em Veneza. Tateou a cintura e a coxa, checando as duas facas que desapareceram com a mesma velocidade que ela as sacou.

Satisfeita, fez um gesto para a porta.

— Depois de você.

Magnus reiniciou o celular. Que hora para pifar. Ainda assim, havia muitos meios de enviar uma mensagem para Alec. Em breve, eles estariam juntos novamente; em breve, encontrariam e deteriam o líder da Mão Escarlate. Em breve, eles poderiam acabar com tudo isso.

21
Fogo na Mão Escarlate

Magnus estava atrasado.

Eles mal tinham se afastado um quarteirão do Instituto de Roma quando Alec recebeu uma breve mensagem de Shinyun dizendo que o celular de Magnus não estava funcionando. Ela havia conseguido uma dica com um de seus contatos locais, e os dois estavam se dirigindo a um local específico numa floresta fora da cidade.

Ela não explicou por que Magnus a acompanhava ou onde eles haviam estado. Quando Alec compartilhou as informações com Helen e Aline, todos concordaram que fazia sentido irem encontrar Magnus e Shinyun; afinal, eram informações mais atuais do que aquelas que Mori Shu dera a Helen, e mesmo que terminassem num beco sem saída, pelo menos todos estariam reunidos.

Conforme o tempo passava, Alec se perguntava se, por acaso, Shinyun e Magnus tinham se perdido ou se ele teria ido na direção errada. Tinha certeza de que a essa altura já teriam chegado, ou de que já teria tido notícias de Magnus em caso de problemas.

Ele ficou meio baqueado por ter recebido notícias de Magnus por Shinyun. Olhou as horas novamente e tentou ver o sol perdido por entre as árvores. A noite descia sobre eles como um inimigo, e a luz enfeitiçada não poderia fazer muita coisa numa floresta densa. Ele fitou o limite das árvores; não conseguia enxergar muito além de uns poucos metros.

A floresta parecia assombrada. Galhos gigantes retorcidos se amontoavam, alguns entrelaçados como amantes, e dificultavam o avanço para muito além da trilha estreita de terra batida. As copas em flor encobriam o céu. Sombras de folhas dançavam com o vento.

— Será que os cultistas não conseguem arrumar outro local? — resmungou Aline. — Tipo, na cidade?

Havia chovido, por isso, o solo estava um lamaçal escorregadio que tornava a travessia do terreno difícil e confusa. Aline, em particular, fazia muito esforço, pois calçava sapatos mais adequados para ficar sentada numa cafeteria do que perseguindo malfeitores.

— Tome, use isto. — Helen pegou uma faca e cortou dois pedaços de casca da árvore mais próxima. Então apoiou um dos joelhos no solo, na frente de Aline, e segurou o salto dos sapatos dela. Aline congelou enquanto Helen delicadamente levantava sua perna e amarrava a casca à sola do calçado. Ela repetiu a operação com o outro pé. — Pronto, agora a tração vai ficar bem melhor.

Os olhos de Aline estavam muito arregalados. Alec observou com reprovação que ela nem sequer agradeceu.

Helen retomou a liderança do grupo e Alec teve de dar passos bem grandes para acompanhá-la. Seus tênis também escorregavam muito na lama, mas ninguém lhe oferecera sapatos feitos de casca de árvore. A passada de Helen era mais leve do que a dele ou a de Aline. Ela não se movimentava exatamente como uma fada. Alec as vira caminhar sem esmagar as folhas de grama. Ainda assim, ela não estava escorregando na lama como eles. Sob os movimentos de uma guerreira havia a sombra da graciosidade das fadas.

— Os sapatos de casca não são um truque das fadas, se é isso que vocês dois estão pensando — falou Helen rispidamente quando Alec se aproximou. — Aprendi com os Caçadores de Sombras do Brasil.

Alec piscou.

— Por que nós pensaríamos isso? Olha, eu sinto muito se Aline está sendo esquisita. A culpa é minha. Eu contei a ela o que aconteceu na noite da festa em Veneza... quero dizer, que eu vi você pela primeira vez com uma garota do Submundo.

Helen deu um muxoxo.

— Você não quer dizer a *outra* garota do Submundo?

— Não — disse Alec. — Você é uma Caçadora de Sombras. Sinto muito mesmo. Eu estava preocupado com Magnus e sou péssimo para mentir. Houve uma época em que eu teria odiado se alguém falasse algo a meu respeito para um desconhecido.

— Não se preocupe com isso — falou Helen. — Não é segredo que eu gosto de meninas e meninos. Pior para Aline, se isso a incomoda. — Ela deu uma olhadela para Aline, em seguida deu de ombros. — Uma pena. Ela é muito gata.

Alec baixou a cabeça e sorriu. Estava um pouco surpreso, mas foi bom conversar com Helen sobre isso, constatar como ela era tranquila e destemida.

— Provavelmente — falou ele. — Eu não saberia. — E acrescentou timidamente: — Mas acho que meu namorado é muito gato.

— Com certeza, eu já o vi — falou Helen. — Entendo por que você perdeu a cabeça. Só que não confio nele.

— Porque ele é do Submundo? — A voz de Alec saiu dura.

— Porque, mais do que qualquer pessoa, eu tenho que ser mais objetiva ao avaliar os habitantes do Submundo — falou Helen.

Alec deu uma olhada nela, a curva das orelhas e o brilho levemente luminoso na pele sob as Marcas de Caçadora de Sombras. No cenário da floresta, Helen se assemelhava mais ainda a uma fada.

— Você tem certeza de que está sendo objetiva?

— Acho que Magnus Bane fundou o tal culto — falou Helen. — O que faz dele o suspeito óbvio de ser o líder. Pelo que dizem por aí, o líder é um feiticeiro poderoso. Não deve ter mais do que uma dezena de feiticeiros no mundo que se encaixam na descrição. Quantos estavam na festa?

— Malcolm Fade — falou Alec.

Helen interveio.

— Não foi o Malcolm!

— Não foi o feiticeiro em quem você confia — falou Alec. — Entendo. E que tal Barnabas Hale?

Helen parou, bem ali em meio à lama escorregadia e à escuridão crescente.

— Ele estava lá? — perguntou ela. — Ele não estava na lista de convidados.

— Ele invadiu a festa — falou Alec. — Com tanta vontade que a mansão desmoronou.

— Eu sabia que Malcolm tinha lutado contra outro feiticeiro — murmurou Helen. — Estava tão ocupada tentando tirar as pessoas de lá que não vi a briga. Imaginei que tivesse sido coisa de Magnus Bane.

Então havia outra razão para Helen ser tão desconfiada a respeito de Magnus. Ela queria proteger Malcolm, seu Alto Feiticeiro local.

— Não foi Magnus — falou Alec. — Ele entrou no meio para interromper a briga. Ele tentou tirar as pessoas de lá. Assim como você fez.

Helen precisou de um segundo para assimilar a informação. Alec ficou feliz por ver que ela não sabia de nada, e mais feliz ainda porque ela parecia disposta a considerar a novidade. Talvez, com Helen e Aline ajudando-o, eles pudessem investigar discretamente sobre Barnabas entre os habitantes do Submundo.

— Eu não conheço nenhum desses feiticeiros — anunciou Aline. — Mas acho que este poderia ser o local de encontro.

Ela apontou para uma pequena clareira a alguns passos da trilha.

Não era preciso ser um Caçador de Sombras para dizer que a área vinha sendo utilizada para atividade oculta. O pentagrama queimado na areia aos pés dele era uma pista bem forte, mas havia mais coisas: um altar improvisado, com duas fogueiras de cada lado, e vários talhos nas árvores próximas, reminiscentes de marcas de garra. Também havia um talho circular profundo na terra. Helen caminhou até a beira da clareira e deu uma olhada nos arbustos. Pegou um galão de cerveja e o rolou pela grama.

— Olha só — falou Aline. — Os cultistas do mal gostam de dar festas?

— Dar festas é uma das leis sagradas — falou Alec. Helen lhe deu um olhar confuso e ele explicou: — Os Pergaminhos Vermelhos da Magia. É o texto sagrado deles. Eu, hum, vou emprestar minha cópia para vocês.

Ele entregou o celular com as imagens enviadas por Isabelle para Aline, que depois o passou para Helen sem a permissão de Alec.

Helen franziu a testa.

— O último mandamento é não deixar as crianças sozinhas — falou ela. — Isso soa... estranhamente gentil. Para um culto.

— É gentil, não é? — perguntou Alec baixinho.

Tudo em relação a Magnus era estranho, porém gentil. Alec não dissera isso, pois Helen poderia tomar como uma confissão.

— Mori Shu foi assassinado por vampiros — falou Helen Blackthorn rispidamente. — Nem Malcolm, nem Barnabas Hale, nem Hypatia Vex, os únicos outros feiticeiros nas proximidades que eu conheço dotados de poder suficiente têm qualquer ligação com vampiros. Por outro lado, Magnus Bane é bem conhecido por ter laços fortes e até envolvimentos românticos com alguns dos piores vampiros do clã de Nova York... vários dos quais estavam na festa onde Mori Shu e eu supostamente deveríamos nos encontrar. A festa onde Mori Shu foi morto, antes de poder revelar a alguém o que ele sabia.

Alec bufou silenciosamente ao ouvir que Magnus tivera envolvimentos com vampiros, em especial, com os criminosos. Parecia que ele considerava Lily e Elliott e os outros como crianças divertidas.

Embora fosse verdade que Alec soubesse muito pouco sobre a vida amorosa de Magnus. Seu namorado lhe contara um bocado sobre seu passado nesta viagem, mas não sobre essa parte.

Ele rejeitou o pensamento.

— Raphael e Lily não mataram ninguém naquela festa.

— Quem são eles? — quis saber Helen. — São vampiros?

— Com certeza, Raphael Santiago é um vampiro — falou Aline, quando Alec hesitou.

— E você também é amigo deles, hein?

— Não — retrucou Alec.

Helen e Aline o observavam com expressões idênticas de preocupação. Alec não precisou que elas dissessem o quanto toda a situação parecia muito ruim. Horrível.

Nem sinal de Magnus. A floresta era um labirinto, e a luz estava esmorecendo. Ele fez uma varredura com o olhar em meio às árvores. Não ia demorar para que todos ficassem velados na escuridão. Era à noite que demônios saíam, e quando os Caçadores de Sombras faziam seu trabalho. Alec não teria se importado com a escuridão, exceto pelo fato de que queria que Magnus os encontrasse logo.

Outra coisa o incomodava, uma preocupação num oceano de preocupações. Era como tomar um soco na cara e sentir, sob toda a onda de dor, que um dente estava bambo.

— Helen — falou Alec. — Qual você disse que era o último mandamento nos Pergaminhos Vermelhos da Magia?

— Cuidar das crianças — respondeu ela com ar confuso.

— Com licença — falou Alec.

Ele pegou seu celular e cruzou o pentagrama, até o outro lado da clareira. Já tinha tentado ligar para Magnus muitas vezes. Agora ia ligar para outra pessoa.

O telefone tocou duas vezes e alguém atendeu.

— Alô — falou Alec. — Raphael?

— Eles não são amigos — resmungou Helen. — Mas ele telefona para conversar.

— Eu sei — falou Aline. — Alec parece tão culpado. Juro que ele não é, mas tudo o que ele está fazendo só faz piorar as coisas.

— Esqueça este número — cortou a voz de Raphael do outro lado da linha.

Alec olhou ao redor da clareira sombria, até Helen e Aline, que balançavam a cabeça pesarosamente para ele. Aparentemente ele não estava conseguindo impressionar ninguém hoje.

— Eu sei que você não morre de amores pelos Caçadores de Sombras — falou Alec. — Mas você falou que eu podia ligar.

Fez-se uma pausa.

— É assim que eu atendo todos os telefonemas — falou Raphael. — O que você quer?

— Pensei que o caso aqui fosse o que *você quer*. Eu achei que você quisesse ajudar — falou Alec. — Você falou que daria uma sondada sobre a Mão Escarlate. Eu estava aqui me perguntando se você teria descoberto alguma coisa. Especificamente sobre Mori Shu.

Os restos de duas fogueiras perto do pentagrama ainda estavam quentes, e as velas tinham sido usadas há apenas algumas horas. Ele se ajoelhou ao lado de uma das linhas do pentagrama e farejou o resíduo: terra escurecida com carvão e sal, mas não havia sangue.

— Não — falou Raphael. — Espere um minuto.

Fez-se outra pausa. Durou um tempo considerável. Alec ouviu o som de passos na pedra e, ao longe, o som prateado, mas por alguma razão desagradável, de uma voz feminina.

— Raphael? — chamou Alec. — Alguns de nós não são imortais. Por isso não podemos ficar no telefone eternamente.

Raphael rosnou, frustrado, um som significativamente mais alarmante quando vinha de um vampiro. Alec afastou o telefone ligeiramente do ouvido e o colocou de volta quando percebeu Raphael construindo palavras de verdade.

— Tem uma coisa — falou Raphael, e hesitou novamente.

— Sim?

O silêncio entre as palavras de Raphael foi tão vazio. Raphael não estava respirando entre elas. Vampiros não precisavam respirar.

— Você não vai acreditar em mim. É inútil.

— Tente — falou Alec.

— Mori Shu não foi morto por um vampiro.

— Por que você não falou nada?

— Para quem eu ia contar? — rosnou Raphael. — Simplesmente ir trotando até um Nephilim e dizer oh, por favor, senhor, os vampiros estão sendo acusados? Sim, um corpo foi encontrado, e sim, tinha perdido sangue, mas não o suficiente para morrer, e sim, havia marcas no pescoço, mas foram feitas pela ponta de uma faca e não por presas, e, oh, não, Sr. Nephilim, por favor, afaste a lâmina serafim? Nenhum Nephilim acreditaria em mim.

— Eu acredito em você — falou Alec. — Será que elas foram feitas com uma espada de três lados? Como uma *samgakdo*?

Houve uma pausa.

— Sim — falou Raphael. — Foram.

Alec sentiu uma pontada no estômago.

— Obrigado, Raphael, você ajudou muito.

— Ajudei? — A voz de Raphael ficou subitamente mais cautelosa. — Como?

— Vou contar a Magnus.

— Não ouse — falou Raphael. — Não me ligue mais. Não tenho interesse em voltar a ajudar você. Não conte a ninguém que te ajudei desta vez.

— Tenho que ir.

— Pare — ordenou Raphael. — Não desligue.

Alec desligou.

Raphael tentou ligar de volta no mesmo instante. Alec desligou o celular.

— O que está havendo? — perguntou Aline. — Por que você está com essa cara?

— Helen — falou Alec. — Você mencionou Hypatia Vex como uma possível suspeita. Então Mori Shu nunca disse especificamente que o líder da Mão era um homem.

Helen piscou.

— Ele não disse nada que indicasse que não era.

— No Mercado das Sombras, falavam como se fosse um homem — disse Alec em voz baixa. — Porque o rumor era de que era Magnus. Mesmo que alguém não acreditasse que era Magnus, dizia "ele" sem pensar. E Magnus e eu estávamos tão ocupados na defesa dele que não pensamos nisso.

O informante na Mão Escarlate, assassinado na festa em Veneza. Marcado com a ponta de uma lâmina de três gumes.

Em tempos difíceis, lembre-se: todos os caminhos levam a Roma.

A frase era da versão dos Pergaminhos Vermelhos da Magia enviada por Isabelle. A da Câmara tinha sido alterada para acrescentar uma regra extra, que os mandava a Roma.

E Shinyun Jung, uma feiticeira que evidentemente era uma guerreira bem--treinada, cujos movimentos normalmente eram rápidos e graciosos, surgira do nada e se certificara de que eles encontrariam o livro modificado. Que os conduziria até aqui.

— Temos que ir — falou Alec. — Agora.

Mal ele se virou na direção de onde tinham vindo e a floresta em volta deles ganhou vida. Um vento forte começou a sacudir os galhos e derrubou as folhas. O ar ficou mais quente, a temperatura subindo de modo assustador. Alguns segundos atrás, a noite estivera fresca, com brisa, mas agora eles estavam sob um calor sufocante.

Cinco pilares de fogo se ergueram do perímetro da clareira em volta deles, todos muito altos e largos como troncos de árvore. Galhos e pedras se partiram, chamas lambiam a vegetação e consumiam tudo, e o ar se tornou denso e praticamente impossível de respirar. Os pilares estalaram e soltaram pedaços grandes de carvão em brasa no céu, centenas de vagalumes girando no ar.

Os três Caçadores de Sombras pegaram suas estelas e rapidamente desenharam algumas Marcas para defesa. Precisão. Resistência. Força. E, talvez, a mais importante, à prova de fogo.

Guardando a estela, Aline murmurou "*Jophiel*" e as adagas angelicais apareceram em suas mãos. Alec sacou o arco e uma luz branca forte iluminou a mão de Helen quando ela sacou a lâmina serafim e também nomeou um anjo. Alec não conseguiu ouvir o nome acima do rugido das chamas.

— Correndo o risco de ser redundante — falou Helen. — Oh, não. É uma armadilha.

Eles se juntaram, as costas se tocando, no meio da clareira. O que quer que estivessem enfrentando, parecia muito desproporcionado.

— Foi uma ideia estúpida termos vindo só nos três — falou Alec. — A Mão Escarlate sabia exatamente onde nós estaríamos e quando.

— Como assim? — quis saber Aline.

Alec ajeitou uma flecha na corda do arco.

— Porque a líder deles disse para virmos para cá.

22
O Grande Veneno

A antiga *villa* assomava diante de Magnus, com suas torres quebradas semelhantes a dentes irregulares que se erguiam contra o céu.

— Sutis os cultistas não são — comentou Magnus, olhando o relógio de pulso. — Alec já deveria ter chegado.

Shinyun estava ao seu lado e ele sentia a tensão percorrendo o corpo dela.

— Talvez ele esteja sendo interrogado no Instituto de Roma — disse ela. — Você sabe que os Nephilim não verão nenhuma atitude dele com bons olhos. Pode ser que ele esteja numa tremenda encrenca. E se ficarmos mais tempo aqui esperando por ele, vamos perder a chance de capturar A Mão Escarlate.

De acordo com a informante de Shinyun, membros mais antigos da Mão Escarlate estavam se encontrando com um grupo de discípulos em potencial. Talvez seu líder fosse estar presente.

Alec queria que Magnus esperasse por ele. E Magnus queria esperar por Alec. Mas Shinyun tinha razão. Alec poderia estar preso, respondendo a perguntas difíceis no Instituto de Roma, e tudo isso por culpa de Magnus.

A melhor coisa que Magnus poderia fazer seria capturar o líder e dar um fim à Mão Escarlate. Com certeza os Nephilim ficariam mais tranquilos e não suspeitariam mais de Alec.

Shinyun falou:

— Essa poderia ser nossa única oportunidade.

Magnus respirou fundo e concluiu que sua hesitação era absurda.

Essa história toda não era nada com o qual ele não pudesse lidar sozinho. Ele sempre conseguira se virar bem sozinho até então.

— Você vai na frente — disse ele para Shinyun.

Eles entraram na *villa* por um local que notadamente fora um estábulo em outros tempos e passaram por uma série de cômodos. A construção fora saqueada há muito tempo. Armários quebrados, tapetes rasgados, vidro espatifado se espalhavam pelos soalhos. A natureza já começara o lento processo de deglutição da casa de campo. Ervas daninhas e vinhas se infiltravam nas rachaduras das paredes e janelas. O cheiro forte de água parada pairava no ar. Tudo era úmido. O cheiro desagradável estava deixando Magnus tonto. Ele sentia um pouco de dificuldade de respirar.

— O mal pode ser justificado, às vezes. Mas inhaca, jamais — murmurou Magnus.

Shinyun murmurou em resposta:

— Dá pra parar de fazer piadas?

— Improvável.

Eles entraram em um cômodo comprido com teto baixo e prateleiras quebradas. Em outra vida, provavelmente funcionara como despensa. Agora a madeira podre, as pedras rachadas e as vinhas crescidas cobriam as paredes feito teias de aranha. Via-se uma poça de água onde o chão tinha afundado. Shinyun ergueu um dedo e ficou imóvel. Magnus ouviu. Lá estava, um ruído finalmente; o leve som de cânticos.

Shinyun apontou para o outro extremo do cômodo e se esgueirou até lá, passando bem longe da poça de água suja. Quando estava prestes a sair do local, um portão levadiço, aparentemente com melhor manutenção do que o restante do lugar, baixou na entrada bem à sua frente.

Magnus recuou com a intenção de retornar por onde eles tinham chegado, mas era tarde demais. Eles ouviram o som de metal rangendo e outro portão bateu no chão antes que ele pudesse alcançá-lo. Magnus agarrou o portão e o puxou, mas não cedeu. Estavam presos.

Shinyun tentou o primeiro portão novamente. Magnus se juntou a ela. Não adiantava; era pesado demais. Ele recuou e reuniu sua magia, com a intenção de transformar o portão de ferro em pó. A mão brilhou em azul-escuro e um feixe de energia saiu das pontas dos dedos, mas morreu antes mesmo de chegar ao portão.

Ele se sentiu inesperadamente estranho, como se tivesse acabado de realizar um feitiço gigantesco em vez de algo trivial. Piscou para afastar a obscuridade em sua visão.

—Algum problema? — perguntou Shinyun.

Magnus acenou descuidadamente.

— Nada.

Shinyun pegou uma pedra imensa do chão e começou a martelar nas partes mais enferrujadas do portão. Magnus recuou para o centro do cômodo.

— O que você está fazendo? — perguntou Shinyun.

Um funil verde se ergueu ao redor dele, agitando seu casaco e jogando os cabelos para o lado. Ele reuniu cada gota de magia possível para ajudar o funil a ganhar força, até o ponto em que o feitiço começou a fraturar. Com um grito final, Magnus canalizou tudo de si no tornado uivante e se concentrou na porta pela qual eles entraram. O ferro guinchou e rangeu, e então o portão se soltou da pedra, voou pelo corredor e desapareceu na escuridão antes de retinir na rocha ao longe.

Magnus caiu sobre um dos joelhos e arfou. Havia alguma coisa muito errada com sua magia.

— Como você deu conta? — perguntou Shinyun em voz baixa. — Como foi que você ficou tão forte? Certamente agora não sobrou nenhum poder.

Magnus fez um esforço para ficar de pé e começou a cambalear em direção à saída arrombada.

— Estou indo.

Ele estava prestes a passar por Shinyun quando ela esticou um braço e agarrou a camisa dele.

— Acho que não.

Magnus examinou o rosto dela sob a iluminação precária. Ele ouvia os batimentos cardíacos nos próprios ouvidos, indicando o perigo tardiamente.

— Vejo que minha bela natureza da confiança nas pessoas está sendo abusada — falou ele. — De novo.

Shinyun girou, usando o próprio peso de Magnus como impulso para jogá-lo longe, fazendo com que ele caísse no meio da sala. Ele tentou voltar a ficar de pé, mas foi lançado de volta com um chute no peito. Caiu de novo e bateu no portão remanescente. Então ouviu o som de metal batendo em metal e o ranger do portão levadiço se erguendo, e sentiu vários pares de mãos fortes se fechando em seus braços. Estava praticamente incapaz de ver.

Eu fui exposta a uma poção que me fez perder o controle das minhas habilidades de mudar de forma, dissera Tessa. Magnus deveria ter se lembrado.

— Você botou veneno na minha bebida na Aqua Morte — falou ele, lutando para formar as palavras. — Você me distraiu com uma história triste. Era tudo mentira?

Shinyun se ajoelhou ao lado dele sobre a pedra úmida. Ele só conseguia distinguir o esboço do rosto dela, uma máscara que pairava na escuridão.

— Não — sussurrou ela. — Eu tinha que fazer você se sentir culpado o suficiente por mim. Eu tinha que te contar a verdade. Essa é uma das coisas pelas quais eu nunca vou te perdoar.

Magnus não ficou muito surpreso ao descobrir que acordara em uma prisão.

Uma goteira no teto encontrara seu caminho até a testa dele, pingando sem parar, o que o fez se lembrar de como os Irmãos do Silêncio costumavam discipliná-lo para que ele calasse a boca durante os estudos.

Gotas d'água caíram em sua boca e ele cuspiu. Torcia para ser apenas água mesmo. Mas fosse o que fosse, o gosto era horrível. Ele piscou, tentando se acostumar com o entorno. Estava cercado por uma parede curva, sem janelas, com um portão de ferro que conduzia a mais escuridão, e um buraco do outro lado que tanto poderia ser uma antiga rota de fuga quanto uma latrina. A julgar pelo cheiro no ar, Magnus imaginava que talvez fosse as duas coisas.

— É oficial — declarou para ninguém em particular. — Estas são as piores férias da minha vida.

Ele ergueu o olhar. Não havia muito luar, mas a iluminação presente criava um brilho fraco através da grade. O local parecia o fundo de uma cisterna, talvez, ou de um poço, não que fizesse diferença. Um buraco, uma cela, o fundo de um poço. Ainda era uma prisão. Suas mãos estavam acorrentadas à parede acima de sua cabeça, e ele estava sentado numa cama de feno que parecia já ter sido mastigado por cavalos. O chão era de pedra cinzelada, então, provavelmente, ele ainda estava na *villa*. Magnus engoliu em seco. O rosto e o pescoço doíam. Muito. Uma bebida cairia muitíssimo bem agora.

Ele tinha esperança de que Alec estivesse de fato preso no Instituto de Roma. Que não tivesse ido para onde Shinyun o mandara, que evidentemente não era este lugar, percebia Magnus. No Instituto, Alec estaria a salvo.

Uma silhueta apareceu do outro lado do portão. O metal retiniu e uma dobradiça rangeu quando a porta foi aberta.

— Não se preocupe — falou Shinyun. — O veneno não vai te matar.

— Porque eu vou — entoou Magnus. Shinyun piscou para ele. — Era isso que você ia dizer, não é? — perguntou ele, e fechou os olhos. Sentia uma terrível dor de cabeça.

— Eu calculei o veneno com muito cuidado — falou Shinyun. — Só o suficiente para derrubar você e prejudicar sua magia. Quero você de pé quando for cumprir seu destino glorioso.

Aquilo não parecia nada bom. Quando Magnus abriu os olhos, ela estava parada diante dele. Shinyun vestia branco nevado, da cabeça aos pés, com bordados prateados na gola e nos punhos.

— Meu destino glorioso? — perguntou Magnus. — É sempre um destino glorioso, já notou isso? Ninguém nunca menciona os destinos medíocres.

Shinyun falou:

— Não. O meu é o destino que será glorioso. Você não merece glória. Você começou este culto como uma piada. Você incentivava as pessoas a fazerem brincadeiras e curarem os doentes. Você fez do nome de Asmodeus uma piada.

— Piada é o melhor uso que encontrei para o nome dele — murmurou Magnus.

A voz de Shinyun era furiosa.

— Nós dois deveríamos ter sido leais a Asmodeus. Ele teve tanta consideração com você. Você não é digno dele.

— Ele não é digno de mim — observou Magnus.

Shinyun gritou com ele.

— Estou cansada da sua falta de respeito e piadas infinitas. Nós devemos a vida a Asmodeus. Nunca vou ser como você. Nunca vou trair meu pai!

— Seu *pai*? — ecoou Magnus.

Shinyun não prestou atenção nele.

— Eu fiquei enterrada, viva, durante cinco dias quando A Mão Escarlate me resgatou. Eles me disseram que Asmodeus havia mandado resgatar sua filha. O povo do meu pai me salvou porque meu pai está sempre me observando. Minha família mortal me traiu e eu os massacrei. Asmodeus é o único que me ama, e tudo o que tenho para amar. Eu transformei A Mão Escarlate de uma piada em uma realidade, e é hora de destruir o último insulto. É hora de acabar com você, Grande Veneno. Eu vou matá-lo por insultar Asmodeus. Vou sacrificar sua vida imortal para ele, libertá-lo pelo mundo e sentar-me ao seu lado por toda a eternidade como sua filha amada.

— Certo, e quanto a isso — falou Magnus —, se você tivesse o poder de um Príncipe do Inferno, eu teria notado.

— Se qualquer feiticeiro vivo tivesse o poder de um Príncipe do Inferno, já teria governado este mundo — disse Shinyun, impaciente. — Todos os feiticeiros são filhos de Asmodeus, caso se mostrem dignos. Foi isso que A Mão Escarlate me ensinou.

— Então você... *adotou* Asmodeus? — falou Magnus. — Ou ele adotou você?

Ele a encarou. Não estava animado por estar na prisão, e menos ainda pela perspectiva de ter um destino inglório.

Mas ainda não era capaz de odiá-la. Ainda entendia por que ela era do jeito que era, as forças que a moldaram e onde a sombra de suas próprias mãos descia sobre o passado dela.

— Não olhe para mim assim! Não quero sua piedade. — Shinyun deu um passo a frente e cerrou as mãos em torno da garganta de Magnus, que engasgou e começou a sufocar. Feiticeiros eram imortais, mas não invulneráveis. Ele morreria se ficasse sem oxigênio. — Você nunca foi digno — murmurou ela, conforme ele se esforçava para respirar. — Meu povo jamais devia ter seguido você. Meu pai nunca deveria ter honrado você. Seu lugar é meu.

Após um momento, Shinyun deve ter percebido que estava esganando o famoso sacrifício de seu pai. E o soltou.

Magnus caiu para trás nas correntes, arfando conforme o ar invadia seus pulmões.

— Por quê? — Ele engasgou. — Todo esse tempo que você esteve nos ajudando, só estava nos levando para uma armadilha. Por que você simplesmente não me pegou em Paris ou no trem ou em qualquer outra oportunidade que teve? Por que toda essa cena?

—*Alec.* — Shinyun pronunciou o nome como se fosse veneno. — Sempre que eu estava perto de me aproximar de você, ele se intrometia. Eu encurralei você no Mercado de Sombras de Paris até ele aparecer no beco. Na verdade, você estava em nossas garras lá no trem até ele começar a cortar todos os meus demônios feito palha. Alec eliminou o bando de demônios Raum e a maior parte do enxame de Ravener. Só restou a incubadora mutilada. Não dava para confiar nela para terminar o serviço, e eu não poderia arriscar perder você. Concluí que tinha de ficar o mais perto possível de você.

A risada que Shinyun deu foi diferente de qualquer risada que Magnus tinha ouvido dela até então. Foi cruel, oca e amarga.

— Ao longo dos séculos, eu me tornei muito boa em fingir, a serviço do meu pai. Meu rosto foi um presente para que eu pudesse servir melhor a Asmodeus. As pessoas não conseguem decifrar o que eu realmente estou sentindo. Elas projetam o que desejam sobre uma máscara e jamais imaginariam que, debaixo dela, eu sou real. Eu lhes dou o que elas querem ver e digo o que querem ouvir. Mas o Caçador de Sombras não queria nada de mim, e a única coisa que funcionou com você foi fazê-lo se sentir culpado por minha causa. Eu odiava muito fazer isso, eu odiava muito você e ainda nem fui capaz de impedi-lo de ficar de olho em você, de proteger você, sempre à disposição. Percebi que o único meio de acabar com isso seria me livrando de Alexander Lightwood primeiro.

Magnus pensou em seu arrependimento antes, no dia que Alec resolvera ir até o Instituto de Roma. Agora ele se sentia grato. Alec estaria seguro ali, e Magnus poderia encarar qualquer coisa caso Alec estivesse a salvo.

Shinyun estalou os dedos e vários homens entraram na cela de Magnus. Todos vestidos de branco, com rostos severos.

— Leve-o para o Poço, Bernard — falou Shinyun.

— Não me leve para o Poço, Bernard — sugeriu Magnus. — Odeio a palavra "poço". Soa agourenta e imunda. Além disso, olá, membro do culto maligno Bernard!

O membro do culto maligno Bernard deu a Magnus um olhar irritado. Era muito magro, com cabelos escuros penteados para trás de um modo que destacava o queixo pontudo e o tufo de barba, além do ar de aspirante a autoridade. Ele retirou as algemas de ferro das mãos de Magnus com força desnecessária. Magnus foi ao chão, sem as correntes para sustentá-lo agora. Obrigou-se a ficar de pé, mas não conseguiu fazer mais nada. Estava enjoado, tonto e totalmente privado de magia.

Shinyun não tinha dado mole com o veneno. Era evidente que ela não queria que Magnus tivesse alguma chance no Poço.

— Uma última coisa — falou Shinyun, e sua voz soava como se ela estivesse sorrindo.

Ela se aproximou de Magnus.

— Eu o levei a um lugar onde você não conseguiria receber telefonemas. Eu inutilizei seu celular. E entrei em contato com Alec por você. — Ela sorriu. — Eu preparei uma armadilha para cada um. Alec Lightwood vai morrer logo, logo.

Magnus poderia enfrentar qualquer coisa caso Alec estivesse a salvo.

Houve uma explosão escura na mente de Magnus, um uivo de agonia e ira. Uma ira que ele raramente se permitia sentir. Uma ira que vinha de seu pai. Ele partiu para cima de Shinyun. Bernard e os outros membros do culto o agarraram pelos braços, puxando-o enquanto ele esperneava. Faíscas azuis, claras e pálidas, surgiram das pontas de seus dedos.

Shinyun afagou o rosto de Magnus, o gesto duro o suficiente para ser quase um tapa.

— Espero que você tenha se despedido adequadamente do filho do Anjo, Magnus Bane — murmurou ela. — Não consigo imaginar vocês dois indo para o mesmo lugar depois de mortos.

23

O Sangue de Helen Blackthorn

Os pilares de fogo ergueram-se bem alto, cada um deles indo muito além da copa das árvores. O calor se intensificava, arranhando a pele de Alec como se pudesse arrancar as Marcas dela. Ele pensou nas poucas opções que tinha. Os pilares estavam espaçados, a quinze metros um do outro, num círculo rudimentar. Se eles fossem ágeis, seriam capazes de correr entre dois deles e escapar. Mas quando Alec fez menção de mergulhar e passar por uma abertura, os pilares em cada lado se curvaram para bloqueá-lo, tomando nova forma em um instante e depois retornando à altura original ao recuar.

Alec vira um Caçador de Sombras pular chamas daquela altura antes, mas ele não era Jace e não conseguiria.

— Ah, pelo Anjo — falou Helen.

Alec supôs que ela estivesse simplesmente lamentando a situação deles, mas quando ele olhou para ela, notou seus olhos fechados. Os cabelos caíam pelo rosto, um espelho de prata que quase refletia o fogo.

Ela falou:

— Eu sinto muito, isso tudo é minha culpa.

— Como poderia ser sua culpa? — perguntou Aline.

— Mori Shu me enviou uma mensagem pedindo proteção porque ele estava sendo caçado pelo líder da Mão Escarlate — falou Helen apressadamente. — Ele foi a Paris para me encontrar. Ele me escolheu especificamente porque minha mãe era uma fada. Pensou que eu ficaria mais preocupada com as mortes das fadas e mais solidária ao Submundo. Eu deveria ter levado Mori Shu em custódia. Deveria ter contado tudo ao Instituto de Paris, mas, em vez disso, tentei lidar com a situação à minha maneira. Eu queria encontrar o líder da Mão Escarlate e provar que eu era uma grande Caçadora de Sombras, nada semelhante a um habitante do Submundo.

Aline cobriu a boca com a mão enquanto observava Helen, cujo rosto estava marcado pelas trilhas das lágrimas, as quais escorriam sob os cílios longos e curvados. Alec continuava a varrer o local com o olhar, verificando os pilares de fogo, que pareciam satisfeitos por simplesmente mantê-los presos ali até, provavelmente, alguma coisa pior aparecer.

— Mas, desde o começo, eu fiz confusão — emendou Helen. — Eu deveria ter encontrado Mori em Paris, mas em vez disso, A Mão Escarlate o alcançou e enviou demônios para nos matar. Mori fugiu. Leon estava me acompanhando e nós dois teríamos sido mortos pelos demônios se Alec não tivesse aparecido. E mesmo assim, eu não pedi a ajuda de ninguém. Talvez Mori Shu estivesse vivo se eu tivesse recorrido a reforços. Eu não fui atrás do diretor do Instituto de Paris ou do diretor do Instituto de Roma quando Mori me indicou o local. Agora estamos presos numa armadilha, esperando para morrer, e tudo isso porque eu não quis contar a ninguém que um feiticeiro havia me escolhido. Eu não queria que a Clave pensasse mais em mim como uma habitante do Submundo, como já costuma fazer.

Aline e Alec trocaram um olhar. Apenas porque a cruzada de Valentim pela pureza dos Caçadores de Sombras tinha sido derrotada não significava que o fanatismo representado por ele tivesse terminado. Havia pessoas que sempre acreditariam que Helen carregava o sangue impuro do Submundo.

— Não há nada de errado com os habitantes do Submundo — falou Alec.

— Diga isso à Clave — retrucou Helen.

Aline falou inesperadamente alto.

— A Clave está errada. — Helen ergueu o olhar para ela, e Aline engoliu em seco. — Eu sei como eles pensam — emendou. — Eu não apertei a mão de um habitante do Submundo uma vez, e então ele se tornou um dos... — Aline lançou outro olhar a Alec — um dos heróis do Submundo na guerra. Eu estava errada. O modo como eles pensam está errado.

— Tem que mudar — falou Alec. — Isso *vai* mudar.

— Vai mudar a tempo para os meus irmãos e irmãs? —quis saber Helen. — Acho que não. Sou a mais velha de sete. Eu e meu irmão Mark temos a mesma mãe fada. Os outros têm mãe Caçadora de Sombras. Meu pai tinha acabado de se casar com uma Caçadora de Sombras quando Mark e eu fomos mandados para a casa deles. Essa mulher poderia ter nos desprezado. Mas ela nos amava.

Ela era muito boa para mim quando eu era criança. Sempre me tratava exatamente como se eu fosse filha dela. Quero que minha família sinta orgulho de mim. Meu irmão Julian é muito inteligente. Ele poderia ser Cônsul um dia, assim como sua mãe é agora. Não posso ser um entrave nas realizações dele.. nas realizações de todos os meus irmãos.

Como se suas vidas não estivessem em perigo iminente, Aline foi até Helen e pegou uma de suas mãos.

— Você é do Conselho, não é? — perguntou. — E você só tem 18 anos. Você já dá muito orgulho a eles. Você é uma ótima Caçadora de Sombras.

Helen abriu os olhos e fitou Aline, então apertou a mão dela, e a esperança brilhou em seu rosto; em seguida, tremeluziu e se apagou.

— Não sou uma grande Caçadora de Sombras — falou. — Mas quero ser, se eu for grande, se a Clave se impressionar comigo, então sentirei que faço parte de alguma coisa. Mas tenho muito medo que eles concluam que eu não pertenço aos Caçadores de Sombras.

— Entendo — falou Aline.

Alec também entendia. Ele, Aline e Helen trocaram um olhar, unidos contra o mesmo temor solitário.

— Eu lamento muito — murmurou Helen, e sua voz flutuou até ele, suave como fumaça.

— Não tem motivo para lamentar — falou Alec.

— Eu lamento muito por não ter avisado a ninguém o que nós íamos fazer ou para onde estávamos indo, e agora nós vamos morrer — retrucou Helen.

— Bem — falou Alec, examinando as copas das árvores —, quando você fala desse jeito soa bem ruim. — Ele avistou um trecho da parede de fogo que crepitava levemente no ponto onde tocava um pedaço pantanoso do solo. As chamas lá eram um pouco mais baixas do que no restante da barreira.

— Caso a gente morra — falou Aline —, eu sei que acabamos de nos conhecer, Helen, mas...

— Nós não vamos morrer — interveio Alec. — Helen, você consegue pular bem alto?

Helen piscou e voltou a si. Ela aprumou os ombros e estudou as chamas.

— Eu não consigo saltar tão alto assim.

— Você não tem que saltar — falou Alec. — Olhe. — Ele avançou para o espaço entre dois dos pilares e, como antes, as chamas se curvaram para bloqueá-lo.

— E? — perguntou Aline.

— E — disse Alec — vou fazer isso de novo, e então uma de vocês vai saltar as chamas no momento em que elas se abaixarem para me bloquear.

Helen examinou as chamas.

— Ainda vai ser um pulo difícil. — Seu rosto endureceu quando ela tomou a decisão. — Eu vou saltar.

— Eu dou conta de saltar — falou Aline.

Helen pôs a mão no ombro de Aline.

— Mas fui eu que botei a gente nisso, e eu vou tirar a gente disso.

— Vocês vão ter apenas um segundo ou dois para o salto — falou Alec, recuando para correr. — E vão ter que ficar bem pertinho de mim.

— Eu vou ficar — falou Helen.

Um segundo antes de Alec começar a correr em direção à parede, Aline gritou:

— Esperem aí! E se estiver pior do outro lado das chamas?

— Foi por essa razão — falou Helen, brandindo outra lâmina serafim — que eu vim com armamento pesado. *Sachiel.* — Uma luz branca e familiar apareceu, e o brilho do *adamas* foi um sinal tranquilizador ante as chamas vermelhas demoníacas ao redor deles.

Alec sorriu. Estava começando a gostar de Helen. Então começou a correr. Ele mergulhou para o chão e sentiu o calor das chamas conforme elas se curvavam parar bloquear sua fuga. Ficou encolhido e ouviu Aline comemorar. Deu um salto e espanou a terra do corpo.

Fez-se um breve silêncio.

— Helen? — gritou Aline, insegura.

— Demônios! Demônios de fogo! São demônios! — gritou Helen em resposta, sem fôlego. — Os... pilares... são... demônios! Estou lutando contra um deles agora!

Somente agora Alec tinha notado que um dos pilares de chamas que havia se curvado para bloqueá-lo não retornara à posição original. Em vez disso, percebia, ele estava olhando para as costas de uma imensa forma humanoide feita de chamas, do outro lado da qual, provavelmente, estava Helen.

Ele e Aline se entreolharam. Sem saber direito o que fazer, Alec pegou o arco e atirou uma flecha diretamente no centro do pilar seguinte.

O pilar começou a se chacoalhar, dividindo-se e assumindo uma figura humanoide, que Alec reconheceu como um demônio Cherufe. O demônio rugiu, as chamas pareciam uma centena de terríveis línguas na boca vazia, e partiu para cima de Alec, com garras ardentes esticadas. A criatura se movimentava com a velocidade de chamas incontroláveis, diminuindo a distância do alvo num piscar de olhos.

Alec girou e se afastou das garras, tentando rolar para um ponto entre seu demônio e o demônio de Helen, simplesmente tentando evitar ser estripado e flambado. O mundo chacoalhou quando ele atingiu o chão duro e chiou por vários metros. Só a dor de uma fagulha que atingira sua bochecha o fez voltar novamente à consciência.

Só lhe restava observar, confuso, uma faixa de fogo vindo em sua direção em meio à escuridão. O demônio estava pronto para outra rodada.

Então Aline apareceu, cortando tão rapidamente com suas adagas, que seus braços eram um borrão. As lâminas angelicais tinham o efeito de água no fogo demoníaco, transformando-o em vapor sempre que o atingiam. Um corte na parte de baixo do tronco, um no meio e um para separar os braços em chamas, e o demônio Cherufe se desintegrou numa poça de magma, icor e vapor. Aline tinha faíscas alaranjadas em volta dela.

Ela colocou uma adaga debaixo do braço e ofereceu a mão livre a Alec. Helen, chamuscada, porém sem ferimentos, juntou-se a eles, aparecendo através das chamas diminutas do primeiro demônio assim que a criatura se desintegrou em cinzas. Juntos, eles se viraram para os outros Cherufes, que agora tinham assumido a forma humanoide usual.

Alec baixou, apoiado num dos joelhos, e três flechas cortaram o ar em rápida sucessão, atingindo um demônio Cherufe no peito; jatos de chamas jorraram das feridas. O bicho rugiu e se virou para o rapaz, deixando uma trilha de fogo em seu caminho. Alec atirou mais duas flechas, e então rolou para longe do monstro, dando fim a ele com mais uma flecha no olho. O demônio desabou feito uma casa em chamas.

Helen e Aline estavam juntas, de costas coladas, nas trevas da clareira da floresta, com a luz das faíscas infernais e o brilho das lâminas angelicais ao redor delas. Helen acabou com outro demônio com um giro que separou o tronco dos membros inferiores. Com cuidado, Alec abriu caminho pela confusão, mantendo-se à distância até ter um ângulo nítido da cena toda. Uma flecha arrancou um braço do demônio Cherufe, em seguida, outras fizeram com que ele caísse mesmo quando tentava atacar Aline. Uma investida da adaga acabou com ele.

Helen extenuou o último demônio com uma série de cortes rápidos, rasgando a pele de magma até ela jorrar pequenos jatos de chamas de todos os lados. Aline se aproximou, se abaixando sob um punho em chamas e passando correndo pelo demônio para afundar sua lâmina nas costas dele.

Assim que o último dos demônios Cherufe caiu, o fogo acabou, deixando marcas negras sobre a terra, além de fumaça cinza pairando no céu. Ainda havia alguns galhos ardendo e trechos de terreno queimando, mas ali também o fogo parecia morrer aos poucos.

— Helen — falou Aline, arfando —, você está bem?

— Estou — retrucou Helen. — Você está bem?

— Eu estou bem — falou Alec. — Não que alguém tenha perguntado.

Ele arrumou o arco e estremeceu ao se mexer, mas chegou à conclusão de que poderia suportar a dor. Não havia tempo para comemorar a vitória; era preciso descobrir imediatamente onde Magnus estava.

Helen estalou a língua.

— Você não está bem.

Alec ficou assustado ao reconhecer a expressão dela, uma expressão ao mesmo tempo exasperada e preocupada, e que ele mesmo assumia constantemente toda vez que Jace ou Isabelle agiam de modo irresponsável. Ela realmente era uma irmã mais velha.

Helen o fez sentar e puxou a camiseta, fazendo uma careta ao ver a ferida vermelha e cheia de bolhas. Ela pegou a estela, encostou no ferimento e começou a desenhar um *iratze*. As linhas traçadas reluziam em dourado e afundavam na pele. Alec sugou o ar entredentes enquanto ondulações de frio tomavam seus nervos. Quando os efeitos das Marcas diminuíram, restou apenas um trecho de pele vermelho em relevo no peito dele.

— Eu fiquei levemente distraída pelas paredes de chamas e pela nossa morte iminente — falou Aline. — Mas, Alec, você mencionou que o líder da Mão Escarlate nos mandou para cá?

Ele fez que sim com a cabeça.

— Uma feiticeira que viajava com a gente. Chama-se Shinyun Jung. Ela disse ser uma ex-cultista da Mão Escarlate e que estava tentando acabar com eles... mas acho que ela é a líder que estamos procurando. Nós temos que encontrar Magnus. Ele está correndo perigo.

— Espere aí — falou Helen. — Então você está dizendo que seu namorado não é o líder da Mão Escarlate, mas que sua outra companheira de viagem é? Tipo, você sempre insiste em viajar com cultistas?

Alec olhou para Aline em busca de apoio, mas ela simplesmente abriu os braços, como se indicasse estar dando razão a Helen.

— Não, eu sempre insisti em viajar com os *líderes* do culto — falou Alec. Ele botou a mão no bolso de trás do jeans e retirou o lenço de seda que tinha tirado do pescoço de Magnus pela manhã. Lembrou-se de que Magnus beijara seu pulso enquanto ele desamarrava o nó.

Alec apertou o tecido de seda no punho e desenhou uma Marca de rastreamento nas costas da mão. Levou um tempinho para o símbolo fazer efeito, e então ele viu fileiras de vultos, todos de branco, e paredes impossíveis de serem escaladas. Para seu espanto, sentiu a presença de medo. Não conseguia imaginar Magnus com medo de alguma coisa.

Talvez o medo que sentira fosse o dele mesmo.

Também sentiu um puxão, e agora seu coração era uma bússola que o orientava para uma direção específica. De volta a Roma. Não, não ao centro da cidade, mas para o sul dela.

— Eu o encontrei — falou Alec. — Temos que ir.

— Odeio dizer isso, mas nós acabamos de escapar de uma armadilha mortal — falou Aline. — Como é que vamos saber que não estamos indo direto para outra?

Helen botou a mão no pulso de Alec e o apertou.

— Não podemos ir — falou ela. — Já cometi erros demais indo por aí por conta própria, e uma pessoa morreu por causa disso. Nós tivemos sorte aqui. Precisamos de reforços. Precisamos voltar para o Instituto de Roma e explicar tudo.

— Minha prioridade é Magnus — falou Alec.

Ele sabia que Helen só estava tentando fazer a coisa certa. Alec se lembrou da própria frustração quando seu *parabatai* começara a acompanhar uma garota em todo tipo de missão maluca, desafiando a morte. Agora que ele estava no lugar de Jace, tudo parecia muito diferente.

— Alec — falou Helen. — Eu sei que você não quer meter Magnus numa encrenca...

— Eu vou sem vocês se necessário — falou Alec.

Ele não podia ir ao Instituto de Roma. Primeiro, porque não queria responder a um monte de perguntas incômodas... E se eles ficassem muito desconfiados, talvez pedissem a Espada Mortal para obrigá-lo a falar a verdade. Depois, porque ele não tinha tempo para nada disso; tinha certeza de que Magnus já estava em perigo. Precisava guardar o segredo de Magnus e precisava se apressar.

Queria que Aline e Helen viessem junto, mas não sabia como convidá-las. Não poderia exigir esse tipo de fé delas. Não tinha feito nada para merecê-la.

— Claro que você quer protegê-lo — falou Helen. — E se ele não for culpado, eu quero protegê-lo. Nós somos Caçadores de Sombras. Mas o melhor meio de protegê-lo e derrotar A Mão Escarlate é usando todos os recursos à nossa disposição.

— Não — falou Alec. — Você não entendeu. Pense na sua família, Helen. Você morreria por eles, eu sei. Eu morreria pela minha família... por Isabelle, por Jace. — Ele suspirou. — E por Magnus. Eu morreria por ele também. Seria um privilégio morrer por ele.

Ele desvencilhou o pulso da mão de Helen e começou a correr na direção em que a Marca de rastreamento apontava. Aline avançou e se postou na frente dele.

— Aline — falou Alec com veemência. — Eu não vou arriscar a vida de Magnus. Eu não vou informar ao Instituto, eu não vou aguardar por reforços. Eu vou atrás de Magnus. Saia do meu caminho.

— Não estou no seu caminho — falou Aline. — Estou indo com você.

— O quê? — gritou Helen.

A resposta de Aline não soou nada confiante, no entanto foi firme.

— Eu confio em Alec. Estou com ele.

Alec não sabia o que dizer. Felizmente, não havia tempo para discutir emoções. Ele assentiu para Aline e eles saíram juntos da clareira e seguiram pela trilha da floresta.

— Esperem — falou Helen.

Aline se virou para a outra. Alec mal olhou para trás.

Helen fechou os olhos.

— "Vá para a Europa, Helen", eles disseram. "Você não pode ficar em casa para sempre, Helen. Saia de Los Angeles, adquira cultura. Quem sabe você não namora alguém lá?" Ninguém disse: "Um culto e seus demônios vão te perseguir pela Europa e um Lightwood maluco vai te levar para a perdição." Esse é o pior intercâmbio que alguém já teve.

— Ora, acho que te vejo por aí — falou Aline, parecendo abalada.

— Estou indo — disse Alec.

Helen suspirou e fez um gesto de desespero com a lâmina serafim.

— Está bem, Lightwood maluco. Mostre o caminho. Vamos atrás do seu namorado.

24

Filha Amaldiçoada

O poço, no fim das contas, era uma parte da *villa*, e não um novo prédio construído pelo culto: um anfiteatro circular de pedra escavado no chão. Pátios de pedra conduziam para uma alameda circular coberta de grama no centro, na qual fora construído um palco elevado de tábuas de madeira bruta. Dois lances de degraus de pedra, em lados opostos, permitiam ir do nível do solo até os pátios ou até a alameda, e ao longo de cada pátio havia bancos de madeira. O palco era simples, exceto por algumas damas-da-noite estranhamente plantadas em fileiras cruzadas. A maioria tinha sido esmagada pelo palco de madeira. Os cultistas não apreciavam o trabalho duro de um jardineiro, pensou Magnus.

Fileiras e fileiras de bancos estavam cheias de cultistas. Todos os assentos estavam ocupados e havia mais gente amontoada atrás deles. Magnus imaginou que, se ele ia ser o espetáculo, que fosse então com a casa cheia.

Os cultistas estavam em silêncio e imóveis nos bancos. Vestiam roupas semelhantes, com chapéus fedora horrorosos e ternos brancos simples, com camisas e gravatas brancas. O gasto com lavanderia devia ser astronômico.

Os dois homens que escoltavam e arrastavam Magnus o fizeram descer pela escada; em seguida, jogaram-no no gramado ao lado do palco. Magnus se ergueu, acenou para a multidão e fez uma reverência com um floreio.

Ele não queria morrer nesse poço banal, cercado pelos fantasmas pálidos de erros passados, mas, se tivesse que morrer, planejava morrer com estilo. Ele jamais ia permitir que aquelas pessoas o vissem rastejando.

Shinyun foi até a alameda, com as roupas muito brancas sob a escuridão noturna e apontou na direção de Magnus. Bernard, que a seguira, ergueu uma espada para a garganta dele.

—Vista-o de branco — falou Shinyun —, para que a marca da Mão Escarlate apareça nele.

Magnus cruzou os braços e ergueu a voz e as sobrancelhas.

— Você pode me envenenar e me jogar numa masmorra. Você pode me espancar e até me sacrificar a um Demônio Maior. Mas meu limite é usar um terno branco para um evento noturno.

Bernard encostou a lâmina no pescoço de Magnus. O feiticeiro baixou o olhar para a espada com desprezo. Pôs um dedo na ponta afiada e a desviou para o lado.

— Você não vai me golpear. Eu sou a atração principal. A menos que vocês estejam planejando sacrificar Shinyun a Asmodeus, não é?

Os olhos de Shinyun eram duas cavidades cheias de ódio. Bernard, nervoso, teve um sobressalto e deu um passo rápido para trás.

Vários cultistas seguraram Magnus quando Shinyun saltou em cima dele, girando e lhe dando um chute no peito e outro no estômago. Magnus se abaixou de dor. Enquanto se esforçava para se manter de pé sem vomitar, eles o obrigaram a vestir os trajes brancos.

Bernard o puxou para que ficasse aprumado, segurando-o pelos braços. Magnus encarou a multidão implacável com olhos enevoados por causa da dor.

— Observem o Grande Veneno! — gritou Shinyun. — Nosso fundador. O profeta que nos uniu e depois nos abandonou.

— É simplesmente uma honra ser indicado — arfou Magnus.

Ele examinou o entorno com atenção, embora tivesse pouca esperança de fuga. Percebeu alguns demônios Raum guardando as entradas do túnel como seguranças em um estádio. Acima de sua cabeça, várias criaturas aladas imensas passavam. Estava escuro demais para ver do que se tratava, mas com certeza devia ser algum tipo de demônio, a menos que os dinossauros tivessem voltado.

— Não há esperança de fuga — falou Shinyun.

— Quem estava querendo fugir? — retrucou Magnus. — Permita-me parabenizá-la pela produção caprichada do seu ritual demoníaco. Acho que tem serviço de bar completo, não tem?

— Silêncio, Grande Veneno — falou o cultista à esquerda, que apertava o ombro de Magnus com força e de um modo particularmente pouco amigável.

— É só uma sugestão — falou Magnus. — Mas talvez possamos resolver isso de maneira civilizada, e por "maneira civilizada", quero dizer conversar e tomar uns drinques.

Bernard deu um tapa no rosto dele. Magnus sentiu gosto de sangue enquanto os olhos de Shinyun reluziam com prazer.

— Acho que não — falou Magnus. — Então vai ser com um ritual de morte demoníaco com gladiadores.

A voz de Shinyun ficou mais alta com magia e ressoou acima da voz de Magnus, retumbando por todo o anfiteatro.

— O Grande Veneno é um profeta fracassado de falsos ensinamentos! Diante de vocês, meus irmãos e irmãs, eu o destruirei e assumirei meu lugar como sua líder de direito, e então oferecerei este tolo indigno como sacrifício ao meu pai. Asmodeus se erguerá em glória. A filha de Asmodeus liderará vocês!

A multidão se agitou depois de um silêncio sinistro. Os cultistas começaram a entoar um cântico.

— A filha amaldiçoada. A filha amaldiçoada.

Magnus foi arrastado para o pequeno palco. Através da névoa de dor e desorientação, percebeu que os cultistas tomavam cuidado com as fileiras de damas-da-noite que circulavam e passavam sob a plataforma de madeira.

Bernard tinha acabado de jogar sal num pentagrama no centro do palco. Mãos rudes agarraram Magnus pelos cotovelos e o jogaram dentro do pentagrama. Magnus conseguiu sentar-se, com as pernas cruzadas, e tentou parecer casual. Bernard começou a tentar entoar o encantamento que selaria o pentagrama.

Após algum tempo, Magnus bocejou bem alto.

— Precisa de ajuda?

O rosto de Bernard ficou vermelho.

— Fique quieto, Grande Veneno. Eu sei o que estou fazendo.

— Se soubesse, não estaria aqui. Pode ter certeza.

O pentagrama seria ridiculamente fraco e frágil. Se Magnus tivesse sua magia, poderia tê-lo desmanchado com um sopro.

Bernard terminou o feitiço e saiu apressadamente dali quando faíscas começaram a voar de cada ponta do pentagrama. Magnus agitou os braços em torno para manter os carvões em brasa longe dele e, após um instante, alguns dos cultistas se deram conta de que o fogo poderia ser um problema no palco feito de madeira e começaram a balançar os braços e os chapéus para dispersar as faíscas.

O ritual estava começando com preocupação.

Shinyun esticou uma das mãos e um dos cultistas colocou a *samgakdo* nela. A feiticeira deu um passo à frente, a lâmina apontada para o pescoço de Magnus. Então fez um corte bem abaixo do pomo de Adão, um corte superficial, causando uma pontada de dor. Magnus baixou o olhar e viu a cor escarlate pingando em suas vestes brancas.

— Você tem um pouco de água com gás? — perguntou ele para Shinyun. — A roupa vai ficar manchada para sempre, a menos que a gente faça alguma coisa rapidinho.

— Você vai ser aniquilado — falou Shinyun. — Será esquecido. Primeiro, você saberá o que perdeu. Hora de se lembrar, Grande Veneno.

Shinyun começou o próprio encantamento. A multidão voltou a entoar "Filha amaldiçoada", mais baixo do que antes. Nuvens negras se reuniram acima do grande anfiteatro e raios cortaram a *villa* uma, duas, três vezes. As nuvens começaram a girar em um círculo vertiginoso acima das cabeças, formando um vórtice que, Magnus imaginou, era o começo da ligação entre este mundo e o outro.

Uma voz na cabeça de Magnus, assustadora como uma porta se abrindo para a escuridão completa, falou: *Sim, hora de se lembrar. Hora de se lembrar de tudo.*

Uma luz branda, desagradável e ofuscante apareceu no centro das nuvens rodopiantes, e a ponta de um funil começou a se materializar. Faixas de fumaça, insetos ou estática formaram enxames próximo à luz branca. A ponta do funil começou a descer do céu, diretamente para Magnus, que ficou aguardando, impotente, até que a tempestade o alcançasse. Ele fechou os olhos.

Magnus não queria morrer desse jeito, pela mão de uma feiticeira magoada e furiosa, na frente de um monte de tolos mal orientados e mal vestidos, com todos os erros estúpidos do passado voltando para acabar com a possibilidade deste futuro. Se ele morresse, não queria que arrependimento fosse a última coisa que ia sentir.

Então pensou em Alec.

Alec, com suas contradições dolorosas, tímido e corajoso, incansável e gentil. Os olhos azuis, da cor da meia-noite, e sua expressão quando eles se beijaram pela primeira vez. E pela última. Magnus jamais imaginaria que o beijo de hoje seria o último. Mas ninguém nunca sabia quando o último beijo chegava.

Magnus viu todos os amigos queridos. Todos os mortais perdidos, e todos os que continuariam a viver. Viu a mãe, que ele nunca fora capaz de fazer rir; Etta, da bela voz, que o mantinha dançando; o primeiro amigo Caçador de Sombras, Will. Ragnor, o eterno professor, que já se fora. Catarina, com as mãos que curavam e a graça infinita. Tessa, de coração inabalável e grande coragem. Raphael, que debocharia de todo esse sentimentalismo. Sua Clary, a primeira e última criança que Magnus veria crescer, e a guerreira que ele sabia que ela se tornaria.

E Alec novamente.

Alec subindo correndo os degraus da casa de tijolos marrons de Magnus, no Brooklyn, para perguntar se ele queria sair. Alec, agarrado a ele na água fria, oferecendo toda sua força. A surpresa impressionante da boca quente de Alec, as mãos seguras e fortes, no salão dos ancestrais angelicais. Alec protegendo os habitantes do Submundo no *palazzo* em Veneza, buscando Magnus através de uma nuvem de demônios, tentando protegê-lo em todos os terrenos e em todas as esquinas. Alec sempre preferindo Magnus à Clave, sem hesitar. Alec se voltando contra as Leis sob as quais sempre vivera para proteger Magnus e guardar seus segredos.

Magnus nunca imaginara que um dia precisaria de proteção. Sempre achara que isso o tornaria fraco. Ele estivera enganado.

O pavor acabou ali. Tremendo, incapaz de se mexer, com a escuridão engolindo-o, Magnus sentiu somente gratidão por sua vida.

Não estava pronto para morrer, mas se isso acontecesse hoje, ele encararia a morte com a cabeça erguida e o nome de Alexander Lightwood nos lábios.

A dor o atingiu, dilacerante e abrupta. Magnus gritou.

25
Correntes de Magia

Alec pegou o Maserati e seguiu para onde a Marca de rastreamento o levava, percorrendo uma estrada sinuosa que fazia espirais em torno de uma montanha. Helen e Aline gritavam para ele ir mais devagar. Ele ignorava, fazendo as curvas em alta velocidade. Helen deu um tapinha no ombro dele e depois ficou olhando adiante.

— Pelo Anjo — falou ela. — Um tornado.

Parecia mesmo um tornado. Um tornado de aparência maluca, espirais negras de nuvens com um brilho branco ofuscante em seu centro, girando no céu diretamente acima de uma *villa* em ruínas equilibrada no topo de uma montanha. Iluminava o céu noturno com um clarão nauseante. Eles pararam o carro a meio caminho da subida da montanha e observaram.

— Você acha que este é o lugar? — falou Aline secamente.

— Fico feliz por não termos nenhum reforço ridículo — resmungou Helen.

A ameaça do funil que se agitava era pontuada por raios luminosos periódicos que cortavam o céu. A cada clarão, trovões chacoalhavam o ar e o chão abaixo deles, pouco naturais em sua proximidade.

— Eu tenho que tirar Magnus dali — falou Alec. Ele acelerou o Maserati, fazendo com que o carro disparasse pela estrada. Helen e Aline se seguraram com força enquanto o carro sacudia nas curvas fechadas.

Ao fim da estrada, havia imensos portões de ferro através dos quais dava para se ver a casa principal da *villa*. Em cada um dos lados dos portões baluartes altos de pedras se estendiam em grandes curvas ao redor e mais além, atrás dos edifícios, circunscrevendo o terreno.

Um portão estava aberto, mas dois membros do culto guardavam a entrada. Ambos vestiam ternos e chapéus tão alvos que poderiam muito bem brilhar no escuro.

Alec deixou o carro na última curva da estrada, onde ele não podia ser visto dos portões. Eles saíram do carro e se esgueiraram por uns cinco metros, sem que nenhum dos guardas percebesse. Na deixa, Aline saiu do esconderijo e acenou. Conforme imaginado, a líder dos cultistas tinha feito o possível para que um feitiço de disfarce não funcionasse na Mão Escarlate, mas eles planejavam usar o fato de estarem visíveis como vantagem. No segundo que os cultistas olharam para Aline, Alec acertou o guarda da esquerda com uma pedra certeira, que atingiu o homem entre os olhos, nocauteando-o. Quando o outro guarda se virou para ver o que acontecera com seu colega, Helen atacou, seu corpo um borrão quando ela cruzou a estrada correndo e derrubou o sujeito. Um cotovelo depois, ele também estava desmaiado.

Eles rapidamente amarraram os cultistas e os esconderam atrás de uma fileira de arbustos antes de prosseguir até o terreno da *villa*. A entrada principal estava lotada de carros, estacionados ao acaso.

Alec contou dois outros cultistas nas portas principais, e outros tantos caminhando pela entrada, mas surpreendentemente havia pouca atividade.

— Para onde todos eles foram? — perguntou ele.

— Para onde quer que a Marca de rastreamento irá nos levar, provavelmente — respondeu Helen.

Alec as conduziu pela lateral da *villa*, contornando os baluartes externos até chegarem aos fundos da casa principal. Os baluartes continuavam atrás, mas jardins crescidos e densos bloquearam sua habilidade de ver mais além no terreno. Ele verificou a Marca de rastreamento mais uma vez e apontou para os jardins.

— Por ali.

— Ótima notícia — falou Aline. — Este lugar parece um risco à segurança.

Helen assentiu.

— Diretamente para o tornado da morte.

Assim que os três seguiram para os jardins, tornaram-se invisíveis para quem olhasse da casa. Foi preciso abrir caminho através de vinhas espinhentas e galhos amontoados, mas o vento uivava tão alto que Alec tinha certeza de que ninguém podia ouvi-los. Eles rastejaram pela propriedade, se deslocando de esconderijo em esconderijo até o jardim abrir caminho para uma clareira. A clareira terminava nas ruínas de uma muralha de rochas bem alta.

Aline inspirou fundo.

Um lagarto imenso, bípede, com uma fileira de dentes serrilhados por toda a testa marchava para frente e para trás diante da muralha. Ele tinha uma segunda boca mais abaixo da primeira, cheia de presas pingando baba. O rabo que chicoteava tinha navalhas nas beiradas.

Alec forçou a vista.

— Demônio Rahab. — Ele tinha enfrentado vários deles há apenas alguns meses.

Aline estremeceu e fechou os olhos.

— Eu odeio demônios Rahab — falou com veemência. — Lutei contra um na guerra, e os *odeio* de verdade.

— Quem sabe ele não nos viu? — sugeriu Helen.

— Ele sentiu nosso cheiro — falou Aline sombriamente.

Alec se deu conta de que os dedos de Aline tremiam, e os nozinhos deles estavam brancos de tanto apertar o cabo da arma. Helen esticou uma das mãos e a colocou sobre a de Aline, que sorriu, agradecida, e relaxou um pouco o aperto.

Helen falou baixinho:

— Talvez o vento leve nosso cheiro embora.

O demônio, semelhante a um lagarto, ergueu o focinho, lambeu o ar com a língua e olhou na direção deles.

Alec pegou o arco sombriamente.

— Bem, até agora tivemos sorte. — Sem dizer mais nada, ele atirou uma flecha no peito do demônio, fazendo-o cambalear. Antes que a flecha atingisse seu alvo, Helen já estava em movimento, percorrendo a distância até o Rahab num segundo. Um golpe na perna dele, pouco acima do joelho, fez a criatura urrar de dor, e então Helen dançou agilmente para se desvencilhar quando o bicho abriu as imensas garras para ela. Mais rápido do que parecia possível, a cauda longa varreu o chão e deu uma rasteira em Helen.

Aline se aproximara num átimo e agora saltava e enterrava suas adagas nas costas do demônio, que emitiu um gemido muito agudo, praticamente inaudível. Aline pegou uma de suas adagas e cravou a lâmina no pescoço dele. O demônio erigiu e a açoitou com sua língua-chicote. Aline ficou embaixo da língua e se agarrou a ela, cortando o demônio com uma violência que Alec nunca tinha visto nela, deixando a criatura sangrando devido a uma centena de feridas. Ela finalmente mergulhou, dando uma cambalhota na grama macia e ficando de pé. A ajuda rendeu a Alec o tiro limpo do qual ele precisava. Ele mirou rapidamente e enterrou mais uma flecha no pescoço exposto do demônio. Com uma grande pancada, o monstro caiu no chão e desapareceu, deixando um cheiro enjoativo no ar e um monte de icor na grama pisoteada ao longo da parede de pedra.

Aline foi até Helen e estendeu-lhe a mão. Helen hesitou por um momento; por fim aceitou e permitiu que a outra a auxiliasse a ficar de pé.

— Obrigada pela ajuda — falou Helen.

Alec apoiou o arco e saiu de perto do arbusto na periferia do jardim, juntando-se às duas garotas na muralha.

— Vocês duas formam uma dupla muito boa.

Helen parecia satisfeita.

— Formamos sim — concordou.

— Você também ajudou — emendou Aline lealmente. Alec ergueu uma sobrancelha para ela.

Ele pegou as flechas do chão no local onde o demônio tinha desaparecido. Aí conduziu a todos para a parte mais baixa da muralha de pedra em ruínas, ainda muito acima de suas cabeças, mas facilmente escalável por Caçadores de Sombras treinados.

Do outro lado da muralha, via-se uma construção decrépita, menor do que a casa principal. Na frente, havia seis cultistas, armados até os dentes e reluzindo feito neon branco em seus ternos alvos.

— A Marca de rastreamento diz que é por aqui — falou Alec baixinho, apontando para as portas da construção em ruínas adiante.

— Passando pelos cultistas — falou Helen, cansada. — Claro.

— Está tudo bem — assegurou Aline, pondo a mão no cinto de armas. — Eu estou no modo irritado.

— Muito bem — falou Alec. — Se nós nos espalharmos...

Ele se calou quando o grito cortou a noite. Era um grito longo, de dor e horror, sofrido e profundo, e lhe cortou a alma. A voz era inconfundível.

Ele deixou escapar um gemido de desespero antes de se dar conta do que estava fazendo.

— *Alec* — falou Helen ao ouvido dele, agarrando a manga da roupa com a mão pequenina. — Calma. Nós vamos buscá-lo juntos.

O grito de Magnus se calou, mas Alec já tinha se esquecido de toda sua estratégia, de todos os seus planos. Ele saiu correndo, brandindo o arco como um bastão.

Os cultistas se viraram, surpresos, mas ele já estava em cima deles. Atingiu o primeiro homem no abdome quando passou; em seguida, girou e rodou o arco acima da cabeça, acertando o segundo no rosto. O terceiro deu um soco que Alec amorteceu com a mão livre. Alec torceu o pulso e girou o corpo do homem num ângulo marcante; em seguida, o atirou no chão.

Enfrentar mundanos era fácil demais.

Helen e Aline correram na direção dele, cada uma segurando uma lâmina. Ao avistar outras duas Caçadoras de Sombras juntando-se ao rapaz que tinha dizimado seus companheiros, os três cultistas restantes largaram as armas e fugiram.

— É isso aí! — gritou Aline atrás deles. — E parem de adorar demônios!

— Você está bem, Alec? — perguntou Helen.

Ele respirou fundo.

— Tentando ficar mais agressivo.

— É o estilo dos Caçadores de Sombras — concordou Aline.

— Eu não vou ficar bem até resgatarmos Magnus — falou ele.

Helen assentiu.

— Então vamos.

Passando por cima dos cultistas, eles cruzaram a construção em ruínas, vazia, exceto pela poeira e pelas aranhas, e irromperam do outro lado de um...

Um anfiteatro. O local tinha aparência antiga, escavado na terra, com um pátio de pedra. Ao longo dos bancos, o público formado pelos membros da Mão Escarlate, todos vestidos com as mesmas roupas brancas, observava a ação. Uma escada comprida com degraus de pedra conduzia a uma plataforma grande de madeira sobre a grama, a qual funcionava como um palco. Os olhos de Alec encontraram Magnus no mesmo instante: de joelhos, cabeça abaixada, no centro de um pentagrama de sal. Shinyun estava ao lado dele, de pé, com uma espada na mão. O redemoinho que eles tinham visto de longe estava bem perto agora e descia como um funil diretamente no feiticeiro, girando com cinzas e luz. O palco inteiro parecia prestes a ser levado pelo redemoinho, ou destruído pelo fogo.

Alec correu diretamente para ele.

26

Pecados Antigos

A terra chacoalhou, o ar pulsou e Magnus sentiu mil agulhas furando-o de todos os lados. Uma força tomou conta de sua mente, retorcendo, sovando e moldando num novo formato, como se fosse massa de pão. Ele gritou.

A dor tornou o mundo branco. Quando Magnus piscou para afastar a confusão, viu um cômodo pequeno com teto de gesso e ouviu uma voz familiar chamando seu nome.

— Magnus.

O dono da voz já estava morto.

Magnus se virou lentamente e viu Ragnor Fell, sentado do outro lado da mesa de madeira arranhada, na frente do próprio Magnus — um segundo Magnus. Um Magnus mais jovem, menos incapacitado pela dor excruciante. Ambos seguravam imensas canecas de alumínio, ambos desalinhados e ambos muito bêbados. Os cabelos brancos de Ragnor estavam enrolados em torno dos chifres, como nuvens pegas pela hélice de um avião. As bochechas verdes de Ragnor estavam escuras, um tom verde-esmeralda.

Ele parecia incongruente. Era bom vê-lo novamente.

Magnus percebeu que estava preso dentro da própria memória, e era obrigado a testemunhar a cena.

Ele se aproximou de Ragnor, que esticou uma das mãos sobre a mesa. Magnus queria ser a pessoa para quem seu amigo estendia a mão. Esperança era tudo de que precisava; ele sentiu seus eus do passado e do presente se esticarem um para o outro, juntando-se em um único corpo. Magnus era mais uma vez o homem que fora, prestes a ficar cara a cara com as coisas que fizera.

Ragnor falou delicadamente:

— Eu estava preocupado com você.

Magnus acenou a caneca com um descuido estudado. A maior parte do conteúdo derramou sobre a mesa.

— Estou me divertindo.

— Está mesmo? — perguntou Ragnor.

Os fantasmas da dor antiga arderam nele, vivos e violentos por um instante. Seu primeiro amor, aquele que ficara, tinha morrido de velhice em seus braços. Desde então houve muitas tentativas de encontrar amor. Ele já tinha perdido amigos demais, e era jovem demais para saber lidar com a perda.

E havia mais uma coisa.

— Se eu não estiver me divertindo agora — retrucou Magnus — só tenho que me esforçar mais.

— Desde que você descobriu a identidade de seu pai, não tem sido a mesma pessoa.

— Claro que não! — retrucou Magnus. — Eu fui inspirado a criar um culto em sua honra. Um culto para fazer todas as coisas mais ridículas que sou capaz de pensar. E isso vai fracassar de modo espetacular ou vai ser a maior pegadinha da história. Não tem lado ruim.

Não foi essa a conversa que eles tiveram centenas de anos atrás, mas as lembranças haviam se distorcido e mudado com o passar dos anos, e tanto ele quanto Ragnor falavam no idioma e jargão dos dias de hoje. A memória era uma coisa engraçada.

— Era para ser uma brincadeira — falou Ragnor.

Magnus pegou a bolsa cheia de dinheiro e a ajeitou. Centenas de moedas caíram sobre a mesa. Todos os ladrões na taberna silenciaram.

A vida toda de Magnus era uma piada. Ele tinha passado tanto tempo tentando provar que seu padrasto estava errado, e agora sabia que seu pai era um Príncipe do Inferno.

Ele ergueu os braços.

— Uma rodada para todos os presentes!

O recinto irrompeu em gritos e aplausos. Quando Magnus se virou novamente para Ragnor, viu que até ele estava rindo, balançando a cabeça e bebendo de uma nova caneca.

— Ora, bem — falou Ragnor. — Quando é que fui capaz de dissuadir você de suas terríveis ideias... e, no caso, me refiro a literalmente todas as suas ideias? Nunca.

Se Magnus era capaz de fazer todas as outras pessoas rirem, sem dúvida também ficaria com vontade de rir. Se ele tivesse alegria suficiente ao redor, nunca estaria sozinho, e se fingisse que estava tudo bem, certamente isso se tornaria verdade.

— Muito bem — continuou Ragnor. — Digamos que você começou um culto de brincadeira. Como você resolveria isso?

Magnus sorriu.

— Ah, eu tenho um plano. Um plano fantástico. — Ele estalou os dedos, causando faíscas elétricas e fazendo com que as moedas espalhadas pulassem da mesa. — Eis o que eu vou fazer...

As paredes de madeira coloridas da estalagem, decoradas com armas, escudos e cabeças de animais, desapareceram. Ragnor, juntamente a todos que estavam no local, viraram pó. Magnus foi abandonado lá, fitando, desolado, o espaço vazio onde seu melhor amigo estivera.

E logo estava em um cômodo diferente, em um palco diferente, em uma terra diferente, perguntando a uma multidão se eles já tinham se sentido sozinhos, se queriam pertencer a algo maior do que eles. Ele bebia vinho tinto de um cálice e, quando acenou com uma das mãos pelo cômodo, viu as canecas de todo mundo se encherem com cerveja. Magnus falou o nome de Asmodeus e todo o recinto deu risadas, tomados de prazer e admiração.

O teto se dissolveu em céu aberto, os candelabros em centenas de estrelas piscando. Os soalhos de madeira estavam cobertos com tapetes de veludo que se transformaram em campos de grama verdejantes ladeados por fileiras de arbustos bem aparados, uma fonte em um dos lados. Magnus ergueu a mão e notou a taça de champanhe cheia até a metade com um líquido dourado e borbulhante.

— Grande Veneno! — entoaram seus seguidores. — Grande Veneno!

Magnus fez um gesto cheio de floreios e então uma mesa apareceu, cheia de taças de bebida empilhadas como uma pirâmide. Vinho branco fluía bem do alto e enchia cada taça abaixo, que por sua vez transbordava e criava uma bela cascata. Gritos irromperam, percorrendo a multidão, e o som praticamente levou o coração de Magnus junto.

Ele brindou ao recente e bem-sucedido ataque ao tesouro de um conde corrupto e à sua distribuição para os hospitais. Os cultistas limpavam as ruas da cidade, alimentavam os pobres, pintavam raposas de azul.

Tudo em nome de Asmodeus.

O culto era uma piada. A vida era uma piada, e o fato de que sua vida nunca teria um fim era só o desfecho ruim daquela piada.

Magnus caminhou até a pira gigante queimando no centro da celebração. A multidão, que estava na beirada de seus assentos, deu as mãos e caiu de joelhos quando o vulto desproporcionalmente grande de Asmodeus apareceu bem acima deles. Magnus tinha passado boa parte da semana trabalhando naquela ilusão e estava particularmente orgulhoso do resultado.

Esperava que a multidão gritasse novamente, no entanto, todos ficaram silenciosos. O único som era o crepitar das chamas.

— Esta não é uma ocasião especial — falou o Asmodeus branco, gigante e reluzente para os fiéis adoradores. — Um monte de tolos sendo conduzidos por um grande tolo, colocando uma marionete de mim acima deles numa paródia ridícula de adoração.

O terreno da celebração ainda estava quieto como mortos após uma batalha. Todos os seguidores estavam em silêncio, de joelhos.

Ah. Não.

— Olá, filho — falou Asmodeus.

O redemoinho de movimento, brilhante e vertiginoso no qual Magnus estava parou abruptamente. Ele tinha zombado do nome de Asmodeus, zombado da ideia de adoração. Tinha desejado que suas ações incendiassem o céu, lançando o desafio para ambos os pais.

Magnus tinha feito tudo isso porque sabia que, não importava a quem ele tentasse chamar, ninguém viria.

Só que alguém tinha vindo. Seu pai viera para destruí-lo.

Magnus se flagrou congelado, incapaz de mexer um dedo que fosse. Só lhe restava observar enquanto Asmodeus saía da pira e se aproximava, sem pressa.

— Muitos me adoraram — falou Asmodeus —, mas raramente tantos gritaram meu nome com tanto afinco. Isso atraiu minha atenção, e então vi quem era o líder deles. Tentando entrar em contato, meu filho?

Magnus tentou falar, mas sua boca estava selada por algum tipo de magia desconhecida. Só um gemido baixinho escapou entre os dentes trincados.

Ele encontrou os olhos de Asmodeus e balançou a cabeça com muita firmeza. Talvez não conseguisse falar, mas queria deixar sua total rejeição bem clara.

As chamas vivas que eram os olhos de Asmodeus escureceram por um momento.

— Obrigado por reunir estes seguidores para mim — sibilou finalmente. — Tenha certeza de que farei bom uso deles.

O suor escorria pelo rosto de Magnus. Mais uma vez, ele lutou para falar e, mais uma vez, falhou.

Asmodeus mostrou duas fileiras de dentes afiados.

— Quanto a você, como qualquer criança malvada, sua insolência deve ser punida. Nem você se lembrará do que fez, nem aprenderá coisa alguma disso, pois a memória do justo é uma bênção, mas o nome do perverso apodrecerá.

As palavras eram da Bíblia; demônios citavam frequentemente as Sagradas Escrituras, em especial os trechos com pretensões à realeza.

Não, Magnus quase implorou. *Deixe-me lembrar*, mas Asmodeus tinha coberto a testa de Magnus com a mão ossuda, semelhante a garras. O mundo ficou ofuscantemente branco, e então ofuscantemente escuro.

Magnus voltou a si, nos dias atuais, ajoelhando-se diante dos membros de seu próprio culto; as memórias que seu pai tirara dele restauradas.

Ele estava de joelhos. Shinyun de pé ao seu lado, curvada, de tal modo que seus rostos estavam muito próximos.

— Você viu? — questionou ela. — Viu o que você fez? Viu o que você poderia ter feito?

A primeira emoção que Magnus sentiu foi alívio. No fundo de sua mente, ele sempre se preocupara com o que era verdadeiramente capaz de fazer. Ele sabia o que era: o filho de um demônio, o filho da realeza infernal, sempre temendo as próprias habilidades. Ele tinha tanto medo de que pudesse ter criado esse culto com intenções malignas, usando-o para objetivos terríveis, que talvez tivesse apagado as próprias lembranças de tal modo que nunca mais tivesse de encarar o que havia feito.

Mas não. Ele fora um tolo, mas não fora mau.

— Eu vi — respondeu Magnus baixinho.

A segunda sensação que o invadiu foi vergonha.

Fez um esforço para ficar de pé. Então se virou e observou a aglomeração, a horda de mundanos que reunira acidentalmente e que transformara em cultistas com uma piada ruim, o bando de idiotas que provavelmente apenas buscava alguma coisa maior do que eles mesmos, buscando uma certeza de que suas vidas tinham sentido e de que não estavam sós no mundo. Magnus se lembrava de ter sentido tanta dor que chegara ao ponto de esquecer que as outras pessoas importavam. Ele fizera de suas vidas uma piada. Tinha vergonha disso e não gostaria que Alec conhecesse a pessoa que tinha feito isso.

Há muito tempo, ele vinha tentando ser uma pessoa diferente. E, se deu conta, não sentia mais a dor louca que sentira ao se embebedar com Ragnor naquela noite, muito tempo atrás. Especialmente não desde que encontrara Alec.

Magnus ergueu a cabeça e falou numa voz clara:

— Eu sinto muito. — Ele se deparou com o silêncio surpreso. — Há muito tempo, pensei que seria engraçado iniciar um culto. Reunir um grupo de mundanos para pregar umas peças e fazer umas brincadeiras. Tentei tornar a vida menos séria do que é. A piada deu errado. Séculos mais tarde, todos vocês estão pagando o preço pela minha loucura. Eu sinto muito por isso.

— O que você está fazendo? — quis saber Shinyun atrás dele.

— Não é tarde demais — gritou Magnus. — Todos vocês podem se afastar disso, dos demônios que não são deuses e da loucura dos imortais. Vão viver suas vidas.

— Cale a boca! — gritou Shinyun acima da voz dele. — Eles são seus adoradores! Os meus adoradores! As vidas deles são nossas para fazermos o que bem entendermos! Meu pai tinha razão. Você é o maior dos tolos, o príncipe dos tolos, e você falará loucuras até alguém cortar sua garganta. Eu vou tomar a frente deste momento. Vou fazer pelo meu pai.

Ela saiu da frente de Magnus e encarou a multidão.

— Agora é a hora de encarar nossa sina. Agora é a hora em que vocês, meus irmãos e irmãs, serão elevados acima de todos os outros, acima até mesmo dos anjos, e não terão de responder a ninguém mais senão ao maior dos demônios e feiticeiros. Vocês se sentarão aos pés do trono do meu pai!

Ela fez uma pausa e esperou, como se estivesse na expectativa de gritos de comemoração. Não houve nenhum. No topo dos degraus de pedra no fundo do anfiteatro, Magnus percebeu um princípio de caos. Cultistas convergiram para o topo dos degraus e então foram violentamente empurrados para trás, e alguns deles tombaram em assentos e degraus.

Shinyun cambaleou e fez um gesto para os guardas perto do palco.

A perturbação se espalhava e ficava mais barulhenta. Magnus não conseguia distinguir o que estava acontecendo — parecia uma briga, e cultistas eram jogados pelos degraus e uns sobre os outros com abandono. Os guardas mais armados e próximos do palco tinham dificuldade para furar a aglomeração e chegar ao motim.

Magnus sentiu uma pontada de esperança. Talvez alguns dos cultistas tivessem repensado seu plano estúpido e perigoso. Talvez tivessem entrado em conflito entre si — cultistas faziam isso com frequência — e se esquecido dele e de Asmodeus. Talvez...

— Pelo visto — falou Shinyun, uma explosão de fogo laranja se reunindo em seu punho — eu vou precisar fazer tudo pessoalmente.

Ela foi até a beirada do palco. Mas assim que alcançou o perímetro, atingiu uma barreira invisível e foi lançada para trás violentamente. O círculo de sal e de damas-da-noite começou a brilhar com fogo pálido.

Magnus ficou imóvel ao se dar conta do que era: as damas-da-noite que cobriam a beirada do palco não eram apenas decorativas. Seus olhos seguiam as fileiras de flores que se cruzavam e percorriam a plataforma por baixo. Juntas, elas formavam um pentagrama gigantesco. Um pentagrama muito maior e muito mais forte. Mas quem tinha feito aquele ali? Não fora Shinyun — ela pareceu um tanto surpresa ao descobrir que estava presa dentro dele.

Shinyun se recompôs e ficou olhando para as flores. Tentou escapar novamente e foi repelida com mais força ainda pela segunda vez. Resmungou e se levantou com dificuldade.

Bernard estava de pé, do lado de fora do pentagrama, observando-os com certa expectativa.

Shinyun sibilou para ele:

— O que significa isto?

Bernard se curvou um pouco, com ar zombeteiro.

— Minhas sinceras desculpas, Filha Amaldiçoada. A questão é que embora eu entenda que você pertence à nossa camada mais assassina e militante, este culto sempre foi mais sobre prazer hedonista do que estrita dedicação ao mal. A Mão Escarlate concordou que nós não queremos obedecer às suas regras deprimentes e nem viver sob sua liderança extremamente rigorosa.

— Ora, ora — falou Magnus suavemente.

— Você discorda, Grande Veneno? — perguntou Bernard.

— De modo algum — falou Magnus. — Vamos nos divertir.

Shinyun encarava Bernard e, em seguida, olhou para os rostos dos cultistas sentados em fileiras ao redor dela. Aquelas pessoas não estavam ali para observar o profeta, percebeu Magnus. Estavam ali para um espetáculo de sangue e traição.

— Mas eu sou uma de vocês — falou Shinyun energicamente. — Eu faço parte de vocês. Sou sua líder.

Bernard olhou para Magnus.

— Com todo o respeito ao Grande Veneno, nós sabemos como é fácil substituir um líder.

— O que foi que você fez? — perguntou Shinyun.

Bernard falou:

— Você não é a única que consegue se comunicar com Asmodeus. Você não é a única que consegue invocar demônios para servi-la.

— Ah — falou Magnus. — Ah, não.

Bernard emendou, cada vez mais triunfante:

— Ele vem quando nós chamamos!

Magnus fechou os olhos.

— O mal sempre vem.

Fora do pentagrama, cultistas gritavam, demônios urravam e vultos negros se erguiam contra o céu. Dentro do pentagrama, o som mais alto que se ouvia era a respiração entrecortada de Shinyun.

— Não queremos feiticeiros nos governando — falou Bernard. — Queremos deter o poder irrevogável e dar as melhores festas. Por isso, vocês dois estão presos no pentagrama e nós pretendemos sacrificar vocês a Asmodeus. Sem ofensa, Grande Veneno. Não é pessoal. Na verdade, você é meio que meu ícone de estilo.

— Não importa o que Asmodeus tenha prometido a você, ele está mentindo — falou Magnus, mas Bernard riu com desdém.

Uma vez que um Demônio Maior fosse invocado, ele corromperia quem estivesse ao alcance. Asmodeus oferecia tentações a que ninguém era capaz de resistir e realizava jogos mais cruéis do que os mortais poderiam sonhar. Não era de se admirar que Bernard tivesse soado assustado quando Magnus fizera uma piada sobre sacrificar Shinyun.

Shinyun nunca fora a inimiga. Shinyun nunca fora a verdadeira líder da Mão Escarlate. A partir do momento que Magnus perdera o controle, todos esses anos atrás, fora obra de Asmodeus. Sempre fora apenas Asmodeus.

Bernard se afastou, confiando que o pentagrama manteria suas vítimas presas. Shinyun correu pelo pentagrama, como se estivesse com o corpo em chamas. Ela tentou lançar feitiços para se libertar, mas foi inútil. Gritou com os cultistas para que quebrassem a barreira, mas todos eles ficaram olhando para ela com uma indiferença completa.

Finalmente, ela se voltou para Magnus e gritou:

— Faça alguma coisa!

— Não se preocupe, Shinyun. Conheço um feitiço que pode quebrar todos, menos os pentagramas mais poderosos. — Magnus gesticulou por um segundo, em seguida, parou e deu de ombros. — Ah, sim, eu me esqueci. Eu poderia ter tirado a gente daqui, mas perdi meus poderes porque alguém me envenenou.

— Eu te odeio — murmurou Shinyun.

— Devo acrescentar que Filha Amaldiçoada é um apelido terrível — falou Magnus.

— Olha quem fala — zombou Shinyun. — Grande Veneno?

— É justo — falou Magnus. — Era uma brincadeira com meu nome. Magnus Bane? Confesso que tenho uma queda por brincadeiras...

Shinyun arfou. Um demônio alado colidiu contra o chão e aterrissou com um grito terrível entre os cultistas em pânico. A multidão se dividiu e Alec Lightwood emergiu, já a meio-caminho dos degraus do anfiteatro.

Magnus ficou abalado. Uma dor inesperada poderia causar o mesmo efeito, pegando você de guarda baixa e chacoalhando seu universo inteiro, mas o que Magnus sentia não era dor.

Era uma grandiosa explosão de emoção avassaladora: temor pela vida de Alec, amor, alívio e uma alegria desesperada e dolorosa. *Alec, meu Alexander. Você veio atrás de mim.*

Os cultistas avançavam para Alec, que ia jogando todos longe. Para cada cultista que ele derrubava, três apareciam em seu lugar. Eles atrasavam o progresso de Alec, mas não poderiam impedi-lo, nem demônio algum da terra ou do ar poderia fazê-lo. Ele tampouco estava sozinho: uma garota de cabelos claros estava à sua esquerda, e, à direita, uma garota de cabelos pretos. Ambas portavam lâminas, mantendo a multidão à distância enquanto Alec atirava flechas em outro demônio e, em seguida, derrubava um cultista usando a base do arco.

Magnus assimilou a visão de Alec: os ombros fortes, os cabelos pretos selvagens e os olhos azuis. Magnus sempre amara aquele tom específico de azul, o tom do último instante, quando a noite ainda estava cheia de luz.

Magnus caminhou para a beirada reluzente do pentagrama. Havia alguma coisa brilhante crescendo nele, além do amor e da esperança. Ele sentia o poder voltando, embora ainda estivesse fora de seu alcance.

Magnus esticou a mão para Alec, e seus dedos foram capazes de romper as linhas brilhantes de magia, atravessando a névoa mágica como se a magia fosse água. Quando tentou caminhar até Alec, porém, parou como se a magia fosse uma parede de pedra.

Conseguir colocar só as pontinhas dos dedos fora do pentagrama não ia ser muito útil.

— Nada disso importa! — A voz de Shinyun atrás de Magnus foi um rugido. — Meu pai está vindo! Ele vai acabar com você, o infiel que deveria ter sido o mais fiel, o falso profeta, o Nephilim nojento. Todos vocês! Ele vai me colocar ao lado dele, o lugar ao qual eu pertenço.

Magnus se virou, a felicidade abruptamente sendo substituída por um temor doentio.

A rocha ao redor deles estava perdendo toda a cor. Desde as fileiras do alto até embaixo, a rocha descoloriu para branco até parecer se espalhar no ar, formando uma coluna de estática branca que se juntava ao funil de nuvem e fumaça que marcava o local do ritual. Uma tempestade de pequenos flocos pretos esvoaçava dentro da coluna. Fios de fumaça dançavam dentro da luz. Um zumbido enchia o ar, uma torrente de murmúrios sinistros de outro mundo.

Uma voz em sua mente falou: *Eu lhe disse que é hora de se lembrar de tudo.* Não era seu medo falando; era seu pai.

— Ele está vindo! — gritou Shinyun.

— Por quê? — berrou Magnus para ela. — Ninguém fez sacrifícios ainda!

Eu vim porque é o que os meus seguidores querem, falou a voz. *O caminho está aberto para mim.*

Havia uma densidade terrível no ar, a sensação de um sopro úmido que congelava as veias. Era uma onda de agitação que fazia Magnus querer correr para algum lugar, qualquer lugar, fugir, mas seu corpo não permitia. Algum instinto animal profundo dentro dele sabia que não havia um lugar seguro.

A aproximação de um Demônio Maior, fortalecido pela adoração de tantos cultistas, preenchia cada sentido, destruía cada sentimento diverso até restar somente o puro horror.

Acima do pentagrama, a estática tomava forma.

27

Forjado no Fogo

Alec tinha noção de que eles estavam em muito menor número. Cada alma sentada no anfiteatro — e eram muitas — tinha se virado para encará-los. Uns poucos já estavam de pé e se preparavam para pegar em armas: tacos e bastões, principalmente, embora ele visse várias lâminas reluzindo sob a luz.

— Uau, tem um monte de cultistas — murmurou Aline. — Eles devem ter vindo de carona.

O esboço de sorriso de Helen desapareceu quando dois cultistas lhe agarraram o braço. Aline deu uma cotovelada na garganta de um deles e Helen, uma cabeçada no peito do outro. Um tolo atacou Alec e ganhou um soco no rosto. Alec perdera Magnus de vista, e no momento encarava uma muralha de mãos em garra e pés aos chutes.

O único caminho até Magnus seria passando por eles.

— Senhoras — chamou Alec —, vamos?

— Com certeza — murmurou Helen docemente, e chutou um homem na rótula.

Alec se desviou de um soco mal dado e devolveu um soco bem dado. Nas pausas da briga, Alec atirava flechas em figuras demoníacas que davam voltas no céu.

Ele poderia fazer isso o dia inteiro. Só sabia seguir em uma direção. A do palco. A direção de Magnus. Nada importaria até que ele alcançasse Magnus.

Alec via Magnus a intervalos em meio à multidão: ele estava de pé, sobre o palco, como se estivesse discursando ao grupo. Shinyun estava ao lado dele e agitava os braços, felizmente sem participar da batalha ainda. Magnus se virou parcialmente; havia sangue no pescoço e na camisa, além de um hematoma escuro no rosto.

Alec sentiu um aperto no coração. Então Magnus o avistou: foi um daqueles breves instantes de quietude na batalha, como o olho de um furacão, onde o tempo se adelgaçava. Magnus parecia tão perto, como se Alec pudesse esticar a mão e tocá-lo, acariciar seus ferimentos, se colocar entre ele e a multidão.

Ele se lembrou de um dia em que correra para o prédio de Magnus, no Brooklyn. Eles estavam no início do namoro ainda. Na época, tanta coisa acontecia, no mundo e dentro de Alec. A guerra estava começando e Alec não era capaz de lidar com a raiva, a confusão e a saudade em seu próprio coração.

Ele só conhecia Magnus há algumas semanas. Não fazia sentido ele estar aproveitando a chance para vê-lo quando sua família pensava que ele estava treinando e suas mentiras poderiam ser descobertas a qualquer momento. Ele sentia tanto medo, o tempo todo, e se sentia tão solitário em seu medo.

Alec já tinha uma chave — Magnus explicara que era mais fácil e que ele tinha barreiras mágicas suficientes no apartamento para saber se alguém além de Alec entrasse usando aquela chave. Alec entrara correndo, o coração acelerado. Então flagrara Magnus bem no centro do apartamento, absorvido e concentrado em seu trabalho. Ele usava camisa de seda laranja e folheava três livros de feitiços ao mesmo tempo, virando as páginas com mãos cheias de anéis e uma agitação de faíscas azuis. O estômago de Alec ganhara um rombo de medo, só de pensar no que seu pai acharia caso soubesse que ele estava ali.

Então Magnus erguera o olhar dos livros de feitiços, vendo Alec e sorrindo. E assim o coração de Alec cessara seu martelar frenético, como um prisioneiro desesperado para escapar. Alec se deu conta, então, de que poderia ficar numa boa ali, de pé à entrada, só observando Magnus sorrir para ele, pelo restante de seus dias.

Magnus estava sorrindo daquele mesmo jeitinho agora, apesar de todo o horror se desdobrando ao seu redor; os cantinhos dos olhos dourados se enrugando. Era um sorriso tão doce e surpreso, como se Magnus estivesse tão confuso — e tão feliz — por ver Alec, que se esquecera de todo o restante.

Alec quase se viu tomado pela ânsia de sorrir de volta.

Então Helen gritou:

— *Demônios Shinigami*!

A Mão Escarlate não estava brincando. De todos os demônios alados, os Shinigami estavam entre os piores. Com suas bocas famintas, semelhantes a mandíbulas de tubarão, e imensas asas pretas mal recortadas, os demônios Shinigami tinham prazer em arrancar os rostos das pessoas e esmagar os ossos até virar pó.

Uma sombra caiu sobre Alec. Ele ergueu o olhar para uma boca sorridente, cheia de dentes, e disparou uma flecha.

O primeiro Shinigami evitou a flecha por um triz e mergulhou direto para os Caçadores de Sombras. Algumas outras das imensas criaturas estavam bem pertinho deles. Uma segunda flecha derrubou o Shinigami mais próximo do ar e o fez desabar nos assentos. E então o restante dos demônios estava armando o bote para eles.

O mais próximo aterrissou nos degraus com uma pancada pesada. Aline correu e o cortou com as lâminas serafim, entalhando cortes profundos no peito da criatura, que rugiu e a golpeou com a asa, derrubando-a.

O Shinigami recuou, elevando-se acima. Suas asas repeliam a luz das estrelas e traçavam um buraco negro e irregular contra a noite. Outro dos demônios Shinigami tombou entre os cultistas, fazendo-os correr em busca de abrigo.

— *Eremiel*! — O grito de Helen se ergueu acima do barulho ensurdecedor enquanto ela dançava entre os vultos imensos, com vislumbres brancos da lâmina serafim iluminando a noite.

Alec saltou para o lado e evitou um demônio que se atirara para ele, as garras quase arranhando seu ombro. Ele deslizou de costas e rasgou a asa do monstro com outra flecha, fazendo com que colidisse no solo. Alec olhou ao redor para achar os outros:

— Aline, cuidado!

Aline estava de pé outra vez, correndo entre dois Shinigami, cortando-os com as lâminas serafim. Outro demônio mergulhava na direção dela.

Helen empurrou Aline para um local seguro no último segundo. O demônio passou direto por elas, depois deu meia-volta para atacar uma segunda vez. Ele exibiu as presas, cada uma tão comprida quanto a mão de um ser humano. Helen ficou de pé, apertando o ombro machucado. Aí caiu de joelhos quando o monstro pulou, erguendo a lâmina serafim, abrindo-o do umbigo até o pescoço.

— Pelo Anjo! — gritou Aline. — Isso foi incrível.

Helen sorriu, mas não por muito tempo. Nem bem ela acabou de matar um deles, outro demônio aterrissou na sua frente e acertou seu rosto com uma asa cheia de garras. Dessa vez, Aline estava lá e rasgou a asa bem na junta, separando-a completamente. Helen também atacou, girando, cortando e decapitando a criatura.

Alec voltou sua atenção para outro Shinigami que mergulhava e conseguiu evitar ser partido em dois por uma asa afiada. Ele rastreou a trajetória quando o demônio passou e atirou nas costas dele. O bicho colidiu contra a fundação do anfiteatro.

— Alec! — gritou Aline. — O palco!

Alec girou no momento em que uma coluna imensa de luz desceu do vórtice rodopiante e atingiu um imenso pentagrama reluzente, todo feito de flores, que circundava o palco. O anfiteatro inteiro estava iluminado.

Magnus era uma silhueta, banhado em luz brilhante. Alec só conseguia distinguir os olhos dele, que o observavam de volta. A boca de Magnus se mexeu, como se ele quisesse dizer alguma coisa.

Então Magnus e Shinyun desapareceram. O brilho ardente de luz encheu o pentagrama de damas-da-noite, apagando tudo que havia em seu interior.

Alec sentiu uma pontada no coração. Correu até o palco só para terminar bloqueado por um cultista que se agigantou em seu caminho. Ele o rasgou com um golpe e encarou o rosto assustado do homem seguinte. E falou baixinho, mas alto o suficiente para que todos eles ouvissem:

— Se vocês gostam de viver — falou Alec —, corram agora.

Os cultistas próximos se espalharam, o que permitiu que Alec abrisse uma trilha até o pentagrama. Com a cabeça zunindo de pânico, ele se atirou na direção do palco — e colidiu contra uma barreira invisível tão dura quanto uma parede de granito.

Um homem muito magro, com um cavanhaque, estava de pé, na frente dos cultistas ao lado do pentagrama, como se fosse seu líder. Alec nunca o vira antes.

— Onde está Magnus? — quis saber Alec.

— Quem são vocês? — perguntou o homem barbado.

— Nós somos Caçadores de Sombras — falou Helen, caminhando e parando ao lado de Alec. Aline se pôs do outro lado dele. — E vocês todos estão muito encrencados. O que está acontecendo aqui? Quem são *vocês*?

— Eu sou Bernard, o líder deste culto.

Alguém atrás do líder do culto falou:

— Nós concordamos em trair o Grande Veneno e a Filha Amaldiçoada. Ninguém concordou que você nos lideraria, Bernard.

Bernard ficou roxo, contrastando com as vestes brancas.

— Quem é o Grande Veneno? — quis saber Aline.

— Nosso fundador, Magnus Bane — respondeu Bernard

Helen prendeu a respiração.

— No entanto, há muitos anos nós rompemos com seus ensinamentos de amor pelas crianças e de pregar peças nos ricos — garantiu Bernard. — Desde a partida dele, nossa pauta tem sido bem mais maléfica. Alguns de nós cometem assassinatos e, recentemente, um monte de assassinatos. A maioria de nós é má, mas não nos importamos com isso.

— Então Magnus é inocente! Meio inocente — falou Aline. Helen parecia desconcertada.

Alec não dava a mínima para nada daquilo. Ele passou por Bernard, respirou fundo e sacou uma lâmina serafim do cinto.

— *Raguel.* — A arma explodiu com luz angelical.

Usar uma lâmina serafim em um mundano era uma coisa horrível. Seu pai lhe dissera que nenhum Caçador de Sombras de verdade sonharia em fazer isso.

Antes que alguém pudesse impedi-lo, Alec girou a ponta da lâmina serafim reluzente tão perto do pescoço de Bernard que a gola da camisa branca começou a escurecer e fazer fumaça.

— Onde está Magnus? — exigiu saber. — Não vou perguntar de novo.

Os olhos de Bernard ficaram brancos. Seus lábios se abriram e uma voz que claramente não era a dele saiu da garganta. Ela ribombou e estalou como uma fogueira.

Uma voz demoníaca. A voz de um Príncipe do Inferno.

— O Grande Veneno? Ora, ele está bem aqui.

Bernard fez um gesto para o pentagrama inundado por uma luz terrível. Em seu centro inflamado, as sombras mais pálidas começavam a tomar forma. Conforme os minutos passavam, Alec ia sendo capaz de distinguir os vultos com cada vez mais nitidez.

— Encontre-o — falou o demônio dentro de Bernard. — Se for capaz.

A cena dentro do pentagrama ficou mais nítida. A boca de Alec ficou seca de pavor.

Ele conseguia ver Magnus. Conseguia ver mais de um Magnus.

— Um destes pares de lutadores é o Magnus Bane real e a Shinyun Jung real. Considere isto um teste, pequeno Caçador de Sombras. Se você reconhecê-lo, será capaz de salvá-lo.

Alec segurava o arco e a lâmina, todos os músculos tensos. Estava pronto para lutar, frenético para resgatar Magnus e, ao mesmo tempo, congelado de horror.

Uma centena de Magnus Bane lutava pela própria vida contra uma centena de Shinyun Jung. Todos idênticos. Uma centena de Magnus Bane em vestes brancas golpeava a outra centena de Shinyun, e qualquer um deles poderia ter sido o Magnus real. O único no chão, aguardando o golpe de misericórdia, poderia ser o Magnus verdadeiro, necessitando desesperadamente da ajuda de Alec. Ou aquele vencendo a luta poderia ser o verdadeiro Magnus, só para Alec terminar matando-o ao tentar ajudá-lo.

— Uma engenhosa dose de magia, se assim posso dizer — falou o demônio por intermédio de Bernard. — Inteligente, mas ao mesmo tempo muito cruel, pois oferece esperança. Tudo o que você precisa fazer é reconhecer o verdadeiro Magnus Bane. Não é sempre assim nos contos de fadas? O príncipe pode dizer quem é seu amor verdadeiro, mesmo quando ele foi transformado, um cisne entre outros cisnes, um seixo em uma praia de areia. — Bernard deu uma risadinha. — Se ao menos o mundo fosse um conto de fadas, Nephilim.

28

O Príncipe dos Tolos

Dentro do pentagrama, havia um terror silencioso. Do lado de fora, caos. Depois, fez-se luz. Parecia que a luz havia desligado o restante do mundo. Tudo, do lado de fora do pentagrama, incluindo Alec, tinha desaparecido. Havia apenas seu pai.

Um homem de terno branco flutuou na escuridão do funil, baixando o olhar para Magnus e Shinyun. Ele usava uma coroa de arame farpado e abotoaduras de prata combinando. Desceu graciosamente até o solo, feito água escorrendo sobre um leito de seixos.

Asmodeus esboçou um sorriso, mostrando os dentes irregulares e famintos. Olhou para Shinyun e então para Magnus.

— Você me trouxe um presente.

— Pai? — falou Shinyun. Ela soava quase como uma criança.

Magnus engoliu o terror e o ódio e, sem prestar atenção, afastou uma mecha de cabelo da testa.

— Oi, pai.

Os olhos de Asmodeus e seu esboço de sorriso faminto estavam fixados em Magnus.

Magnus percebeu o exato momento em que Shinyun assimilou a verdade. Num segundo, ela estava totalmente imóvel; no seguinte, seu corpo tremia como se ela tivesse acabado de ser eletrocutada.

Ela se virou lentamente para olhar para Magnus.

— Não — resmungou, e a voz não foi mais do que um sussurro. — *Você* não pode ser filho dele. Não filho de verdade. Não.

Magnus fez uma careta.

— Infelizmente, eu sou.

— Eu disse a você, minha querida, que isto ia ser uma reunião de família. — O sorriso de Asmodeus foi ficando mais largo conforme ele foi imergindo na dor dela. Ele lambeu os lábios como se desfrutasse do gostinho. — Não é apenas você.

Asmodeus andara brincando com ela, enganando-a tão facilmente quanto Magnus enganara os cultistas da Mão Escarlate muito tempo atrás.

Shinyun continuava olhando de um para o outro, e desviando o olhar como se a visão queimasse seus olhos. Magnus se perguntava se ela conseguia enxergar a semelhança. Ela respirava arfante e erraticamente. Finalmente, fixou os olhos em Magnus.

— Você ficou com tudo — murmurou Shinyun. — Você tirou tudo de mim.

— Que ideia boa — falou Asmodeus. — Por que você não faz isso, filho? Pegue de volta o culto que você criou. Tome o lugar com o qual ela sempre sonhou. Do meu lado direito.

Shinyun gritou:

— Não!

Os olhos dela ardiam, e logo se encheram de lágrimas, que começaram a escorrer mesmo quando ela partiu para cima dele. Magnus se desviou da investida da espada, tropeçando. Ela girou mais uma vez e Magnus se jogou no chão, rolando para evitar o golpe. Havia poeira em seus olhos. Ele não via meio de escapar do aço e da morte por muito tempo.

Não houve um terceiro golpe. Magnus ergueu o olhar, em seguida, fez esforço para ficar de pé.

Shinyun fora congelada no meio do gesto, como se estivesse prestes a cair. Magnus a encarou bem nos olhos. Estavam frenéticos, movendo-se de um lado a outro. Seu corpo estava congelado tal como sua face sempre fora. Somente os olhos estavam vivos.

Magnus olhou para Asmodeus, que abriu as mãos com um floreio que o feiticeiro reconheceu. Ele mesmo fizera o mesmo gesto muitas vezes em suas práticas de magia.

— Agora, tem uma coisa que não entendo — falou Magnus. — Você já teve sua dose de diversão. Você fez o que costuma fazer, fez sua oferta, causou tanta dor e raiva quanto possível. Por que impedi-la? Por que não deixar rolar? Não que eu esteja ansioso para virar um kebab por causa de uma cultista enfurecida, mas não entendo sua intenção.

— Quero conversar com meu filho — falou Asmodeus. — Faz quase dois séculos desde a última vez que nos falamos, Magnus. Você não escreve, não liga, não faz sacrifícios no meu altar. Isso magoa seu pai amoroso.

Ele se moveu, sorrindo feito uma caveira, para dar a Magnus um tapinha paternal no ombro. Magnus ergueu um braço para repeli-lo.

O braço atravessou Asmodeus.

— Você não está aqui de verdade.

O sorriso grotesco de Asmodeus se tornou impossivelmente maior.

— Não ainda. Não até eu retirar a imortalidade de alguém e usar como minha âncora neste mundo.

— Minha imortalidade — falou Magnus.

Asmodeus acenou uma das mãos na direção de Shinyun.

— Ah, não. A dela vai resolver.

A mão dele era lisa e pálida, e os dedos terminavam em garras. Magnus fitou de novo os olhos de Shinyun, a única parte dela que se movimentava, inundando com novas lágrimas, humilhada.

— Então eu serei poupado — falou Magnus. — Que esplêndido para mim. Posso perguntar o motivo? Presumo que não seja por abundância de afeto paternal. Você não é capaz de sentir isso.

Uma cadeira de espaldar alto e forro de veludo apareceu e Asmodeus se sentou nela, olhando para Magnus.

— Os anjos têm filhos — falou Asmodeus para Magnus, e sua voz era uma paródia horrorosa de um pai contando uma história de ninar para o filho. — Eles aprendem que são as maiores bênçãos que este mundo tem... os Nephilim, destruidores de demônios. E nós, Príncipes do Inferno, temos nossos filhos também. Muitos deles são queimados e viram cinzas e vazio, incapazes de suportar o que são, mas há os que sobrevivem. Estes são destinados aos tronos de ferro. As histórias dizem que são feitos para serem as maiores maldições do mundo.

Magnus mal conseguia respirar. Era como se o ar estivesse queimando.

— Tenho muitos filhos neste mundo — falou Asmodeus. — Praticamente todos me decepcionaram. Alguns se mostraram úteis por algum tempo, mas dificilmente valiam o esforço. Seus poderes se extinguiram ou suas mentes foram destruídas depois de um século. Dois, no máximo. Os filhos dos Demônios Maiores podem ser muito poderosos, mas raramente são estáveis. Esperei durante muito tempo por um filho verdadeiro para ser a maldição deste mundo e, por fim, desisti. Meus filhos foram incapazes de se desenvolver neste mundo ou em qualquer outro; luzes fracas implorando para serem apagadas, indignas de mim. Mas você... Você é forte. Você luta. Você me procurou com um grito que poderia ter dividido o mundo. Você fala e o sangue dos anjos escuta. Você abriu portas entre os mundos. Realizou coisas que não sabia serem impossíveis e continuou alegremente em seu caminho. Há muito tempo tenho observado você. Demônios podem sentir orgulho. Nós somos muito bons nisso. Meu filho, eu tenho orgulho de você.

Um espaço oco no centro do peito de Magnus doeu. Há muito tempo, teria significado alguma coisa ouvir tais palavras.

— Que comovente — disse ele finalmente. — O que você quer, afinal? Não creio que você esteja louco por um abraço.

— Eu quero você — falou Asmodeus. — Você é o meu filho mais poderoso e, portanto, meu favorito. Quero seu poder a meu serviço. Depois de tudo o que eu fiz por você, quero a sua lealdade.

Magnus desatou a gargalhar. Asmodeus fez menção de falar novamente, porém, Magnus ergueu a mão para silenciá-lo.

— Essa foi boa — falou ele, limpando as lágrimas. — Quando foi que você fez alguma coisa por mim?

De um fôlego, Asmodeus se levantou da cadeira e se juntou a Magnus. O sussurro nos ouvidos de Magnus foi como o sibilar de uma fornalha.

— O que foi que eu disse? — perguntou Asmodeus ao filho. — Hora de se lembrar de tudo.

Ele encostou a mão em forma de garra no rosto de Magnus.

Os olhos de Magnus ficaram borrados, e sua mente se recolheu ante a intrusão quando o mundo mudou num piscar de olhos. Num momento, ele estava no palco, no centro do pentagrama: no seguinte, sentia a pontada do sol ardente pinicando sua pele. O suor começou a se acumular em sua testa. Deu um passo para trás e sentiu a areia sendo esmagada sob seus pés. Sentiu o cheiro do mar e ouviu sons de ondas quebrando na praia.

Magnus sabia exatamente onde e quando estava agora, e isso o encheu de medo. Ele estava na praia arenosa na beira de uma floresta. Muitas vidas atrás. Desde o começo de sua primeira vida, no primeiro e último lugar que chamara de lar.

De repente, ficou muito consciente de como estava pequenino. A camisa pendia frouxa dos ombros estreitos, os membros magricelas se perdiam sob o tecido. Seu corpo já fora adulto e passara séculos sem sofrer modificações. Ele tinha se esquecido de como era ser fraco e frágil, ser tão terrivelmente vulnerável.

De forma nítida sob o ar quente, ele ouviu uma voz masculina, baixa e grave.

— Venha cá, meu garoto.

A língua era um antigo dialeto malaio, que tinha caído em desuso havia séculos. Magnus não o ouvira nem falara desde a infância.

Seu padrasto saiu da floresta e bateu no garoto trêmulo que viria a ser Magnus, fazendo com que ele caísse estendido na areia.

Magnus estremeceu com os golpes. Todas as lembranças do padrasto que ele tanto se esforçara para esquecer tinham voltado, com direito a todas as pontadas de dor. Ele sentia o gosto da areia e as roupas úmidas colando no corpo. Sentia o terror daqueles dias e toda a raiva. Cerrou as mãos, desesperado para fazer alguma coisa, qualquer coisa.

Agora sentia os dedos ásperos do pai em torno de seu braço, puxando--o para que ficasse de pé. Estava sendo arrastado pela areia para o meio das árvores, para a entrada do antigo celeiro.

Era o passado, o passado dele. Magnus sabia exatamente o que aconteceria a seguir, e o medo que sentia agora era pior do que da primeira vez.

O celeiro onde a mãe se enforcara era uma tumba queimada. Havia buracos no telhado, uma das paredes tinha desabado com a pressão das árvores invasoras e ervas daninhas se intrometiam entre as tábuas do piso.

Na escuridão, ainda se via um pedaço de corda. Um regato estreito corria por um dos cantos do terreno do celeiro, encoberto pelos restos do telhado. Havia uma mesinha baixa com uma taça com incensos e duas travessas com oferendas, além de um desenho grosseiro de uma mulher na pedra. Magnus olhou para o desenho e se lembrou dos olhos tristonhos da mãe.

O Magnus criança ergueu o olhar para o padrasto e notou que ele chorava. O Magnus adulto sentia a vergonha de sua versão menino por odiar o homem, e o desejo do menino de amá-lo.

O adulto, observando aquela parte de Magnus, sabia o que viria a seguir.

O padrasto pôs o braço em torno dos ombros do menino e o conduziu até o riacho. O menino sentiu a rigidez dos dedos do homem, como se ele estivesse se esforçando para não tremer.

Então Magnus sentiu mãos ásperas em torno de seu pescoço quando o homem agarrou o menino e o empurrou para a água. O frio o engoliu e se tornou impossível respirar. Seus pulmões sofriam espasmos desesperados enquanto ele engolia água. O menino, com os punhos socando a água, se esforçava, mas não era capaz de escapar das mãos do padrasto.

Então, ocorreu um giro no ar, como o estalar de galhos, quando alguma coisa se mexeu no matagal. Viu-se a primeira agitação da magia. O menino, de algum modo, conseguiu se contorcer e se afastar do aperto forte do padrasto.

Magnus tossiu e engasgou, afastando o cabelo dos olhos com os dedos, e arfou dolorosamente:

— Desculpa. Eu vou ser bonzinho. Eu tento ser bom.

— Esse é o único modo de você ser bom — gritou o padrasto

Magnus soltou um berro.

As mãos do homem se fecharam mais uma vez em torno do pescoço dele, o aperto inflexível, a respiração ofegante nos ouvidos de Magnus. Havia uma delicadeza estranha na finalidade da voz.

— Isso vai tornar você puro — murmurou o único pai que ele conhecera. Confie em mim.

Ele mergulhou a cabeça do menino novamente na água, dessa vez tão profundamente que a testa bateu no leito de pedras do regato. Magnus sentiu a dor entorpecente, sentiu os joelhos enfraquecerem quando o menino começou a perder a consciência e afundar rumo à morte.

Magnus estava se afogando, mas, ao mesmo tempo, estava terrivelmente distante e observava um menino pequeno morrer. Enquanto observava, viu uma sombra se movimentar acima da água.

Um murmúrio inundou a cabeça do menino, mais frio do que a água em seus pulmões.

— Aqui estão as palavras que vão libertar você. Diga-as e troque a vida dele pela sua. Só um de vocês pode sobreviver a isso. Assuma seu poder ou morra.

Naquele momento, foi uma decisão fácil.

A calma tomou conta do menino e o feitiço fluiu de sua boca para a água. As mãos, que se abanavam em pânico, ficaram imóveis e então fizeram uma série de gestos complexos. Ele não conseguia respirar, mas podia fazer sua magia.

Magnus nunca fora capaz de entender como tinha feito o feitiço que matara seu padrasto.

Agora ele sabia.

O menino explodiu numa coluna de chamas azuis, tão quente que fez a água do regato ferver. O fogo rastejou, faminto, até os braços do padrasto e o consumiu.

Os gritos do homem ecoaram pelo celeiro escuro onde sua mãe morrera.

Magnus se viu diante do menino e notou sua versão mais jovem retribuindo seu olhar. A camiseta estava chamuscada e a fumaça ainda saía do corpo do menino. Por um momento, ele achou que a criança era capaz de vê-lo. Então se deu conta de que o menino observava os restos queimados do padrasto.

— Eu nunca quis que isso acontecesse — murmurou Magnus para todas as antigas sombras e fantasmas, para a mãe e o padrasto, e para a criança ferida e perdida que ele tinha sido.

— Mas você fez — falou Asmodeus. — Você queria viver.

Seu pai biológico estava de pé, ao lado do menino que Magnus tinha sido, olhando para Magnus do outro lado da fumaça.

— Vá agora — murmurou ele para o menino Magnus. — Você fez bem. Vá e seja alguém importante. Eu posso voltar para reclamá-lo um dia.

Magnus piscou para enxergar em meio à fumaça e se viu no centro do palco do anfiteatro sob um céu escuro.

O chão parecia instável sob seus pés, mas era porque ele estava tremendo. Apenas uns poucos segundos tinham se passado. Shinyun ainda estava congelada, com os olhos fixos nele com uma intensidade desesperada. Do lado de fora do pentagrama, o negrume vazio estava começando a desbotar para cinza. Magnus quase conseguia distinguir os vultos das pessoas, observando-os.

Asmodeus estava de pé ao lado dele, a mão em seu ombro num arremedo de abraço.

— Agora você vê — falou ele. — Eu salvei você. Você me escolheu. Você é o meu filho favorito porque eu forjei você naquele fogo. Eu voltei para você como disse que faria. Em todos os mundos, não tem ninguém que vá aceitá-lo e compreendê-lo. Só eu. Tudo o que você poderia ser um dia é meu.

Uma faca apareceu na mão de Magnus, seu peso frio denso. A voz do pai era baixa e estalava com o fogo do inferno.

— Pegue esta lâmina e retire o sangue de Shinyun. Sacrifique-a, para que eu possa cruzar o mundo até você. Eu vi todos os seus esforços e estou orgulhoso de todas as suas rebeliões — falou Asmodeus. — Os meus sempre reagiram a um rebelde. Cada uma das dores que você sentiu teve uma finalidade, fez você mais forte, fez você chegar a este momento. Você me fez tão orgulhoso, meu filho, minha maldição ancestral. Nada me agrada mais do que levar meu filho valioso a um local mais alto e colocar todos os reinos do mundo diante dele.

Magnus quase sentia a mão do pai em seu ombro. E a outra emitia um calor sutil em seu pulso, como se estivesse guiando a lâmina diretamente para o coração de Shinyun.

Do mesmo jeito que ele tinha levado Magnus a matar seu padrasto, há tanto tempo. Magnus fizera uma escolha na época. Talvez tivesse sido a escolha certa.

— Sabe... — falou Magnus — ... a questão é que... eu não quero o mundo. O mundo é uma bagunça. Eu nem consigo manter meu apartamento organizado. Ainda estou tirando purpurina das cúpulas do abajur depois da festa de aniversário do meu gato, e isso foi há meses.

Apesar do calor e da pressão da mão de Asmodeus, Magnus baixou a faca. Agora era adulto, a mundos e vidas de distância daquela criança apavorada. Não precisava que lhe dissessem o que escolher. Era capaz de escolher sozinho.

Asmodeus começou a rir. O mundo balançou.

— É por causa do garoto?

Magnus achava que não podia sentir mais medo até perceber que, sem querer, chamara a atenção de Asmodeus para Alec.

— Minha vida amorosa não é da sua conta, Pai — disse Magnus com o máximo de dignidade possível. Ele sabia que Asmodeus pressentia seu medo intenso. No entanto, Magnus simplesmente não daria tal satisfação ao pai assumindo isso.

— Acho muito divertido que você tenha emaranhado um dos Nephilim na sua teia — falou Asmodeus. — Nada é mais divertido do que um desafio, e do que é que se trata corromper o mais puro dos puros? Os Nephilim queimam com tal fúria justiceira. Vejo a tentação de lançar uma sombra sobre toda aquela luz. Mesmo os Nephilim estão sujeitos a tentações, aos pecados da carne e a todos os extraordinários prazeres do ciúme, da luxúria e do desespero. Às vezes, sobretudo, os Nephilim. Quanto mais elevados são, mais completamente se destroem quando caem. Eu o parabenizo, meu filho.

— Não é assim — Magnus falou. — Eu o amo.

— Ama? — perguntou Asmodeus. — Ou isso é só uma coisa que você diz para si, para poder fazer o que quiser, assim como fez quando queimou seu padrasto vivo? Demônios não são capazes de amar. Você mesmo dizia isso. Tudo que você é, é metade meu. Sem dúvida, isso significa que você herdou apenas metade de um coração.

Magnus virou o rosto para o outro lado. Há muito tempo os Irmãos do Silêncio tinham dito que feiticeiros possuíam alma. Ele sempre preferira acreditar.

— Tudo o que eu sou — falou Magnus — é tudo meu.

— E ele ama você? — perguntou Asmodeus, e riu novamente.

A voz era uma imitação da voz de Catarina, um retrospecto da voz dela quando fez a mesma pergunta, dizendo a Magnus que não havia amor que ele pudesse considerar sagrado e a salvo de Asmodeus.

— Ele nunca poderia amar uma coisa como você — prosseguiu Asmodeus. — Iluminado com a magia do Inferno e queimando tudo o que toca. Ele pode querer você agora, mas você nunca lhe contou a meu respeito, contou? — Asmodeus sorriu. — O que foi prudente da sua parte. Se ele soubesse, eu o teria matado. Nenhum Nephilim pode saber sobre a minha maldição ancestral.

— Ele não sabe — falou Magnus entredentes. — E pare de me chamar assim.

— Você sabia que contar a ele poderia colocar seus amigos feiticeiros em perigo — falou Asmodeus, e Magnus sabia, com certo desespero, que Asmodeus estava vasculhando suas memórias como se fossem um baralho de cartas. — Mas você ficou feliz pela desculpa, não ficou? Temia que se

Alexander Lightwood soubesse do nosso parentesco, acabaria se afastando de você, enojado. Você sabe que ele ainda vai fazer isso. Ele vai odiar você, se ressentir por causa de sua imortalidade, enquanto ele murcha. Ele nasceu para a justiça e você nasceu para a noite eterna. Sua corrupção o destruirá. Ele não vai conseguir tolerar você por muito tempo, com você sendo o que é. Isso vai destruí-lo, ou ele vai acabar destruindo você.

A voz de Asmodeus não era mais de fogo e fumaça. Eram gotas de água fria no oceano do desespero. Não era nada que Magnus já não tivesse dito a si.

Ele baixou o olhar para a faca. O emblema no cabo e na guarda, um inseto com as asas abertas, indicava seu dono. Olhou para Shinyun, cujo olhar se fixava na ponta da lâmina. Mesmo ainda estando congelada, ela suava, as gotas escorrendo pelo rosto.

— Você entende. Você sempre soube que não duraria. — A respiração de Asmodeus foi uma brisa sobre os cabelos de Magnus. — Nada durará para você, exceto eu. Sem mim, você estará verdadeiramente só.

Magnus abaixou a cabeça. Ele se lembrou de sua caminhada pesada pela areia quente, cheio de desespero e com o cheiro da fumaça de todas as cinzas de sua vida. Houve uma época em que ficara tão desesperado, que não saberia qual teria sido sua resposta para Asmodeus.

Agora ele sabia.

Magnus se virou e se afastou do pai. E jogou a faca na terra.

— Eu não estou só. Mas mesmo que estivesse, minha resposta seria a mesma. Eu entendo o que é a fé — falou. — Sei quem sou e sei quem amo. Minha resposta para você é não.

Asmodeus deu de ombros.

— Que seja. Lembre-se, quando você morrer, que eu tentei lhe dar esta chance. Eu queria você, mas estou mais do que satisfeito em adotar.

Asmodeus acenou preguiçosamente e Shinyun caiu no chão, arfando. Ela ainda apertava o cabo da espada. Magnus não soube dizer o quanto ela vira ou assimilara em seu momento catatônico.

Shinyun, finalmente capaz de se mexer, ficou de pé. Ergueu o olhar para Asmodeus; em seguida, para Magnus, e então novamente para a lâmina.

— Shinyun, minha filha — falou Asmodeus. — Você foi escolhida. Abrace seu glorioso destino.

O rosto ilegível estava virado para o dele. Ela foi até o demônio, a mais fiel adoradora.

— Muito bem — falou Shinyun, e enterrou sua espada na lateral do corpo de Asmodeus.

A forma brilhante de Asmodeus foi ficando borrada até se tornar apenas um brilho no ar, em seguida, tomou forma novamente, mais distante, uma imagem reluzente acima dos dois.

— A traição me diverte — falou ele. — Eu a perdoo. Entendo sua raiva. Conheço sua dor. Você é puramente isso. Sei quão profunda tem sido sua solidão. Aproveite a oportunidade. Acabe com a vida de Magnus, e assim terá tudo o que sempre desejou: um pai, legiões de demônios sob seu comando e um mundo para governar.

A cabeça de Shinyun se virou para Magnus. Ela baixou os ombros e depois os contraiu; os músculos se enrijecendo com a decisão renovada. Ela avançou para ele, com a espada em punho e o derrubou no chão.

As lágrimas dela pingavam quentes no rosto de Magnus. Ela bateu nele repetidamente com a mão livre. Ergueu a espada. Então hesitou.

— Não faça isso — Magnus engasgou ao falar, a boca cheia de sangue.

— Eu tenho que fazer! — Shinyun irritou-se. — Eu preciso dele. Não sou nada sem ele.

Magnus falou:

— Você pode ser mais do que isso.

Shinyun balançou a cabeça. Não havia nada além de desespero em seu olhar. Magnus remexeu na terra, em busca da faca que jogara longe, tocou o cabo com as pontas dos dedos, em seguida, respirou fundo e suspirou. Então soltou a faca.

Shinyun ergueu a lâmina usando as duas mãos, acima do coração de Magnus, e então deu o golpe.

29

O Cavaleiro do Tolo

Alec olhava desesperadamente para a cena dentro do pentagrama. Olhava para todas as Shinyun, e todas pareciam a mesma. Buscava o rosto de cada Magnus, e todos eles eram Magnus. Magnus brandindo uma lâmina, Magnus arfando, de joelhos, Magnus com as mãos erguidas bem alto, Magnus com Shinyun em seu peito, a espada da feiticeira pronta para o golpe mortal.

— Se deu mal, Caçador de Sombras — falou Bernard, falando com a própria voz agora.

Houve uma onda de risadas dos membros da Mão Escarlate ao redor. Helen então se voltou para aquelas pessoas, a lâmina serafim brilhando em sua mão — e lágrimas reluzindo nas bochechas. *Ela está chorando por minha causa*, pensou Alec com surpresa distante. *Por mim.*

— *Calem* a boca — sibilou ela. As risadas morreram.

— Eu acho que é muito engraçado mesmo — falou Bernard. — Ele veio aqui achando que era um herói. Determinado a destruir o inimigo! Mas ele nem é capaz de descobrir o inimigo. Não sabe qual delas é.

Alec puxou o arco, segurou com firmeza e mirou.

— Não preciso saber — falou. — Eu sei quem *ele* é.

Através da luz brilhante do pentagrama, ele soltou a flecha.

30

Consequências da Glória

Magnus ficou à espera de um golpe que nunca veio. Com um grito súbito, Shinyun foi arrebatada para trás, com uma flecha em seu braço.

Uma flecha *familiar.*

— *Alec*! — Com um grito, Magnus se libertou. Então rolou pela terra e se apoiou com dificuldade em um dos joelhos. Outra flecha passou acima de sua cabeça, na direção de Shinyun; ele correu para o vulto obscuro fracamente visível através do brilho do pentagrama e passou a mão pela barreira mágica, na direção da luz.

Ser capaz de colocar as pontas dos dedos do lado de fora da beirada do pentagrama, no fim das contas, tornara-se útil.

Magnus sentiu a mão de alguém apertando a dele. Era a mão de Alec, segurando a dele como fizera duas vezes antes, na água fria, na beirada de um penhasco, e agora em um pentagrama com o Demônio Maior, que era o maior temor de Magnus. *Pegue minha força*, dissera Alec uma vez, e Magnus, que sempre precisara ser forte o suficiente sozinho, ficara encantado. O poder fluía para dentro de Magnus mais uma vez, conforme Alec lhe dava sua força. A magia retornou, quente e brilhante, aterrorizante e transformadora.

A energia cantarolou em suas veias. A luz sinistra do pentagrama começou a mudar. Magnus soltou a mão de Alec e se virou para encarar seu pai.

— Não — gritou Asmodeus, como se, por meio de seu comando, ele pudesse reverter o que Magnus fizera. — Magnus, espere...

O poder explodiu de Magnus, amor, magia e poder angelical fundidos, e as barreiras do pentagrama explodiram. O mundo ao redor retornou, um caos de cultistas e demônios caídos.

Mas Asmodeus não tinha como voltar. Mesmo enquanto sua projeção no mundo mortal desaparecia numa sombra, o Demônio Maior Asmodeus, governante de Edom e Príncipe do Inferno, ergueu o braço e um negrume profundo começou a se expandir do centro do pentagrama, engolindo a luz.

O cobertor de nuvens rodopiantes acima da cabeça deles rachou, e o vórtice pulsou e vacilou. Então começou a perder sua forma, e uma luz, ao mesmo tempo branca ofuscante e negra como a meia-noite, irrompeu das fissuras no céu. A terra cedeu debaixo dos pés, e um poço negro se abriu no centro do antigo pentagrama, a boca faminta sugando tudo na direção do abismo. Magnus começou a escorregar quando a plataforma de madeira ruiu sob seus pés feito terra.

Magnus caiu de joelhos. A intensidade com que era puxado aumentava, rasgando cada célula de seu corpo. Os nervos gritaram, e ele se viu agarrando as tábuas retorcidas do palco como se estas fossem um salva-vidas.

Ao seu lado, Shinyun fazia a mesma coisa. Ela gritou quando a força do redemoinho ergueu seus pés do chão.

— Magnus! Segure a minha mão.

Magnus ouvia a voz de Alec através das barreiras desabando e do sibilo da luz agonizante. Ele ergueu a cabeça, em busca do namorado.

O chão debaixo de Magnus estava ruindo e desaparecendo. Shinyun tentou agarrá-lo e deu um grito, os dedos em formato de garra no casaco manchado de sangue, conforme ambos começaram a mergulhar na escuridão...

Eles pararam bruscamente, pairando em pleno ar. A mão de Alec segurava o pulso de Magnus. De alguma forma, ele tinha corrido pelo pentagrama destruído e pelo palco em pedaços: agora, metade de seu corpo pairava, esticado, sobre a beirada do abismo. Alec tentava erguer Magnus, mas o feiticeiro e Shinyun eram pesados demais. Ele estava escorregando para frente, se agarrando à borda do abismo com uma mão desesperada.

O medo tomou conta de Magnus. Shinyun ainda se segurava neles. Talvez todos caíssem juntos.

— Me *solte* — gritou Magnus para Alec. — *Me deixe cair.*

Alec arregalou os olhos. Seus dedos seguraram o pulso de Magnus com mais força ainda.

Atrás de Alec fez-se um redemoinho de movimento. As duas garotas Caçadoras de Sombras que haviam lutado ao lado dele apareceram na beirada do abismo. Uma delas esticou a mão para baixo e agarrou Alec, erguendo-o. A outra pegou Magnus. O abismo uivou em desespero quando Magnus e Shinyun se libertaram de seu aperto e caíram, com Alec, sobre o solo queimado.

Então o buraco desapareceu.

No estranho silêncio que se seguiu, as duas garotas correram para imobilizar Shinyun e amarrar os pulsos dela atrás das costas; Shinyun não fez movimento de resistência. Magnus rolou e se sentou, arfando, e percebeu que ainda apertava a mão de Alec. Ele ainda segurava Alec — ou mais precisamente, Alec ainda o segurava.

Alec estava sujo, coberto de terra, com sangue no rosto e uma expressão selvagem nos olhos azuis. Magnus estava vagamente consciente de que as pessoas ainda estavam numa correria ao longe, e que Shinyun estava sendo levada dali. Mas ele só conseguia enxergar Alec. Alec, que tinha vindo aqui para salvá-lo.

— Alexander — murmurou Magnus. — Eu falei para você me largar.

De repente, os braços de Alec estavam em volta dele, apertando com força. Magnus engoliu uma lufada de ar que tentara se transformar num soluço e enterrou o rosto na curva do pescoço e do ombro de Alec. As mãos de Magnus alisavam as costas e os ombros do namorado, tocavam a maciez da nuca, os cabelos pretos, alimentando a confiança de que ele estava vivo e bem, e que era real.

Alec puxou Magnus para mais perto ainda. E murmurou ao seu ouvido:

— Eu *nunca* largaria você.

Eles tiveram exatamente três segundos para descansar após o reencontro. As consequências de um ritual malsucedido daquela magnitude eram espetaculares em muitos níveis.

O último suspiro do ritual fora uma expulsão violenta e súbita de energia mágica, uma fissura estrondosa, seguida por uma explosão que fez se formar uma nuvem em formato de cogumelo feita de fumaça e poeira. Magnus passou os braços em torno de Alec, lançando um feitiço às pressas para protegê-los de detritos voadores.

Quando a explosão finalmente terminou, Magnus, exausto, abaixou os escudos mágicos. Ele ainda estava sentado, com os braços e pernas em torno de Alec, que piscava e olhava ao redor.

— Pare de me dizer para largar você — falou Alec. — Eu nunca vou dar atenção a isso. Eu quero ficar com você. Nunca desejei alguma coisa tanto assim na vida. Se você cair, eu quero cair com você.

— Fique comigo — falou Magnus, tomando o rosto de Alec nas mãos. Fogueiras ardiam em volta deles e se refletiam nos olhos de Alec, virando estrelas. — Eu adoro estar com você. Adoro tudo em você, Alexander.

Magnus puxou Alec para um beijo e sentiu o corpo do outro amolecer de encontro a ele, os músculos muito tensos agora relaxando. Alec tinha gosto de calor, terra, sangue e paraíso. Quando Alec voltou a fechar os olhos, Magnus sentiu o roçar leve, de borboleta, dos cílios dele.

— Rapazes! — falou uma voz feminina. — Fico contente com o reencontro de vocês, mas ainda há cultistas por toda a parte. Vamos.

Magnus olhou para a mulher de cabelos escuros, uma das Caçadoras de Sombras que ajudara Alec. A filha de Jia Penhallow, percebeu. Então olhou ao redor, para a devastação que os cercava de todos os lados.

O ar ainda estava vivo com a magia, e parte da *villa* pegara fogo, mas o perigo parecia ter passado. A maior parte dos membros do culto da Mão Escarlate tinha fugido; o restante estava em plena fuga ou no chão, feridos. Uns poucos, mais fanáticos e estúpidos, tentavam reunir o restante para assumir o controle da situação.

—Você tem razão — falou Magnus para a garota Penhallow. — Não é hora de amor. É hora de sair imediatamente.

Ele e Alec se levantaram com dificuldade e, junto a Aline, foram abrindo caminho até a frente da *villa*. A área parecia livre de demônios e cultistas, pelo menos por enquanto. Helen já estava lá e tinha amarrado os pulsos de Shinyun a um pilar quebrado de mármore.

Shinyun estava em silêncio, a cabeça abaixada. Magnus não sabia se estava fisicamente ferida ou apenas deprimida. As duas Caçadoras de Sombras conversavam em sussurros: ele as estudou, e, de repente, reconheceu a de cabelos louros das sessões do Conselho.

— Você é Helen Blackthorn. Do Instituto de Los Angeles, certo?

Sobressaltada, Helen fez que sim com a cabeça.

Magnus se virou para a outra, a mais baixinha delas.

— E você deve ser a filha de Jia. Irene?

— Aline — respondeu Aline, de olhos arregalados. — Não imaginei que você soubesse meu nome. Quero dizer, você estava bem perto. Eu vi você e Alec de longe no Gard. Sou uma grande fã.

— É sempre um prazer encontrar uma fã — falou Magnus. — Você é a cara da sua mãe.

Ele e Jia vez ou outra faziam comentários incisivos sobre vários membros da Clave em mandarim. Ela era uma senhora agradável.

Alec assentiu para Aline e Helen.

— Eu não teria achado você sem a ajuda delas.

— Obrigado a ambas por terem vindo me salvar — falou Magnus.

A menina de cabelos louros com orelhas de fada e olhos dos Blackthorn teve um sobressalto.

—Eu não vim para salvá-lo — confessou Helen. — Eu estava planejando levar você para um interrogatório. Quero dizer... antes. Não agora, obviamente.

— Bem — falou Magnus. — Para mim, foi ótimo. De qualquer forma, obrigado.

— Tem zero chance de os Caçadores de Sombras do Instituto de Roma não notarem um anel gladiador virando uma supernova nas montanhas — falou Aline. Ela se inclinou contra uma parede de mármore destruída e ergueu o olhar animadamente para Helen. — Parabéns, Blackthorn. Finalmente, você vai poder pedir reforços.

Helen não sorriu para Aline. Ela escreveu uma mensagem de fogo e a enviou; o rosto muito pálido.

— O que vamos dizer aos outros Caçadores de Sombras? — perguntou Aline. — Ainda não tenho ideia do que aconteceu no pentagrama.

Magnus começou a contar uma versão abreviada dos eventos da noite, deixando de fora apenas o detalhe de Asmodeus ser seu pai. Ele sabia que devia contar a eles, ainda assim, as palavras de seu pai ecoaram em sua mente. *Se ele soubesse, eu teria que matá-lo. Não pode haver um Nephilim que saiba sobre a minha maldição ancestral.*

Asmodeus se fora, mas não estava morto. Magnus odiava obedecer a seu pai, mas não faria nada que pudesse resultar na perda de Alec. Não agora.

A cabeça abaixada de Shinyun se ergueu quando Magnus falou, e ele notou que ela semicerrou os olhos no rosto imóvel ao se dar conta de que ele estava indo embora.

Ela poderia destruir a última ilusão, ele sabia. Poderia contar a esses Nephilim toda a verdade nesse exato momento. Magnus mordeu o lábio e sentiu o gosto de sangue e medo.

Shinyun nada disse. Ela nem sequer abriu a boca. Os olhos pareciam fixos ao longe, como se a verdadeira Shinyun estivesse muito distante.

— Shinyun tentou impedir o Demônio Maior, no fim das contas — falou Magnus, quase a contragosto.

— E então ela tentou matar você — observou Alec.

— Ela não tinha opção — falou Magnus.

— Tinha as mesmas opções que você.

— Ela está perdida — falou Magnus. — Desesperada. Um dia eu também senti todas essas coisas.

O tom de Alec era grave.

— Magnus, depois do que ela fez, nós podemos pedir que a Clave seja benevolente com ela, mas nada além disso. Você sabe que é assim.

Magnus se lembrou da voz do pai falando sobre os filhos do Anjo, nascidos para a justiça. Talvez ele só quisesse compaixão para Shinyun porque ele mesmo era tão cheio de defeitos. Talvez fosse porque ela estivesse guardando seu segredo, ao menos por enquanto.

— Sim — falou Magnus. — Eu sei.

— Por que estamos tendo esta discussão? — Helen ergueu a voz e, ao fazê-lo, uma leve rouquidão se manifestou. — O Instituto de Roma inteiro está a caminho agora! Todos nós sabemos que a Clave vai executá-la.

Foi a primeira coisa que Helen dissera em algum tempo, e sua voz estremeceu. Aline a estudou com um pouco de preocupação. Magnus não conhecia Helen muito bem, mas tinha certeza de que não era o destino de Shinyun que tanto a incomodava.

— Qual é o problema? — perguntou Aline

— Eu estava me esforçando tanto para fazer a coisa certa, mas saiu tudo errado. Se não fosse por você e por Magnus, eu não teria vindo e inocentes teriam morrido — respondeu Helen abruptamente. — Não é esse tipo de Caçadora de Sombras que eu quero ser.

— Helen, você cometeu um erro — falou Alec. — A Clave nos diz para não confiar em habitantes do Submundo. Apesar dos Acordos, apesar de tudo, nós todos acabamos doutrinados e nós... — Ele se calou, erguendo o olhar para as estrelas límpidas e frias. — Eu costumava seguir as regras porque pensava que isso manteria a salvo todos que eu estimava — falou ele. — Mas comecei a perceber que "todos que eu estimava" é um grupo bem maior e diferente do que a Clave foi levada a aceitar.

— Então o que você está sugerindo que a gente faça? — murmurou Helen.

— Vamos mudar a Clave — falou Alec. — De dentro para fora. Nós fazemos as novas Leis. Leis melhores.

— Os diretores dos Institutos podem sugerir novas Leis — falou Aline. — Sua mãe...

— Eu quero fazer isso pessoalmente — falou Alec. — E quero mais do que ser diretor de um Instituto. Eu percebi que... não preciso mudar. E nem você, Helen, ou você, Aline. É o mundo que precisa mudar, e nós somos as pessoas que vão mudá-lo.

— Os Caçadores de Sombras estão aqui — resmungou Shinyun inesperadamente. Eles olharam para ela. — Vejam.

Ela estava certa. Os Caçadores de Sombras do Instituto de Roma tinham chegado. Eles se espalharam pelos portões, fitando boquiabertos a *villa* em chamas, o solo queimado e os cultistas — alguns deitados no chão, feridos, outros, vadiando por ali — em seus ternos brancos.

Quando os cultistas avistaram os Caçadores de Sombras, começaram a correr. Os Caçadores foram atrás deles. Com dor no corpo e esgotado, Magnus desabou contra a parede da *villa* e só ficou observando a correria.

Não deixou de notar que Shinyun observava também. Ela havia se encolhido contra a pilastra, mas ainda estava em silêncio.

A Clave a mataria. O Labirinto Espiral não estaria inclinado a tratá-la com mais gentileza do que os Nephilim. Não haveria muita compaixão para com uma feiticeira que havia matado inocentes e quase conjurado um príncipe Demônio Maior. Magnus compreendia tudo isso, e ainda assim lamentava muito.

Alec apertou sua mão.

Uma Caçadora de Sombras de cabelos escuros foi até o grupinho e começou a falar rapidamente com Helen em italiano. Magnus entendeu que era Chiara Malatesta, diretora do Instituto de Roma, e que ela estava confusa e aborrecida.

Finalmente, Magnus se intrometeu na conversa.

— Helen é muito corajosa — falou. — Ela sabia que não poderia se demorar se quisesse impedir o ritual. Devo minha vida a ela e a Aline Penhallow.

— Oi — falou Alec, mas ele sorria. Magnus beijou sua bochecha. Chiara Malatesta ergueu as sobrancelhas, em seguida, deu de ombros. Italianos tinham uma visão filosófica do amor.

— Feiticeiro — falou ela, sem se enrolar ao trocar de idioma. — Acredito que me lembre de você de algumas reuniões do Conselho. Uns poucos cultistas estão feridos. Você pode nos ajudar a curá-los?

Magnus suspirou e arregaçou as mangas da abominável e totalmente arruinada veste branca.

— Em parte, esta bagunça é minha — falou ele. — Hora da faxina.

Helen e Aline concordaram em se juntar à *Signora* Malatesta e aos outros enquanto eles examinavam o terreno à procura de cultistas e atividade demoníaca.

A poeira pairava densa no ar, transformando as explosões no céu num brilho enevoado enquanto Magnus caminhava pelos escombros de rochas. Toda vez que ele encontrava um membro do culto ferido, pensava na maneira como Alec viera atrás dele, e aí os curava com a mesma boa vontade de Catarina.

Finalmente, ele viu mais Caçadores de Sombras emergindo da fumaça e do fogo. Tentou pensar em Alec e não no que aconteceria a Shinyun.

— Oh, olá — falou um garoto Caçador de Sombras, parando imediatamente à frente dele. — Magnus Bane? — Nunca consegui dar uma boa olhada em você, não tão de perto.

Magnus bufou.

— Já estive melhor. — Ele parou alguns minutos para pensar em seu estado atual, machucado, amarrotado e vestindo um casaco sujo de sangue, que não vestia bem. — *Muito* melhor.

— Uau — falou o outro. — Será que meu coração vai conseguir assimilar isso? Sou bem íntimo de Alec, por sinal. Estávamos falando em fazer planos. Se quiser se juntar a nós, fique à vontade. A gente topa fazer o que você quiser. — Ele piscou. — Qualquer coisa.

— Hum — falou Magnus. — E quem é você?

— Leon Verlac.

— Bem, Leon Verlac — Magnus pronunciou as palavras bem devagar —, continue sonhando.

31
A Natureza da Compaixão

Recostado em um pilar de pedra rachada, Alec observava seus amigos. Helen e Aline estavam circulando pelo terreno da *villa*, capturando os cultistas que passavam. Suas armas estavam em riste, prontas para lidar com demônios que pairavam por ali, mas a força da saída de Asmodeus parecia ter feito todos desaparecerem completamente. Não que já não houvesse coisa suficiente com a qual lidar: cultistas semienterrados debaixo de escombros, pequenos incêndios para apagar, Caçadores de Sombras de Roma para levar aos locais pertinentes.

Magnus curava os cultistas que até há pouco estavam ansiosos para vê-lo ser sacrificado. Ele foi de um por um, calmamente, como Catarina tinha feito na festa. Alec conseguia encontrá-lo a qualquer momento por causa das faíscas azuis que brilhavam das pontas de seus dedos. Até onde Alec podia ver, as ações de Magnus não eram apenas generosas, ele agia praticamente como um santo.

Ele se virou para encarar Shinyun. *Meu espelho sombrio*, dissera Magnus, mas até onde Alec sabia, eles não tinham nada em comum. Ela ainda estava amarrada a um pilar de mármore, ainda fitava, distante, a escuridão. Com um susto, Alec percebeu lágrimas escorrendo silenciosamente pelo rosto dela.

— Esperando pela diversão? — falou ela amargamente ao notar que Alec a observava. — Eu fui tola. Pensei que Asmodeus fosse meu pai. Pensei que a Mão Escarlate fosse minha família. Eu me enganei. Sempre estive só, e vou morrer sozinha. Satisfeito?

Alec balançou a cabeça.

— Eu só estava me perguntando como você seria caso encontrasse alguém que não te traísse.

— Está sugerindo que eu deveria sair com o Magnus? — zombou Shinyun.

Mesmo ela, que tinha aprisionado Magnus e que o arrastara para uma morte pública horrível, foi capaz de enxergar a verdadeira essência do feiticeiro. Qualquer um poderia ver. A inquietação cresceu em Alec quando ele se lembrou que, com certeza, um número enorme de pessoas queria ficar com Magnus. Ele não queria pensar nisso. Talvez nunca tivesse que pensar nisso.

— Você tentou esfaqueá-lo — falou Alec. — Então é óbvio que não.

Shinyun fez uma expressão irônica. Alec tentou não pensar no momento em que ela baixou a arma para o coração de Magnus.

— Eu sinto muito por ter tentado matá-lo — murmurou Shinyun, com os olhos na terra. — Diga isso a ele.

Alec se lembrou de Magnus no momento em que as barreiras do pentagrama tinham caído. Magnus se virara e os elementos pareciam ter se virado com ele. Sua mão estava erguida, a magia se enrolava na pele marrom e macia, magia branca e translúcida contra a coroa de cabelos negros, fogo e vento na luz de seus olhos brilhantes. Ele estava incandescente com o poder, impossivelmente bonito e perigoso.

E ele não tinha ferido ninguém que o ferira.

Magnus confiara em Shinyun e ela o traíra, mas ele continuaria confiando nas pessoas, Alec sabia disso. Alec confiara em Aline e Helen e até nos vampiros de Nova York, e dera tudo certo. Talvez essa fosse a única coisa que dava certo: assumir o risco de confiar.

Ele não queria que Shinyun se safasse de sua presepada. Era certo que ela fosse punida por seus crimes, mas Alec sabia que se a Clave botasse as mãos nela, a punição seria a morte.

Que seja, então, disse ele para si. *A Lei é dura, mas é a Lei.*

Seu pai sempre lhe dissera para tomar cuidado, para não cometer erros, para não fazer nada sozinho, para obedecer ao espírito e à missiva da Lei. Ele pensou em Helen e em como ela tentava ser a Caçadora de Sombras perfeita para sua família. Alec, inquietamente consciente de que ele era diferente, de que certamente decepcionaria seu pai, sempre tentara seguir as regras.

Magnus poderia ter derrubado Shinyun ao destruir o pentagrama ou em qualquer momento depois disso. Quando tinha opção, o Magnus que ele conhecia sempre escolhia ser generoso.

Alec se abaixou e cortou as cordas de Shinyun com a lâmina serafim, o poder angelical sendo capaz de desfazer os nós mágicos.

— O que você está fazendo? — murmurou Shinyun.

O próprio Alec não sabia direito.

— Vá embora — disse ele rispidamente. Quando Shinyun simplesmente sentou-se e se pôs a encará-lo, Alec repetiu: — Vá embora. Ou você quer ficar à mercê da Clave?

Shinyun levantou com dificuldade, enxugando as lágrimas com as costas da mão. Os olhos brilhavam com uma dor amarga.

— Você acha que conhece Magnus Bane. Mas você não tem ideia da profundidade e da escuridão dos segredos que ele esconde de você. Tem tanta coisa que ele não te contou.

— Eu não quero saber — falou Alec.

Ela deu um sorriso torto.

— Um dia, você vai querer.

Alec se virou para ela com fúria súbita. Shinyun engoliu em seco e correu o mais rápido que conseguiu em direção à fumaça.

Os Caçadores de Sombras de Roma já estavam nos arredores da *villa*. Ela poderia ser recapturada, mas Alec lhe dera a melhor oportunidade possível. Ninguém culparia Magnus, Aline ou Helen. Alec fizera por conta própria.

Ele olhou para o redemoinho de poeira e para as luzes, que tornavam o céu roxo escuro e vermelho brilhante. Um dia, ele voltaria a seguir as regras. Quando as regras mudassem.

Levou um susto quando os dois vultos emergiram da fumaça, se retesando e preparando-se para responder uma barragem de perguntas feitas pelos Caçadores de Sombras italianos, mas eram apenas Aline e Helen. Magnus vinha atrás delas, mantendo certa distância. Aline estava na frente e ficou boquiaberta quando notou Alec sozinho entre as ruínas, cordas descartadas a seus pés.

— Pelo Anjo — murmurou ela. — Shinyun fugiu?

— Bem — falou Alec —, ela se foi.

Aline fechou a boca. Parecia que tinha chupado um limão.

— Ela se foi? — repetiu Helen. — O que vamos dizer aos outros Caçadores de Sombras? "Nós tínhamos uma fugitiva perigosa em nosso poder e permitimos que ela escorregasse pelos nossos dedos, pessoal, desculpem!"

Quando ela falou daquele jeito, não soou muito bem.

Já se ouviam gritos nas proximidades. Alec distinguia os vultos de uniforme, marchando com os cultistas. Magnus se juntou ao pequeno grupo em torno das cordas cortadas. Alec sentiu uma pontada no coração ao ver o rosto dele, metade alegria e metade preocupação dolorida. As vestes brancas de Magnus estavam sujas de cinzas e sangue. Ele estava ferido e parecia tão cansado.

— Shinyun se foi? — perguntou ele, e fechou os olhos por um instante. — Fico quase feliz.

Magnus ficar quase feliz fez a decisão impulsiva de Alec parecer importante.

— Ouçam, pessoal — falou Magnus cuidadosamente. — Vocês três merecem muitos elogios e gratidão pelo trabalho que fizeram hoje. Vocês, a seis mãos, destruíram um culto de mundanos adoradores de demônios, demoliram uma *villa* no interior da Itália e evitaram que um Príncipe do Inferno invadisse este mundo. Tenho certeza de que haverá muitos parabéns e tapinhas nas costas para cada um de vocês, no Instituto.

O pavor cresceu em Alec, uma sombra do mesmo pavor frio que ele sentira ao ver Magnus na arena, diante da perspectiva de que o feiticeiro jogasse fora a própria vida antes que Alec pudesse alcançá-lo.

— E? — perguntou Alec, cauteloso.

— E a Clave não terá a mesma reação comigo. Era eu que estava no pentagrama hoje à noite, e eu era o centro da festa. É a mim que os Caçadores de Sombras vão interrogar. Não quero que nenhum de vocês se meta em confusão porque vieram atrás de mim. Acho que vocês deveriam usufruir da glória de uma grandiosa e bem-sucedida missão para esconder qualquer constrangimento que a situação possa criar para vocês. Vocês se depararam com um cenário misterioso. Vocês não sabem mais nada. Digam para perguntarem a mim.

Alec trocou um olhar com Aline; depois, outro com Helen.

— Nós impedimos a Mão Escarlate — falou Alec. — É isso que importa, não é?

Aline fez que sim com a cabeça.

— Um culto maligno tentou conjurar Asmodeus. Nós três os rastreamos e acabamos com o ritual antes que eles pudessem conjurá-lo.

— Nós também fechamos a sede do culto — emendou Helen. — E salvamos o homem que eles planejavam sacrificar em seu ritual. Essa é a verdade. É tudo que precisa estar no relatório.

— Isso não é mentir para a Clave — falou Aline apressadamente. — Coisa que eu nunca faria, porque minha mãe ia arrancar minhas Marcas e, pior, ia dizer que sou uma decepção. Sério. Nós só estamos tentando resolver as coisas com a Clave, e não incomodá-los com detalhes irrelevantes. Você não tem nada a ver com a Mão Escarlate, Magnus, além de ser uma vítima deles. Quem liga para histórias antigas?

— Vou explicar que eu deveria ter ido ao Instituto de Paris quando um feiticeiro veio atrás de mim pedindo ajuda, em vez de tentar fazer tudo isso sozinha — prosseguiu Helen.

— Se meu nome não vai ser arrastado para a lama — falou Magnus —, certamente o de vocês também não tem que ser. Você tinha uma pista e a seguiu com grande dedicação. Quem liga para o motivo pelo qual o feiticeiro foi atrás de você, fosse por causa da sua herança fada ou qualquer outra razão? Como o resultado mostra, ele fez a escolha certa.

— Ele não poderia ter escolhido melhor — falou Aline. — Você acabou com a Mão Escarlate. Fez tudo o que podia. Nenhum outro Caçador de Sombras poderia ter feito melhor.

Helen olhou para Aline e um tom rosado clarinho cobriu suas bochechas. Alec ficou surpreso ao notar um sentimento conhecido no rosto de Helen, uma coisa que ele costumava sentir perto de Magnus: prazer incerto diante da alta conta que Magnus fazia dele, misturada a uma dúvida latente de que Magnus viesse a descobrir que ele não merecia tanta confiança.

Alec suspeitava ter perdido detalhes importantes sobre suas acompanhantes enquanto se preocupava com Magnus.

— O problema, claro — falou Magnus —, é que Shinyun se foi e a Clave vai procurar *alguém* para rotular como o líder da Mão Escarlate.

Alec sentiu uma onda de pânico.

— Não será você — falou ele. — Não pode ser você.

Magnus lançou um olhar de surpreendente doçura.

— Não serei eu, meu amor — respondeu. — Vamos pensar em alguma coisa.

Ele ficou em silêncio quando um grupo de Caçadores de Sombras italianos que estava examinando as redondezas se aproximou. Helen trocou umas palavras com a diretora enquanto o restante dos Caçadores de Sombras continuava a varredura.

Os quatro começaram a voltar pelo caminho que levava para a entrada da *villa*. Alec fitou os olhos de Helen.

— Sinto muito por quase estragar as coisas.

— O que foi que eu disse a você, Alec Lightwood? — ralhou Helen. — Em todo lugar que você vai, acontece um desastre. Prédios desabam. Fugitivos escapam. Estou me acostumando com isso. — Ela deu uma olhadela para Aline, que enrubesceu intensamente. — Acho que estou começando a gostar disso.

Aline pigarreou.

— Eu conheço um lugar. Não é nada de especial. Só uma cafeteria pequenininha nas margens do rio Tibre. Talvez a gente possa sair uma hora dessas. Quero dizer, quando você tiver tempo. Se você quiser. — Ela olhou ao redor. — Aliás, o convite é para a Helen. Não é para você e Magnus.

— Saquei — falou Alec, que finalmente tinha entendido.

— Estou no meu ano de intercâmbio — falou Helen lentamente. — Eu tenho que ir para o Instituto de Praga na semana que vem.

— Ah... — Aline pareceu arrasada.

Helen parecia estar planejando alguma coisa.

— Mas depois desta grande missão, um descanso cairia bem. Provavelmente posso ficar no Instituto de Roma mais um pouco.

— Sério? — murmurou Aline.

Helen parou e olhou fixamente para ela. Alec e Magnus tentaram fingir que estavam em outro lugar.

— Se você está dizendo o que eu acho que você está dizendo — falou Helen. — Se você quiser um encontro de verdade. Comigo.

— Sim — falou Aline, nitidamente abandonando a ideia de fingir naturalidade. — Sim. Sim. *Sim*. Um encontro de verdade. Você é a pessoa mais linda que eu já vi, Helen Blackthorn. E sua luta é como poesia. Quando você contou sobre sua família, me fez querer chorar. Então vamos tomar um café, ou jantar, ou então podíamos viajar no fim de semana para Florença. Espera, não, ou eu poderia dizer uma coisa mais sutil e sofisticada do que isso. Vou ler uns livros românticos e aprender a me expressar melhor. Desculpe.

Aline estava mortificada.

— Por que o pedido de desculpas? — perguntou Helen. — Eu gostei disso.

— É? — perguntou Aline. — Você quer tomar café da manhã?

— Bem, não — falou Helen.

Aline pareceu desanimada.

— Eu estraguei tudo. Quando foi que eu estraguei tudo?

— Eu só quis dizer para a gente ir almoçar — falou Helen apressadamente. — Assim podemos passar no Instituto antes para tomar um banho. Eu tenho icor entre os dedos.

— Ah! — Aline fez uma pausa. — Beleza. Fantástico! Quero dizer, está bem.

Ela começou a delinear planos elaborados para o almoço. Alec não sabia como ela ia arrumar um grupo de jazz em três horas, mas estava feliz pelo fato de ela parecer tão feliz: seus olhos brilhavam e as bochechas estavam coradas com a agitação. Helen deve ter pensado que Aline parecia mais do que apenas feliz, pois quando houve uma pausa dela no falatório para respirar, Helen se inclinou e a beijou.

Foi um breve roçar de lábios, um beijo delicado. Aline sorriu no meio do beijo, então agarrou os braços de Helen e a puxou para si. A luz do sol que começara a brilhar no horizonte refletiu no anel dos Penhallow no dedo de Aline e reluziu um breve clarão quando ela os afastou do rosto de Helen, sem parar de beijá-la.

Alec falou em voz baixa:

— Espero que dê certo para elas.

Magnus observou:

— Achei que elas já estivessem juntas. Que casal fofo. Senhoras, odeio interromper, mas Leon Verlac está vindo.

Helen e Aline se separaram e ambas sorriam. Havia uma expressão incomumente mal-humorada no rosto normalmente brilhante de Leon quando ele se aproximou. Ele empurrava Bernard.

As mãos de Bernard estavam amarradas e ele protestava furiosamente.

— Você não pode fazer isso comigo! É tudo culpa de Magnus Bane!

— Como se a gente fosse acreditar no que você diz — zombou Leon.

— Eu sou o líder da Mão Escarlate, seu carismático senhor das trevas, o poder por trás do trono, mas também o único que deveria estar sentado no trono. Eu me recuso a ser tratado como um criminoso comum!

Leon Verlac olhou para Helen e Aline e, em seguida, para Alec e Magnus. Alec o fitou de volta com expressão vazia.

— Sei, ora — zombou Leon, empurrando novamente o carismático senhor das trevas da Mão Escarlate. — Todos estamos tendo um dia difícil.

Aline deu a Magnus e a Alec um sorriso de prazer que surgiu desabrochando lentamente.

— Acho que o problema do "líder da Mão Escarlate" foi resolvido.

— Quem imaginaria que eu ia ficar feliz por ver Leon? — perguntou-se Helen.

— Acho que deveríamos fazer um pacto — falou Alec. — Nós quatro mantemos em segredo o que sabemos sobre a Mão Escarlate. Na verdade, eu preferiria que não mencionássemos isso para ninguém em Nova York. Nunca.

— Sábio — observou Aline. Ela ainda estava corada, segurando a mão de Helen. — Se Jace e Isabelle descobrirem essa nossa farra sem eles, vão nos matar.

Helen assentiu.

— Nós quatro nunca nos encontramos aqui. Isso nunca aconteceu. Vou adorar ver você uma hora dessas, Alec. Pela primeira vez.

Se o pai de Alec tivesse ouvido falar alguma coisa sobre o culto e o passado de Magnus, faria as mesmas suposições que Helen fizera, só que piores. Alec não queria que isso acontecesse. Ele ainda acreditava que se seu pai conhecesse Magnus, terminaria vendo o que Helen e Shinyun tinham aprendido a ver, o que Alec vira desde praticamente a primeira vez.

Claro, seu pai poderia gostar de saber que Alec fora de grande ajuda numa missão em Roma. O líder da Mão Escarlate fora capturado e eles tinham colocado um fim ao culto e ao terrível ritual. Era realmente possível que o Instituto de Roma condecorasse os três pelo trabalho bem-feito.

Mas comparado a Magnus, a aprovação de seu pai — ou de qualquer um na Clave — não importava de modo algum. Alec sabia quem era. E sabia o que tinha feito e pelo que lutava, e sabia pelo que lutaria no futuro.

E sabia exatamente a quem amava.

A poeira estava baixando, e os raios do sol ficavam cada vez mais fortes, brilhantes linhas brancas de luz que limpavam o novo dia. O anfiteatro provisório, com assentos de pedra para o público e a *villa* que fora a última fortaleza da Mão Escarlate agora eram ruínas sob o que parecia que seria um dia límpido de outono.

Alec se surpreendeu ao dar uma risada bem alta.

Aí esticou a mão e encontrou a de Magnus esperando por ele.

Epílogo

A Cidade que eu Chamo de Lar

Nova York é a mais bela cidade do mundo?
Não é muito longe disso...
Aqui está nossa poesia, pois nós
tiramos as estrelas do alto, de acordo com a nossa vontade.
— Ezra Pound

— Então essa é toda a história da nossa caça à Mão Escarlate — falou Magnus, fazendo um gesto dramático com a xícara. O chá transbordou e espirrou sobre a imagem projetada de Tessa.

Os olhos cinzentos e solenes de Tessa se iluminaram com um sorriso. Ela parecia sempre circunspecta, ainda que sorrisse frequentemente. Magnus sorriu em resposta. Estava aproveitando um momentinho de folga antes que ele e Alec tivessem que ir embora, enquanto os Caçadores de Sombras ainda estavam ocupados com os relatórios oficiais sobre a história com A Mão Escarlate.

Magnus tinha seu relatório pessoal, e era bom ver o rosto de Tessa, mesmo que fosse apenas uma Projeção.

— É uma história e tanto — observou Tessa.

— Você vai contá-la no Labirinto Espiral? — perguntou Magnus.

— Vou contar alguma coisa no Labirinto Espiral — falou Tessa. — Alguma coisa que nem sequer remotamente se pareça com a história que você acaba de me contar. Mas, sabe, um monte de narrativas depende de interpretação.

— Você é o público — falou Magnus. — Deixarei por sua conta.

— Você está feliz? — perguntou Tessa.

— Sim, estou feliz por não mais estar sendo falsamente acusado de liderar um culto com tendências para a destruição global — falou Magnus. — Também estou feliz pelo fato de uma feiticeira maluca não estar mandando demônios atrás de mim por toda a Europa. Tudo é muito gratificante.

— Tenho certeza que sim — falou Tessa gentilmente —, mas você está feliz?

Magnus a conhecia há muito tempo. Ele baixou a guarda um bocadinho, o suficiente para responder com um simples "Sim".

Tessa sorriu, sem uma gota de hesitação ou relutância.

— Fico contente.

Foi Magnus quem hesitou.

— Posso perguntar uma coisa? Você amou um Caçador de Sombras.

— Você acha que eu parei de amá-lo?

— Quando você amou um Caçador de Sombras, alguma vez você teve medo?

— Eu sempre tive medo — falou Tessa. — É natural ter medo de perder a coisa mais preciosa no mundo. Mas não fique com muito medo, Magnus. Eu sei que feiticeiros e Caçadores de Sombras são muito diferentes, e há uma divisão entre os dois mundos que pode ser difícil de cruzar. Mas, como alguém me disse certa vez, o homem certo não vai se importar. Vocês podem construir uma ponte sobre essa divisão e se encontrar. Vocês podem construir algo muito maior do que qualquer um de vocês poderia construir em separado.

Fez-se silêncio depois que ela falou, porque ambos pensaram nas eras que ela e Magnus já tinham visto passar, e nas eras vindouras. A luz do sol ainda brilhava através da janela do quarto de hotel de Magnus em Roma, mas não ia durar muito tempo mais.

Magnus falou com relutância:

— Mas nós perdemos o amor, no fim. Nós dois sabemos disso.

— Não — falou Tessa. — O amor muda você. O amor muda o mundo. Você não tem como perder esse amor, não importa quanto tempo você viva, eu acho. Confie no amor. Confie nele.

Magnus queria confiar, mas não conseguia se esquecer de Asmodeus dizendo que ele era uma maldição no mundo. Ele se lembrou de ter implorado com o olhar a Shinyun para ela não revelar quem era seu pai. Ele não queria mentir para Tessa. Ele não sabia como prometer que seguiria o conselho dela.

— E se eu o perder ao contar a verdade?

— E se você o perder ao escondê-la?

Magnus balançou a cabeça.

— Cuide-se, Tessa — falou em vez de lhe dizer que seguiria seu conselho.

Tessa não o pressionou.

— Cuide-se também, meu amigo. Desejo o melhor para vocês dois.

A imagem de Tessa desapareceu, os cabelos castanhos e macios se dissipando feito uma nuvem no ar. Após um momento, Magnus se levantou e foi se trocar para encontrar Alec no Instituto de Roma, e para eles finalmente darem continuidade às suas férias.

Um Portal se abriu e rasgou o ar aos pés da escadaria principal do Instituto. Magnus parou no topo dos degraus. Ele já tinha abraçado todo mundo, incluindo duas Caçadoras de Sombras italianas que pareceram muito confusas por estarem sendo abraçadas e que tiveram de se apresentar durante o abraço, mas que retribuíram o gesto com entusiasmo. Seus nomes eram Manuela e Rossella. Magnus achou as duas muito gentis.

Alec não abraçou ninguém, exceto Aline, mas foi bem afetuoso. Magnus fitou a parte de trás da cabeça de Alec, inclinada com certa entrega, e trocou um olhar e um sorriso com Helen.

— Espero que a próxima parada de vocês seja fabulosa — falou Helen.

— Será. E eu espero que a próxima estadia no seu ano de intercâmbio seja ótima.

— A questão é que ando meio cansada de viagens — falou Helen. Estou feliz onde estou.

Aline foi até o lado de Helen.

— Viajar? — repetiu. — Eu estava pensando se você gostaria de companhia quando fosse para o Instituto de Praga. Eu poderia ir junto. Não estou fazendo nada, a não ser combater as forças do mal. Mas nós poderíamos fazer isso juntas.

Helen sorriu.

— Acho que podemos pensar em alguma coisa.

Alec se desviou da tentativa de Leon Verlac de abraçá-lo e deixou o rapaz no vácuo, dando dois beijinhos no ar. Então se juntou novamente a Magnus no topo da escada.

— Está pronto para voltar às nossas férias? — perguntou Magnus, oferecendo uma das mãos.

— Mal posso esperar — falou Alec, segurando-a.

Juntos, com a bagagem em mãos, os dois entraram no Portal. Deixaram o Instituto de Roma e saíram na sala de estar do apartamento de Magnus no Brooklyn.

Magnus ergueu uma das mãos, girando-a lentamente. Todas as cortinas se abriram, todas as janelas se escancararam. A luz do sol inundou as tábuas do soalho e os tapetes coloridos em escarlate, amarelo e azul, reluzindo em livros de feitiço em couro e letras douradas, e na nova cafeteira que Magnus tinha comprado porque Alec desaprovava seus furtos de café, conjurando das *bodegas* locais.

Presidente Miau se aproximou de Magnus com a cabeça inclinada, em hesitação felina, antes de se esgueirar entre as pernas do feiticeiro, desenhando alguns números oito no movimento. Então o gato escalou Magnus como um montanhista, pulando em suas mãos, subindo pelo braço e se equilibrando em seu ombro. Ele ronronou perto da orelha do feiticeiro, lambeu sua bochecha com a língua de lixa e saltou sem nem olhar para trás após completar a saudação necessária.

— Eu também te amo, Presidente Miau — gritou Magnus atrás dele.

Alec esticou as mãos para o céu e se alongou, balançando o corpo de um lado a outro antes de desabar no sofá. Tirou os sapatos e afundou nas almofadas.

— É tão bom estar de volta a Nova York. Casa. Eu preciso de férias das férias.

Alec esticou uma das mãos para Magnus, que rastejou para ficar ao lado dele e sentiu os dedos de Alec em seus cabelos.

— Nada de pontos turísticos obrigatórios. Nada de jantares elaborados com máquinas voadoras e, com certeza, nada de cultos ou feiticeiras assassinas — murmurou ele ao ouvido de Alec. — Só casa.

— É bom estar de volta — falou Alec. — Senti falta da vista desta janela.

— Sim — falou Magnus em tom surpreso. Tinha havido tantas janelas, e tantas cidades. Ele nunca imaginara que sentiria falta de uma vista.

— E eu senti falta de Izzy.

Magnus pensou na irmã vigorosa de Alec, a quem o rapaz protegia antes da própria vida.

— Sim.

— E de Jace.

— Hum — falou Magnus.

Ele sorriu contra a bochecha de Alec, sabendo que seu sorriso poderia ser sentido mesmo que não pudesse ser visto. Ele nunca sentira falta de uma vista, mas era bom sentir falta desta. Era estranho olhar para os edifícios de tijolos e o céu azul, o mergulho da ponte do Brooklyn e as torres reluzentes de Manhattan, e pensar em voltar, pensar num lugar cheio de família e amigos.

— Não acho que alguém espere que já estejamos de volta — falou Alec.

— Nós não temos que explicar para eles por que voltamos para casa mais cedo — falou Magnus. — Eu nunca explico. Leva menos tempo e aumenta esse meu ar místico.

— Não, eu quis dizer... — Alec engoliu em seco. — Eu sinto falta deles, mas eu não ia achar ruim um tempinho a mais a sós com você. Nós não temos que dizer a eles que voltamos.

Magnus se animou.

— Nós sempre podemos viajar de Portal de volta para as férias, se quisermos. Ainda podemos ir à ópera, como você queria. Em breve.

— Eu posso alegar que meu celular quebrou — falou Alec. — Posso dizer que deixei cair no rio Tibre.

Magnus deu um sorriso malicioso.

— Eu tenho uma ideia melhor.

Ele pulou do sofá e foi até os fundos do apartamento. Lançou um feitiço e fez dois gestos amplos com os braços para empurrar toda a mobília para os lados. Então girou e encarou Alec, subitamente usando um traje típico alemão muito verde e muito chamativo.

— Acho que a próxima parada na viagem deveria ser Berlim.

Durante a hora seguinte, eles inventaram semanas inteiras de viagens, posando diante de fundos conjurados por Magnus na parede do apartamento. O primeiro foi dançando numa discoteca em Berlim. Depois a festa foi para a frente do Museu do Prado, em Madri. Alec deu algumas bolachas para um pequeno grupo de pombos que Magnus conjurara do telhado.

— Eu poderia conjurar um touro também — sugeriu Magnus. — Em prol da verossimilhança.

— Nada de touros — falou Alec.

A última fotografia foi em Nova Deli, em meio às multidões vestidas com cores brilhantes diante do Jama Masjid para o Eid-al-Fitr, a celebração que marca o fim do jejum do Ramadã. Magnus conjurou travessas de prata de gulab jamun, rasmalai, kheer e algumas outras comidas favoritas, e eles se revezavam dando doces na boca um do outro, fazendo caretas para a câmera.

Alec esticou a mão e puxou Magnus para um beijo, em seguida, hesitou, os dedos grudados de açúcar. Magnus fez um gesto e uma onda reluzente de magia seguiu sua mão, fazendo sumir as sobremesas, o cenário de fundo e o açúcar das mãos deles. Ele se inclinou, os dedos no queixo de Alec, e o beijou.

— Agora que a parte das férias das nossas férias já foi resolvida — falou Magnus —, nós podemos nos divertir.

Ele se inclinou contra uma estante cheia de livros antigos de feitiços e pegou a mão de Alec.

— Isso seria ótimo — falou Alec timidamente.

— Em retrospecto — disse Magnus —, férias extravagantes podem ter sido ligeiramente excessivas para alguma coisa tão recente quanto... isto. — E fez um gesto que indicava os dois.

Alec começou a sorrir.

— Eu ficava com medo de estragar as coisas.

— Como você poderia estragar as coisas?

Alec deu de ombros.

— Será que eu conseguiria acompanhar você? Será que eu seria interessante o suficiente?

Magnus começou a rir.

— Eu queria te mostrar o mundo, mostrar que a vida pode ser uma aventura grandiosa e romântica. Por isso planejei o jantar e o passeio de balão sobre Paris. Sabe quanto tempo demorei para planejar aquilo? Só para manter a mesa e as cadeiras de pé com os ventos laterais foram horas de magia que você nunca viu. E eu ainda bati.

Alec riu com ele.

— Talvez eu tenha exagerado um pouco — admitiu Magnus. — Mas eu queria depositar toda a grandeza e encantamento da Europa a seus pés. Eu queria que você se divertisse.

Quando ele voltou a olhar para Alec, este franzia a testa.

— Mas me diverti muito — falou ele. — Só que eu não precisava de nada daquilo. Eram apenas lugares. Você não precisa criar nenhum cenário para me convencer. Eu não preciso de Paris, Veneza ou Roma. Eu só quero você.

Houve uma pausa. O sol vespertino penetrava pelas janelas abertas, fazia a poeira no apartamento parecer purpurina e lançava um brilho cálido nas mãos entrelaçadas de ambos. Magnus ouvia o som do tráfego do Brooklyn, os táxis amarelos buzinando e forçando a passagem.

— Eu queria perguntar uma coisa — falou Magnus. — Quando Shinyun e eu estávamos lutando no pentagrama, em Roma, você atirou nela. Você me disse que via dezenas de versões da luta entre nós. Como você soube que era realmente ela?

— Eu não sabia — falou Alec. — Eu sabia qual era você.

— Ah. Era uma versão mais bonita do que as outras? — perguntou Magnus, encantado. — Mais sofisticada? Com um certo *je ne sais quoi*?

— Eu não sei quanto a isso — falou Alec. — Você tateou para pegar uma faca. Você a segurou e depois soltou.

Os ombros de Magnus murcharam.

— Você sabia que era eu porque eu era pior lutador que ela? — perguntou. — Bem, a notícia é terrível. Eu imagino que "ridículo em combate" esteja na lista de dez coisas corta-tesão dos Caçadores de Sombras.

— Não — falou Alec.

— Número onze, logo abaixo de "não fica bem de preto"?

Alec balançou a cabeça novamente.

— Antes de nós ficarmos juntos — começou ele —, eu sentia muita raiva e magoava as pessoas porque eu sentia dor. Ser gentil quando você sente dor... é difícil. A maioria das pessoas se esforça para fazer isso em épocas melhores. O demônio que lançou aquele feitiço não poderia imaginar isso. Mas dentre todos aqueles vultos idênticos, uma pessoa hesitou na hora de machucar alguém, mesmo no momento de maior horror. Tinha que ser você.

— Oh — falou Magnus.

Ele segurou o rosto de Alec e o beijou novamente. Já tinha beijado Alec tantas vezes, e mesmo assim jamais conseguiria se acostumar ao modo como Alec retribuía, ao modo como ele mesmo reagia. A cada vez, parecia novidade. Magnus jamais quereria se acostumar a isso.

— Nós estamos a sós — murmurou Alec colado à boca de Magnus. — O apartamento tem barreiras e nenhum demônio pode nos interromper.

— As portas estão trancadas — falou Magnus. — E eu tenho as melhores trancas que o dinheiro e a magia podem comprar. Nem mesmo uma Marca de Abertura poderia abrir minhas portas.

— Ótima notícia.

Magnus mal compreendeu o último comentário. O movimento dos lábios de Alec contra sua boca fez com que todos os pensamentos racionais fugissem da mente.

Magnus estalou os dedos para a cama atrás dele e fez com que o edredom dourado e escarlate voasse até o outro lado do cômodo, balançando como uma vela.

— Será que podemos...?

Os olhos de Alec se iluminaram de desejo.

— *Sim.*

Eles se jogaram no colchão, se abraçando contra os lençóis de seda. Magnus deslizou as mãos sob a camiseta de Alec, sentindo a pele quente e lisa sob o algodão gasto e o movimento dos músculos na barriga lisa. Seu próprio desejo era uma chama baixa no ventre, espalhando-se pelo peito, apertando sua garganta. *Alexander. Meu lindo Alexander. Você sabe o quanto eu quero você?*

Mas uma voz sombria murmurou no fundinho da cabeça de Magnus, dizendo que ele não podia contar a verdade sobre seu pai, sobre sua vida. Magnus queria depositar cada verdade de sua existência aos pés de seu amado, mas isso só serviria para colocar Alec em perigo. Isso teria que ficar guardado.

— Espere, espere, espere — arfou Magnus.

— Por quê? — perguntou Alec, a boca inchada pelo beijo e olhos atordoados de sofreguidão.

Por que, de fato. Boa pergunta. Magnus fechou os olhos e enxergou aqueles lampejos de imagem atrás deles, os contornos do corpo de Alec encaixando-se quentes, doces e perfeitos contra ele. Ele estava se afogando em luz.

Magnus empurrou Alec, embora não conseguisse suportar a distância. Alec terminou a vinte centímetros dele, do outro lado do trecho de seda escarlate.

— Eu só não quero que você faça algo do qual possa se arrepender — falou Magnus. — Nós podemos esperar pelo tempo que você quiser. Se você precisar esperar... até você ter certeza de como se sente...

— O quê? — falou Alec, espantado e um pouco irritado.

Quando Magnus imaginava momentos lindos e sensuais com seu amado Alec, ou momentos nos quais ele se sacrificava e era nobre, não supunha tamanha irritação.

— Eu beijei você no Salão dos Acordos, na frente do Anjo e de todas as pessoas que conheço — falou Alec. — Será que você não entende o significado disso?

Magnus se lembrou de encarar Alec no começo de uma guerra, achando ali que o perdera para sempre, e depois descobrir que não. Ele conhecera a certeza por um único e glorioso momento, soando pelo Grande Salão, e seu corpo todo era como um sino. Mas tais momentos não podiam ser conservados. Magnus permitira que um rastro de dúvidas sobre si, sobre seu passado, sobre o futuro de Alec se insinuasse e desalojasse aquela certeza de suas mãos.

Alec o observava atentamente.

— Há séculos, você iniciou um culto demoníaco e eu não fiz perguntas. Eu acompanhei você pela Europa. Matei um bando de demônios no Expresso do Oriente por você. Eu fui a um *palazzo* cheio de assassinos e pessoas extrovertidas, tudo por você. Eu menti para o Instituto de Roma por você, e eu teria mentido para a Clave.

Dito assim, tudo junto, era muita coisa.

— Eu lamento muito por você ter precisado fazer tudo isso — murmurou Magnus.

— Eu não quero que você lamente! — falou Alec. — Eu não lamento. Eu quis fazer tudo aquilo. Eu quis tudo aquilo, com você. A única coisa que me incomodou foi quando você se meteu numa encrenca sem mim. Eu queria que a gente se metesse em encrencas juntos. Eu quero a gente juntos, não importa como. É isso que eu quero.

Magnus aguardou em silêncio. Logo depois, Alec falou baixinho:

— Eu nunca amei ninguém assim. Talvez eu não esteja dizendo do modo certo, mas é como eu sinto.

Eu nunca amei ninguém assim.

O coração de Magnus pareceu se espatifar e derramar amor e desejo em suas veias.

— Alec — murmurou Magnus. — Você disse tudo perfeitamente.

— Então tem alguma coisa errada? — Alec se ajoelhou na cama, com os cabelos deliciosamente bagunçados, as bochechas vermelhas.

— É a sua primeira vez — falou Magnus. — Quero que seja perfeito para você.

Para surpresa de Magnus, Alec sorriu.

— Magnus — falou ele —, eu estou esperando por isso *há muito tempo*. Se nós não fizermos neste minuto, eu vou pular por aquela janela.

Magnus começou a rir. Era estranho dar risada e sentir desejo ao mesmo tempo; ele não tinha certeza se já havia experimentado isso com outra pessoa. Esticou o braço e puxou Alec.

Alec arfou com um som agudo quando seus corpos colidiram, e logo nenhum deles estava rindo mais. Alec prendeu a respiração quando Magnus tirou a camiseta dele. Seu toque era faminto, explorador. Ele encontrou a gola da camisa de Magnus e a puxou para abrir, passando-a pelos ombros. Suas mãos alisaram os braços nus. Ele distribuiu beijos pelo pescoço de Magnus, no peito nu, na barriga lisa sem umbigo. Magnus enredou os dedos nos cabelos selvagens e escuros de Alec e se perguntou se alguém já tivera tanta sorte.

— Deite-se — murmurou Magnus finalmente. — Deite-se, Alexander.

Alec se esticou na cama, o lindo tronco nu. Os olhos estavam fixos em Magnus, ele esticou a mão para trás e agarrou a cabeceira da cama, e os músculos em seus braços se destacaram. A luz do sol vinha da janela e banhava seu corpo em uma suave luminescência. Magnus suspirou, desejando magicamente que pudesse parar o tempo, que o deixasse ficar neste momento indefinidamente.

— Ah, meu amor — murmurou Magnus. — Fico feliz por estar em casa.

Alec sorriu, e Magnus curvou o corpo sobre o de Alec. Eles se movimentaram, se curvaram e se encaixaram, peito contra peito, quadril contra quadril. A respiração de Alec parou e voltou quando a língua de Magnus encontrou seu caminho pela boca aberta, e as mãos de Magnus tiraram o restante das roupas de Alec, e logo eles estavam pele com pele, hálito com hálito, palpitação contra palpitação. Os anéis de Magnus seguiram pelo contorno do pescoço de Alec até os lábios; Alec lambeu e sugou os dedos de Magnus, as pedras dos anéis, e Magnus estremeceu com um desejo chocado quando Alec mordeu delicadamente a palma de sua mão. Onde quer que eles se beijassem e tocassem era pura alquimia, a transformação do lugar-comum em ouro. Eles progrediram juntos, começando lentamente e rumo a uma urgência aguda.

Quando o movimento se acalmou e os arquejos se transformaram em suspiros baixinhos, eles ficaram deitados, abraçados, sob a luz desbotada do sol, Alec, aninhado contra a lateral do corpo de Magnus, a cabeça em seu peito. Magnus tocou os cabelos macios de Alec e ergueu o olhar, admirado, para as sombras acima da cama. Era como se fosse a primeira vez que isso acontecia no mundo, como se fosse o começo de algo brilhante e impossivelmente novo.

Magnus sempre tivera um coração errante. Ao longo dos séculos, aventurara-se em tantos lugares diferentes, sempre procurando alguma coisa que preencheria sua fome inquieta. Ele nunca se dera conta de que as peças poderiam se encaixar, de que seu lar poderia ser algum lugar e alguém.

Ele pertencia a Alec. Seu coração errante poderia descansar.

O Portal acabara de se abrir bem diante do antigo *hongsalmun* próximo ao topo da montanha. A tinta vermelha que costumava iluminar o portão de madeira descascara há um século, e vinhas sufocantes rastejavam em postes e barras.

Shinyun saiu do Portal e respirou o ar fresco da montanha. Examinou os domínios e as barreiras intransponíveis. Somente uma raposa tinha passado ali, havia muito, faminta e buscando alimento. Não encontrara nada e só o esqueleto permanecera.

Ela seguiu a trilha sinuosa de pedras quebradas e vegetação crescida, que serpenteava montanha acima. A antiga casa de sua família na Coreia era conhecida pelos habitantes locais como um local amaldiçoado e assombrado. Shinyun imaginava que, de certa forma, era mesmo. Ela era o fantasma de sua família, o último. Tinha sido abandonada aqui e nunca conseguiria ir embora de fato.

Quando ela entrou na casa, fez um gesto para animá-la. Fogo explodiu na lareira. Seus dois demônios Nue, com olhos vermelhos e dentes afiados brilhando nas caras de macaco, saíram da lareira e vieram até ela com as caudas de cobra acenando no ar.

Os dois demônios seguiram sua dona bem de perto quando ela avançou do corredor principal aos fundos da casa. Eles chegaram a um beco sem saída e então a parede tremeluziu e desapareceu. Shinyun e os demônios passaram por ela e a parede voltou a ficar maciça atrás deles enquanto desciam a escada oculta.

Nos fundos da adega, uma jaula de metal enferrujado reforçada por barreiras poderosas. Os demônios de Shinyun não eram bichinhos de estimação. Eram guardiães. Eles mantinham intrusos à distância. E as criaturas do lado de dentro.

Ela soltou os ferrolhos e entrou na jaula. Os demônios sibilaram para a pilha no canto, e o feiticeiro imundo, de pele verde, ergueu a cabeça. Seu rosto estava praticamente obscurecido por uma maçaroca encaracolada de cabelos que um dia foram brancos como a neve, mas que agora eram cinza de fuligem.

— Ah, você está viva — falou ele. — Que pena.

O feiticeiro se reclinou novamente contra a pilha de feno e tecido grosseiro como se fosse seda.

— Estou feliz por ver que você não parece bem — emendou ele. — Magnus Bane se mostrou um oponente mais formidável do que você imaginava? Quem teria imaginado? Ah, sim, eu falei que você não tinha chance contra ele. Várias vezes.

Shinyun deu um chute terrível na barriga dele. Ela continuou chutando até ser recompensada com um gemido.

— Talvez as coisas não tenham sido do jeito que eu esperava — arfou ela. — Você vai lamentar por isso tanto quanto eu. Eu tenho outro plano, um plano para todas as maldições ancestrais, e você vai me ajudar.

— Duvido muito — falou ele. — Não sou do tipo que ajuda.

Shinyun o acertou. Ela chutou até ele se curvar de dor e virou o rosto de lado para que ele não visse as lágrimas.

— Você não tem escolha. Ninguém vai vir para resgatá-lo — falou, fria e segura. — Você está sozinho, Ragnor Fell. Todos pensam que está morto.

Agradecimentos

Alec Lightwood tomou forma pela primeira vez na minha mente em 2004. Um garoto de suéter velho, com buracos nos punhos, olhos azuis raivosos e uma alma vulnerável. Magnus explodiu no meu coração não muito tempo depois, todo personalidade à mostra e emoções cuidadosamente guardadas. E eu sabia que eles eram perfeitos um para o outro: o Caçador de Sombras e o habitante do Submundo, o arqueiro e o feiticeiro.

Quando eu era garota, a representação LGBTQ+ na literatura para jovens adultos era algo que só se encontrava nas páginas dos "romances conflituosos", se é que esse tema aparecia neles. Meus amigos gays, lésbicas e bissexuais procuravam em vão por representações nos livros que eles *gostavam* de ler: obras de fantasia e aventura. Quando decidi escrever os livros dos Caçadores de Sombras, incluir Alec e Magnus foi algo que eu fiz porque eu adorava os personagens e achava que eles eram ideais para um livro de fantasia e aventura: a rejeição das escolas, das feiras de livros, das lojas que não queriam ficar com os livros por causa deles, os sites conservadores que indicavam a presença de personagens gays com a expressão "conteúdo sexual", embora eles nem sequer tivessem se beijado, me surpreendeu e me fez ver a verdade, assim como o apoio dos leitores LGBTQ+ me deixou mais determinada a contar a história deles.

Havia desafios. Tentei manter um equilíbrio para que Magnus e Alec sempre estivessem nos livros, sempre humanos e fazendo com que a gente pudesse se identificar, sempre heróis, sem deixar de lado o que era considerado "conteúdo aceitável", para que não tirassem os livros das prateleiras das livrarias e bibliotecas e para que os meninos e meninas que mais precisassem ler sobre personagens como Alec e Magnus ainda conseguissem encontrar os livros. Mas eu estava doida para ir além.

Escrever e publicar o livro *As crônicas de Bane*, em 2014, foi um sinal: um livro totalmente sobre Magnus, sua vida e amores de todos os gêneros e seu relacionamento com Alec. O livro se saiu muito bem — tão bem que senti que estava na hora de fazer uma coisa que eu sempre quis, contar uma história de fantasia incrivelmente romântica na qual Magnus e Alec fossem os protagonistas. Eu já tinha deixado um espaço para a história acontecer — as "férias" que Magnus e Alec tiram durante os acontecimentos em *Cidade dos anjos caídos*, período em que o relacionamento entre eles fica mais sério. Nós sabíamos que eles estavam passeando pela Europa — mas o que *exatamente aconteceu*? É essa história que este livro quer contar.

Por isso agradeço aos meus amigos e à minha família, que me deram apoio durante o processo de criação deste trabalho, ao meu editor por correr o risco, à minha editora e ao meu agente, e ao meu coautor, Wesley Chu. E agradeço, acima de tudo, a Alec e a Magnus, e a todos que amaram e apoiaram os dois ao longo dos anos. Em 2015, uma bibliotecária do Texas puxou uma das minhas coautoras num cantinho durante uma convenção e disse a ela que *As crônicas de Bane* era o único livro protagonizado por LGBTQ+ que ela podia ter na biblioteca. Todos os outros eram considerados "inapropriados", mas como meninos e meninas que eram fãs dos Caçadores de Sombras sempre pediam o livro para os pais, ela foi autorizada a abrir uma exceção.

Obrigada, sobretudo, aos meninos e meninas que pediram o livro e a essa bibliotecária, e a todos os outros bibliotecários, professores e professoras e livreiros que levam os livros certos para as mãos certas. E vamos torcer por um mundo no qual um dia todo mundo saiba que os livros com protagonistas LGBTQ+ não sejam apenas "apropriados", mas necessários.

C.C.

O livro *Os pergaminhos vermelhos da magia* foi escrito durante uma época de transição importante. Antes que eu fosse convidado para coescrever a história de Magnus e Alec, achei que meu coração estivesse preenchido morando em Chicago com a minha mulher, Paula, e nossa Airedale terrier, Eva. Depois, recebemos no mundo nosso filho, Hunter, e cruzamos o país até Los Angeles, e, como o Grinch, que roubou o Natal, meu coração aumentou três vezes de tamanho e explodiu no meu peito. Durante os últimos anos, nos quais trabalhei neste livro, experimentei a época mais satisfatória e mais desafiadora, tanto na minha vida profissional quanto na pessoal, e acho que minha capacidade cada vez maior de amar e o que eu sinto pela minha família, pelo meu novo lar, por este novo projeto se refletem nestas páginas.

Agradeço à minha linda esposa por me mostrar o que são o amor e apoio incondicionais, e por demonstrar uma paciência eterna quando eu passava milhares de horas diante do teclado. Agradeço aos meus pais e sogros por ajudarem a cuidar de Hunter, o que me deu tempo e espaço para dedicar meus pensamentos a Magnus e Alec. Obrigado ao meu agente, Russ Galen, por acreditar em mim o suficiente para me confiar este projeto, e às equipes da Simon & Schuster por fazer todo o restante acontecer.

O amor e a dedicação dos fãs dos Caçadores de Sombras nunca deixam de me impressionar e inspirar. Meu muito obrigado a vocês. Estamos todos juntos nessa. Queimem com força. Queimem com intensidade.

Um obrigado muito especial a Cassie por me permitir ajudar a contar a história de Magnus. Foi uma das experiências mais gratificantes da minha vida, e me sinto verdadeiramente honrado e abençoado por ser parte de algo tão especial quanto o universo dos Caçadores de Sombras.

Finalmente, tenho que expressar minha gratidão a Magnus e Alec. Seu amor é uma inspiração e um farol para muitos. Que seus primeiros e últimos dias brilhem com a mesma intensidade.

W. C.

Este livro foi composto na tipografia
Minion Pro, em corpo 11/14, e impresso em
papel off-white no Sistema Cameron da
Divisão Gráfica da Distribuidora Record.